新潮文庫

海　国　記

上　巻

服部真澄著

新潮社版

8353

目次

地図・系図制作　インフォルム

海国記（上）

第一章

一

黒蕩々《こくとうとう》たる海の面《おもて》に、つぃ――、と灯が流れた。

波音はない。

桶《おけ》に溜《た》められた水銀のたゆたいを思わせる平《たい》らかな海であった。

島隠れになった入り江を滑るのは、一艘《そう》の小舟である。篝火《かがりび》の掃く長い尾を引き連れていく。薪《たきぎ》の爆《は》ぜる音が海の無音を破り、火の粉が闇《やみ》に散り注いでは消えてゆく。

炎の明滅に烏帽子《えぼし》の顔をなぶられながら櫓《ろ》をつかう漕《こ》ぎ手はひとり。片肌脱《かたはだぬ》ぎにした衣が、若く張り詰めた胸の肌《はだえ》に貼《は》りついている。

ときおり漕ぐ手を止め、男は上空を幾度となく見上げた。雲は行き急いでいる。瞬《また》く間に現れ、男を取り残して彼方《かなた》に去っていく。まさしく時のようでもあった。つかのま雲間に見出《みいだ》される星を、いち早く見定める。目の光が強い。四三《しさん》の星（北斗七星）と、わずかな星明かりが照らし出す島の輪郭とを手がかりに、船のとる路《みち》を決めてゆく。

穏やかに見えて、波のすぐ下には巨岩がひしめく。鯛《たい》のよく付く岩礁《がんしょう》だが、油断をすれば船底《ふなぞこ》を裂かれる入り江であった。漁《いさ》りの船がこのあたりを忌《い》むように避けて通るのはそのためだ。

が、男はとらわれず、巧みに櫓を操った。そのたびに胸から腹から、筋肉が彫りだされる。

櫓漕ぎの調子につられたかのように、歌声が海にこだましはじめた。

生死《しょうじ》の大海《だいかい》……邊《ほとり》なし……佛性真如《ぶっしょうしんにょ》……岸遠し

時たま笛のようにも聞きなせる、あいまいな声である。深淵《しんえん》の吐息とも、すさまじい勢いで前途を切り拓《ひら》く力声《りきせい》とも思える。

ほろほろと甘く喉《のど》が鳴ったかと思えば掠《かす》れ、ひとしきり間合いがあく。それはまた、人や世の盛衰とも似た調べである。

不思議な歌を謡《うた》うのは、海士樽《あまだる》を抱えて同じ船の舟床に屈《かが》んでいる、年端《としは》もいかない子である。下裳《したも》だけを巻き付けた体は日焦《ひや》けし、豹《ひょう》の子のように均整のとれた、鞣《じゅう》性《せい》の手足が長い。

束ねた髪の長さからすれば娘であるのだが、胸も腰もまだ発達しておらず、小娘ともいえない。

その稚《おさ》ない口から、どこか別の世からやってきたとしか思えない音が切に流れる。

妙法蓮花は……船筏《ふねいかだ》……来世《らいせ》の衆生《しゅじょう》……渡すべし……

むら雲がまたにわかに去り、月光が灯影《ほかげ》を薄める。

切ってそいだように落とされた岸壁の真下あたりで、男は動きを止め、じっと海面に見入った。

明かりをめがけて、魚影がいくつも海底から浮き上がってくる。黄泉《よみ》の世界から白々とした水光りのなかに上がり躍るいのちは、体の精分になりそうであった。

篝を焚《た》いて突《つ》き鉾《ぼこ》漁をする夫婦者なら目の色を変えるところだが、男も子も見向きもしない。我先にと波を潜って獲物に挑むのは、ほの明るい舳先《へさき》に何羽となくまとわりついている海鳥だけである。

上空の風は止《や》みつつある。嵐《あらし》が吹き荒れたあとの空は、しだいに澄んでゆく。月明かりがしばらく続くと見定め、男は篝火から目をそらし、海だけに視線をあつめた。

目が慣れていくにつれて、より遠いあたりをひとわたり見渡す。広いとはいえ内海《うつみ》のことで、無限のようには思われない。

「あ、あれを」

子が立ち上がった。

視線の先には黒い塊《かたまり》がふたつ、三つ、浮きつ沈みつ漂っている。

「おう。そこか」

男は頷《うなず》き、見え隠れするもののあたりに器用に漕ぎ寄せていく。

近寄れば、木切れも何片か浮いている。鮑《あわび》を捕るときにつかう長い鉤手《かぎて》と、すくい網を手に構える。

この入り江は、男にとって絶好の稼ぎの場であった。

筑紫《つくし》の方角から、大風波がやってくると、周防《すおう》や伊予《いよ》の海にも余波がある。運悪く浜で風待ちをせずに出た船が、海に容赦なく吸い込まれる。

八十島《やそしま》の浦々を船で伝い歩くこの男は、どこかよその瀬で渦に引き込まれた船の残骸や積み荷が、この入り江に漂着し、浮かび上がることに気づいていた。

目当ての品々を照らそうと、篝に薪をひとつ継ぎ足し、まず大きめの皮匣《かわご》らしいものに狙《ねら》いをつける。

——どうやら、破れたのは大船らしい。

大宋国《だいそうこく》からの荷を運ぶ途中でもあったのだろうか。

——唐物《からもの》が手に入るぞ。

男の目は喜びと期待に輝いた。このところ、唐物を入手したいという思いが増している。

——都では、唐物が尊ばれている。

うっとりと思い返した。

半年ばかり前のこと。

男には、初めて殿上人《てんじょうびと》の一行をまぢかに眺める機会があった。

ところは難波津《なにわのつ》。

ちょうどその日は、弥生の上旬。三月上巳《じょうみ》の禊《はらえ》をなさるために、藤氏《とうし》のとある御一族が、船で都から難波《なにわ》まで下られた。

貴《あて》やかな客人《まろうど》たちをもてなすために、難波の浜で趣向を極めた宴が開かれ、幼いときから海しか知らぬこの男も、妙な縁からその晴れやかな宴の場に居合わせたのである。

「わ主《ぬし》はなかなか見目がよい。御座《ござ》船の梶師《かじとり》をせよ」

播磨《はりま》の長者に雇われ、そう命じられて、彼はきらびやかに飾り立てた御座船の舷《ふなばた》に立ち、難波の江で一行の到着を待った。

着たこともない装束を着せられている。船も、むさ苦しい仲間うちの小舟とは比べようもない、まばゆいばかりの造りである。楠《くすのき》を使った百石ばかりの船に、波頭《なみがしら》が描かれた塗りの高欄をめぐらし、檜皮葺《ひわだぶき》の船屋形《ふなやかた》が載せられて、帆柱《ほばしら》や、漕ぎ手である水主《すいしゅ》が踏みしめるせがいにさえ、もったいなくも、箔絵《はくえ》がほどこされている。

造りたての船なのだろう、楠の強い匂《にお》いが漂うが、それとは別に、薫《た》きしめられた雅《みやび》やかな香が男の心を蕩《とろ》かす。

——これが、殿上人も炷《た》くという香りなのか。話に聞く沈《じん》というものだろうか。それとも、麝香《じゃこう》……。いずれにしても、海の彼方《かなた》の国からしかもたらされないものであろうが……。

あたりには、同じように瀟洒《しょうしゃ》な船が幾艘《そう》もたむろしている。

「遊びの船じゃな」

別の、これも見事な屋形を持つ船の楫師が、すれ違いざまにいい捨てた。男と同じように日焼けしている。やはり、お仕着《しき》せの組であろう。

「ああ」

男は応じた。

もとより、この贅《ぜい》の尽くし方は、都人《みやこびと》が宴にうち興じるための船ならではであろう。それにしても、材料を吟味し、一流の船大工に命じて造らせたものであることは疑いもない。

——受領《ずりよう》の殿ばらの、勢力《せいりき》の競い合いなのだ。

そうも思わずにはいられなかった。

受領とは各地を統《す》べる最高責任者で、その財力との羽振りのよさは、いまでは摂籙《せつろく》内覧《ないらん》の臣を凌《しの》ぐ勢いである。家格としては中流、下流の出身であっても、豊かさの点ではひけをとらない。

——その、並みいる受領達のなかでも、力のある殿は、山陽道では播磨守《はりまのかみ》。南海道では伊予守《いよのかみ》……。

　この男が命じられて楫をとるこの船は、播磨守のものである。

　今日のこの浜には、畿内《きない》、山陽道、南海道の受領らが船を居並ばせ、殿上人のご機嫌を取り結ぼうと待ちかまえている。上巳の祓は神事であるが、君達が行う仏事神事のならいで、修法《すほう》のあとには、遊びと宴が日がな、うち続く。

　その催しを出世のつてと考えて、地方の国守である受領が顔を揃《そろ》え、我先にと公卿達の世話を焼き、他国に負けじとばかりに、やんごとなき君達や女君のため、数知れぬ贈物を調《ととの》える。

　受領は遊び場のしたくも調える。

　男は浜を見渡す。

　磯馴《そな》れ松が続くだけの砂浜に、あるはずのない花木の群れが現れ、咲き誇っていた。渚《なぎさ》から海中に突きだした形の桟敷《さじき》がにわかに造りつけられ、潮が満ちれば御座船をそのまま回廊に乗り着けられる形になっている。

　それもこれも、君達や女君の目を楽しませようと受領たちが何くれとなく心を配り、殿上人が立ち寄ることになっている浜を、設《しつら》え尽くした末のことであった。

　――流れてくる噂《うわさ》によれば。

男は考えをめぐらせた。

——白河院《しらかわのいん》が受領の殿ばらを、とりわけお引き立てになっているということであるが、それもこれも、受領の巨富を頼られてのことではあるまいか。

在位十四年にして、白河天皇は譲位なさり、堀河天皇《ほりかわのてんのう》が世をお継ぎになった。が、幼主《ゆうしゅ》の堀河天皇にかわり、白河院が院庁で政《まつりごと》を執り行われているという、もっぱらの噂である。近臣の方々に、公達《きんだち》よりも受領の殿方を重く用いておられることも、これまでになかったこととして、ある種の驚きとともに世に知られはじめている。受領のもたらす金の魅力であろうか、と。

受領の財力は人の目を瞠《みは》らせていた。なかでも、播磨守の権勢は他を圧している。男が楫《かじ》を取っているこの船も、ひときわ目立って贅沢なものだ。屋形の青簾《あおすだれ》のなかには、播磨守があぐらを組んでおられるはずである。下仕《しもづか》えの者も何人か控えている。

——なにゆえ、播磨や伊予にお宝がたまるのか。

男は、富が積もる仕組みを見抜こうとして眉《まゆ》を寄せた。

そのからくりが、彼にはぼんやりと見えて来た気がする。

が、いまは思いにふけっている時ではない。殿上人たちの御船が、摂津《せっつ》の方角からゆるゆると差し下っておいでであった。

百五十石ほどの船が六艘。受領の船を遥《はる》かに上回るあでやかさである。屋形はやはり檜皮葺、螺鈿《らでん》や金銀蒔絵《まきえ》で飾り立てた調度はいうまでもなく、梶師《かじとり》や水主《すいしゅ》の装束も都びて、飛び抜けて格調が高く、とくに念入りに誂《あつら》えられたものと思われる。もとはといえば、殿上人が与《あずか》っている諸国の庄領《しょうりょう》に申しつけて造らせたものに違いない。

梶師の男は、御船の調度が日の光を受けて照り映えるまばゆさに見とれた。海のなかに、これほどの華やぎが浮かぶのを、初めて目にした。

光の洪水は、刻々と浜に近づいてくる。

と、ふいに歌声が流れてきた。

御船に乗り従っている舟子たちが、命じられたのか船唄をはじめた。

選りすぐられた上手なのだろう、唄声は海上を朗々と響いて、居合わせた人々の心を貫き留めていった。それに被《かぶ》せるように龍笛《りゅうてき》が空を小気味よく裂く。

笛の音は、夢まぼろしそのものである。栄華の響きにさえ、わけもなく胸騒ぎが混じる。衰えのやる瀬なさに似たものが、あらかじめ混じるのは、笛というものの宿命であろうか。あるときは清らかに、あるときは面白く響くが、力のあらん限り吹いても、いつかは息は尽き、音の絶えるときが来る。人の息づかい、命の息吹きに、それは似ている。

しかし、楫師の男には、笛の音を機に、船を漕ぎ列《つら》ねて君達が交わし始めた管弦の響きが、別世界のもののように聞きなされた。

――これが、都人《みやこびと》の遊び……。

受領たちの舟が待つ浜に、御船が下って来られ、様子が端近《はぢか》く見える。船ごとに神事が始まっていた。各船ごとに控えている陰陽師《おんみょうじ》が、公卿たちの下仕えから何か渡されるのが見えた。陰陽師の手元で、光が瞬いている。きらめく物の正体を見きわめようと、男は目を凝らした。

はっとした。

どうやら、金銀でできた一対の人形と、黄金づくりの小舟らしい。上巳の日には、人をかたどった人形《ひとがた》を形代《かたしろ》としてけがれを移し、大海に流して祓《はらえ》とする習わしがある。

――あ。

確かめる間もなく、舷に立つ陰陽師の手元から、金の輝きが放たれ、うす明るく青い波間を縫って、沖のほうへと消えていった。

と、矢継《やつ》ぎ早《ばや》に、さらに一艘、もう一艘と黄金の小舟が流された。御船に乗り合わせている君達の人数分、形代と小舟は支度されているようである。

——何と。金銀の人形を、相次いでに流してしまうとは。

男は、ひやりとした。

おぼつかなく光りながら波の上をすべりゆく小舟に乗せられているのは、殿上人の富の象徴《しるし》でもあるまばゆい人形であったが、黄金の明るさの影に、なぜか血の色が感じられる気がしたのだ。

どこかが狂っている。

この男はそんなことを思ったわけではない。むしろ、ただ奢侈《しゃし》の極みに驚いたのであるが、散財につきまとう荒廃の匂いを、知らず知らずに嗅《か》いだのかもしれない。

海は構わずに金銀を呑《の》み込んでいった。

祓《はらえ》が終わると、法師たちには祭物がふるまわれた。これもまた、金銀製の祭器や供《く》物《もつ》である。

「浜に着けよ」

命じられて、男も浜辺の桟敷に船を寄せた。桟敷の様子が、さらに目を引く。

極彩色の織物がうち敷かれ、柳に山吹《やまぶき》をふんだんに添えた花飾りは匂いやかに、銀の盆が連ねられ、そのなかを、給仕の女たちがしきりに行き来する。その女たちさえ、梶師の男には神々《こうごう》しく映る。

どれも齢《よわい》二十にはなるまい。摺《す》り絵《え》のついた裳《も》をひき、揃《そろ》いの唐衣《からぎぬ》を羽織った正装でかいがいしく勤める女は、いずれ劣らぬ、選りすぐりの美貌《びぼう》である。

御船からは、男君たちが桟敷に上がられ、受領たちや供の人々も下席につく。女御《にょうご》をはじめ女君たちは、停泊した舟で宴をご覧になるのであろう、給仕の女達は御簾《みす》のもとまで佳肴《かこう》を運び、下仕えの女に引き継ぐ。

酒も行き渡り、男君は杯をかわし、楽筝《がくそう》に合わせて舞う。

ひとさし。……もうひとさし。

と。

君達のかきたてる筝の音に気をとられでもしたのであろうか、女君たちの舟の一艘で、下仕えの童《わらわ》がふいに引き転び、倒れかけに御簾をつかんだ。

簾が掛け具から半分外れかけ、ほんの一瞬、西日が女君の屋形の奥を鮮やかに照らし出すのが、この男の船から見えたのである。

宴のさなかだけに、気づく者も少なく、童の粗相はすぐに取り繕《つくろ》われた。

しかし、男の目には一人の女君の姿が焼き付いた。

見たのか、見なかったのか。それは彼にも定かではない。顔かたちが美しかったのか、そうでなかったのか。それもわからない。ただ、かしずかれている女君のほの白い横顔は、何かをあざ笑っているようであった。

先ほど流された金の形代が、生身になって現れたかのように、男には思われた。沖に流されてゆく金銀を引き戻せないのと同様に、この女君も、男の力の及ばないところに在った。

同じやり切れなさが、梶師の男を疼《うず》かせた。

この苛立《いらだ》ちと近いところに漂う危うさをよそに、男の頭のなかにあったのは。

――長者になればどうなのであろう。かの女君も、金銀も。

その思いだけである。

庶民の娘でも、見初められて受領の北の方にでもなれば、羨望《せんぼう》のその先にある世界へゆける。女なら上がれる。

――されど、我が身は……。

我に返り、男は暗い海上にゆらゆらと漂う皮匣《かわご》に目を戻す。

――金目の香木か象牙《ぞうげ》でも入っておればよいが。

唐物に憑《つ》かれ、富を求めるようになったのは、あの難波の日以来のことであったが、日々を船上で過ごし来た彼の生い立ちとも、それは無関係ではない。

渡来の品々を満載した大船が、異国から波濤《はとう》を越えてやって来ることを、男は肌身で知っている。

明け暮れを海に浮かび過ごす男のあざなは水竜《すいろう》。齢《よわい》十七である。

二

大宋国の船を、水竜がはじめて目にしたのは、十年かそこら前のことになろうか。

折りしも、大宋では神宗《しんそう》の最盛期であった。

――なんと、あれでも船か。

まだ七つにもなっていなかった水竜の目には、宋の商船は怪物のように見えた。いまでもそのときの驚きが、ありありと浮かぶ。

唐とよばれていた国が滅び、唐商が姿を消して以来、しばらくは渡り来ることの稀《ま》れであった商船が、ぽつぽつ来朝するようになったのは、かの国を衰えさせかけた戦乱が止《や》んで大宋国が興《おこ》り、太宗の治世になってからのことであった。

さらに、神宗の世になると勢いに拍車がかかった。

〝新たなみかどの御時になって、来朝する船はいよいよ増した〟

海の男たちのあいだでは、そう囁《ささや》かれている。

宋は、異国との商いによって国家を富ませることに力を入れており、神宗の代には、わが国との交易を目当てに出港する商船の市舶司が明州と定められ、ますます盛んな商いが進められようとしていたのである。

とはいっても、わが国側は及び腰であった。私人が宋との商いを行うことは禁じられており、民が大陸へ渡ることも許されていない。

上つ方々や長者は渡来の品々を〝唐物《からもの》〟と呼んで格別珍重していたにもかかわらず、朝廷としては気乗《きの》り薄《うす》で、交易をごく細々《ほそぼそ》と限っている。

大陸からの商船は、来着したなり太宰府《だざいふ》の官人《かんにん》に取り仕切られ、外湊に留め置かれる。

筑紫の国、博多津《はかたのつ》を望むこの政庁を通してはじめて、異国との交易は行われた。太宰府は、わが国唯一《ゆいいつ》の外交の府であった。

宋の商船が来航した旨《むね》、都に報《しら》されると、追って朝廷からの沙汰《さた》があり、品々が買い上げられる。交易唐物使が物品を攫《さら》うように買い上げてしまってから、ようやく残りの品を購《あがな》うことが民間にも許されるのだが、数は知れたものである。

いっぽう、制法のもとでの商いは、商客にとってはつらい。代金も朝廷の出したものに折り合わねばならないうえに、支払いはしばしば先送りになり、滞《とどこお》りがちでもある。

代価が支払われるまでのあいだ、商客は太宰府郭内、博多津にある〝鴻臚館《こうろかん》〟に足止めされる。この公設の館は、遣唐使の時代から渡来の使節や商客の迎賓館であったとはいうものの、もてなしに華やかなりしいにしえの面影はない。朝廷から滞在の費《ついえ》を賜わることさえないまま、商客たちは長い場合には二、三年も平気で待たされる。

それでも大宋国からの船は、数が減るどころか、年々増えていく。

水竜たちの乗る和船は、噂《うわさ》に聞く宋の船をひと目見ようと、唐泊《からどまり》の浜をさして漕《こ》ぎ寄せた。

宋船は筑前国《ちくぜんのくに》志摩郡、唐泊の浜に停泊していた。かの国の方角から海路をやってくるとすれば、唐泊は博多津へと船を迎える岬の陰にある。

海は霞《かすみ》が深かった。夕陽は明るいが、湾のなかに入るとぐっと湿り気が上がる。温められた海水が霧のように立ちこめて、湖の夕霧を思わせた。

靄《もや》の煙るなかを、見張りの和船が幾艘も近づいてくる。水竜たちの行く手は居並ぶ船に阻《はば》まれた。と思う間もなく、しだいに取り囲まれる。見ればどの船も武装している。

船団は、唐泊の浜を護《まも》っているらしい。朝廷の掌《たなごころ》のなかにある宋の商船に、一介の民の船が近寄ることなど許されるはずもなく、守りが固められているのである。油断なく構えられた弓がこちらを狙《ねら》っている。

「射られるぞ。早《はよ》う、弓矢を」

水竜は眉を寄せ、子どもなりに船団を睨《にら》みつけ、武具を捜して舷《ふなばた》を駆け回ったが、水竜たちの船の長《おさ》は動じない。

「あれが、宗像《むなかた》の一党じゃ」

船の長は、海津の事情を心得ていたために慌《あわ》てるふうもなく、こちらからまず名乗り、水主に命じて船団の先鋒《せんぽう》にあたる船に寄せていった。

実情をいえば、鴻臚館の客たちをまかなう費えもままならぬ太宰府に、行き届いた警固は無理であった。そのぶん、海人《あまびと》の力を、なかでも武力のある一党を頼らねばならない。唐泊を守るこの一団は、古来、玄海灘《げんかいなだ》から博多津のあたりを統《す》べる宗像の海人一党であるらしい。

水竜たちの長は名乗り、見張りの船の長にいくばくかの砂金を渡した。検《しら》べられることもなく、首尾よく通過してゆく。

宋船を安置してある浜がおぼろげに見えてきたとき、一行は戦き、唸《うな》った。

——巨《おお》きい。

長《おさ》も梶師も水主たちも、わけのわからぬ巨大な形《なり》をのけぞるように見上げた。浜に陵《みささぎ》が、それも、ずんぐりした異形の塊が、にわかに現れたかのようであった。

大人たちが度肝を抜かれているなかで、水竜も立ちすくんだ。

水竜は唐船を知らない。大陸で造られた船が和船に比べて大きいということは古老に聞かされていたが、かほどに途方もないものとは思いもかけなかった。

水竜の見てきた船は、大きくても五、六十人乗りがせいぜいである。古老の昔話によれば、唐土《もろこし》からの船や、それを真似《まね》て安藝《あき》で造った遣唐使船は百二、三十人乗る大きさだったというが、それらの船も実際に目にしたことはない。見たところ、この宋船には三百人はゆうに乗れそうだ。

船は潮の届かない浜の上まで上げ置かれている。あらわになっている船底の形にも目が釘付《くぎづ》けになった。

――いかようになっておるのじゃろう。

幼い水竜は息を呑む。

和船の船底には丸太を刳《く》った無垢《むく》の材料が使われており、外より見ても底は丸みを帯びている。ところが、この宋船の船底は、前方から見ると剣先を思わせる逆三角形の尖《とが》り方をしている。船底から上部に立ち上がるにつれて、急激に側壁が広がっており、そのために船幅が広く、船体は和船の二、三倍の太り方をしている。和船を細魚《さより》とすれば、宋船は怒張したときの河豚《ふぐ》に似ている。

——なんと、妙な形の船が、この世にはあるものよ……！

頭が痺《しび》れていた。

大宋国には、高々とそり返り、逆巻く外海の風波を乗り越えなければ行けぬという。内海《うつみ》をゆく者には、あらゆる波が牙《きば》をむいているように見えるとも聞く。その波を、この化け物じみた船が乗り越えてき、この浜に在るということが、何か空恐《そらおそろ》しい気もした。

いや、この世にあることの半分も知らなかったのだという真実に気づくのが、恐しかったのかもしれない。

およそ、海にまつわることなら、知らぬことは何一つ無いはずだった。問えば何事につけ、誰か年長の者が答えてくれる徒《ただ》ならぬ仲間のなかに、水竜は生きていた。固唾《かたず》を呑《の》むいっぽうで、気をそそられた。

生まれてこの方、ほとんどの日々を船上で過ごした水竜であったが、経験のない驚きをもって初めて、海の際限ない容量を感じたのである。

と、水竜は突然、衝動に駆られた。

——なかを見たい。

水竜の体は思いよりも先に動いた。

「おい、何を致す」

大人たちはあっけにとられた。

誰彼が止める間もなく、彼は海へと身を躍らせ、次の瞬間には、砂に産卵する魚のように、浜へ慌《あわ》ただしく駆《か》け上っていた。

波打ち際《ぎわ》に水しぶきが跳ね上がる。

が、走り寄ってきた若い郎等《ろうどう》たちに、すぐさま取り押さえられ、抱え込まれて抗《あらが》いながら、浜の上に引き揚げられる。

「この小魚め、よう跳ねるわ」

水竜は、郎等の腕を振り払おうともがく。

「なにしよるんじゃ、このたわけが」

慌てて後を追い、上陸してきた船の長が、郎等から水竜を引き取り、羽交い締めにして叱《しか》る。

「あの船のなかを拝みたいんじゃ」

なおも水竜は宋船に駆け寄らんばかりの勢いであった。

「なにをばかな。浜から拝ませてもらうだけの約束じゃわい」

「ちくしょう。やい、見せよ」

「はは、勇ましいのう」

騒ぎを聞きつけたのか、この郎等たちの親方らしい男が顔を見せた。水竜たちの船の長に向かい、尋ねる。

「汝《なんじ》らは」

「糧《かて》送《おく》りの楫師《かじとり》の者」

「ほう。都までの海路を参る者たちか」

山陽と南海のあいだを、島々の間を抜けて畿内へゆく海路——後《のち》にいう瀬戸内海——は、物貨を都へ運ぶための大動脈である。陸を人馬でゆくことに比べ、水運に利があることはいうまでもない。周防《すおう》、安藝《あき》、伊予、讃岐《さぬき》、阿波、三備、播磨《はりま》など、内《う》海沿《み》いの諸国の京進米や塩は、都の台所をまかなう最大の財源であるが、それだけでなく各国産の材木、鉄、墨などの産物も運ばれる。

加えて、九国《くこく》から徴収された税のたぐいはすべて太宰府へといったん集中し、そこから莫大《ばくだい》な量の品々が海路で都へと上げられる。

諸国の物貨にもとづいた都の豊かさを維持するためには、内海の海運が命綱であるともいえた。

「門司より先は内海で、波は浅緑の布を一面渡したようにのどかじゃが、だからと申してあなどれぬ様じゃの」

宗像がたの親方がいう。

「あの海の往来は難しゅうての。我が船の梶師どもは慣れとるが」

水竜の船の長が受けた。

梶師というのは、梶を取る役目をいうが、広くとれば水路の案内《あない》を手がける者のこともなる。ともに乗り合わせる者のなかでも、最も重きをおかれている。

航海の術として、磁石や指南盤《しなんばん》はまだ用いられていない。海の道をゆくとすれば、視界に入るものだけが頼りになる。

船は海岸に従って水行するのが大原則で、浦々や岬の形、山の稜線《りようせん》や島影を目印に進むことになる。天体の動きも目標としてはよいが、天候によって空がかき消えたようになってしまえば、たちまち船は途方に暮れてしまう。浦づたい、島伝いに漕《こ》ぎ行くのが常道である。

九国を根城にする宗像の郎等にもむろん梶師はいるが、京へ向かう海路よりもむしろ、西海といわれる方面に通じ、高麗《こま》へ、あるいは大宋国へと続く、海上の目標《めじるし》や湊《みなと》の少ない外海の道へも出る。その面では命知らずだが、猛者《もさ》の宗像海人さえ、瀬戸内の海を侮《あなど》れないというのには、それなりのわけがある。

点々と、ただ散り嵌《ば》められているように見える瀬戸内の島々は、実際には海の底から鋸刃《のこぎりば》のように鋭く立ち上がり、まちまちの高さに聳《そび》えているのであり、幾通りもの櫛《くし》を流れの障害物にしたかのように、海流は激しくぶつかり合って複雑な動きを見せる。

むろん、諸島の置かれ方の地図どころか、大ざっぱな絵図さえない。

ひと口に八十島というが、実際には七百を超える島々がある。特徴があるとはいっても、いずれも似通った景色であり、それぞれを見分けることさえ至難の業なのだ。無数の島嶼《とうしょ》が連綿《れんめん》と続く海は、知らない者にとって迷路に等しい。

潮の流れは入り組んでいるうえに、刻々と変化した。

幼い頃からあたりの海域になじむ島に生まれた者達にとっても、少し離れた海域の島々となれば、別の小宇宙である。いくつもの銀河のなかを通りゆくためには経験を重ね、記憶力、それに、ものを視《み》る力と判断力に通じなければならない。

播磨灘から門司に到《いた》るまでの道のりをこなすには、どれだけのことを覚えなければならないのだろうか。

諸島と陸、津津浦々にわずかに顔を出している岩と海。島の折り重なる順序。稜線の描く高低、海岸の遠近……。

単純な素材の織り成す像を無数に記憶し、瀬の流れを読み、潮を見る。暗礁《あんしょう》のありかを避ける。時を待つ……。

内海《うつみ》の長い距離をゆく楫師は、高い能力を要求された。人の経験則をあざ笑うかのように、海の道にはあるはずのない渦潮がふいにでき、船を引き込もうとすることがある。

とくに瀬戸内について、よその海人が入って来にくいのには、そういった事情もあった。

見た目にはおっとりと静かだが、通る者にとっては魔の海——それが内海である。

「で、汝らの国は」

宗像の親方が続けて問う。

「伊予の越智《おち》、安藝の沼田《ぬた》」

「ふむ。寄り合い所帯か」

伊予の越智も、安藝の沼田も、それぞれ海人の一党である。その寄る辺《よべ》は、片や四国の南海道、片や山陽道にあり、内海を挟んでちょうど向き合う形になっている。

——伊予と安藝。

水竜の船の長は、成り行きでそう答えたのであるが、実をいえば、船に乗る者たちは、そのどちらにも、属しているともいないともいえた。

彼らの生まれは、伊予と安藝を星の河で結ぶように連なる、数知れぬ群島のなかのひとつ。生まれた島には耕すほどの土地がなく、湧水《わきみず》もない。しだいに誰彼となく瘦《や》せた土地を離れ、船上で日がな、過ごすようになっていった。

周辺の島々から出た漁民たちのなかには、同じ理由で漁だけをして過ごす者も多かったが、水竜の島の一族には、特別な家系の者たちがいた。

——〝渡し〟

——〝神渡し〟

島では、彼らのことをそんな呼び方でいい伝える。

水竜の島の〝渡し〟の一族は、口伝えで海道を航《ゆ》く術《すべ》を受け継いできた。もともとは、季節によって種類も居所も変わる魚を追い、遥《はる》か遠くの漁場まで遠出してゆくことから、海の道に通じはじめたのだともいう。

ほかの島々に比べても、この島出身の漁人《すなどり》は、漁に使う道具の数がぐんと多い。七つ道具ともいうのだが、獲《と》る魚に応じて異なる道具を船に積んでいる。

正月を過ぎれば、周防の大島まで出向いて青龍蝦《しやこ》を刺す。六十六夜から八十八夜までは鯛の集まる讃岐の与島《よしま》へ。盆過ぎまでは今治で烏賊《いか》を釣り、秋風が立てば戻って浜で海老《えび》を曳《ひ》く。魚に引かれて海の道を渡り、見聞してきたのかもしれない。

ほかにも〝渡し〟の出自をめぐっては、いくつもの説が島に伝わっている。

〝神武《じんむ》天皇が東征なさったときに、海の道の案内を務めた椎根津彦《しいねつひこ》を祖とする〟

とも、

〝大和朝廷の海部《あまべ》、吉備《きび》氏の傍流〟

ともいう。

椎根津彦は、豊予《ほうよ》の海の難所、速吸《はやすい》ノ門《と》から内海に天皇を先導したとされる、伝説中の勇者である。

また、吉備氏は、大和朝廷が新羅《しらぎ》や高句麗《こうくり》と戦っていた頃に、異国に赴く要人を一族から出し、軍船《いくさのふね》を用立てられるほどの力を持っていた。津津浦々を仕切り、物貨を運ぶ兵としても重く用いられていた一族であり、海軍《うみいくさ》の折の早船の手配にかかわり、海の道を熟知していたといい伝えられている。

〝渡し〟は、よその国まで繋《つな》がる海路を熟知していた者の子孫であるということを誇りにしていい、いずれにしても、漁にいそしむ民というだけではなく、水先案内の能力を持つ者が、島の〝渡し〟の祖先であるという。

その真偽はさておき。

平安の世を、島出身の男たちが梶師として生き抜いてゆけるのにも〝渡し〟の恩恵が相当あった。

都への糧送《かておく》りが不可欠になってくると、案内の能力を頼み、道に通じた梶師を雇おうとする勢力が次々と現れた。

水竜の島の梶師たちは、長丁場《ながちょうば》の海路を迷わずにゆく。海沿いのおもな津を仕切る長者を当たれば、即座に仕事が出た。

たとえば、各国の国守の下で津泊を統《す》べている、海人出身の長者からも発注がある。

〝海人《あまびと》〟という呼び方を、誰がいい始めたのかは定かではない。

ただ、津浜に一定の住まいを持ちながらも、漁や航海術に長《た》けている者の集まりをそう称することがあった。海産物を上納すべしと朝廷にお役を定められた海部の子孫も多くそう呼ばれたであろうし、また、水竜たちのように、伝令や水先案内の役割でそれぞれの津に置かれた〝渡し〟系譜の者が党をなす場合もあった。

海道の駅にあたる要所に、こうした海人の勢力が拠点を持つのは、自然の流れである。

また、彼ら海人たちのあいだには、むろん縄張りこそあれ、相身互《あいみたが》いの機運もあった。とくに、往来する者にとっては、道は通じてこそ道である。物貨もできごとも、思いのほか速く海上を伝わってゆく。

「このたびの荷も、無事に届くのだろうな」

宗像がたの親方がいう。水竜たちの船は、こちらの長者に雇われたのである。

「お任せ下され」

船の長は諾《うべな》った。

大人たちが話を交わしている間も、水竜は身もだえし、しきりにごねた。

「よう、船のなかを拝ませよ」

「黙りおれ」長がいさめる。

「ふふ。見とうなるのも無理はあるまい。我らとて、初めはのけぞったわ」宗像がたの親方が笑う。「海で眺めるよりも、浜に上げてみると思いのほか大きくてのう」

玄海灘に蟠踞《ばんきょ》する宗像の郎等は、神亀《じんき》の頃にも、太宰府の命を受け、対馬《つしま》に向けて糧を送る船の案内役を務めたことがあった。日頃は漁をする海域が重なるため、異国の船と行き交う機会も無くはない。

その経験から、異国の言葉を習い覚えて達者に話す者もおり、渡来する大宋国の商客のなかには、訳語《おさ》や帰途の案内を彼らにさせる者もあった。

交易のおこぼれにも与《あず》かり、いまでは郎等の親方達を統べている宗像社の宮司は、長者になりつつある。

「さりながら、仲間うちでも、めったなことでは宋の船のなかに入れぬ。宋人どもが何人も船に寝起きし、船を見張っておるのでな」

それを聞いていたのか、いないのか。水竜は、なお宋の商船を見つめ、やがてじっと目を閉じた。

「さ、そろそろ参るぞ」

同じ船の者たちに急《せ》かされるまでのあいだ、彼は宋の船を胸中で、心ゆくまで味わったようである。

「ずいぶんこまいが、下働きにしては賢そうだわ」様子を目にした宗像の郎等がいう。

「我が方に貰《もら》えんか」

「いや、かの子は楫師の跡継ぎで」

「おお、さようじゃったか」

長はあえて言及しなかったが、水竜は〝渡し〟一族の血を引く子であった。

〝渡し〟ならではの目を、水竜は持っている。見たものの形や意味をことに応じて理解できるうえに、物覚えが確かである。聞いた言葉も、彼の脳裏に焼き付いてゆく。海を代々語り伝えてゆく〝渡し〟に具《そな》わった力であろうか。

――大宋国か。

水竜は、巨大な船の出現に強い感銘を受けた。が、このときの印象は、もうひとつの特別な記憶と結びついている。

都へ向かう海上で、それは起きた。

宗像の長者は、太宰府の依頼を受け、運京船の調達を任されている。宋船がやって来ているこの度は、政府が買い上げた渡来品を、都まで無事に届けることが宗像がたの役目であった。

船は、和船にしては大きめの運京船が四艘《そう》。さらに、護衛としての小舟が二十。周防までは宗像の海人が楫を取り、内海に入ると、水竜たちの島の雇われ楫師が四艘の運上船に分かれて乗り込み、案内をとって代わった。

そこまでに、すでに数日。

天候が不順になると、浜で何日も待つことがある。長門から都まで、朝廷が見込んでいる海路の日数は二十三日であるが、天候や海況によって、休み休み向かう。

周防灘《なだ》から長島を回り、平郡《へぐり》島が見えてくれれば、その先に伊予灘の広がりがある。

はたりと風がやみ、水面は明るかった。海は鞣《なめ》され、日の光は悠長に匍匐《ほふく》する。舷は眩《まぶ》しさに溶かされてしまう。日射《ひざ》しを平らかに、ぐんと射返す波のなか、うっとりとただ水を掻《か》く船は、時に閉じこめられたようであった。日が暮れても、いっそう静かである。月は円《つぶ》らにあって、海を満たしている。日数《ひかず》の遅れを取り戻すには格好の夜で、水主《すいしゅ》たちも休みなく漕ぎゆく。子どものこととて、水竜は船底でうとうととしていた。水竜にとって、この先はもはや慣れた海でもある。

が。

水竜はふと薄目を開けた。

無意識のうちに、何か眠りを妨げるものを感じたのである。

ぼんやりと、まだ覚めきっていない感覚を研ぎ澄まそうとするが、船はおっとりと進んでいるようである。

再び眠りに引き込まれようとした。

けれども、耳の底に微《かす》かに何かがこだまする。

ざわり、と予感が走り、水竜は頭を振って上半身を起こした。

——何かが、異なっている。

じっと、耳を傾ける。

微かに……、ごく微かにであるが、兆候があった。よほど注意している者でなければ気づかぬほどであろうが、この子の身体《からだ》は船を知っている。

——流されとるんか？

水竜は跳ね起きた。

——間違いあるまい。

船が、わずかだが水に取られているのが、感覚でわかった。

——兄じゃ、潮目を間違《まちご》うたのか。

この運船の楫《かじ》は、水竜が兄貴分と慕う〝松丸〟というあざなの男が取っている。

流されているのに気づいていないなら注進しなければと、水竜は舷《ふなばた》へ駈《か》け上がる。

「……兄じゃっ！」

喚《わめ》きながら、楫を取る松丸に駆け寄ろうとした。

だが、ふいに、横から手が伸びてきて抱き止められた。

「——叱《し》っ」

島の水主の一人である。

水竜は当惑した。普段ならその手を無邪気に振り払うところであるが、できなかった。彼の面差しに、殺気に近いものがあったからである。

見れば、ほかの運船は、先へ先へといっている。水竜の乗る運船は最後尾をつとめており、先頭と第二走の船団は、すでに見えない。

とはいっても、三走目の船団とは、着かず離れずの距離をとってきたはずであった。

それが、いつのまにか、じり、じりと引き離されている。

――潮に流されているのじゃ、この船は。早く抜け出ないと……。

水竜は、懸命に訴える目で水主を見上げたが、またも厳しい表情に圧殺された。

胸が騒いだ。

――このままでは、遅れきってしまう。

水竜がそう案じた通り、三走目の船団は、少しずつ遠ざかって、もはや船団の灯が豆粒ほどにしか見えていない。

それどころか。

この運船の護衛として付き添って来ている五艘の小舟とも、距離が僅《わず》かに開き始めている。

護《まも》られる形で五艘に囲まれていたのに、水竜らの運船だけがするりと逸した形で遅れ、道を逸《そ》れ始めている。

――あ。

背筋が冷たくなった。

ずしり、と船の速度に、ふいに重みが加わった。かと思うと、見る間に、ほかの船々との差が急速にひろがり始めた。

――なんと、速水につかまった。これは、逃れられまい……。

そう思う間もなく、すさまじい勢いで、この船一艘だけが、潮に流されて後方へ、後方へとゆく。

そのときになって初めて、護衛の船の者たちも、異変に気づいたようである。五艘の小舟が、慌《あわ》てて進路を変えようとするのがわかった。遅れた運京船の傍に寄ろうと楫を取り直し、小舟の水主たちも力の限り漕いでいるようだが、どうしたことか、潮目に阻《はば》まれて近づくことができない。

取る術《すべ》もないまま、護衛の船とも遠ざかってしまった。互いに篝火《かがりび》だけが、まだ見えるかどうか。

「何地《いずち》に参るのじゃ」

ようやっと、水竜が小声で尋ねた。

「案ずるな」水主が短く答える。

「追いつけるのか」

「いらん心配じゃ。わ主は寝ておれ」

船底に追いやられようとしたが、水竜は水主の腕をかいくぐって、楫を取る松丸に走り寄った。

が、その足が、ぎくりとしたように止まった。

ともに進んできた船の一団とは反対の方角に、ちらと明かりが瞬《またた》くのが見えたのである。

——漁り火《いさりび》か。

と、火影は、すい……、と水面で二手に分かれた。その二つが四つに。四つが八つに。

さすがに、船じゅうがどよめいた。

「賊じゃっ」

水竜は、思わず叫ぶ。

火はするすると滑るように近づいてくる。水竜の目には、いちはやく八艘の船影が見えた。

船の速さは増している。距離は縮まってきている。にもかかわらず、こちらの船は立《た》ち往生《おうじょう》に近い形である。

――来る！

水竜は肝を潰《つぶ》した。

ひゅっと空を裂く鋭い音がして、火箭《ひや》が船を掠《かす》めていった。

「兄……！」

驚きに喉《のど》が詰まる。

小舟から、矢が射かけられている。問答無用のやり口からして、賊に違いない。

唐物《からもの》を積んだ運京船と知っての待ち伏せであろうか。

小舟で、どっ……と、鬨《とき》の声が上がった。雄叫《おたけ》びは海をつんざき、天までも響《ひび》く勢いである。

水竜はのぼせ上がった。

小舟はまっしぐらにこちらをめがけてくる。声は遠近に断続している。

「梶を！　兄じゃ、梶を！　何をしている、早《はよ》う、早う」

水竜は、松丸の手並みならこの急場を逃げ切れると信じている。

ところが、松丸の指揮にはいつものような切れがなく、水主たちも動きが鈍い。

水竜には、悪夢のようにしか思われない。島の梶師《かじとり》がこの小舟たちを振り切れないはずがない。

だが、四方から、船は取り囲まれようとしていた。

どの船からも火箭がひらりと光り、炎の描く弧が交錯《こうさく》した。少しずつ、運京船は小舟の陣型の中に追いつめられていく。

いよいよ、小舟の群れは運京船に迫っていた。

「焼かれるぞっ。船を廻さねば」

水竜は歯痒《はがゆ》く、足をじたばたさせる。

楫師の松丸は、それでも動じていない。

「水竜よ」瀬戸際《せとぎわ》というのに、松丸は落ち着いて呼びかけた。「お前、矢の行く先をよく見てみんね」

「何じゃと」

目を剝《む》いて、それでも水竜は目で火箭を追った。

「この船に当たっておるか」

松丸の問いに、水竜は眉《まゆ》をひそめ、首を振る。矢は、続々と放たれ続け、炎は華やかに尾をひく弧を描いているものの、次々に海に落ちていく。火の燃え尽きるじゅっという音がけたたましく響く。が、矢は運京船をかろうじて逸れている。

目利《めき》きの水竜は、はっと気づいた。

小舟の射手たちは、あえて的を外しているのではあるまいか。そうでなくては、矢がことごとく船を逸れ、海中に没してゆくことの説明がつかない。

――なにゆえじゃ。

問いたげな目を、彼は松丸に向ける。

「長《おさ》がな。お前もそろそろ、知っておいてよい頃じゃと」

「何を」

「あの船の衆は、賊ではないのだぞ」

「では、なにゆえ火弓をつかう」

「ならば実を明かすが、よその者には黙っておれよ」

水竜は、こくりと頷《うなず》いた。松丸が続ける。

「先に参った仲間の船々からはなあ、こちらの様子がかろうじて見えるじゃろ」

「うむ」

「火箭が射交わされていたら、いかに見る」

「決まっておろう。賊じゃ」

「となれば、こちらに助勢したいところじゃろうが、助けたくても参れまい。先刻《さっき》、この船が乗り越えた潮の流れを、いま乗り切ろうとすれば……」

「……渦に巻かれる？」

水竜には、刻々と変わる潮の動きが見えていた。いまや、先をゆく船団とこの船の間は、いくつもの渦に堰《せ》かれている。

「さよう。されど、助勢がなくとも心配は無用じゃ。いまこの船を囲んだ船の衆は、みな宗像がたの郎等やけん」

「……え」水竜は意外なことに目を瞬く。

「この船はなあ。宋からの荷を積んだまま、宗像に戻るのじゃ」

「――宗像に？」

「宗像の長者のお指図《さしず》でな。郎等はこの船に襲いかかってみせただけじゃ。本気でかかったのではない。この船は、海の上で賊に逢《お》うた。火箭をかけられ、行方知れずになった。そないな筋書きなのじゃ」

ようやく、水竜は思いあたった。

――兄じゃは、わざと急潮に船を乗せたのだ。船団を撒《ま》くために……。

操船の見事さに、彼はうなった。

松丸が、噛《か》み砕くように事のしだいを説いて聞かせる。

「先に参った運船には、お役人が乗っておられたろう。ああでもしないと、お役人は、大事な荷が一艘ぶん足りぬことの申し訳が立たぬ。宗像がたの郎等は賊のふりをして、遠目には船が襲われているように見せかけた。おそらく、お役人は、この船は道中で沈められ、荷は奪われたと考え、上の者に告げるであろう」

——なんと。

信じ難かった。水竜は、積荷が満載された一艘の船が、朝廷の決めごとに縛られたところから、いとも簡単に脱け出すさまを、目《ま》のあたりにしたのである。

「すると、この船は都へは参らぬのか」

「その通り」

「では、何地へ」

「人目につかぬ小島の、隠れた浜に着ける。そこで、かくなる船は装《よそお》いを変え、新たな船として宗像の長者のもとへ戻るのじゃ」

こんなときにも、船をむだに傷《いた》めるわけにはいかなかった。一艘の船を造るには手間も金も、計り知れぬほどかかる。

「積まれておる荷も、一艘分丸ごと、宗像の長者のものとなる。荷は目立たぬように小分けにされて、ほとぼりがさめた頃に京の市《いち》へと運び、売られる……。唐物はなあ、とてつもない値で売れるのじゃと。都の上つ方々も、唐物には目がないと申す。そのとき都へ上る道の案内《あない》にも、島の者が雇われることがあるのだぞ」

やがて楫師として船を背負う水竜は、請け負う仕事の仕組みを、そう打ち明けられたのである。

「なあ、水竜。湊《みなと》の長者たちから雇われれば、かくして、ええ上がりになる。とくに、唐物を運ぶお代は格別じゃ」

——かのとき。

水竜は思い返した。

松丸のことばの意味を、幼かった自分が理解していたかどうかは、定かではない。

が、あれから十年。

ほかにもさまざまなことを、彼は見知った。

たとえば、運京船一艘の荷を丸ごと掠《かす》めた宗像の長者は、都の市で渡来の品々を売り抜け、できた財をもとに、宋人との密の商いを始めた。

むろん、密の商いは許されていないが、宋人も、荷を高く買い付けてくれる長者とその商いを好んでするそうである。せっかくの渡来の荷を朝廷に安く買い叩《たた》かれ、そのうえ支払いを長年待たされるよりは、ましだというのだ。

商客からじかに仕入れたものは、飛ぶように売れてゆく。

宗像の長者に限らず、似たような密の商いが、宋人商客の着く湊、とくに筑前や筑後の津では、富豪と商客の間で行われていると聞く。

宋の商客は、積んできた荷を優先的に富家《ふけ》層に売り渡してしまう。しぜん、役所は後回しになっていく。

宋の商客は、博多津に入港するよりも前に離島の浜でまず密の商いを行う。津を仕切り、浜の護《まも》りを任されてもいる海人出身の勢力が相手なら、その点でも有利であった。

役人のなかにも、この仕組みを心得て密の商いに目をつぶり、または進んで関わり、財をなす者がいる。地方の国を任された官僚のもとには品物が流れ込む。

なかでも、九国を司《つかさど》る最高のお役目にして太宰府の長である太宰大弐《だざいのだいに》には、そうした実入りが多いという噂《うわさ》であった。

大弐に任命された公卿は、たちまち財をなす。海人たちの一部では、すでにそんなことが、あたりまえのように語られている。

水竜も、地方のお役人の抜け商いした物貨を都の市に運ぶ仕事を受けることがある。

これも島の船の誰彼に聞いたところによれば、豊かな国の国司の倉には、国家が求める調庸《ちょうよう》を遥《はる》かに超える品々が常に運ばれ、堆《うずたか》く積まれているということである。そのぶんが、上から何のお咎《とが》めもなしに、受領の懐《ふところ》に入っていく。

それだけでも、いやというほどの財になるであろう。

——そのうえに、宋からの唐物の恩恵を受けるとなれば、誰しもがその地位を望むのではなかろうか。

水竜には、都人《みやこびと》というものがわからなかった。

——公卿の君たちは、太宰府を地の果てのように思いなしておられるらしい……。

このように、富と結びつく大弐や府官の任命を受けても、なかなか博多津には行かぬ公卿がいるという。

都で夢三昧《ざんまい》の贅沢《ぜいたく》な生活を送り、雅《みや》びやかに過ごしている公達《きんだち》が、京洛《けいらく》の地を去り難く思い、遠方への赴任を嫌う気持ちなど、水竜は知らない。

また、海路というものが、都人にとって果てしなく思えるものだということも、考えのほかである。この男にとって、博多津《はかたのつ》から淀川の川尻までは、常に行き慣れた海道であり、遠いとは感じられなかった。

ただ、都人への憧《あこが》れは、ある。難波津で上つ方々の遊びを目にしてからというもの、思いは募っていた。

津泊《つどまり》を統《す》べる者の富が、海人《あまびと》である彼の目に焼き付いて離れない。

有力な津泊の実力者が、いつのまにか郡司《ぐんじ》になりゆくように、財があれば、名や官位を買うことさえできるのである。湊と船を護る武者を配下に置くことも……。

「唐物は、金になるのでな……」

松丸が口にしたことばが、いまだに、水竜の気をそそっている。

三

浮いている皮匣《かわご》を、柄の長い鉤手《かぎて》で、そろそろと引き寄せる。

が、うまく手元まで寄せきれずに、水竜《すいろう》は舌打ちした。

思いのほか、重い。海草に底を巻かれでもしたのだろうか。あるいは、岩礁《がんしょう》に引っ掛かっているのか。

――いや、布でも入っているのか。

濡《ぬ》れた布でも、唐物《からもの》ならば乾かして売れる。最上等とはいえないが値はつく。

水竜が、難破した船を宋《そう》船だと推測したのには、理由《わけ》がある。

昔、茫然《ぼうぜん》と眺めた唐泊《からどまり》の宋船が、彼の脳裏には、くっきりと焼き付いている。この入り江に流れ着いている板きれは、まさしく、宋船の底の部分を思わせた。暗礁にでも乗って、ばらけたのだろう。

――宋船は、瀬戸内を走らぬはずだが……。

渡来の船は、太宰府で留め置かれるのが決まりである。門司の関で、誰かに差し止められなかったのだろうか。

――と。

連れている子が、ふいに船のはたから海に入った。気が急《せ》いたのだろうか。合図もしないうちに潜ってゆく。

「待てよ」

水竜は慌《あわ》てて縄を確かめる。

子どもは、潜女《かずきめ》のように腰縄をつけている。

水竜は、入り江に流れ着いたものを拾わせるためにこの子を乗せている。鉤手では拾いにくい岩場にも、子どもは平気で泳いでゆく。

夜の海は見えにくいのだが、子は海中で光る銀の器などもよく見つける。場所さえ覚えさせれば、昼間にまた潜る。いまでは、得難い助け手であった。

見る間に、彼女は皮匣にたどり着いた。その場で、すぐさま潜る。

皮匣の底部を確かめようとするのだろう。水竜はそう見ていたが、すぐに子どもは海面に頭を出した。

「おうい。いかようじゃ」

声をかけてみるが、子はいやいやをするように首を振る。

「いかが致した」

答えずに、また潜ってゆく。

水竜は、岩に注意しながら、船を少しずつ、皮匣のほうへ寄せていった。篝火《かがりび》が水に映る。うすぼんやりと、水の深みが明るんだ。

皮匣の手前から、子どもが右腕で水を掻《か》き、浮かび上がってくる。見慣れた黒髪がつややかであった。物慣れた様子で、何かを拾ってきたようだ。

が、彼女が左脇《わき》に抱くようにして引き揚げてきたものの形がはっきりと見えたとき、水竜は腰を抜かしかけた。

「……それは」

子どもは、自分のそれより大きな、大人の頭を抱えていたのである。

血の気のない顔の額から頬にかけて、長い髪が藻のように絡《から》まっているが、顔のつくりのいかつさは男である。

　生気をなくした身体《からだ》も、子どもに引きずられ、くらげのように頼りなげに揺らりと浮かび上がってくる。

「おい、ちどり、何をしよる」

　水竜の声が耳に入らないのか、彼女は男の身体を船べりに押し上げようとした。慌てて、その身体を海に戻そうと、水竜は鉤手で男の頭を小突く。

「死人を拾うていかが致すのじゃ」

　千鳥と呼ばれている子は、水竜を鋭い目で睨《にら》みつけた。無言で舷《ふなばた》に躍り上がり、腰に着けている縄を手繰《たぐ》り始める。

　縄は死体の腰にでも絡めてあるのか、男の身体がまた船べりに引き寄せられる。

「よせと申すに」

　止める間もなく、千鳥は人の身体ひとつを船に引き揚げた。

　水竜は嘆息した。

　いざとなると、この子は子どもとは思えぬほどの力を出す。かといって、普段から剛力なのかといえばそうではない。何かに憑《つ》かれたようになったときだけのことで、しかも、そのときのことをまったく覚えていない。

「死んでおるのだろう」

水竜は揚げられた身体に近づく。腐臭はしていない。膨れてもいないところからすると、板きれにでもつかまって、長いこと生きたまま漂ってきたものか。

「……阿父《おと》っ」

千鳥は男に取りつき、濡《ぬ》れそぼった衣服を引きはがしてゆく。

水に溺《おぼ》れた者を見ると、この子は常になく取り乱す。

千鳥の父親は、その死に際《さい》し波に呑《の》まれた。そう聞かされて育ってきたためだろうか。

水竜も仕方なしに寄っていき、死体がめぼしいものを身につけていないかと目を光らせる。何か見つかれば儲《もう》けものであった。

篝で照らしてみると、仰向けになった男の顔は、思いのほか若い。

——我《われ》よりはいくつか上か。

小袖《こそで》も袴《はかま》も、特別いいものではないが、みすぼらしいというわけでもなく、売れば幾らかにはなるだろうと思われた。

裸になった男の胸は薄い。はだけた胸の白さからいっても、海の男ではない。

水竜は深く考えたりはしない。船が破れれば、海は乗り合わせた者をあっけなく呑み込んでゆく。それがどんな命であっても……。死に行く者が遺《のこ》したものがあれば、生きている者が使うのが、彼には道理に思える。

炎をうけて、横たわった男の頬が赤く照り映える。

「……生きておる」

確信ありげに呟《つぶや》くやいなや、千鳥は男の胸に耳を当てた。

「放っておけ」

水竜の言葉は届かない。

千鳥は男の首に細い腕を巻きつけ、彼をかき抱いて冷たい身体を温めようとした。子どもの柔らかい頬が、羽毛で触れるように、ふわふわと男の胸板を這《は》っていく。

海から上がってきたばかりだというのに、潮の香ではなく馥郁《ふくいく》たる香りが立った。

千鳥は、なおも頬ずりをやめず、懸命に身をくねらせる。

月が、ひと筋の光を、柔らかに絡む半裸の肌に投げかけた。涙袋《なみだぶくろ》のふっくりとした千鳥の目が、潤《うる》んだように見えた。

——男と女のそれというわけでもあるまいに……。

鮮明にどうとはいえないが、むずがゆさのようなものが、水竜に上がってきた。

——かなわんな……。

「どけ」

子どもの唇から、ちろりと小さな舌が赤くのぞいたように思えたとき、少し息苦しくなったのを振り払うように、水竜は彼女を男から無理やり引き離した。

男の脇に膝《ひざ》をつき、みぞおちのあたりを押してみる。

何度も繰り返す。口から水が溢《あふ》れ出た。構わずに、水竜は押す。

漂流の者の命を救おうという気はなかった。急に自分の男が緊張の兆《きざ》しを持ったことを誤魔化し、気を散じるために動いただけである。

――なにゆえ、かような……?

千鳥の無心の動きは、時折り、水竜をも自在に操ってしまうことがある。

水竜は、ある種の女のなかにある、不思議な力のことには思い至っていない。運命ということばが、それらの女たちのなかには埋め込まれており、ときには生命の連関《れんかん》さえも、こともなげに繋《つな》ぎ変えてゆく。彼女たちは、古代からしてきたことを、知らず繰り返しているだけであった。男のうぶな心など、その前では何物でもない。その意味では、母という存在と少しだけ似ていた。

ふと気づくと、仰向いた男は空咳《からぜき》をしていた。

「生き返ってしもうた……。どうするのじゃ」

眉《まゆ》をひそめ、水竜が振り返ったときには、千鳥はすでに男の衣を拾い集め、絞っては竹竿《たけざお》に干していた。安心感が、子どもの全身を包んでいる。

妙法蓮花は……船筏《ふねいかだ》……来世《らいせ》の衆生《しゆじよう》……渡すべし……

千鳥の喉《のど》からは、また不思議な音色が流れていく。

舌打ちをして、水竜は鉤手《かぎて》を取り直し、気を失った男を篝火の下に放置したまま、波間に浮かぶ皮匣《かわご》の引き寄せに戻った。

水竜の船は帆を畳み、櫓《ろ》もつかわずに、狭い水域を滑るようにゆく。夜がしずしずと明けていった。風は凪《な》いでいる。

荷を運ぶ船を預かることの多い楫師《かじとり》の癖で、彼はなるべく網代《あじろ》を避けて通った。漁《いさ》りの船が魚を求めて集まる海域には、人目がある。

一人の漁師が、自分の家に伝わる網代の潮目と地形を覚えるには十年はかかるというが、海を代々語り伝えてきた水竜ら〝渡し〟には、漁場に関しても無数の蓄積があった。

潮の流れにうまく乗って、船は小島の入り江に運ばれていく。

人の住まない、崖《がけ》ばかりの島であるが、ここに湧《わ》く水の良さを水竜は知っている。落葉する樹《き》の数で水の良し悪《あ》しを見分ける。これもいい伝えで、葉が積もり積もってできた島からは、澄みかえった水が出る。松や椿《つばき》が目立つ島の水は砂混じりになっている。

海をゆく者は、飲み水のありかを、まず何よりも先に覚えなくてはならない。水を買うようでは生き抜けない。

浜ともいえないほどの狭い瀬に船を寄せる。

清水の湧き出す岩の裂け目から、壺《つぼ》に水を汲《く》む。船の大壺《つぼ》がいっぱいになるまで、千鳥と水竜は、かわるがわる水を運んだ。

「捨てて参るか、この島へ」

海で拾った男のことを水竜がいう。

千鳥は答えずに、横たわる男にすっと近づいた。

かと思うと、かけてあった上掛けをはがし、彼女は遠慮会釈《えしやく》なしに男の首の根をつかみ、頬を平手打ちにした。

「起きぬか。よう。起きよ。なあ。捨てられるぞっ」

小さな手の跡が、男の頬に赤くついてゆくところを見ると、手加減のないはたき方である。

水竜は、子どもの痛烈さに舌を巻いた。

男の喉から、くぐもった音が洩《も》れる。と、すぐさま千鳥は、彼の脇の下に手を回し、上体を起こしてやった。

男が瞬《またた》いた。

「見てみぃ。起きたぞ」

得意げに、千鳥がいう。

目覚めきれぬといったようすで、男はとにかく上体をもたげていた。

千鳥はまた、二度、三度と彼の頬を打ち、身体を揺さぶる。

「水でも飲ませてみろ」

しぶしぶと、水竜はいった。

千鳥は飛んでいって、柄杓《ひしゃく》に水を満たしてきた。有無をいわさず、男の顎《あご》を上向け、水を口元から流し込む。溢れた水が、喉元から胸や腹へと伝わってゆく。その冷たさに男の身体が慄《ふる》えた。

刺激からか、男の両眼が色づいていく。水竜は、ふと、彼の目の中に幻影を見た気がした。烈風の幻か、荒波の悪夢か。その影が、たちまち現《うつつ》の光を帯びる。何度か目を閉じ、また開けることを繰り返すうち、男は自分がとらわれていた黄泉《よみ》の世界から脱しつつあった。

彼の目はすでに、船の上を見回し、自分の傍《かたわ》らにかがむ千鳥や、あぐらをかいて顔をしかめた水竜や、竹竿に干された小袖と袴、舷《ふなばた》に積み上げられた皮匣《かわご》や籠《かご》などを不思議そうに眺めていた。口からは、言葉にはならない声が迸《ほとばし》る。

「気づいた、気づいた」

千鳥が無邪気にはしゃぐ。

男は何かいった。

「……む？」

水竜は問い返した。男は半ば朦朧《もうろう》としたまま話し続けているが、音が聞き取れない。矢継ぎ早に彼の口から出ていくのは、耳慣れない言葉であった。

「……都は遠いのか。都に……約束がある」

千鳥が呪文《じゅもん》のように呟く。

水竜は男をまじまじと見た。同時に、納得がいった。

「——宋国人か」

千鳥は目をとろんとさせて頷《うなず》いた。

この子には、宋国のことばが少しわかる。千鳥の生まれは壱岐《いき》に近い加部島《かべしま》で、父親は宋国の明州から船でやってきた海商であったという。

壱岐あたりから知訶島《ちか》(五島《ごとう》)、度《たく》、平戸、小近《おちか》、大近《おおちか》などの離島には、異国の血を持った子がぽつぽつといた。千鳥の顔立ちには、海を超えた見知らぬ風土の香りがある。

千鳥の母は当朝の者であったというが、その母親も亡《な》くなった。千鳥は船に乗りたくて泳ぎを覚えたという。折りがあれば、父親のふるさとへ行きたかったのだ。そのうちに海女《あま》の手伝いをするようになった。生まれた島で魚貝の採りかたは覚えたが、渡海をあきらめきれず、漁《いさ》りの船に下働きとして乗った。しかし、あいにくその船に男の子が乗ることになり、入れ替わりに千鳥は筑紫で売りに出された。

水竜は、潜女《かずきめ》を求めていたところから、この子を買ったのである。

——似た匂《にお》いに、惹《ひ》きつけられたのか。

海で拾った異国の男と千鳥とを、水竜は見比べた。

——顔立ちはともかく、宋国人にしては、身なりがこちらの者のようだが。着ていた小袖も袴も、水竜のものと似たり寄ったりである。

「いずこより参ったのじゃ、こ奴は」

男は生気を取り戻しかけている。千鳥が何か尋ねると、ぼそりと答える。

「この者の名は……陳志」

千鳥は水竜に伝える。

「商船に乗ってきたのか」

水竜が呟くと、男ははっきりと水竜を見て頷いた。

「己《おのれ》の申すことがわかるのか」

男は涼やかな目を返す。

「もう一つの名は……、あ、あざなは……四郎」

男が自ら、わかることばで和名を名乗ったので、水竜は虚をつかれた。

「──しろう？」

「亡くなるところだったのですね……私は」四郎はぽつりという。「ここは何地《いずち》でございましょう。都は……遠《とお》うございましょうか」

いって、突如、喉の渇きにあらためて気づいたのか、震える手で柄杓《ひしゃく》を引き寄せ、残っていた水に口をつけた。唇がわなわなと震えている。

千鳥が汲みかえてきた水も、四郎は余さず飲み干した。

数日が経《た》った。

船の舳先《へさき》は、都のほうを向いている。海の通い路を、水竜の船は進んでいた。都へ行くのにもってこいの仕事を頼まれている。

周防竈戸《かまど》の関、上賀茂《かみがも》社の神人《じんにん》に、水竜は雇われた。

大神社の名のもとに、神人たちは一種の特権を持っている。上下賀茂社、伊勢神宮、石清水八幡宮《いわしみずはちまんぐう》、熊野八幡神社、宇佐《うさ》八幡宮、日吉《ひえ》、祇園《ぎおん》、春日《かすが》などの大神社に仕える神人や供御人《ぐごにん》たちは、神々の権威を着、通常の手続きでは裁かれることがなかった。

海に面した要地に、それぞれの御社が庄を持ち、ほかの者の妨げを受けずに、貢進のための海の幸を獲《と》ることができる。湊《みなと》や津泊でも、神のためという名分が手形のようになって差し止められることなく通航でき、関料《せき》も払わずに済ませている。

地元の漁りの船が縄張りにしている網代《あじろ》も平気で荒らすが、神威を持ち出されては、止めることもかなわない。

それをよいことに、神人のなかには、特権をかさに着て、獲った魚貝類を私的な商品として売り歩いたり、神船の往来や交易の自由をよいことに、魚を買い回って都の市で売り抜ける不届きな者たちも出ている。

そんなことから、あちこちでいざこざが起こり、神人たちのほうも兵具を帯するようになっていた。

神仏ともに厚く信仰する白河院の御世になってからというもの、神領は増えるいっぽうであった。そのぶん、貢進物を都に運ぶ機会も増えている。

——海が騒がしゅうなって参った……。

櫓を漕ぎながら、水竜はふっと目を浮かせた。

朝家《ちょうか》（皇族）には、同様の特権を持った御厨《みくりや》がある。受領《ずりょう》には上納のための庄がある。大神社だけでなく、興福寺や延暦寺などの大寺も含め、誰も彼もが津泊を含む庄を持ちたがっているように、水竜には思えた。仕事が増えるのはありがたいが、さまざまな支配者たちが、海を司《つかさど》ろうとしている。

——海が、金を生むのではないか？

ちらりと、水竜の思いが深みに入り込みそうになったとき、がくりと船が揺れた。

水主《すいしゅ》の一人の櫓《ろ》が、岩に当たったのである。へまをした者は分かっている。

「しっかりせぃっ」

水竜は陳四郎に檄《げき》を飛ばした。四郎は水主の一員となって櫓を漕いでいる。

都に、陳四郎を連れてゆく。

どうしてそんな気になったのか。水竜には、我ながら得心がいっていない。陳四郎が話したことは、嘘《うそ》とばかりは思えなかったが、受け止めきれていないのだ。

「都へ参りたいのです」

目覚めてからずっと、四郎はそのことばかりを気に掛けていた。

「さようなことは……」

——ならぬ。

考えもつかぬことであった。国のなかを、宋国人を連れ歩くことなど許されるはずがない。宋国人たちのなかでも、大宋国で発行された旅行手形をもって来航し、交易を許された商客だけが、この国への滞在を許されている。そのうえ、宋商客は太宰府官内の鴻臚《こうろ》館《かん》に足止めされ、異国人が国内を旅することは堅く禁じられていた。

玄海灘《なだ》まで足を延ばすことのある楫師の水竜は、太宰府周辺の津や島に宋商が半ば堂々と滞在し、密の商いを行っていることを知っている。

が、さすがの水竜にも、都まで宋国人を連れて上るという発想はなかった。むしろ、空恐ろしくも思われる。遣唐使が廃されてこの方、太宰府を通した細々とした交易が続くなか、〝都に異国の者を入れれば、天罰が下る〟とまでいわれる時代であった。

「ならば、この子はどうなのです」四郎は千鳥をさして尋ねた。「この子を都へ連れて参ることも、ならぬのですか」

　水竜は、答に詰まった。

　千鳥を宋国人と意識したことはない。都まで行けという仕事があるとなれば、千鳥を連れてゆくだろう。であるならば、陳四郎はどうなのか。四郎は千鳥と似たり寄ったりの身の上であった。生まれは大陸への途上にある離島、父親は宋の商客、母親はこの国の女であるという。

　ただ、千鳥と違うのは、四郎は幼い頃に父親とともに大宋国へ行き、陳志となって、かの国で育ったことである。四郎はやまとことばをかろうじて話せはするが、追及してゆけば、やはり本朝の者というには無理がある。異国の匂いが強すぎる。

「何のために都へ参る？」

「唐物《からもの》の商いか」

「……」

「……さよう」

「荷は流れてしまったのに？」

　水竜は皮匣《かわご》をふたつ拾った。皮匣のひとつには金液丹《きんえきたん》や紫金膏《しきんこう》といった薬品が入り、もうひとつには香料の竜脳《りゅうのう》と丁字香《ちょうじこう》が詰まっていた。薬品は濡《ぬ》れて使いものにならないと思われたが、香木は無事であった。竜脳も丁字香も貴重なもので、目の飛び出るほどの値がつく。香料の皮匣ひとつで、米なら三百石にはなるかもしれない。装束や消息の文に唐物の香を薫《た》きしめることこそ、殿上人《てんじょうびと》の無上の贅沢《ぜいたく》であった。いつのまにか、雅《みや》びな恋の小道具にまでなり上がっている香料のためなら、君達《きんだち》は金を惜しまない。

異国との限られた交易のなかで、とりわけ手に入りにくいものだからこそ、都では垂涎《すいぜん》の的になる。

香に恋し、憧《あこが》れて金を蕩尽《とうじん》する貴族たちの想《おも》いや絵巻のような暮らしは、水竜にとって想像のなかだけのものであったが、香料が高値であることは承知している。香木の多くは大宋国でさえ産せず、遥《はる》か西方の国々でしか採れないと伝え聞いていた。

皮匣は四郎が乗ってきた船の積荷であった。けれども、手元にあるのは水竜が拾った二箇口のみで、残りの荷は海のどこかに散り、あるいは沈んでしまったのであろう。

「都に上ったとしても、商いに出せるものなど、あるまいに」

唐物は貴重ではあるが、手元になければ致し方がない。だからといって、拾った皮匣を四郎に返すつもりなど、水竜には毛頭《もうとう》ないのであった。

「こちらのものを買って大宋国《だいそうこく》へ帰ろうにも、絹も砂金もないのでは、差し当たりどうにもなるまい」

「約束致したのです、私の父が」四郎は見開いていた目をよりいっそう大きくした。「私は……、そのために、いかにしても都へ参らねばなりませぬ」

「——それはわ主の勝手じゃ」

同情しても始まらない。波間に浮かぶ命を取り留めてやっただけでも、十分ではないか。このうえに、宋国人を連れ回って誰かに感づかれたら、咎《とが》めを受けるであろう。——獄《ひとや》に繋《つな》がれてしまうやも知れぬ。

「いまはご覧の通り、何ごとにも手を束《つか》ねる有様でございます。されど、やがて事が運びました暁には……」

「手近な山陽道の湊まで船をつけてやるわ。とは申せ」

都へは連れて参れぬ。

きっぱりと話を完《おわ》らせようと決めたそのとき、千鳥がにわかに鈴の鳴るような声を出した。

「追われておるのじゃ、陳志は」

振り返ると、千鳥の顔が小さな月のように照り輝いていた。

ずばりといってのけた千鳥に驚いているのは、水竜よりも四郎のほうであった。胸に畳み込んでいた秘事を、あからさまにされてしまったからである。

——なにゆえ、それを。

図星を指されて唐突に変じた四郎の顔色を、水竜は見逃さなかった。

「確かなのか」

千鳥は頑是なく小首を傾《かし》げる。

「存ぜぬわ……。さりながら、さように申したぞ。陳志は財物《たから》を筑前に匿《かく》して参ったのじゃ。この国では誰も手にしたことのない品じゃ」

いい置いて、ふいと千鳥は背を向け、駈《か》け去ってゆく。

——うわごとか。

意識を取り戻しかかったときの四郎の、朦朧《もうろう》とした呟《つぶや》きに、水竜は思い当たった。

「宝を筑前に？」

——財物。

そう聞いて、水竜の好奇心が疼《うず》いた。大宋国から渡来し、珍重されている唐物の数々を思い浮かべる。太宰府がある筑前のあたりでは、競って購《あがな》われる目新しい品々が噂《うわさ》にのぼっていた。

「瑠璃《るり》の壺《つぼ》か。唐綾《からあや》か。それとも紫檀《したん》、白檀《びやくだん》……」

唐物と名がつけば、どれも莫大《ばくだい》な富になりそうである。渡来の皿や壺が、大宋国から続々運ばれているとも聞く。その類のものでもあろうか。

水竜は、じろりと四郎を睨《にら》んだ。

「わ主……、いかなることをしでかして参ったのじゃ」

が、四郎は意外にもひるまない。後じさりするでもなく、まっすぐに見返してくる。

——こ奴は。

なまなかな男ではない。目の色が違う。漂流の憂《う》き目《め》に遭って頬がこけ、痩《や》せており、体の力は衰えているだろうが、気は漲《みなぎ》っている。

火花が散った。水竜も、海育ちの腕っぷしにかけて負ける気はしなかった。相手を海に放り出してしまえば、それで済む。たとえ泳ぎが達者な者でも、海を知り尽くした水竜に魔のような場所を選ばれれば、浮かび上がることは至難の業である。

が、四郎の眼差《まなざ》しのなかには、なにかいい知れぬ強みがあった。海を超えてこの国にたどり着き、荒れる海を生き抜いた〝運〟とでもいうものであろうか。

「追っ手は参りませぬ。……この国までは」

それだけをいって、彼はじっと唇を嚙《か》んでいる。

大宋国で人を殺《あや》めたのか。それとも盗みの咎《とが》か。いずれにせよ、罪を背負った者であるらしい。水竜は、それでも目を伏せようとしない男を見つめた。

――厄介な者を拾うてしもうた。

かといって、簡単には捨てられない。財物と聞いて、気が動き出してもいる。

「ふん」むき出しかけた牙《きば》を、水竜は引っこめた。「何にせよ、どのみち太宰府のお役人には内密の商いなのであろう。筑前までわ主を運んでやるから、宝を取って参れ。売るのを手助けしてやろう」

「お陰様をもって長らえた命ですから、いやと申せた義理ではありませぬが、そうは参りませぬ」

四郎は苦しげであった。

「なにゆえ」水竜は詰め寄る。「第一、商いの品を船に積まず、筑前に匿《かく》して参ったとは、いかなることじゃ」

「この四郎とて、商人ですから、このうえは無理を致したくございませぬ。都の御方に筑前においでいただき、お渡ししとう存じます。海路を越えて、ようやくこの国まで無事に運んだものを、万にも一つ、失いとうなかったのです」

「話にならぬ。都の君達が、物を買いに筑前くんだりまで下るものか」

「使いの者を寄越していただけばよろしい。ともかく、父の交わした約束を果たすのが筋と」

「約束、約束と、ご大層に。そんなものは破ってしまえ。己が買い手を捜して進ぜるわ」

――身分の高い君達が頼んだ物であるとすれば。

水竜は当《あ》て推量《ずいりょう》をする。

――薬や香料よりも、はるかに値うちがある品なのであろう。

が、それ以上の想像はつかない。

「都のかの御方に渡さなければ、意味がありませぬ。父は私にそう申しました」

「しつこいぞ」

「譲れませぬ。会わなければならぬ御方は、都においでになります。かの御方に父が頼まれた品ゆえに、無事に引き渡すことができますれば、応分の代金は約束されております。水竜どのには存分にお礼を。都へ参りとうございます。お連れ下され。お頼み申します」

舷《ふなばた》に、彼は這《は》いつくばった。

「さほどまでに申す品とは何なのだ。さあ、申せ」

「それは申せませぬ」

「何をっ……」

狐につままれたような話である。

何度も、二人のあいだで同じ話が蒸し返された。そのたびに、水竜の頭には血が上る。ひと思いに海に呑《の》ませてしまおうとも、いっそ役人に突き出してやろうとも思うが、なぜか思いが煮え切らない。千鳥が大事そうに陳四郎の頭を抱きかかえ、幽冥《ゆうめい》のような海からこの世に浮き上がってきたときの光景が、頭をよぎる。

――千鳥はいつも、暗い海から良いものを拾ってくる……。

縁起をかつぐならば、この男も拾いものなのかもしれない。

水竜はいつのまにか、自分も一度都というものを見てみたいと考えるようにさえなっていた。

思い起こしてみれば、平安の都まで出向いたことはない。香料の皮匣《かわご》が手に入ったこともあり、水竜は都で開かれるという市《いち》で運試しをしてみる気になった。

――もののついでに、四郎の話にあやかって、もうひと儲《もう》けしようや。行くならば、ただでは帰るまい。

負けん気の強い水竜は、折りあらば異国の男の腹を見抜き、出し抜いてやろうと狙《ねら》っている。

「いかほど寄越すのじゃ」とうとう、水竜は都へゆく腹を決めた。「安請け合いはせぬぞ。さように大口を叩《たた》き、無理を申すからには、何なりと計らってくれるのであろうな。この己にも、欲しい唐物がある」

「できますものなら。力の限りを尽くしましょう」

「では……」思いが口をついた。「船」

「え」

「大宋国の大船を一艘《そう》」

「……船を？」

陳四郎は瞬間、息をのみ、あらためて水竜を念入りに見直した。驚いたのか感心したのか、目に意味ありげな微笑が浮かぶ。

「承《うけたまわ》りました」

さらりと承知されて、こんどは水竜のほうが戸惑った。

「さすがに、そうは参るまい」

「事を果たした暁には、この首をかけても」

こともなげに、四郎は頷《うなず》いた。

——口では、いかようにも申せるのじゃ。

交わした途方もない約束を、水竜もそのまま信じたわけではない。四、五人乗りの小舟一艘でも、新しくするとなれば大層な入り用になる。水竜の稼ぎのほとんどは、数年に一度は新しくしなければならない船に費やされてゆく。

百人以上が乗り、果てしもなく思える海を越えてゆく異国の船を、一介の者が持つなどは、空をゆく乗り物を持つのと同様、幻のようなことである。正気の沙汰《さた》ではないこともわかっている。

――が。

宋国の者が、降ってわいたように目前にあらわれることも、めったにはない。困ったことになりそうだという予感は、心の片隅にあったが〝深まるにまかせておけ〟と、夢魔《むま》のようなものの誘いにつき動かされたというほかなかった。四郎という存在が、大宋国までの遥かな道のりを、一足飛びに縮めてしまっている。

海の暮らしに慣れた水竜は、波の随《まにま》に漂うことに、さほど抵抗を感じていない。あらがっても、結局は大きな掌《てのひら》のなかである。

――ならば、思い切って。これで天罰が下るものかどうか見て進ぜるわ。

四郎にはこの国の者のふりをさせている。彼は水主の見習いとして、懸命に櫓《ろ》を操っていた。練達の者たちのなかで、ぎこちない漕《こ》ぎ方は相当に目立つ。

口数が少なく、仕事にも拙《つたな》い四郎を露骨に邪魔者という目つきで、あるいは疑わしげに見る者もいた。行き届かないので仲間から小突《こづ》かれているが、水竜も彼を特別扱いせず、むしろ事ごとにひどく叱《しか》りつけてみせている。

それでも、へこたれる気配はおくびにも見せず、四郎はじっと黙って、されるがままにされているのであった。

四

逞《たくま》しいひとつの命が、途《みち》をゆく。

この男がひとたび毛艶《けづや》のよい黒馬の手綱《たづな》を取れば、野太い獣の命に、さらになにがしかの力が注ぎ込まれて、その姿は強いものに感じられる。

人目を惹《ひ》くのは、まっしぐらで光の強い、黒目がちの眼であった。一文字にぐっと上がった眉《まゆ》が、くっきりと浮き立っている。

賀茂川の土堤を、馬を静かに歩ませているだけであっても、龍かと見まごう存在感が他を圧していた。彼の生気は、そのまま殺気にも繋《つな》がっており、ひとつ間違えば、道を外れて荒くれになる。

抜き身の刀身のような鋭さを、かろうじて抑えている。どうやら彼に課せられた務めの重みと才幹とがさせることらしい。十代にして、すでに従者を二人連れている。白青の直垂《ひたたれ》姿、脇楯《わいだて》に小具足《こぐそく》をして黒漆の太刀を佩《は》き、箙《えびら》に弓矢も二腰携えており、従者も同様の身ごしらえをして、それぞれが一騎当千の趣であるところからすれば、武門出の下役人でもあろうか。

道をゆく法師や壺装束《つぼそうぞく》の女も振り向いてしげしげと見る、力の漲《みなぎ》る男は、平正盛《たいらのまさもり》という名であった。

正盛の目が、道の左右に油断なく配られる。足どりはきわめて確かである。

「よいか。道筋を覚えておけ」

供にむけて、彼は声高に命じた。引き結んだ唇の上に、武ばった黒髭《くろひげ》が誇り高くある。

一同が進みゆくのは、洛南《らくなん》に真新しく造られた、川沿いの道である。

都の姿は、刻々と変わってゆく。

とくに、肝心の大内裏《だいだいり》を含むいったいが、さびれはじめている。

大内裏に降りかかる災いは、尋常ではない。ここ百年で、十と四度にも及ぶ炎上があった。大内《おおうち》のことで、誰しも口を噤《つぐ》んでいるが、赤く燃え揺らぎ、際限もなく火の粉の舞い続ける宮殿の姿は、世を焼き尽くす業火を思わせ、いいようもなく不吉であった。名君の名が高くあられた後三条帝《ごさんじょうのみかど》が、一代をかけてようやく大内裏を復興なさったのも束《つか》の間《ま》、位が白河帝《しらかわのみかど》に譲られて十年目、またもや天火が迸《ほとばし》り、宮城は鮮やかな炎の海と化し、大内裏は焼亡《しょうぼう》したのである。以来、政務を行う本来の御所であるはずの大内裏は半ば見捨てられ、雉《きじ》や兎《うさぎ》の棲家《すみか》となって、徒《いたずら》に薄《すすき》がさびしく日だまりに群れているばかりであった。

――されど、この離宮いったいは違う。

九条口から賀茂川に出、さらに川沿いに南に下る。少し前までは池がちの深閑《しんかん》とした都はずれであったが、いまでは時めく場所として、都の耳目を集めている。

堤《つつみ》に駒《こま》をとめ、正盛は川の賑《にぎ》わいを興味深く見渡した。

西南に向けてゆるやかに弧を描く下流のほうから、木材を積んだ何十艘もの船が、川面の雲母《きらら》も見えぬほどに連なり来ている。

船が停泊する洲《す》が、川のあちこちにでき、舟方やら建て方の人夫やらが、彼方此方《かなたこなた》で荷下ろしにせわしなく動いていた。小屋ほどありそうな巨石までが、幾つも荷揚げされているさまは壮観で、正盛は胸を躍らせる。

白河院も、大内裏の禍々《まがまが》しさには怖気《おじけ》づかれたのではあるまいか。父君のように大内裏の再建に臨《のぞ》むことはなさらず、洛中に数多くの院御所を造進させ給《たま》い、さらにほぼ同時に、この洛南の地を選び、離宮の建立《こんりゅう》に取りかかられたのである。

「ここが、鳥羽《とば》と申すところじゃぞ」

もう何度も鳥羽を訪れているが、そのたびに正盛は同じことを口にする。まだ何も知らない者に、ぜひともその存在を知らせたいとでもいうように。また、自分自身にいい聞かせているようでもある。

鳥羽離宮の造作を眺めるとき、正盛の心は晴れやかに膨らんでゆく。日を追って着々と進んでゆく鳥羽いったいの造進は、新しい時代の到来を予感させた。

――都もこの国も、鳥羽離宮の造営を芯《しん》にして回りはじめている。

持ち前の嗅覚《きゅうかく》で、正盛は世の動き方に気づき始めていた。

鳥羽離宮の造営――、それはまた、白河院のご権勢を天下に知ろしめす大業《たいぎょう》のはじまりでもあった。

「〝藤《とう》の入道殿のいにしえを思わせる〟と、もっぱら都人《みやこびと》の噂《うわさ》でございます」

従者の一人がいう。

亡《な》くなって何十年経《た》っても、御堂関白《みどうかんぱく》と称された藤原道長《ふじわらのみちなが》のかつての栄華は巷間《こうかん》で語り継がれている。

とがあった。

藤原道長の勢いが盛んなるとき、邸《やしき》にしていた土御門殿《つちみかど》が炎に巻かれ、焼失したとがあった。

「うむ。入道殿は、すぐさま土御門殿を見事に築《つ》き直されたのじゃ。都じゅうの人々がひと目見ようと我先に駈《か》けつけ、比肩《ひけん》するものが見あたらぬほど見事であったと申す」

――さ申せども、いまとなってみれば、それもこれも、受領《ずりよう》の殿ばらの力……。

藤原道長の栄華栄耀《えいよう》を支えていたのは、実のところ、彼に追従《ついしよう》する受領たちの富であった。

土御門殿の再建は、そのことを露《あら》わにしたともいえる。前代未聞のことが起こっていた。道長は邸の建て方にあたり、各地の受領たちに一間ずつの建造を割り当て、焼けてしまった旧宅にもまして、華やかな造作にさせたのである。

御意《ぎよい》通りにと受領たちは競いあい、材に造りにと贅《ぜい》を凝らした。それどころか、厨子《ず》《し》、屛風《びようぶ》、韓櫃《からびつ》、銀器、管弦具など、最新の渡来品を含む調度品から季節にあわせた装束にいたるまで、暮らしに必要な道具のことごとくを、当時の大富豪であった伊予《いよ》守《かみ》、源《みなもとの》頼光《よりみつ》が調達し、御堂関白道長に献じたのであった。

それほどまでにして、受領らが道長の機嫌を取り結ぼうとしていたのには理由がある。

関白職にあり、人事を司《つかさど》っていた道長は、春秋に行われる任官の儀式、除目《じもく》を左右し、国司の配置換えや再任に絶大な力を持っていたのである。

実入りのいい職分を離れがたい受領層の私欲が、道長の全盛期の背景にあった。受領たちは、贈賄《ぞうわい》に走るあまり、公納を使い込むこともしばしばであったといわれる。

「それに致しても、この離宮のあたり、凡慮《ぼんりょ》には及ばぬ御景色じゃ。土御門殿など遥《はる》かに超えておろう」

平正盛の思いは、また目前の鳥羽に戻っている。

離宮のためにあてられた土地は、広大な池を含むおよそ百余町《ひゃくよちょう》。

造営には、五畿《ごき》七道《しちどう》、六十余州にわたって作業が割り当てられ、まず三月《みつき》ばかりの急ごしらえで池の南西に雅《みやび》やかな南殿の建物群が落成し、続く三月で北殿も築かれた。引き続き、寺院や塔などの建物が果てしもなく造られてゆくらしい。

しぜん、あたりの池泉《ちせん》も整いはじめ、洛南いったいは趣の深い景勝の地へと変わりつつあった。離宮の周囲には御用を務める者たちの舎屋《しゃおく》も建てられ、遷都《せんと》のようだとさえ囁《ささや》かれている。

院は、諸国の受領に、殿舎《でんしゃ》それぞれの造営を割り当てた。彼らは劣らじ負けじと財物を献上し、贅を尽くした建築物を築き奉《たてまつ》って、白河院の恩寵《おんちょう》を請《こ》うたのである。

道長の時代はすでに遠い。

天下の執政の実権は、摂籙《せつろく》内覧の臣から朝家《ちょうか》に戻りはじめている。まして白河院は、叙位《じょい》や除目に目を光らせる御方である。いぜんとして富と力とを持ち続けている受領ばらは、臆面《おくめん》もなく院にすり寄っている。

平正盛の一行は、賀茂川沿いの道が宮殿の敷地につきあたる手前で西に折れた。これも真新しい大通りにぶつかる。北へ折れれば洛中へ通じるこの道は、朱雀大路《すざくおおじ》に繋がる道で、鳥羽作路《とばつくりみち》と呼ばれている。

正盛の駒は、南へ折れて北楼門《ろうもん》の甍《いらか》を潜った。作路沿いの東側は離宮の園内、西側にはまだ深い森が残っているが、造りたての大邸宅が二、三あり、続いてぽつぽつと家々の造作が始まっていた。

「離宮の向かいに、院の近臣の方々が邸を賜わるとのことじゃ」

誰にともなくいった正盛の呟《つぶや》きを、従者の一人が受け止め、見えてきた広大な屋敷をさして問う。

「あちらのお屋敷は、五朝臣《ちょうしん》のお一方のものでございましょうか。あるいは、新たに加わられたどなたかのもの……？」

白河院の院政が始まるとすぐに、院の実務を司る院庁のなかで、政権の推進力となる別当が新しく任じられた。いずれも、白河院よりすぐりの寵臣《ちょうしん》である。

「為家朝臣《あそん》の別邸か、顕季朝臣のそれだったか」

寵臣のなかでも屈指の権勢を誇る公卿の名を、正盛は口にした。

両名とも出世の筆頭にいるが、とくに顕季朝臣は、貴族といっても家格からすればいまは下位である。ところが、秩序にとらわれない白河院の任用によって重用され、目下は我が世の春を謳歌《おうか》する勢いであった。

顕季らの名を、正盛は好んで口にする。受領の出世は、正盛のような名もない下役に、いつかは自分もという夢を見させる。

――昇殿を許される位に上がれるとは思わぬが、せめてどこかに任国のひとつは持ちたい……。

抜擢されて任国を持ち、受領となることじたいが、正盛にとっての出世である。平正盛は、ようやく検非違使《けびいし》の端くれになったばかりであった。

武芸を頼りに伊勢の故郷から上洛し、都の警察機構に身を置けたことは、望外のことであった。武士の出で殿上人に上がった前例はないが、正盛の目は上を見ている。

院の寵臣たちの存在は、正盛と同じような若者たちに、上がり目があるのではないかという期待を抱かせた。

出世頭とされる高階の為家朝臣も、家格はそう高くない。だが、父親の成章朝臣が九国《くこく》の司・太宰大弐《だざいのだいに》を務めて財をなしたうえに、為家朝臣自身は後冷泉帝《ごれいぜいのみかど》の御時に蔵人《くろうど》を務めて、受領国を経た財物の流れに通じた。やがて周防《すおう》、美作《みまさか》と、内海に面した国々の受領に任じられ、ついに白河帝のもとで、もっとも実入りのいい播磨守《はりまのかみ》に抜《ばっ》擢《てき》され、指折りの富豪となった。

白河院がまだ帝の位にあられたとき、御所内に建てられた御願寺《ごがんじ》の法勝寺《ほっしょうじ》は、彼が造進を一手に任され、財物を注ぎ込んで落成させたものである。その功で、為家は再び播磨守を重任《ちょうにん》し、さらなる富を得た。その後も国守を歴任し、いまも内海に面した大国の伊予守に抜擢されている。

為家朝臣の長男、為章朝臣にも白河院の信頼は篤《あつ》い。また、為家朝臣の従兄弟《いとこ》である泰仲《やすなか》朝臣はこのたび、鳥羽離宮の南殿の造営を任され、見事に終えてのけた。為家朝臣はすでに齢《よわい》五十を迎えていたが、その勢力はいまだ衰えず、高階一門は、受領の筆頭格であった。

――豊かな財が、財を生む。

一門を繁栄させる道が、正盛にはまず受領に成り上がり、財をなすことに思える。

正盛の家は伊勢で権勢争いをした結果、私領地も多少は持っている土豪《どごう》だが、いまでは所領がない。

――繁栄に至るには、何を為《な》せばよいのであろうか。

考えあぐねている。

新しい勢力としてのしている顕季朝臣を、正盛は思い浮かべる。

顕季朝臣は、高階の為家朝臣に比べれば若く、三十を越したくらいの男盛りである。有力さでは、為家朝臣に負けていない。むしろ、無官の父を持ちながら、目下最寵の臣と目されている。

顕季朝臣は、白河院の乳母子《めのとご》であった。内海の讃岐守に任ぜられて以来、着実に諸国の受領を歴任し、巨富を得ていた。

先頃、院別当にも任じられた顕季朝臣は、飛ぶ鳥をも落とす勢いである。

――運のいいお方じゃ。美しい御母儀《おんぼぎ》をもたれて。

顕季朝臣の母、親子従二位《ちかこ》は、白河院の御乳母《めのと》である。

乳母というものが、いつ頃から力を持ち出したのか、正盛には定かではない。が、朝家の継嗣である親王や内親王にとって、乳母はなくてはならない者になっている。

多くの場合、帝や親王と同じような年頃の乳飲み子を持った健康な女を乳母に選んだところからすると、哺乳《ほにゅう》も大切な務めであろうが、それだけかといえば微妙に異なる。

乳母の数は三人と決められており、主が十三歳にならぬうちに乳母が亡くなった場合には、また新たな乳母が任じられることになっていた。十三の子が乳を必要とするはずもないことを考えあわせると、御乳付《おちちづけ》は名目に近いことがわかる。

哺乳から保育まで、乳母は手取り足取り世話をし、また、男と女が子をつくるために為すことを、自らの身で教えることもした。

帝が即位なさると、御乳母は高い官位を得、側近に近い役割も果たす。

生母のようでもあり、女のようでもある。相談ごとも親身に聞き、身内とも参謀ともつかぬ存在である。

主と従とのあいだに情が湧《わ》くのももっともで、乳母子とよばれる乳兄弟までが、皇室とは血縁がないにもかかわらず、重く用いられるようになっている。

白河院の乳母子も、それぞれが出世を遂げていた。

顕季朝臣の場合にも、父親は無官であったが、母が白河帝の御乳母であったために出世の芽が出た。そればかりか、箔《はく》をつけるためにであろう、家格の高い公卿方《くぎょうかた》の実《さね》季《すえ》卿の養子とまでなった。

しかし、平正盛には、美しい女を介した運が自分に向いてくるとは思えない。乳母になれるほどの女と語らう機会も、いまだにない。

——やはり、武運を頼むまでのこと。

院の供奉《ぐぶ》を仰《おお》せつけられる機会でも、めぐってこないものか。

そうも思うが、いまの正盛に課せられているのは、離宮周辺の見回りであった。御《ご》幸《こう》のお供を奉るはおろか、院の御所に近づくことは見果てぬ夢である。

それでも、離宮近くを訪れるたび、彼はなぜか、自分の命の嵩《かさ》が増えてゆくように感じる。受領たちの富を貪欲《どんよく》に吸い込んで、みるみる太く構築されてゆく建物の群れを、彼は眩《まぶ》しく見た。力を視《み》たという実感が、得体の知れない自信を生み、己も為《な》して見せようという気魄《きはく》に変わる。

寵臣のものと思われる屋敷を、しげしげと眺める。誇らしげな構えは、見飽きない。

「や」

にわかに、正盛は声を張り上げた。

なんと、離宮の堀の反り返った堤を、一人の男が這《は》い上がり、作路へ駈け出る姿が目に入った。

「何奴っ」

百二、三十間《けん》ほど先で、豆粒のように見え隠れする男は、早くも作路を筋《すじ》かいに横切るところである。

正盛たちは、慌《あわ》てて馬を走らせる。彼も、従者たちも弓をつがえた。曲者《くせもの》を射抜くことのできない距離ではない。

ところが間が悪く、作路をこちらに向かってきていた、幾台もの材木の荷車が邪魔をして、的が定められない。

蹄《ひづめ》の音が轟《とどろ》いた。白く埃《ほこり》が舞い上がる。馬が喘《あえ》いだ。

武士の出《い》で立ちをし、猛然と走り寄る屈強な男たちの姿に、人夫たちは荷車を置き去り、あるいは慌て恐れてよけようとするが、材木の重さが車を右往左往させ、かえって走りゆく馬の障害物になる。

件《くだん》の男は、追われだしたことに気づいたのか、はっとした表情を見せ、破れかぶれに目前の築地《ついじ》に取りつき、瞬《また》く間に乗り越えてゆく。

「待てっ」

従者たちは声を嗄《か》らしたが、男の姿はすでにない。

「ちいっ」

正盛は歯噛《はが》みした。

見たところ、相手は太刀はおろか、武具のひとつも身につけていなかった。身こそ軽いようだが、戦い方や逃げ方はおろか、追っ手の怖ささえ知らぬように見える男である。

そんな相手に、ぬけぬけと逃げられたことが悔しい。

「む……」

男が滑り込んだ築地のなかは、やはりま新しい屋敷である。築地に近寄り、正盛は通りに目を落とした。道には濡《ぬ》れた足跡がついている。離宮の堀を泳いできたものか。

——いったい、どこから。

築地の囲いをたどり、屋敷の表口に回る。

物音を聞きつけたのか、侍《さぶらい》がわらわらと門前に出てくる。五人、十人。太刀を持ち、身構えているものもある。

「何ごとじゃ」

「控えられよ。検非違使《けびいし》でござる」馬上から侍の勢を見回し、正盛は声高に身分を明かす。「どなたの御邸か」

「顕季朝臣じゃ」

「そなたたちは、留守を預かる者か」

侍たちは顔を見合わせる。いってよいものなのかどうか。が、なかの一人が急場と断じたのか、明かす。

「朝臣さまは、方違《かたたが》えにいらしておられる」

「この鳥羽へか」

建ってまもない別邸ということもあり、門を固める家中の者はすくなかろうと思っていたが、主が訪れているとなれば別である。

「さらば屋敷うちに回られよ。こちらの庭に、怪しい輩《やから》が逃げ込んだのだぞ」

「何」

侍の面々は、慌ただしくひしめきながら取って返す。案内されて、正盛たちも乗り込んでゆく。

奥のほうで、ざわ、と木立が揺れた。人が何か怒鳴り、屋敷内《うち》の板間《いたま》からいくつもの足音が響く。

庭のあちこちでも、けたたましく苔《こけ》や落ち葉を踏みしだく音。

と、そのとき、狩犬《かりいぬ》の凄《すさ》まじい唸《うな》り声がした。

「あの藪《やぶ》じゃっ」

誰かが叫ぶ。まだ手入れの行き届いていない、生《は》えたなりの茂みに、誰も彼もが我先にとなだれ込む。

犬が口を血まみれにして飛び出てき、興奮したように吠《ほ》え回りながら、また宙を飛んで藪に分け入っていく。

「見よ、この奥に籠《こ》もっておるぞっ」

犬が立てる葉擦《はず》れの音を追って、藪をかき分けてゆく。と、隈笹《くまざさ》のこんもりとした茂みで犬は動きを止め、しきりに吠えはじめた。

「かのあたりへ回れ」

正盛は、従者や家中の侍たちに指示をして、犬がもぐり込んで吠えている茂みを回りから囲み込んだ。

得物を持った男たちが、じり、じりと輪を狭めてゆく。

――もはや、抜け出る余地はなかろう。

茂みを囲繞《いにょう》する男達は、それぞれの顔が確認できるほどに近づいている。

茂みに突っ込んでいった犬のたてる音とは明らかに別の、身じろぎを思わせる葉擦れが、さわりと立った。

耳を澄ませていた男達は色めき立つ。

「逃げられぬぞ。観念せよ」

正盛の従者が呼ばわるが、潜んでいる者の答はない。

ふたたび、隈笹が揺れた。

「おのれっ、小癪《こしゃく》な」

止める間もなく、鉾《ほこ》を持った侍が容赦なく茂みを突き刺す。

——ぐさり。

肉の突き抜けるような、鈍い音が立つ。

が、突かれた側は、悲鳴のひとつを上げるわけでもない。

——はて？

戸惑う顔になって、侍が鉾を引く。だが、何かに引っかかったのか、鉾の先が引き抜けない。侍は腰をため、渾身《こんしん》の力をかけて引く。力まかせに、鉾をようやく引き抜くなり、彼は尻餅《しりもち》をついた。

「あ」

鉾先に目をやった途端、みな、出し抜かれたことに気づいてあぜんとする。

肉を貫かれたのは、大ぶりの雉《きじ》であった。半死半生のその足に、麻縄が巻き付いているところを見ると、どこか太枝にでもしっかりと結わえつけられていたらしい。

「——くっ」

投げ捨てられた雉に、藪から飛び出てきた犬がすぐさま食らいつき、くわえてゆく。

「油断のならぬ奴じゃ」

逃げている男には、鳥を使って目くらましをするくらいの知恵はあるようだ。見くびっていたかと、正盛は気を引き締める。

うまくしてやられたことに歯嚙みしながら、群《むら》がっていた侍たちは、あてが外《はず》れたというように散りはじめた。

が、正盛には、ある予感があった。

――近きにおる。

目立たぬように、強い日ざしが落とす木々の影を確かめる。

風が吹き抜けた。

と、枝や葉の織りなす影のさなかに、うずくまるような、不自然極まりないかたちが取りついているのがわかる。追っ手が去ってしまうのを樹上で待ち、逃げる腹づもりなのであろう。

――その手は食わぬぞ。

正盛は、すぐに見上げることはせず、わざと件の木には背を向けて号令をかけた。

「方々、寝殿のほうを固めよっ」

皆、応とばかりに駈《か》け去ってゆく。

自分も後からついてゆく素振りをしつつ、数歩歩くかと見せて、やにわに振り返りざま、樹上をめがけて小太刀《こだち》を飛ばした。

狙《ねら》いはあやまたず、標的の手元へ飛んでゆく。

しかし思い通りに男の手を貫くことはできなかった。間髪の差で、彼はとっさに小太刀をよけたのである。

が、思わず手を幹から離したために、男は木からずり落ち、そのまま地上までどうと落ちた。

従者たちが駈けより、落ちた男の胸ぐらをむんずとつかみ、両腕をねじ上げた。男は唇を噛んでいる。

その首筋に、正盛は太刀をあてた。

五

時は数日、さかのぼる。

「このあたりには賊が出ると申すぞ」

播磨灘《はりまなだ》に入ってからも、運京の貢進物を乗せた船の漕《こ》ぎ手たちは、島々の姿が近くなると一つ覚えのようにいった。

内海を航《ゆ》く道の要《かなめ》になる島々を根城に、海のほうぼうを荒らし回る。賊は残忍《ざんにん》で、容赦なく人を殺す。とくに小豆島を過ぎ、家島《いえじま》のあたりを抜けるときには、同乗している神人《じんにん》たちも皆びくびくものであった。

「……賊か、さもなくば船幽霊《ふなゆうれい》が出るぞ」

島のひしめく家島の周辺では、手荒な賊がしじゅう出没するというし、この世のものならぬ怪異が夜な夜なあらわれると、もっぱらの噂《うわさ》である。

「ご安心くだされ。船は無事に参っております」

水竜《すいろう》は、恐れるふうもない。

「なぜ、さように請け合えるのじゃ」と問われるが、「神饌《しんせん》を運ぶ船に、祟《たた》りがあるはずがありますまい」と、気を利《き》かせた答え方をする。

口先だけのことではない。水竜の案内する船々は、少々用心深く、しかしのどかに無数の島嶼《とうしょ》の間を抜け、淡路の島をあとに明石の浦に出ていった。

彼にしてみれば、この海域は通りやすい道であった。家島あたりは、高さのまちまちな暗礁《あんしょう》がやたらにある。それを知らずに通る船は座礁《ざしょう》して破れ、幾つもの命が海に散っている。海底を探れば沈没船の山である。その不幸が、船幽霊の伝説を産むのであろう。

が、水竜は暗礁の一々を熟知しており、礁のあいだをすり抜けるように船を運ぶ。賊たちが近づけないのはそのせいだ。軽々しく近寄ろうものなら船が壊れる。海を心得ている水竜は、わざと暗礁の多い航路をとっている。もちろん、誰にもそのことは明かしていない。〝渡し〟ならではの智慧《ちえ》と技であったし、明かしても乗る者や水主《すいしゅ》を不安にさせるだけである。

ただ、黙って船々を危なげなく導いた。

目的の地が近づくにつれて、楫師《かじとり》である水竜の評判は高まっていった。

「かように頼もしい楫師は初めてじゃ。うらうらと参るようで、瞬《また》く間に着きそうじゃ」

上賀茂《かみがも》の神人《じんにん》たちも満足げである。なかでも、綱《つな》どのとよばれる有力な神人のひとりは水竜がいたく気に入り、「どうじゃ。わしの婿《むこ》となって、賀茂社《かものやしろ》の下仕えに」とまでいう。

その話になると、千鳥はいやな顔で水竜を見る。

「子どものくせに、嫉《や》いているのか。おなごよのう」

神人たちはからかう。

「それは無理でも」綱どのは、水竜を船屋形に招《よ》んで真顔でいう。「内聞《ないぶん》で頼みたい仕事は山ほどあるのじゃ。内海《うつみ》を往来するのに、雇われてくれぬか」

内聞といわれて、横領品を運ぶのだろうと、水竜にはぴんと来た。

別だての船で運びたいものというのは、表向きの品ではなかろう。荷抜けの品も横領品も同じこと。水竜にしてみれば、悪くない話である。

「忝《かたじけの》う存じます」

「されば、話は決まった」

神人の案内は摂津《せっつ》の長洲《ながす》までである。淀《よど》川の河口近くの長洲に、賀茂社の長洲御厨《みくりや》があり、ひとつの集落の様相を呈している。そこに船を着ければお役ご免であった。

船に乗っているあいだに、水竜は都までの段取りをつけていた。

「都を見ておくのもよかろう」

綱どのはいい、長洲御厨で捕れた魚介類を都まで運ぶ賀茂社の運京船に、水竜たちを快く乗せてくれた。

「帰りには寄れ」

余分にはずんでくれた賃金を懐《ふところ》に、送り出される。

茅渟《ちぬ》の海と呼ばれる、難波《なにわ》に至る海は、遠浅の江のようであった。淀川の河口も江と見まごうばかりで、数知れぬ中洲、中島が姿を現わしては消える。芦《あし》のあいだを、女が櫓《ろ》を持つ小舟がゆくのは、蛤《はまぐり》や浅蜊《あさり》でも漁る海女《あま》だろうか。やや大ぶりな船の数も半端ではない。運京船らしき船が目立つ。都は津津浦々から運ばれてきた荷の数々を、果てしなく吸い込んでゆくようだ。

川を遡《さかのぼ》る船に乗るのは、水竜も初めてである。すべてが目新しく見えた。

川には川の産物や交通を取り仕切る有力者がおり、勢力を誇っているが、賀茂神人の運京船は、やはり淀川でも古株らしく、顔が利くようである。

楫師の仕事を離れ、ただ見知らぬ土地の織りなす景観をのんびり眺めていると、公卿になったような気分になる。鵜《う》を操って魚を捕る鵜飼いの姿も珍しい。

「賑《にぎ》やかですね」

黙りこくっていた陳四郎が、あたりを見はからい、舷《ふなばた》に寄ってきた。漕ぎ手の辛《つら》さから解放されたせいか表情は明るい。

「四郎、わ主《ぬし》、そのように呑気《のんき》なことでよいのか」水竜はこの先の心配をはじめた。

「我は都の歩き方さえ知らぬ。まして、わ主が知るよしもなし……」

行く先の見当がつかなければ、四郎の父親と約束をしたという君を尋ね当てることなど、できるはずもない。

「都の何地《いずち》じゃ。住まいは右京《うきょう》か左京《さきょう》か。一条か九条か」

かろうじて聞き知っている都の条里《じょうり》の区割りをいってみたものの、水竜にもそれ以上の心得《こころえ》があるわけではない。

「ええ、これを」

懐から一枚の紙を大事そうに取り出し、四郎はこっそりと広げた。

何か細々《こまごま》と書きつけてある。

水竜は目を丸くして覗《のぞ》き込む。流麗な書風であったが、意味するところはわからない。

「かような紙を、いかにして隠しておったのじゃ」

身一つで海を漂っていた四郎に、持ち物があったとは思われない。

「衣の襟に縫い込んでおりました」

「何と」見れば紙には折り目が残り、乾かした跡がある。「大宋国《だいそうこく》の書か」

「いや……」

四郎は少しためらう様子を見せた。水竜が文字を解さないことに気づいたのである。

が、水竜はあっけらかんとしたものであった。

「御坊《おんぼう》や官人《かんにん》でもあるまいし。わ主にはその才があるのか」

船で行き来する者たちのなかには読み書きをする者もあった。水竜の聞いている学問といえば仏典や漢詩漢文である。そのほかに、貴族たちのあいだでは仮名というものが流行《るぎょう》しているらしいということくらいは知っている。

地方の有力者には学のあるものがおり、文字の持つ力を感じないではなかったが、口伝えと五感がものをいう海の仕事には、どこか遠いものであった。それでも、文というものがどこかへ連れて行ってくれるのであれば、仮名の手習いをしてみる気になるかもしれないのだが。

「父に託された書簡の一部を写して参ったものです。心覚えだけを」

「何が書かれている」

「都の君の名に、家のところが」

「何とあるのじゃ」

「父からは、こう読むと聞かされております。ふじわらの……」

「おう。藤原のどなたじゃ。どの君もよう似た名じゃからのう」

貴族の多くがその氏《うじ》を持つことは広く知られている。が、多さのあまり、なかの一人を捜すのは至難《しなん》の業《わざ》である。

「すえつなさまか。朝臣とあるからには、五位よりは上のお役じゃろう……。で、その君のお住まいは」

「鳥羽水閣、と」

「――とばすいかく？」

「鳥羽と申すあたりに建つ、水辺の山荘と聞きました」

「ほかには」

「いや、何も」

「それだけか」

「季綱朝臣《すえつなあそん》」

実をいえば、心覚えには藤原季綱なる君が宋に発注した品々の目録が書き連ねられていたのだが、四郎はそれに触れることを避けた。水竜に学問がないことを知って見下したのか。あるいは、いまはその時ではないと考えたのか。

「さようか」

あっさりと受け流したかと思うと、水竜は、ふいとその場を離れ、運京船を導いている楫師を捜した。

「なあ、鳥羽と申すところへは、いかなる道を参ればよいのじゃ」

「鳥羽かいな」

運京船の案内人は、おのぼりさんに面白いことを尋ねられたという様子で答える。

「この川の上手や。山崎や与等津《よどつ》の上まで上ったらええ。都寄りやで」

運京船を仕切る年配の男は、あざなを喜一《きいち》といった。

梶師どうしで、喜一と水竜は気楽な口をききあう。似た仕事に就きながら、川と海と、それぞれの持ち場が違うだけに、妙な角の突き合わせ方もしない。互いの知恵を交換するうちに、うまの合う男だと思うようになってきた。これからも同じ賀茂神人の仕事をするとなれば、親しみも湧《わ》いてくる。

賀茂川に宇治《うじ》川、木津《きづ》川と、三筋の川が合流する地点には、巨椋池《おぐらのいけ》とも繋《つな》がる広く開けた淀があり、与等津と呼ばれる一段と大きな中島を含む、中洲や中島が連なっている。

川が集い合う淀の、手前にある川湊《かわみなと》を山崎といった。

山崎や与等津の地名は、水竜のみならず、京へ上る船に関わる海人《あまびと》や〝渡し〟にも知れ渡っている。京へ運ばれる物貨の多くが、山崎か与等津でいったん荷揚げされるからである。京へ至る海の道を大動脈とすれば、ここはひとつの終着地であった。品々は山崎で陸《おか》揚げされて陸路をゆくか、川中の島・与等津を経て、それぞれの川を遡り、都のまわりへと分散してゆく。

山崎の対岸には石清水八幡宮《いわしみずはちまんぐう》が社《やしろ》を構えている。水利の地にあるこの社は、賀茂社と同様に神人の勢力を抱える水の道の有力者であった。八幡宮神人は、摂津、河内、和泉の川や海で力を持つばかりでなく、内海にも食指を動かし始めている。

「この先は賑やかやぞ。品と申す品が、国々から集まっては散ってなあ。与等津から川を遡ったも少し先で、西のほうから桂川が流れ込んで参るのや。その先のあたりが鳥羽や。昔は池がちの荒れ野やったのが、近頃……」

白河院が築き始めた鳥羽離宮の話を、ひとしきり喜一は聞かせた。

「ならば、鳥羽水閣はいずこじゃ。藤原朝臣の山荘は」

「いや、そこまでは存ぜぬわ」喜一の知る道は、おもに与等津までであった。「上《うえ》つ方々《かたがた》のお屋敷はぎょうさんあるはずや思うで」

「水辺の山荘だと申すのじゃが、分からぬものか」

「水いうてもな。鳥羽は水たまりだらけの土地柄やさかい」

どうやら、しらみ潰《つぶ》しに捜してゆくしかないようであった。

与等津から先、鳥羽までは船で半日あればじゅうぶん行けるという。

「お主は漕《こ》ぎ方を心得ておるのやから、小舟を借りたらええ。わてが与等津で安うして貰《もろ》うてやるわ」

いい日よりになった。淀は、ゆるく蒼空《あおぞら》を映している。

大船、小船が与等津の川洲に引き揚げられて規則正しい列をなし、夥《おびただ》しい人々が荷と船の世話のために行き来する。

堆《うずたか》く積まれた魚や野菜の大籠《おおかご》からは、むんとする生ものや干物の混じったような匂《にお》いがし、とある洲は青物や魚の商い市のようであった。鷗《かもめ》もここまで来、白い翼を光らせて、食べ物のおこぼれにありつけはしないかと中空で構えている。

材木類や竹類が果てしもなく浮かぶ淀みがあるかと思えば、米俵のみが積み上げられた洲、塩壺の洲、櫃《ひつ》や唐櫃《からびつ》が荷車に乗る限り移し替えられている洲。洲と洲のあいだを細い水路が陸のほうへと迂曲《うきょく》してゆく。切り割りになった幾つもの洲を結ぶ橋が渡されて、その上を荷車が続々と曳《ひ》かれていた。

川岸には屋根付きの小屋が、その奥には見上げるような倉が建ち並び、底知れぬ胃袋のように、うねり来る荷を呑《の》んでは消化してゆく。

——都とは。

水竜は荷の動く様子に目を奪われ、物貨の量に圧倒された。

彼が借りた小舟は、淀を行き交う大小の船々に混じると、まったく目立たない木の葉のようである。

満々《まんまん》と湛《たた》えられた河面に、船で行き来する旅人や船方を目当てに客引きをする物売りの船も、わんさと出ている。船上で煮炊《にた》きする船もあり、野菜を煮、魚を焼く香りが風に乗っていった。かと思うと、女が操る小舟がすっと寄ってきて、あてと遊ばはりまへんかと囁《ささや》いたりもする。

——悪くないのう。

彼の目には、行き交うどの女も垢抜《あかぬ》けて見える。身につけている衣のつくりが違うのか、化粧が鮮やかなのか、都に近づくにつれて女の顔は白く柔らかく、香り高く、しかも奔放さを合わせ持つように思える。

ふと、千鳥の面影が目前にちらつき、水竜はかぶりを振った。

——何ゆえ、童《わらべ》の顔が。

櫓を握り直した。上流へと漕いでゆく。舟を曳いて陸路をゆくほどの急所ではない。千鳥と四郎は、山崎に残してきた。初めての土地で鳥羽水閣を捜すのに、初上洛《じょうらく》の二人は足手まといになる。まして、連れ歩くのが子どもと宋国人では、重荷であった。幸い、喜一が山崎に訪れるたび泊まる馴染《なじ》みの家があるというので、用の足しにと少しばかり持ち合わせた反物を渡し、千鳥と四郎とを頼んできたのである。

ごった返す淀を抜け、賀茂川へと分かれても、なお船の往来は途切れない。川舟の操りかたを、喜一に急ごしらえで習ったとはいえ、行き慣れない川は、一筋縄《ひとすじなわ》ではいかない。

川底の様子が知れないので、似た大きさの小舟を待ち、そのあとに追随する形をとって、水竜は見よう見まねで幾つかの瀬を乗り切った。

前をゆく舟を頼りに、櫓を懸命に撓《しな》らせるが、どうしても遅れを取りがちになる。しだいに引き離されては、また別の舟を見つけて尾《つ》いていく。

四、五艘の舟をやり過ごしたあと、手頃な大きさの小舟がつ、と先に出た。見れば舟のさばきが見事である。

日を受けて刃のように光りたつ波のなかをも、鋭く分けて、急な瀬さえもなめらかに上る。棹《さお》の差し方が確かで、川底の岩の小穴ひとつさえ、熟知しているのではないかと思わせる。

その舟を追ううちに、水竜は川の感覚に慣れていった。しかし妙なのは、先をゆく舟がわざと難路を取っているかに思えることであった。ゆるやかな瀞《とろ》を素通りして、滝を跳ね登る鯉《こい》のように、急湍《きゅうたん》を登ったりする。

水竜も青息吐息《あおいきといき》で尾いていった。

が、鵜の首のように膨《ふく》らんだ淀に出ると、先の舟は流れの緩い瀞に入った。水竜の舟も続いてゆく。

と、前の舟はいきなり停《と》まり、見る間に向きを変えて、櫓をすっと川に差し、水竜の行く手を塞《ふさ》いだ。

「――何を」

するのじゃ、と、先をゆく舟の漕ぎ手を睨《にら》もうとした水竜は、続く啖呵《たんか》を呑《の》み込んだ。

先方が、鋭く声をかけてきたのである。

「このあてを、賀茂の真砂《まさご》と見てのことどすか」

いって、船頭は綾藺笠《あやいがさ》を少しあげた。一束にまとめた黒髪が、あでやかにはらりと落ちた。二十二、三の女であった。

「いや……」

思わず否定し、水竜は見とれた。地味な麻の汗衫《かざみ》に袴《はかま》姿の梶師《かじとり》を、童か小柄な男だと思っていた。男装束に身をやつしていても、よく見れば女と分かったのかもしれないが、舟を操る冴《さ》えざえとした腕に気をとられ、気づかなかった。

広い額に、掃《は》かれた眉《まゆ》が柔らかい。対照的に、目が大胆な弧を描いている。左の目下に、涙を思わせる黒子《ほくろ》がある。魅入られそうなふっくりとした唇が、甘く動いた。

「はあ」水竜の全身を、女は流し見た。「思いのほか、ええ旦那《だんな》はんやないの。あんたはん、舟もなかなかの遣い手どすなあ」

「慣れなくてのう。わごぜの舟を見習わせて貰《もら》ったのじゃ。気に障《さわ》られたのなら失礼致した。川をゆくのは初めてじゃけん」

「初めて……？　新参の梶師はんやろかと思うたわ。ほな、旅のお方なんやねえ」真砂という女は相好《そうごう》を崩した。「そないに忙《せわ》しなく上らはることないのやろ。あてと……」

「……わごぜと？」

女はその先をいわずに、目のなかに炎を揺らめかせた。

水竜は、娥々《がが》とした、しかも卑《いや》しさのひとつも感じられず、凜々《りり》しいとさえいえる眼差しの誘惑にかられた。長いこと女を抱かずにいる。

長洲の周辺にも天女のような遊君の集う遊里があると聞いていたが、寄ることができず終《じま》いになった。

まとわりつく子や別世界から来た男から解き放たれたこの瞬間、水竜は彼自身の時を過ごしてもよい筈《はず》である。

——が。

「せっかくだが、今日はやめておこう」

「何でやのォ」真砂という女は、心外だというふうに眉を寄せる。朝に晩に磨き立てた縹緻《きりょう》にも、操船にも自信のあるこの凄艶《せいえん》な女は、自分のほうから即座に客を誘うことなど珍しいのであった。それだけ水竜が意に適《かな》ったぶん、あてが外れて悔しいのである。

「人のお屋敷を探しておるので、先を急ぐのじゃ」

無意識に水竜はいったが、彼自身も知らない抑制のわけは、千鳥によく似たこの女の面差しにあったのかもしれない。

ところが、真砂のほうには、いったん見込んだ男を簡単に放すつもりはない。

「あてが聞いてあげますえ。どちらへおいでになりますの」

「それはありがたい。鳥羽水閣と申すところじゃ」

「え」

真砂は、目を見開いた。いったん息を呑んだようであったが、すぐに声を上げて笑い出した。

「あんたはん、この先の鳥羽水閣へ行かはりますのんか」

悪戯《いたずら》っぽい笑みが、真砂の頰に浮いている。が、水竜は気づかない。

「鳥羽やったら、もう、そう遠《とお》ないわ。あての舟に尾《つ》いて来はったらよろしおす」

いって、真砂は櫓《ろ》を取り直し、器用に舟の向きを変え、また川を上り始めた。

流れは静かであった。しばらく進むと、川湊にまた近づいたのか、荷を積んだ船が両岸にたむろし始めている。

――どうやら、鳥羽に近づいているらしい……。

離宮の造作《ぞうさく》を窺わせる材木や石材の山が見えてきて、水竜も都の息吹《いぶ》きに目を瞠《みは》った。

真砂は、あるところで舟を西岸に寄せた。そこから支流とも水路ともつかぬ流れが、西に分かれている。水路というには、まだ整っておらず、造作のさなかなのかもしれない。

その道にも、荷を積んだ船がぽつぽつと入ってゆく。

流れの入口に設けられた小屋は、なかなか物々しい造りで、武装した男たちが出入りする船を調べている。

――関じゃろうか。

真砂は舟を見張り小屋に近づけてゆく。

土地や湊の有力者が船から通航料を取るしくみは、水上のどこにも見られて、水竜は、関には慣れている。

それにしても、この小屋を固める男たちの出で立《い》ち《た》は、武者のそれである。それぞれが武具に贅《ぜい》を凝らし、染羽《そめは》白羽《しらは》の矢、塗籠籐《ぬりごめどう》の弓……、得物《えもの》や身支度のことごとくが選《え》りすぐりの品で、水竜を驚かせた。

馬も粒揃《つぶぞろ》いの駿馬《しゅんめ》数騎が繋《つな》がれて、しきりに背を聳《そび》やかす。

――都ともなれば、関ひとつの守りもさすがじゃ。

居並ぶ者の面構《つらがま》えも、これまで見てきた荒くれ者や海を仕切る者たちとは違い、少し臆《おく》する心持ちになる。

ところが、真砂は構わずに舟の上から彼らに会釈《えしゃく》した。武者たちも親しみをこめた笑みを返してくる。女はすっかり顔馴染《なじ》みらしく、気軽に声をかけた。

「この者が、鳥羽水閣に参りたいそうでございます」

「何、水閣にとな」見張り番らしい男が受けて、水竜をじろりと睨む。「この男は贄人《にえびと》か」

「さようでございます」

水竜には何のことだか分からなかったが、真砂が勝手に請け合う。

見張り番の男は、真砂と意味ありげな視線を交わしあった。まわりの武者たちも、含み笑いを押し隠して端然《たんぜん》と眺めている。

「では、通れ」

「通り賃はいかほどでございましょうか」

水竜は相場を尋ねたが、見張り番は鷹揚《おうよう》であった。

「無用じゃ」

「この先がすぐ水閣の池どすえ」

真砂にそう教えられて、水竜の舟は流れに入った。彼女の舟は見張り小屋の前に留まり、動こうとしない。流れが分岐点になり、真砂は別の道をゆくのだろうと、案内の労《ろう》をとってくれた女に礼をいう。

――藤原の……、季綱朝臣《すえつなあそん》の山荘は、池のほとりにあるのだろうか。

流れに入ってしまうと、ほっと息をつき、水竜は宋国人を都の君に引き合わせる手だてに思いを馳《は》せかけた。

と――、ふいに大音声が耳をつんざいた。

「狼藉者《ろうぜきもの》っ」

大声で呼ばわりながら、先ほどの武者たちが追いかけてくるではないか。

「おい、留《とど》まれっ」

追われているのが、この自分であると分かるまで、間があった。

武者たちは小舟六艘《そう》で急速に迫り来る。

——粗相をした覚えはないが。

何人もの武者が目を瞋《いか》らしつつ、じりじりと舟を寄せてくる。あっという間に距離が縮まった。

見れば十五、六人の兵《つわもの》どもが太刀や鉾《ほこ》をひらめかせ、弓の遣い手が油断なく水竜の身体を射抜くための構えを見せているのであった。

水竜の舟はおとなしく止まった。咎《とが》めを受ける覚えがない以上、逃げる理由もないはずである。

が、止《とど》めを刺《さ》すように、武者の一人が叫んだ。

「この先は、畏《おそ》れ多くも白河院の鳥羽離宮であらせられるぞ。下郎《げろう》、知っての狼藉か」

あまりのことに、水竜は立ちすくむ。指摘されてあらためて見回せば、流れの行く手には、緑をところどころ破り、色彩と輝きに充《み》ちた殿宇《でんう》が見え隠れしている。装飾に縁取られた反《そ》り屋根が、幾重にも列《つら》なり続くようであった。

それが鳥羽離宮の南殿に築かれた寝殿や渡殿《わたどの》、西の対《たい》や仏殿などであることは、都《みやこ》びた殿宇を初めて目にする水竜に判断できよう筈がない。

――あの女狐《めぎつね》め。

にわかに、水竜は真砂が道筋を偽ったことに気づいた。罠《わな》に落ちたのだ。背筋を、冷たい汗が流れる。

――天下の離宮に踏み込んでしもうたのだ。捕《つか》まれば、大変なお咎《とが》めを受けるやも知れぬ。

刹那《せつな》、気が先走って、えい、ままよとばかりに水竜は舟を捨て置き、流れに飛び込んだ。

驚いたのは、武者たちのほうであった。彼らには小舟の男を痛めつける気はなかったのである。余興めいた遊びにすぎない。なまめかしい賀茂川の女、真砂は、通りすがりの者を拾っては、川の門番たちと、たちの悪いふざけ方をする。離宮に舟で食物などを届けに来る贄人《にえびと》や、造成の続く殿宇のために資材を運び込む人夫たちなど、決まった者にしか知られていない道であった。川の流れは離宮へ引かれ、園内の広大な池泉《ちせん》にまで繋《つな》がっている。

真砂は、癪《しゃく》にさわる田舎者を選んでは流れの入口に連れてゆく。いい景色が見たいとか、自分のねぐらはこの方角だといえば、客の男は手もなくついてくる。そうなれば、暇を持て余す兵達《つわもの》とともに、お上《のぼ》りをなぶるのである。

離宮内に踏み込んだとして拘束され、肝を冷やした男たちは、きつく油を絞られたあと、ほどなく放免されるのだが、水竜には知るよしもない。

得意の素潜《すもぐ》りで、ともかくも、舟の武者たちの前から姿をかき消した。息の続く限り、水面下をむやみに泳ぎ、おそるおそる浮かび上がってみると、堀に出ていた。水路は離宮まわりの堀にも繋がっていたらしい。

否《いや》も応《おう》もなく、そそり立つ堀壁に取りついた。無我夢中で登り切り、これも初めて見る大路を渡り、逃げに逃げてゆく。あいにく騎乗の武者たちに見つかり、追われたのが運の尽きであった。力を尽くして逃げ、あるいは機転を利かせてみたが、気づいたときには、太刀の切《き》っ尖《さき》が喉元《のどもと》に当てられていた。

六

瞬《また》く間に、両手がきつく縛《しば》り上げられていく。

絡《から》め取られて、水竜は窮《きゅう》した。すぐさま殺《あや》められるのか、それとも獄《ひとや》に繋がれるのか。

棒で突きのめされ、はたはたと膝《ひざ》をついてしまった。立ち上がろうとするが、再び小突かれ、腰に巻かれている縄を荒々しく引かれて、その場に据えられる。

見上げれば、身じろぎひとつしない若武者の鋭い目があった。

ことと次第によっては、いつでも容赦なく首を刎《は》ねるという構えにあったとき、水竜は怖気《おぞけ》をふるった。

海をゆくときには向かうところ敵なしの水竜も、陸に上がれば勝手が違う。何とか気を取り直そうと努める。

――よう慮《おもんぱか》ることじゃ……。

嵐《あらし》に巻き込まれたとき、慌《あわ》てずに周囲をじっくりと見て状況を捉《とら》え、取れる手だてを考える。思えば、それを怠ったために、あんな女の手にのってかつがれた。

〝さすがに取り締まりのお役じゃ〟〝早《はよ》う召し捕《と》ってくだされ〟などと、周囲の侍たちが口々にいうところからすると、自分を捕縛《ほばく》した若武者は検非違使《けびいし》であるらしい。

彼は耳を澄ました。会話や呟《つぶや》きから、彼が迷い込んだ庭は、都でも指折りの君の屋敷の一隅であることなどが聞き取れた。

とすれば、検非違使にとって、闖入者《ちんにゆうしや》を取り押さえたことは手柄《てがら》になるだろう。それにしてもこの検非違使は、血気に逸《はや》る剛の者。一挙一動に、とてつもない熱が感じられる。何かに突き動かされているようで、下役人では終わらない器量を感じる。

――彼奴《かやつ》の目は、いま、何を見ておるのであろう。出世の芽であろうか。

よく見れば、年頃は自分とそう変わらないようである。

――この男の末々《すえずえ》はどうなるのじゃろう。何かを託《たく》しとうなるかのような、頼もしい顔つきではあるまいか。

ふと、妙な思いが水竜の胸を過《よ》ぎった。が、そんなことを考えている場合ではない。

「何奴じゃ」

素性を吐けと、盛んに責められる。この場で自分の処遇を決めるのはこの男であろう。だが、本当のことをいっても、しがない梶師《かじとり》の身である。闖入者の捕縛で上がるだろう名声を目前にしている男が、放してくれるわけがない。

そう睨《にら》んで、水竜は腹を決めた。

「怪しい者、申せっ。さあ」

若武者に面詰《めんきつ》されて、顔を屹《きつ》と起こす。

「申し上げます」

水竜は、都に慣れた楫取、喜一がいっていたことを思い起こした。

〝ええか、都歩きは初めてやさかい、お主にとっておきの忠告しといたるわ。まさかのときにはな……〟

万が一、役人に咎《とが》められたときには、その場を切り抜けられる奥の手があると、彼は耳打ちしてくれたのである。

水竜は、一か八かで嘘《うそ》をついた。

「この身は、神に仕えるためにございます」

「何っ……」

平正盛は、ことの意外さに目をむいた。

賊かごろつきとばかり思っていた闖入者が、急に筋道の立つ話を始めたのである。

「我は上賀茂《かみがも》社神領、周防竈戸《かまど》の神人《じんにん》でございます」

きっぱりといい切られて正盛は詰まり、唇を引き結んだ。

神饌《しんせん》をまかなうための漁撈《ぎょろう》に携わる神人はある意味、警察機構の埒外《らちがい》にあった。

神人を勝手に裁くことは、検非違使には許されていない。身分は低いが、神事に関わる神人は〝神の器《うつわ》〟である。たとえ悪行の現場を押さえたとしても、神罰をこうむらないためには、神領を司《つかさど》る神社の本社に問い合わせて裁量を仰がなければならない。その上に立つのは唯一《ゆいいつ》、院の裁断のみである。天下を震撼《しんかん》させるような大事《おおごと》ならともかく、院自らのお手を一々の揉め事にわずらわせることなど、できよう筈《はず》もなく、神人が絡む紛擾《ふんじょう》は、いつでも容易に決着をみなかった。検非違使が閉口するところである。

場の雰囲気は、がぜん重くなった。

「……では、名を名乗れ」

正盛はやっとそういったが、水竜は平然と、船に同乗していた神人の一人の名や所を借りて告げた。物覚えには自信がある。

「まさか」正盛は人をときには震え上がらせるその目で、水竜を睨みつける。「たばかるのではあるまいな。このごろは、神人と称して乱行を働く不届き者が跡を絶たぬ」

水竜はひやりとしたが、顔には出さない。

正盛はそれでも追詰《ついきつ》する。

「周防の者なら、京に上る海の道筋を述べてみよ。通って来たのならば、間違う筈があるまい」

良いことを聞かれたとばかりに、水竜は身ぶり手振りを交え、知り抜いた海路をかいつまんで語ってみせる。

「……伊都岐嶋《いつくしま》のあたりまで参りますと、船はみな引かれるように島に寄せられてしもうて、かないませんのう。社詣《もう》でをして参れと諭《さと》されておるのじゃろうか。……明石の漁人《すなどり》が申すには、蛸《たこ》の奴らは一度さかったら冥土《めいど》に参るのでございます。……の湊は、……の津は」

いつのまにか、一同は闖入者の話に聞き入った。〝渡し〟口伝で鍛えられた水竜の話しぶりは、香具師《やし》の口上のように面白く、人を惹《ひ》きつけて離さない。

「……ふむ」

平正盛は得心したように頷《うなず》いた。すべてを信じたわけではない。が、水竜の話す海路の仔細《しさい》を聞くうちに、正盛には別の考えが浮かんできたのである。

「……かように、神饌をお届けするために海の道を参上したのでございます。人にたばかられたのは己《おのれ》の方でして、はじめて川の道を遡《さかのぼ》るさなか、己を田舎者と見た悪人に騙《だま》され、こちらに迷い込んでしもうたのでございます」

水竜が話し終えたときには、座には〝調べは済んだ〟という雰囲気が漂っていた。

「よろしい。信じてつかわそう」正盛も、態度を和らげる。「ただし……」

放免の条件を口にしかけたときに、場がざわめいた。侍が屋敷から転げ出てきた。

「主がお呼びじゃぞ」

「顕季朝臣《あきすえあそん》がか」

「そうじゃ。騒ぎがお耳に入り給うてな。曲者を検分《けんぶん》なさるとのことじゃ」

呼ばれたとあっては、参上しなくてはならない。供の者に水竜を引かせて、正盛は主庭に控えた。

袴《はかま》のたてる衣擦《きぬず》れの音がする。

「面《おもて》をあげよ」

のどかな声である。

「何地《いずち》の者なのじゃ」

顕季朝臣は直衣《のうし》で円座にくつろぎ、小首を傾《かし》げている。闖入者にも動じる様子はない。

正盛は時めく君を眩《まぶ》しく見た。噂《うわさ》では、おっとりした風貌《ふうぼう》の顕季朝臣は、その実、指折りの策士であるという話であった。

その前に畏《かしこ》まって、水竜を問いただした結果を述べる。

「なるほど。上賀茂社の神人とな……」

顕季朝臣は考える様子を見せた。

世の見るとおり、顕季はなかなかの遣り手《やりて》であった。院の乳母子《めのとご》として何不自由なしに生まれ育ったといっても、貴族としては家格の高くない者だけに、繁栄の道からこぼれたくないという思いがある。受領《ずりょう》を歴任して利を得た経験から、彼は神人たちが内海《うつみ》や賀茂川など、運京船の世界では力を持つ者であることを知っている。神人たちと、無用な軋轢《あつれき》は起こしたくないというのが本音であった。

――この鳥羽に、院が離宮を造営なさったのも……、院の近臣たちが別荘を持ちたがるのも……。

顕季は反芻《はんすう》する。

賀茂川を遡ってくる品々の取入れ口として、極めて便がよいためでもあった。鳥羽には地の利がある。即座に川に出られ、山崎や与等津《よどつ》からそう遠くない。

顕季の御座所のしつらえは、唐物がひしめく贅沢《ぜいたく》ぶりであった。渡来の品々の持つ魔のような力をも、彼は重々心得ている。異国との交易を司る太宰大弐《だざいのだいに》に任じられた君の娘を娶《めと》り、妻としたのも偶然ではない。財貨獲得の式に、顕季は通じつつあった。

その式からいえば、品々の運び込まれて来る道、受領の富の通り道に障《さわ》る物を置きたくはない。

それもこれも、白河院の御為であるのだと、顕季は信じている。幼い頃から院は顕季を実の弟のように可愛《かわい》がってくださり、顕季も院の御為なら、命を投げ出しても惜しくはないのである。

そして顕季は、文武《ぶんぶ》よりも財を成す道に、その甲斐性《かいしょう》を発揮した。受領として得た財物を惜しみなく院のもとへと注ぎ込み、院をも我が身をも富ませる。それができるのも、院が家格に拘《こだわ》らない、思い切った叙位を行ってくださるからである。

院の近臣と院は、両輪のように働きあい、摂籙《せつろく》の家に流れがちであった財を、院の御許《みもと》へと引きつけてゆくのであった。

顕季は水竜を退《さ》がらせ、控えている検非違使の若武者に探りを入れようと、あらためて目をやる。思いのほか、光の強い眼差しに出くわした。

「いかに計らうつもりであるか」

「は。仰《おお》せの通りに」

「うむ」

――この若者は、口のきき方を存じておる。

兵のなかには、腕っぷしを恃《たの》むあまりに地位の序を心得ない者もかいま見られるが、この武士は、人の顔を立てることができている。顕季は喜び、あえて問うた。

「汝《なんじ》ならば、どう計らう」

「畏《おそ》れながら」引き締まった顔つきで、正盛が考えを口にする。「まずは、悶着《もんちゃく》は無用かと。かの者がまことに神人でございまするならば、かような事を表沙汰《おもてざた》に致しますれば、角が立ち申します。調べると致しましても、穏便にと」

「――汝《なんじ》、名は何と申したかな」

柔軟な対応のできる男であるようだ。しかも、並々ならぬ面魂《つらだましい》があり、武芸のほうも腕利《き》きであるらしい。機転を利かせて侵入者を捕えたのだということは、既に顕季の耳に入っている。

武士が名乗った平正盛という名が、強く印象に残った。

院の絶対的な支配力を確保し、院と近臣が財を成す道を保ち、支え奉《たてまつ》るためには、武者の力が必要になりつつある。かつて摂籙《せつろく》、内覧の臣が押さえていた庄の財物を、少しでも朝家のものに戻そうと、院は庄を厳しく取り締まっておられ、その混乱に乗じて、ごく薄い泡のようにふっと、争いや不満が持ち上がっては消える。うっすらと掛かる穏やかならぬ気配に敏《さと》いのも、地方を司る受領ならではである。

懸念《けねん》の雲を振り払うためには、さらなる手兵、近侍のたぐいが要る……。顕季も、そんな思いを強くしているところであった。

「では、かの者を放つのか」

「ご用命を頂けますれば、彼奴《かやつ》が神人としての身の証《あか》しを立てられますものか否《いな》か、内々に取り調べとう存じます」

「よかろう。致してみよ」

内輪の調べは、この若武者が持つ力の小手調べにもなるだろうと、顕季は応じる。

「ひとつお願いがございます」

「何ごとか」

「調べのために、お手持ちの御船を一艘《そう》、お貸し下されませぬか。取り急ぎ、彼奴が通って参ったと申します長洲まで、奴を引き連れがてら参ろうと存じております。長洲御厨《みくりや》は賀茂社の拠点のひとつゆえ、少なくとも彼奴を知る者がございましょう」

「易《やす》きことじゃ。支度致すよう、家の者に申しつけておくわ。しかし、事のついでに用向きを申しつけるぞ」

正盛を手駒にしようという目論見《もくろみ》から、顕季は簡単に諾《うべな》ったが、だからといって、ただでは済まさない。

正盛が川を下るつもりであるのならばと、すかさず気に掛かっている所用を命じるのであった。人の遣い方にも、無駄のない男である。

「川沿いの牧《まき》をいくつか回り、見覚えて参れ。いずれ、離宮のなかには馬場殿が造られることが決まっておる。院は競馬《くらべうま》の見物をお望みじゃ。そうなれば、馬をそれぞれの牧から鳥羽牧《とばのまき》へ移さねばならぬ。名馬の移し送りに伴う武勇《ぶよう》の者を捜しておったのじゃ。心がけておけよ」

牛馬を飼い養う牧は、難波の海と都とを結ぶ川の道にそって、用路の要《かなめ》に点在している。川のほとりの低地は、牛馬の放牧の地となっていた。

といっても、名馬をただ育て、飼い慣らすことだけが牧の役目ではない。

近都牧《きんとのまき》といわれる畿内の牧は、物貨の流れと深い関わりを持っている。船で運ばれた人が馬や牛車に乗り換え、また荷物が積み替えられてゆく。院や摂籙の家が所有する牧の牛馬を司るのは厩《うまや》の職分であるが、その下で働く厩の寄人《よりうど》が、いっぽうでは牛馬を使い、品々を各所に運ぶのである。また、馬や牛車を貸し出す商いも行っている。牛馬は運送に欠かせない要であった。厩に属する牛飼いが車を貸し、同じく舎人《とねり》が馬を貸した。

「は。喜んで承ります」

水竜の話に関心を引かれ、道の要である川や海を、自身の目でじかに確かめたいと思い始めていた正盛であったが、それだけではない。

正盛は、顕季朝臣が簡単に命じた用務が出世の糸口であることを、即座に見てとった。確約こそなかったが、離宮で催される競馬に僅《わず》かにでも関われるとすれば、めったにない昇進の機会である。

——顕季朝臣であれば。

期待を秘めて、正盛は院の乳母子を見上げた。

——あるいは、この己を引き立ててくださるやも知れぬ。

「されば……、この度のこと、そちに任せおくぞ」

正盛の意気込みを見下ろして、顕季朝臣はさらりといった。

——まだ、放免《ほうめん》されぬのか。

顕季朝臣の屋敷から出、ようやっと放たれるのかと思いきや、水竜は縄つきで正盛の従者たちに引き連れられている。

——やはり、このまま召し捕られて獄へと参るのじゃろうか。

従者二人は馬を下り、彼を両側から挟む形で道をほとほとゆく。正盛は悠々と馬を歩ませている。

都に向かって進んでいるのか、都から離れようとしているのか、水竜には行《ゆ》くえの見当がつかない。いずれにせよ人家は稀《まれ》で、淋《さび》しい道筋である。

かと思うと、人気《ひとけ》のない沼のほとりを正盛は選び、自ら馬を下りて水竜と向き合った。供の者たちを正盛は遠ざけた。

「……何を」水竜は怪しんで唇を嚙《か》み、やけになって対手《あいて》の顔を睨《にら》みつけるように見返す。

「人払いをした」

武士の目のいろが、黒く険しく閃《ひらめ》く。二人のまなざしがかち合った。

「では……、己《おのれ》を斬《き》ると……?」

瞬時に、捨て身になって抵抗する覚悟を水竜は決め、咄嗟《とっさ》に正盛に相対《あいたい》する構えをとった。背後の沼を視野に入れている。縛られてはいるが、逃げ抜く目があるとすれば、また何とかして水に入るほかはない。

正盛も、それに気づいて石火《せっか》のごとく太刀の柄《つか》に手を掛けかけたが、ことが破れるよりも一瞬早く喉《のど》の底を見せ、からからと笑った。

「何をばかな。おのれにな、余人には聞かせとうない話があるのじゃ」

　水竜は戸惑う。

「この上、何を」

「まずは問おう。神人《じんにん》のお主が鳥羽をうろつく用向きは何なのじゃ」

「申した通り。たばかられて、道を迷い申した」

「まあ、良しとしよう。さはさりながら、迷う前のことを尋ねるが、どちらへ参るところであったのじゃ」

「それは……」

　答えに窮した。出まかせで言い抜けようとするが、都を知らない者の悲しさで、急場をしのぐ言い訳が出てこない。

「当てて進ぜよう」焦《あせ》るばかりの水竜を横目に、正盛は忍び笑いを洩《も》らした。「おのれ……、抜け荷に絡《から》んでおるのじゃろう」

「え」

　水竜は、話の思いがけなさに詰まった。

「やはりな。神人は都に蔵を持ち、抜け荷で得た財を隠して儲《もう》けると申すが、おのれもその口か」

——どうやら、この武士は一人合点をしているらしい。

そう気づいたが、水竜は黙って話の続きを待った。と、正盛はさらに驚くべきことを口にした。

「お主、大宋国《だいそうこく》の商客を存じておらぬか」

あっと、水竜は背をこわばらせた。

平静を装《よそお》いながらも、胸は早鐘《はやがね》を搏《う》つ。都に連れてきた陳四郎の存在が、この検非《けび》違使《いし》に知れてしまったのであろうか。

頭を振る。四郎と千鳥が捕縛されているとの想像を振り払いたかったのだ。

が、ややあって正盛が切りだしたのは、およそ裏腹《うらはら》なことであった。

「周防竈戸から参ったと申したな。周防あたりの神人であれば、関で止められることなく、博多津までも参れるであろう。九国《くこく》まで参れば、商客との内密の商いが頻《しき》りと申すではないか。神人のなかには、その手の商いの労を取る者がおると聞くが……」

妙な方向に話が進みつつあることに、水竜は気づき、調子を合わせるように頷《うなず》く。

正盛はしばらく黙り込んだが、身を乗り出し、思い切ったように話し継いだ。

「実を申せば、己にはな、大宋国の商客に売りたい品がござるのじゃ」

意外であった。

——この武士は、大宋国の商客とのつてを求めているらしい。

そう見極めると、おそろしいほどの速さで、水竜の頭脳は働いた。

「商いをなさるおつもりか」

「お主らは、都の殿ばらとも内密の商いをするのじゃろう」

「仮に、致しており申すとお答えしたら、すぐさま召し捕られてしまうのではありますまいな」

「そうはせぬ。宋国人に取り次いで貰《もら》えれば、我はおのれを放免するつもりなのじゃ。ただ、おのれの話で海の道を見とうなった。調べの名を借り、長洲御厨《みくりや》までおのれを連れて参ろう」

正盛の顔には、熱っぽい輝きが見える。その熱が伝染したかのように、水竜の胸にも生命の火が煽《あお》られ、ぽっと燃える。

どうやら風向きが変わってきたらしい。

——検非違使の身でありながら、異国に何を売ると申すのじゃろうか。

自分も負けまい。

——この武者が、異国の者に何を売るかは存ぜぬ。じゃが、この水竜は……。

宋の船を我が物にする。

いまひとつ実感の湧《わ》かなかった陳四郎との約束が、唐突に、形のある重いものに思えてきた。

――ひと飛びに宋船を得、何もかもを超えて高みへと向かう。そのためには、もはや、うかうかしてはおられぬ……。

この折を逃すまいと、機知を働かせる。

「宋国人の商客につきましては、むろん、心当たりがございます」

「やはり」

「この際、申しましょうぞ。先刻の屋敷に迷い込んでしもうたのは悪うございましたが、我が身が参ろうとした先は、やはり鳥羽なのでして」

「鳥羽というても、どのあたりじゃ」

「鳥羽水閣、と聞いております」

「何、鳥羽水閣じゃと」

にわかに、正盛の顔が曇る。彼は気色ばんだ。

「お主、何を申したか心得ておるのか」

詰め寄られる覚えがなく、水竜は首を傾《かし》げる。「鳥羽水閣と申したまで」

「鳥羽水閣とは、離宮のこと」

「……！」

水竜はむせた。離宮は帝や皇族の別荘である。

――してみると、鳥羽水閣への道を尋ねた折に、あの女狐《めぎつね》の教えた道は、まるきりの嘘《うそ》ではなかったわけじゃ。

「離宮に何用《なによう》なのじゃ。まさか……」

問う正盛の目が険しくなっていくのを見、慌《あわ》てて弁明する。

「商いを致すつもりで参り申した。鳥羽水閣に住まう藤原の君への言《こと》づてを、大宋国の商客に頼まれたのじゃ」

「藤原のいかなる君との商いじゃ」

「名を明かせば、君にご迷惑がかかりますまいか」

「心配は無用じゃ。申せ」

「忘れも致しませぬ。藤原氏の季綱朝臣《すえつなあそん》への用向きで」

「ふむ」君の名を耳にした正盛の表情が和らいだ。「季綱朝臣か。では、おのれが迷うたのも無理はあるまい。まして、あたりに慣れないのではのう。鳥羽に季綱朝臣の山荘があったのは、離宮の造成が始められるよりも前のことなのじゃ」

「昔のことなのでございますか」

「詳しくは存ぜぬが、二、三年は前じゃ。備前守《びぜんのかみ》季綱朝臣は、それまで自身で所領されていた山荘も地所も、白河上皇に寄進なさった」

——そのうえ、季綱朝臣は……。

正盛は思いをめぐらせる。水竜にはあえて告げなかったが、鳥羽離宮の造進に並外れた関心を抱いている正盛は、造進をめぐる受領《ずりよう》の系譜に、より詳しかった。

——鳥羽離宮の造営を、まず任された受領の殿ばらは、高階《たかしな》一門、為家《ためいえ》朝臣の従兄《いと》弟《こ》、讃岐守泰仲《さぬきのかみやすなか》朝臣じゃ。季綱朝臣は、高階一門との親戚《しんせき》筋に当たられる……。

所領の寄進は、高階勢力との結びつきからであろう。

——さりながら、季綱朝臣は堅い、学者のお血筋であられるが。

「と申しますと、鳥羽水閣に、季綱朝臣のお屋敷は確かにございましたので?」

実をいえば水竜も、季綱朝臣という人物が確かにおり、陳四郎が常に口にする〝都の君〟との約束が嘘でなかったことを知ったのである。

「別荘であったかもしれぬが、所領はお持ちであった」

「そこが、いまの離宮に……。では、山荘は取り壊され、季綱朝臣は鳥羽には住まわれておらぬのでございますな」

「おそらくは」

「いまはどちらに」

「それも確かには存ぜぬ。が、左京の七条あたりであったか……」

「何とか、お屋敷に参れませぬものか」

「何ゆえ、そうも懸命になる」

「かの君に言づてができますれば、お武家様の商いも上々に運ぶと存じますゆえ」

「己の商いがか」

「さようでございます」

「わけを申せ」

ここが肝心と、気を引き締めて水竜は正盛の表情を窺《うかが》った。のるかそるか。この武者に打ち明けるのか、隠すのか。

検非違使《けびいし》の役にある者が、役の務めを取るか商いの利を取るか。

武者の思いを見透かそうと、水竜は目を凝らす。見るたびに、惹《ひ》きつけられる顔である。かろうじて抑え続けている、火花の散りそうな気の力。

――この男、何を見ている？

少なくとも、彼は、金そのものを見ているわけではなさそうである。検非違使の務めをはじめとした、単なる法に縛られているのでもない。

それでいて、何かに突き動かされてはいる。そのために、昏は叫びたくてたまらぬというように喘《あえ》ぎ、その目は切に飢《う》え、ひしひしと迫ってくる。

——とても、検非違使で終わる男とは思われぬわ。

水竜は賭《か》けに出た。

どのみち、自分一人の力では、都の君にお目通りすることすら、叶《かな》わぬおそれがあった。屋敷を守る者たちに怪しまれ、門前払いを食らうのが関の山だろう。道にも不慣れであるうえ、君にどう近づけばよいのかさえ、考えつかない。

——ならば、いっそ。

思い切りの良さが、水竜の身上でもあった。

——宋国人につてを持ちたいというこの検非違使を、誘う……！

「我は代価を頂戴《ちょうだい》しに参っておるのです。季綱朝臣と商客が交わされました商いの代を頂きに」

「唐物《からもの》の代か」

「いかにも」

「季綱殿は何を購《あがな》われたのじゃ」

「存じませぬ」

「では、代価はいかほどか」

「聞かされておりませぬ」

「なんじゃと。からかうつもりなら承知せぬぞ」

「めっそうもない」水竜は声をひそめた。「これまで申せずに参りましたが、実は商客は近くまで参っておりますのじゃ。品は宋国人が秘蔵致してございますゆえ」

「何と……！　宋国人が」

正盛は、さすがにおののいた。宋国人が都近くを歩くと思うと、どこか空恐ろしい心持ちがする。

が、すぐに気を取り直した。その宋国人を相手に、内密でものを売ろうと決めた身である。

「商客は、季綱朝臣にお目に掛かりたいと申しております。品の引き渡しにつき、こもごもを取り決めたいと」

水竜は話を進めてゆく。

「商談か」

「さよう。季綱朝臣からお代をお預かりできれば、宋国人はその支払い分で、お手持ちの品を、お待たせせずに買うことも叶いましょう」

「ふうむ」

――この神人の申すこと、突拍子《とっぴょうし》もないようで、筋は通っている。

水竜が神人であることを、正盛は、もはや疑わなかった。

海の道筋をつぶさに知ることといい、宋国人との商いの繋《つな》がりの持ち方といい、とても一介《いっかい》の者とは思えない。

――さらに。

考えを進めてゆくなかで、正盛は季綱朝臣の家系を思い出した。

――季綱朝臣は、学者のなかでも漢学に通じた家系の方と聞く。されば、季綱朝臣が宋の品々に関心を持たれても、不思議ではない……。

季綱朝臣が商客に渡来の品を頼んだというのは、あながち嘘ではないようだ。

――そうまでして、季綱朝臣は何を買われるのだろう。

これまで、噂《うわさ》としてしか耳にしたことのなかった大宋国の商客と都の君との取引きが、現実に行われようとしているのを目《ま》のあたりにして、正盛は心が高ぶるのを感じていた。気がそそられる。

「で、その商客はいずこに」

「山崎に」

「よし」彼は決断した。「まずはこの己が季綱朝臣をお訪ねしてみよう。お主の申すことが確かならば、面談を取り計ろうてやるわ」

「過分のお計らいに存じます」

「都へ商客が参るよりも、山崎ならば、季綱朝臣にお運び願ったほうがよさそうじゃ。ことを台無しにはしとうない。そのかわり……」

「何でございます」

「事が運んだ暁には、我が手元の品を高《たこ》う買《こ》うて貰う」

「それはもう」水竜は、この際一も二もなく請け合った。

「約定《やくじょう》じゃぞ」

「はい。で、そのお品とは」

「うむ。故郷の産品じゃ」

上気した顔で、正盛はそれだけをいった。

七

眩《まぶ》しいほどの明るさであった。

書院にさし込む西陽が、まだ赤みを帯びぬうちから、この部屋の主は灯をつかう。炎の揺らめきが、陽光の反映とあい混じって白い。

——まだ、火を入れるには早い。

誰もがそう思う時刻であったが、書斎の主は、常にいち早く明かりを求める。

煌々《こうこう》と手元を照らす光のなかで、藤原朝臣季綱は目を瞬《しばた》いた。

明かりは彼の皺《しわ》だらけの手をも、容赦なくさらけ出してしまう。それでも、光が足りずにものが見えなくなる懼《おそ》れにとらわれるよりは、数段ましであった。季綱は深く刻まれた手の甲の皺を眺め眺め、溜息《ためいき》をつく。

齢は待ってはくれない。

とりわけ、目が弱りだしている。

時日が早く経《た》ちすぎると感じるのは、やり残したことが山積しているからなのか。それとも、淡々とその山を片づけてゆく作業を、むなしく感じているからか。

——何も変わるまい。

文机《ふづくえ》に向かい、筆を走らせつつ、季綱はひとりごちた。

目下、取り組んでいるのは、漢詩文の名文を遍《あまね》く抜粋した文集《もんじゆう》である。

——かようなことを続けておっても、何の為になろうか。

学問の主流は、じりじりと漢籍から遠ざかってゆくように、季綱には思える。

唐朝を修学の頂点とし、国家が唐の文物を積極的に迎え入れ、模倣していた時代はすでに遠い。大唐国が滅びて、百八十年を超える月日が経っている。遣唐使が廃絶されて以来、外来の学問に対する畏敬《いけい》の念は薄れるいっぽうであった。

いま、季綱が取り組んでいる文集も、漢詩文とはいいながら、その作者はすべて本朝の者である。本朝では並ぶ者のない名文家といわれる人間たちの作であったが、季綱にしてみれば歯がゆい。趣向を凝らしてみても、所詮《しょせん》、いまは無い唐朝に倣《なら》った文でしかない。大宋国との交流が稀薄《きはく》であるがゆえに、新しい学問がもたらされて来ず、いまだに、多くは唐代のものを礎《いしずえ》にしているためである。

編纂《へんさん》中の名文集は、大学寮《だいがくりょう》の学生《がくしょう》たちのための手本となる文集にするつもりであるが、それも、いくら覚えてみたところで、役に立つとは言い切れない。

選ぼうと集めた詩篇のなかから、ふと漢学者の詩文の一節に目を落とし、季綱は苦虫を噛《か》み潰《つぶ》す。

……観其花綻在岸　水清盈科　花垂映而水下照　水浮光而花上鮮　瑩日瑩風　高低千顆萬顆之玉　染枝染浪　表裏一入再入之紅……

（……観《み》れば其《そ》れ花綻《ほころ》びて岸に在り、水清くして科《くぼ》に盈《み》つ。花は映《ひかり》を垂れて水下に照り、水は光を浮かべて花上《かじょう》に鮮《あざ》らけし。日に瑩《かがや》き風に瑩く、高低千顆萬顆《せんかばんか》の玉。枝を染め浪を染む、表裏一入再入《いちじゅうさいじゅう》の紅……）

――確かに、未来永劫《えいごう》、水は水、花は花。無垢《むく》な光景ではあるが、結局は透明な観念世界にすぎず、破壊もないが、何の予感をも生じない……。

華やかな詩宴で喜ばれそうな麗句《れいく》ばかりの連なりに、彼は辟易《へきえき》した。

学者や識者が、朝家《ちょうか》や公達《きんだち》の単なる飾り物になっていくのを、季綱は憂《うれ》う。もてはやされているのは、宴遊や儀式典礼の座を持たせるための、趣味教養の花となる漢詩である。

さらにいえば、学問の名目的な第一の座は漢学に与えられているが、実質的には、すでにその座を和歌に明け渡しているに等しかった。月卿雲客《げっけいうんかく》の快楽を雅《みやび》やかに彩《いろど》る歌人が羽をひけらかして、より虚無的な観念を詠《よ》み、学問が贅《ぜい》を尽くして行う遊びの添え物のようになってから、学者には出世の目がなくなった。

異国のあり方からあえて目をそらす本朝のあり方は、知の織りなす論理の世界から目を背けることに通ずるように、季綱には思われる。

――学者の位は低うなった……。

季綱は、我が国の学府の高み、大学寮の頭《かみ》にまで進んだ。ところが、肝心の大学の重みが、日々失われてゆくのである。学問を積んでも、役人としての出世は、学の多寡《か》とは無縁であった。季綱自身、大学頭で得《た》た役は、朝臣といってもようやっと従五位と、冴《さ》えないものである。

国史の編纂《へんさん》さえも中断されて、長く書き継がれていない。大宋国との公的な交流がほぼ絶えて、この国の外的な輪郭を形作る要《よう》さえも薄れきった。この国のすがたを他に対して証《あか》し立てることが要《い》らないのである。そのことも、季綱の目には国家が衰微《すいび》する兆候のように思えた。

大学寮のことに考えが及ぶと、彼の表情は一段と曇った。

二条大路を隔てて、大内裏《だいだいり》を目前に建つ大学寮に向かうたび、荒れ野のように放置されている大内《おおうち》の、寒々としたさびれ方を目のあたりにせざるを得ない。もの悲しさが胸のなかを吹き抜けてゆく。

思えば、枢軸《すうじく》となるべき本来の宮城《きゅうじょう》の形さえもない。行政の場に近くあるべしと造られた大学寮も、その機能を果たしていない。それが、この国の状況の反映ではないのか。

――やはり、大内を修復していただいたほうが良かった。

季綱は、思い返すたびに悔やむ。

鳥羽に離宮をお造りになりたいという院のお考えを、高階の泰仲《やすなか》朝臣に聞かされた。ついてはお主の所領、鳥羽水閣を寄進すべしと、離宮造成に携わっていた泰仲朝臣に頼まれたのである。

院のお考えとあらば、示命《しめい》のようなもので、季綱の旧山荘は、図らずもいまや離宮となっている。

さすがに鼻が高いが、季綱は世渡りのうまい男ではなく、そのことを踏み台にしてのし上がるということができない。

受領の意味も、母が高階一門の娘であったために、実感するようになった。父は学問の家系の出で、季綱の家の格は高くない。が、富の面では、権勢を誇る高階為家一族の端くれに連なったときから、国守の任が回ってくるようになっていた。

任国から流れてくる金を蓄え、季綱は都近くに土地を買った。

中下級の貴族は、受領になると蓄財に専心し、優雅な都での社交生活を夢見て、家地を物色《ぶっしょく》する。季綱も、その例に洩《も》れず、洛中《らくちゅう》洛外に何件かの家地を入手した。

浮かれ遊びを嫌う男のことゆえ、自身の社交生活のためではない。受領のとめどない欲求に着目し、誰それが家を欲しがっていると聞けば、次々に転売して利を得る。水利の便のよい鳥羽、洛中ではおもに貴族の屋敷が集中する高台の左京。彼の買った家地や倉は高く売れた。院の近臣になってのし上がるまでの器量はなかったが、蓄財の小才は利《き》いたのである。

鳥羽水閣の所領を寄進したとき、備前守《びぜんのかみ》であった季綱は、寄進の功で備前守重任の宣旨をいただいた。備前を任されたことで、内海を伝わってきた富を、彼はまたもや蓄えている。

が、近臣らのように、その富によって院の御為に綺羅《きら》の限りを尽くすような仕え方は、季綱にはできないのだ。

遊宴と神仏への祈りの行事、さらにその場としての殿宇《でんう》や寺などの造成に費やされてゆく富を見るにつけ、朝政の本質というものが、遠のくように思えるのである。

——吾朝《わがちょう》のあり方を、少しでも変えたい……。

古来、無数の識者がそうであったように、季綱は異国に——大宋という国に——、見果てぬ夢を描いていた。

――しかし。

季綱は目の疲れを感じ、こめかみを掌で押さえる。

もう若くはない。老いが、日に日に彼を衰えさせてゆく。せめてもの糧にと、学《がく》生《しょう》たちの助けになる撰集《せんしゅう》づくりに精を出すのだが、心は倦《う》んでいた。

と、にわかに表が騒々しさを増した。

――火事か？

立ち上がり、大切な書巻を取りまとめて、すぐさま革製の長櫃《ながびつ》にしまう。息をひそめ、耳を澄ました。

洛中に住まう限り、おちおちしてはいられない。とくに左京には受領の邸宅や倉が集中してあり、盗みを目的にした賊が、しばしば火を放ってゆく。

往来のほうから、深閑《しんかん》と音の途絶《とだ》えた庭を伝い、馬の沓音《くつおと》がひとしきり聞こえてきたので、騎馬数十人で放火してゆくという賊の噂を思い出したのである。

夜色《やしょく》の影が濃くなってきていた。

女の勘とは、怖いものである。

真砂《まさご》は、一艘《そう》の舟が上げ置かれていく様子を、芦《あし》の陰から窺《うかが》っている。

からかってやろうと悪さをしかけた男に、鳥羽水閣へ続く水路の入口で、思いがけなく逃げられた。

真砂と示し合わせて悪ふざけを楽しんでいた門番たちは、慌《あわ》てふためいた。が、自分たちの落ち度《おど》でもあるので、騒ぎ立てて事を大きくするわけにはいかない。怪魚が入り込んだと称して水路やら池やらを探し回ったが、どこにも人の怪しい姿はなく、このうえは川のほうに泳ぎ戻って逃げおおせたのであろうと、妙な納得のし合いかたで、ことを無理やり落着《らくちゃく》させたのである。

とはいうものの、真砂はこってり絞られ、面目《めんもく》を失った。その翌日ともなれば、気持ちがおさまるはずもない。

逃げた男の乗り捨てていった小舟が、気に掛かっていた。

真砂が見ても手入れのいい舟である。持ち主が手をかけている様子が見えた。使い込んではいるものの、船体は堅牢《けんろう》である。傷《いた》みやすい船底もよく保たれているのは、まめに舟を燻《いぶ》し、丁寧に修繕を続けたおかげであろう。

——こんな舟をほかしといたら、罰が当たるのと違うか。

小舟であろうとも、りっぱな財産である。あるいは貸し舟でもあろうか。あの男でなくても、持ち主の誰かが捜すであろうと見当をつけた。

——それにしても、早《はよ》う引き取りに参ったもんや。

番小屋近くの川岸に揚げられている小舟に動きがあったのは、まだ朝間《あさま》のことであった。見慣れない武者たちが番小屋にやってきた。洩れ聞くところによれば、検非違《けびい》使《し》の使いであるという。川下で盗まれた舟を捜しに来たといわれ、門番たちは、ことが追及され、離宮への侵入者の件が露見《ろけん》することをおそれて、あっさりと小舟を引き渡したが、真砂には納得がゆかない。

武者たちは、見るからに川とは縁の薄そうな面々であった。その証拠に、舟を引き取りに来たというのに舟を操る者を連れておらず、小舟を走らせるために、手近にいた漕《こ》ぎ手をその場で雇ったのである。

川に相当通じている者の報《しら》せがない限り、番小屋にこの小舟があることが、検非違使に知れる筈《はず》がない。また、盗まれた舟を捜しているのなら、その持ち主を同行していないのも妙な話である。

周囲に尋ねまわることもせず、まっすぐ番小屋を目当てにやってきた兵たちは、このしだいを知っていたとしか思えない。

——辻褄《つじつま》が合わぬわ。

武者の一行を乗せた小舟は、川下に向けて漕ぎだした。

目立たぬように、真砂は小舟を追ってゆく。と、さほど下りもしないうちに、とある舟入りに着き、小舟は繋《つな》がれた。

見れば岸には数人の男がたむろしている。見目のよい狩衣姿《かりぎぬ》――といっても、お仕着せの召具《めしぐ》装束《そうぞく》――でいることからすれば、どこかの君の下仕《しもづか》えの者どもであろう。武者たちのものらしい馬も、端近《はぢか》に繋がれていた。

小舟の漕ぎ手は役を終えたのか帰されてしまった。しかし武者たちは去らず、何かを待っているようである。

小舟が引き上げられないところからすると、短時間のうちに舟を再び走らせる予定であると、真砂は見て取り、対岸の繋船《けいせん》のあいだに紛れ、川仲間たちと無駄口《むだぐち》を叩《たた》き合いながら、密《ひそ》かに観察を続けた。

案の定《じょう》、ほどなくして動きがあった。芦のあいだを分けるように、御船が牛と人に牽《ひ》かれてき、川の汀《みぎわ》に下ろされたのである。

底の浅い川船の艜《ひらだ》であるが、切妻《きりつま》造《づく》りの屋形を持ち、櫓棚《ろだな》に水主が八人は着くことができる、やや大型の上品な造りである。

例の小舟と胴を並べて、御船は繋がれた。

――あるいは、どこぞの君のお忍びやろか……。

そうも思わせる風情《ふぜい》である。しかし、遊びの船にしては飾り気がない。船を贅沢に飾らせるのが習いの君達《きんだち》の船にしては華やかさに欠ける。

「どなたの御船やろか」

真砂は顔なじみの誰彼に聞き回る。

「顕季朝臣とおっしゃる御方の御船やあらはりしまへんか」誰かがいう。とはいっても、時めく君がお遣いになる船とは格が違う。顕季朝臣の随身《ずいじん》や郎等《ろうどう》の乗る船らしいとしか分からない。

御船を無事に下ろし、召具装束の男たちは引き返してしまい、またもや武者たちだけが残った。

小半時ほど見ていると、荷車が牽《ひ》かれてき、皮匣《かわご》や御衣櫃《みそびつ》、旅籠のいくつか、また蓑《みの》やら笠やらの旅支度が御船に積み込まれた。

引き続き、今度は無位の白丁《はくちょう》たち八人の牽く唐車《からぐるま》が汀《みぎわ》まで乗り入れてきた。車を守るように、召具装束の男たちが唐車を取り巻き、その脇《わき》に、武者三騎が付き従っている。

召具装束の意匠が、さきほど引き上げていった者たちのものとは異なっている。あきらかに別の家中の者たちであろうと思われた。

騎乗の者たちは馬を下り、先刻来待《せんこくらい》っていた武者たちとともに、片膝《かたひざ》をついて車の脇に控える。

車から降り出でて来たのは、狩衣姿の君であった。切れの鋭い目をした君の、烏帽《えぼ》子《し》の下の髪は純白になりかけている。腰を前に折り屈《かが》め加減に、杖《つえ》をつき、足元を念入りに確かめながら歩く姿には老齢があらわれていた。

始終《しじゅう》あたりに配る注意深い眼は、この君の神経質な性質を示しているように思われる。それでも、川船に注ぐ彼の眼差しには、一種の恍惚《こうこつ》が含まれているように、真砂には思えた。

——儒者《じゅしゃ》でいらっしゃるのやろうか。

どこか心浮き立つ様子で船に乗りゆく君の顎髭《あごひげ》の形から、真砂は学者を連想した。

いまは身を落としているとはいえ、真砂は賤《いや》しからぬ流れの出である。父も祖父も殿上までは許されず、蔵人《くろうど》にもなれなかったが、父は大蔵の史生《しじょう》として都の市にかかわり、財を成した。

都で行われる官営の市は、活況を呈していた。月のうち前半は東市《ひがしのいち》、後半は西市《にしのいち》があく。この東西の市で、朝廷や殿上人、受領たちが手放したい高級品や地方産の余剰物資が売られ、市人《いちびと》とよばれる商いの者を通して一部の民へと渡ってゆく。市人を司《つかさど》る官僚は市司《いちのつかさ》であり、真砂の父は書算に長《た》け、市司の書記にあたる役、史生を務めていたのである。

市人は市町《いちまち》に住んで商い、相当の利を得て懐《ふところ》は豊かであった。その市人を司る官僚たちの裕福さは、その上をゆく。

下級役人であっても、父は目端《めはし》が利くほうであったようだと、いまの真砂は思う。蓄財に精を出して、いつのまにか洛中に家を買い、真砂の母を寝殿造りの邸宅に住まわせるまでになっていった。真砂と二つ違いの姉とは、綾檜垣《あやひがき》を差し廻らした屋敷におっとりと住まい、女房たちと童とにかしずかれ、唐物に囲まれて、女御か宮かと見まごうばかりの暮らしぶりであった。

詩歌管弦、文や女手と、諸芸は道々の上手に一通り習い、父からは文選《もんぜん》、文集《もんじゆう》をはじめとした漢学の手ほどきも受けている。

表を歩くには常に車をつかい、沓《くつ》を履《は》くことすら知らずに済ませられる境遇であったが、真砂は男勝りの気性に生まれつき、ま新しい渡来品も下げ渡される市が見たくてたまらず、市女《いちめ》の姿に扮《ふん》して市を歩くようなこともあった。

が、栄耀《えいよう》は長くは続かない。父母があい続いて亡《な》くなってからの没落は早かった。姉の取った婿《むこ》が財のほとんどを奪い、妹と男とに挟まれた姉まで、悩み果てて早世してしまうと、真砂には財がまわって来なくなり、父の買っていた左京の、賀茂川にほど近い小ぶりの家一軒、加えて車と小舟が残ったのみである。

仕える者たちは一人、二人と去り、やがて誰もいなくなった。通う男もなかった。年頃のときには財を目当てに婿になろうと言い寄る者も多かったが、父が難癖をつけ、どれもこれも断ってしまったのである。真砂はしかし、落魄《らくはく》に手をこまねいて悶死《もんし》するような手弱女《たおやめ》ではない。囲われた屋敷の外の知らぬ世界が、いつか彼女を魅了して離さなかった。贅沢《ぜいたく》のもたらす静けさと安息とには、すでに飽いている。都の闇《やみ》を、恐ろしいとは思わない。夜が動いてゆき、川岸にまた新しい朝が来る。命が渦巻く世というものの動きに、血がふつふつと滾《たぎ》り、むしろうっとりとした。都で果てしなく繰り返される無数の生死が、うつくしい夢のようである。

下の女と見られても、羞《は》じ隠れることもなく、真砂は頼るべき人を思いついていた。東市の市町《いちまち》のなかに、若菊《わかぎく》という女がいた。

七条大路を賀茂川から西に向かってゆけば、ちょうど東市《ひがしのいち》のなかを掠《かす》めるように通る形になる。朱雀大路《すざくおおじ》と交わる辻には東鴻臚館《ひがしのこうろかん》が、その向かいには西鴻臚館《にしのこうろかん》が置かれているが、いまは迎賓館に渡来の客はない。さらに進めば、こんどは西市のなかを通る。真砂は七条大路が好きであった。世にあるおよそすべてのものが、この道を運ばれ、交わされてまた出てゆく。

とくに東市が面白い。馬や舟は、東市でしか売られない。そのせいか、鞍《くら》や鐙《あぶみ》などの馬具から弓、箭《や》、太刀などの武具も東市で取り扱われた。鉄ものや金銀の器、香、玉、薬、あるいは筆に墨……。

およそ人の垂涎《すいぜん》の的となっているものはことごとく、東市が専門に扱っていた。最上級の人々の手元から出るものや渡来品だけに、溜息《ためいき》の出るような品が市を通ってゆく。

――受領《ずりよう》いうもんは……。武士というもんは……。

真砂は、動いてゆく品々を見るにつけ、その背景にまで思いを馳《は》せた。

その東市の、市人の住まいは、端近の市町と呼ばれるあたりに限られている。市人のなかには女人もいるのを、真砂は興味を持って眺めていた。市女という類《たぐい》の女たちは、男たちに負けず劣らずの商いをする。

そのなかで、ひときわ目立つ若菊という女がいた。真砂は市場を遊び歩くたびに、彼女の手厚い世話を受けていたのだが、市に出入りするうちに、若菊と父が通じていたことを知ったのである。

役人の父との関係も手伝って、若菊は女長者となっていた。彼女に子がおらぬこともあってか、真砂は可愛《かわい》がられたし、負けん気の強い気性も合う。

真砂は若菊を頼っていった。

若菊のもとでは、元通りの姫君めいた暮らしも望めたのだが、真砂は別の暮らしを選んだ。商いを覚えたかったのである。

彼女には、やんごとなき際《きわ》に劣らぬ審美眼と学とがあった。算《さん》の心得《こころえ》も父同様にある。となれば、真砂の学は商いを大きく動かすもとになり、若菊はさらなる富を増やしたのである。

真砂もしばらく若菊についてまわり、官営の市のありようを学んだが、市町には留まっておられぬ気性である。得た利益を分けてもらい、金貸しや商いをするようになっていった。

川が品々の道であることを知り、舟も器用に使い始めた。川を行き来する神人《じんにん》たちからも、思いがけない品が入ってくる。

目立たぬように小舟で動き、身こそ川の遊女に窶《やつ》しているが、その実、いまでは父の遺《のこ》した家のほかに、よい家地もいくつか持っており、暮らす家では仕えの者も雇っているのであった。

その真砂が見たところ、唐車《からぐるま》から降りてお船に乗られたのは、学者めいた君であった。

彼女はさらに眼を凝らす。車に見覚えがある気がしたのである。車の細かな意匠には、商売柄詳しい。

──あの唐車は、七条大路で時たまお見かけするもんやわ……。

ふと、真砂は思い当たった。

──左京七条あたりにお住まいの、備前守季綱朝臣では。

受領の殿からは、山のような品々が市に放出される。もちろん、商いは人を介して行われ、君のお顔を拝する折はないのだが、その御名は知れてゆく。

どの市人も、諸家に仕えることは許されていない。にもかかわらず、実のところ、市人は庄領の主である摂籙《せつろく》の家や、任地から物の流れてくる国守との密接な結びつきを求めている。官にとらわれていない商人が、同じく切望する商いの相手も同じであった。

何地《いずち》にお出かけになられるのやろうか、と見ていると、御船には、続いて従者や武者たちが乗り込んでいく。

胸が騒いだ。

その理由に、真砂は瞬時に気づいた。武者の一人に眼が吸い寄せられ、かっと、体が熱くなったのである。

——あの御方や……。

若武者の名は、知らない。が、顔は見知っていた。彼の放つ磁力のようなものが、常に真砂を振り返らせる。

武者は、馬で鳥羽あたりにやってきては川堤に佇《たたず》み、賀茂川を眺めている。川明かりが、武者の締まった面差しに照り映える。

川面の舟から、真砂はよく彼を見かけた。

こちらの視線には気づきもせずに、船の往来を、武者はくいいるように見つめていた。視線が強く、あらゆる光をぐんと射返すようなこの武者を見ていると、誰人にもどうすることもできない力というものを、真砂は実感することができる気がした。

確かに、真砂は気ままに、人並み以上に強く浮き世を泳いでいるのだが、むやみに手足をばたつかせ、漠々としているよりは、向かう方向が欲しい。

わけもなく、ただ惹《ひ》かれている。この若武者がどこまでも無限の波に向かってゆく気配を感じるのだ。が、どうすれば近づけるのか。

見れば、若武者たちは御船の屋形の外に陣取った。引き続き乗った者たちは、雇われた梶師《かじとり》や水主《すいしゅ》であるらしい。漕ぎ手が一人、水閣から移された小舟にもつく。真砂が訝《いぶか》ったのは、御船に乗った水主のなかに、例の鳥羽水閣から逃げた男が混じっていたからである。縄目を受けている様子もなく、男は平然と舷《ふなばた》についていた。

――あては、何に連れられてゆくのやろうか。

そう思いながらも、謎《なぞ》めいた取り合わせの人々を乗せた御船を追い、真砂は下流へと舟を向けた。

間遠《まどお》に吹きはじめた風を受け、蘆洲《あしず》がそのたびに鳴っている。川の勾配《こうばい》は緩やかであるが、下る船の速度は、思いのほか速い。水主たちはむやみに漕いだりせず、船を操るのは梶師だけで、ほかの者は流れに任せている。巨椋池《おぐらのいけ》にも与等津《よどつ》にも、平正盛は目を瞠《みは》る思いをした。物貨の堆《うずたか》く積まれる様子に、胸が躍る。圧倒されそうな船の数。とても故郷の川では見られぬ光景である。

備前守季綱朝臣をお連れすることができ、正盛は目前が開けてゆくのを感じている。不躾《ぶしつけ》ながらお屋敷に参上し、ことのしだいを申し上げると、季綱朝臣は目を輝かせ、すぐさま山崎に参ろうと応じてくださったのである。

季綱朝臣も御船はお持ちであるが、事が事だけに、お忍びに近い形を取り、たまたま正盛が顕季朝臣から借り受けた御船にお乗りいただいた。備前守がお乗りになるには格式の足りない御船であったが、それだけに目立たずに済む。

受領の殿ばらとの新たな関わりが、自分の生命の流れを逞《たくま》しく変えてゆくように、正盛には思えている。

巨椋池の南向かいには、馬の放たれた牧《まき》が見えた。

船を貸すかわりに牧を見てこいと、顕季朝臣に申しつけられたのを思い出し、正盛は馬のことを考えている。

船で川をゆくにつれ、馬の大切さが身に染《し》みてきた。

下りの船は、荷を積んだ大ぶりのものでも軽々とゆくが、上りの船は、そう簡単にはいかない。笹《ささ》のような小舟なら、難所も人が引いて上れば済む。けれども、大船のほとんどは、人手では足りずに牛馬で牽《ひ》いて上るのが常である。

何頭もの馬が連なり、上りの運京船を牽引《けんいん》しながら川岸をゆくのとすれ違う。

――ものを都に運ぶには、馬が要《かなめ》なのだ……。

近都牧《きんとのまき》は官営の牧で、諸国から貢進された馬が、都近くの六牧に放し飼いにされるのであるが、摂関家も院も淀川沿いに牧を持ち、受領の殿ばらや長者も川沿いで馬を放ち飼う。皆が川沿いに牧を持ちたがる意味が、正盛には知れてきた。

——誰かが船と牧とを押さえたら、その者の力はどうなるであろう……。そのとき、都は……？

兵《つわもの》の頼る力のひとつも、やはり馬である。それはわかっていたが、あらためて馬の持つ価値に打たれた。

心が、しきりに逸《はや》ってゆく。

いまの身の上にはほど遠い像であったが、〝誰か〟に正盛は自分を重ねてみようとし、ぞくりと背をふるわせた。

午《ひる》過ぎに、御船は山崎に着いた。

季綱朝臣には船中でお待ちいただき、正盛は水竜を連れて宋国人を迎えにゆくことに、話が決まっていた。

水竜と正盛は小舟に乗り移り、山崎橋のさらに先まで下って、大楊柳《おおかわやなぎ》の下のほとりに小舟を寄せる。

地元の舟のたまり場らしく、小舟の貸し主がすぐさま出てき、淡々と舟を受け取っていった。もとより借船は一両日の約束であった。

誰彼が知らせたようで、淀川の運京船の梶師《かじとり》、喜一も顔をみせる。が、武者が同行していることに気づいて、訝《いぶか》る顔になった。

水竜は喜一を脇に呼んで拝み、小声で慌《あわ》ただしくいう。

「すまぬ。頼まれてくれぬか」

「どないなっとるんや。お侍はん連れて、おっそろしいわ」

「検非違使の平正盛殿じゃ」

「検非違使……。ほな、なんぞあったんか」喜一の声にも驚きが混じる。

かいつまんで、水竜は顕季邸で捕われそうになった経緯を話した。

「……で、お主に教えて貰《もろ》うた通り、己は〝神人《じんにん》でございます〟と、成りゆきで申してしもうた」

「なんとまあ」喜一はあきれる。「本気に取ったんか」

「この場限り、うまく話を合わせて貰えんか」

「この際、しゃあないわな」

ぶつぶつ呟《つぶや》きながらも、喜一は引き受ける。

「悪いがもうひとつ。都の市でものを売るってに、心当たりがあるまいか。もちろん礼は弾む」

このぶんでは都を見る機会がなさそうな雲行きである。まずは陳四郎を季綱朝臣に会わせることが先で、その進み具合は上々であるが、海で拾い集めた唐物《からもの》を売る手筈《てはず》ができていない。せめて道の繫《つな》がりだけでも、つけておきたかった。

「あてがないこともおまへんが」

「ありがたい。では、話はあとじゃ」

喜一に教えられていった家は、申し訳ばかりの庵《いおり》であった。垣根《かきね》も満足でなく、小《こ》径《みち》から庭先が余さず見える。

強風が吹き抜けた拍子に、竹竿《たけざお》に干した布がよじれ、柔らかい色が干し物をしている女にまとわりついた。

女の顔は見えないが、濡《ぬ》れた布をよけようと搔《か》き分ける腕の、ほの白い裏面から腋《えき》窩《か》へかけてが露《あら》わである。

竿にかざした手先の生々しい魅惑に、水竜は目を奪われた。

——この家の娘か。

なおも見やった。ふと気づくと、若武者も眩《まぶ》しげに見入っている。

と、さっと布が一閃《ひとひらめ》きし、脇から女の顔が覗《のぞ》いた。

——何じゃ。千鳥じゃった。

そうと分かってみれば、薄い麻の単《ひとえ》に細帯《ほそおび》の、子どもらしい姿である。

——しかし、いまのは……。

目を掠めて去った艶《えん》な姿態が頭を離れず、眺め直せば、目前にあるのは、やはりまだ発達し切らぬ体であった。

千鳥のほうも水竜たちに気づいた。が、見慣れない客人《まろうど》については、不思議にも何ひとつ尋ねずに、はにかんだ様子でこくりと頭を下げ、屋内に駈《か》けこんでいった。若い生き物の伸びやかな残《のこ》り香《が》が漂う。

正盛の目が名残《なご》り惜しそうに追っていく。

「あれは」

「船で使うておる子でござる。潜《かずき》も致し申しますのじゃ」

「とは申せ、もっとまともな格好をさせてやれぬのか。童《わらわ》に上げてやれそうな姿容《すがたかたち》であるのに」

「めっそうもない」

姫君たちが競うように見目麗《みめうるわ》しい童を集め、側《そば》近くに侍らせていることを話に聞いて、知らないではなかったけれども、千鳥をそんな目で見たことはなかった。なにより格が劣ると思われた。

縁から座敷に上がると、所在なさそうに座していた陳四郎が気づき、すっと立ち上がった。

「わ主《ぬし》が陳四郎殿か」

太刀を佩《は》いた正盛に、出し抜けに質《ただ》されて、四郎は幾分か戸惑《とまど》ったようすであった。正盛も、柄《がら》にもなく及び腰である。ことばが通じるといってはおいたが、いざ面と向かって宋国人と言葉を交わす段《だん》となると、妙な気がするのだろうか。

水竜が促《うなが》すと、四郎はやっと頷《うなず》いた。

「季綱朝臣を探し当てたぞ。この平正盛さまが、労をとってくださったのじゃ。そのうえ、畏《おそ》れ多くも、備前守季綱朝臣にこの山崎までお運び願っておるのじゃ」

水竜の話に、四郎の頬がほっと綻《ほころ》んだ。興奮からか、やにわに、異国の言葉が奔《ほん》流《りゅう》のように彼の口をついて出る。

意表を突かれたのか、正盛がのけぞる。

「――何と申した？」

水竜も困《こう》じ果てた。しかし四郎はすぐさま、満面の笑みで、正盛の手を取らんばかりにした。

「忝《かたじけの》う存じます。無上の心地にございます」

「――ほう。口を利《き》いたぞ」

勝手が違うのか、親しげに近づかれても、正盛には無下《むげ》にすることができないらしく、珍しげにしている。

何度も繰り返し、四郎は拝礼をした。

「ご恩は忘れませぬ」

「ならば」水竜は告げた。「この御方は、御辺と商いをなさりたいのだそうじゃ」

「は。いかようにも致しましょうぞ」

「二言《にごん》はあるまいな」

「誓って」

「されば、一刻も早う御船へ参ろう」

ともすれば有頂天になるあまり、すべてを請け合ってしまいかねない四郎を、水竜はせかした。

四郎のむさくるしい水干《すいかん》を、御船から運んできた衣裳《いしよう》に着替えさせ、自分も衣を替える。季綱朝臣の従者たちと同様の、お仕着せの狩衣《かりぎぬ》姿になれば、宋国人が道々、目立たずに済むであろうという、季綱朝臣のはからいであった。

「あの子はいかに致しましょう」

「留守居をさせよう」

別室に引き下がっている千鳥をさして、四郎が水竜に尋ねたが、水竜には、足手まといになる子どもを御船に連れて行く気はなかった。

「任せられましょうか」

四郎は案じるが、何も考えずに水竜は頷く。彼は意識していなかったが、千鳥には不思議なところがあって、ことの要《かなめ》でない限り、つきまとったりしないのである。そのふるまいはことごとく機微《きび》を読み、自身の未来を予感しているようでもある。

彼らがまたこの庵に戻ってくることを、知っているのかいないのか。

一行が出かける際には、千鳥がふいににこにこと顔を出し「お気をつけて」と大人びた口をきいて見送った。

女の足音が、背《うし》ろからひたひたと自分の影に寄ってくる。

気配に気づいて、ふと振り返ると、何のことはない、よく見知った顔であった。

女に呼び止められて、喜一は楊柳の下に寄る。黄色くなりはじめた枝葉の条《すじ》が、風に靡《なび》いては波のように翻《ひるがえ》る。

「お久しゅう」

「何や。山崎においでやったんか」

「喜一はんも。ご繁昌《はんじょう》のようで、よろしゅおすなあ」

「ま、ぼちぼちやけど。あんたはんもご同様やろ」

賀茂の真砂の通り名は、山崎にも鳴り響いている。ことに、神人たちや、その荷を預かる運京船の梶師《かじとり》のなかには、抜け荷をさばく先を捜して、彼女のもとにたどり着く者があったのである。喜一も、真砂が商いを手がけると知る一人であった。

「お尋ねしたいことがおすのえ」

真砂は切り出す。鳥羽水閣の男が、顔なじみの梶師と言葉をかわすのを、窺《うかが》っていたのである。

「おう、ええところで逢《お》うた。こっちも捜そう思っとったのや。紹介したい者がおるのでなあ……」

お互いの思惑《おもわく》が合って、いそいそと二人は歩き出した。

八

「されば、あるじを致す家をこの山崎に探させよう」

季綱朝臣《あそん》の口から、山崎に二、三日泊まるための家を都合してくれという要望が出、随身《ずいじん》に伝えられたのは、宋人の陳四郎こと陳志と、季綱朝臣との、差し向かいの面談が半ばまで済んでのことである。

大宋国《だいそうこく》の商客との対面に、ことのほか喜んだ季綱朝臣であるが、気になるのは四郎の運んできた品物のありかであった。

「……で、例の品はどちらに」

「畏《おそ》れながら、筑前の博多津《はかたのつ》に匿《かく》してございます」

「何、博多津じゃと」

「ようやく渡海し、この国までたどり着いた品。都までの海路で失うことを恐れたのでございます。我が命までもぎ取ろうとした海の道……。この上は、誰か使いの者を筑前に遣わしくださいませ。ご案内致し、お渡し申したく存じます」

「いや……」季綱朝臣は考える顔になっていう。「そうはせぬ。自ら参ろうぞ」

「は」

「表向きは、任国に下ることとしよう。まずは備前までともに参ろう。さらに所用を作り、九国《くこく》に出向いてもよかろうし。いや、決めた。この身の衰えぬうちに、我が目にて……、ひと目拝みたいのじゃ」

念願の品が筑前の博多津にあることを聞いた季綱朝臣は、任国行きを名目に、堂々と内海を下ることを思いついていた。

国守に任官が決まり、地方の要職に就いても、受領《ずりょう》の多くが都での執務を喜び、何年も任地に向かわないことが当たり前になりつつあるなかで、進んで任国へ下るのであるから、喜ばれこそすれ罰せられるはずもない。

「そうと決まれば、いざ……」

支度《したく》には数日かかる。しかし、季綱朝臣は急いていた。

このまま山崎に泊まり、都に使いを遣《や》って京から入用な品を取り寄せさせ、山崎でも細々《こまごま》とした品々や、海をゆく御船の調達をする。川の船のままでは立ちゆかない。

まずは泊まる家を決める。あるじ探しの命の由来である。

あるじとは、あるじもうけともいい、方違《かたた が》えや旅などで立ち寄った人をもてなす風習である。もてなしをしない者や下手な者は〝あるじもうけせぬ人〟の烙印《らくいん》さえ押されてしまう。ほとんどは、訪れる者と親しい間柄の者の家があてられるが、殿上人や受領の旅の場合は、知人や土地の有力者などを通じ、時と人との格式にふさわしい長者の屋敷や寺社を用意して、饗応《きょうおう》の支度を存分にさせることもある。

ことを命じられた随身が出てゆくと、続いて、人払いをしていた屋形のなかに平正盛と水竜が呼ばれた。

夜気のなかに、逸《はや》る心を誘う生暖かい色混じりの風が匂《にお》った。

自分を乱れに向かわせるものが、酒なのか薫《た》き物なのかは判然としない。暗いはずの道が白く浮き立ち、混沌《こんとん》とした足で、正盛は明るさのなかを酔いどれてゆく。

季綱朝臣が泊まられた家のあるじの君は、よほどの長者なのか、もてなしのふるまいが上手であった。

客人ばかりか、無位の供たちの前にまで膳机が調じ設けられ、土器《かわらけ》の杯がめぐるうちに、みな、したたかに酔っていった。

――己は、いずこへ。

あたりを見回す。自分の影が、築地《ついじ》から辻《つじ》へとよろめき揺れる。

酒に酔っているわけではない。酒などは水のようなものだ。

凄《すさ》まじい速さで、ことが運んでゆく。その勢いに巻かれていた。

――道を迷うたのであろうか。

そんな筈はない。あるじの家の小舎人童《こどねり》が灯火を持ち、先を案内しているではないか。正盛は、自身の随身と小舎人とを伴ない、宿所へ連れられてゆくさなかであった。

――いや。迷うておるのは、この己の影じゃ。

揺曳《ようえい》する影は、また、正盛のなかに刻まれている〝武者〟というものの像でもあった。

目下、都人のあいだで武勇の王のようにいわれているのは、奥州《おうしゅう》の擾乱《じょうらん》を平らげて名をあげた陸奥守《むつのかみ》義家《よしいえ》朝臣——源義家——である。

地方に乱があれば征討し、力で地主や豪族を服従させ、主従の絆《きずな》を強めることこそが武者の道であると、正盛も信じてきた。そのために累々《るいるい》と築かれる敵味方の屍《しかばね》の山も、気にかけたことなどない。

ところが、いま思い返せば、武者・義家の力の大もとは、彼の私財にあるようである。奥州を平定したとはいえ、源義家の戦いは、朝廷より私闘とみなされたため、功労者たちへの恩賞はなく、彼は私財から賞を出さなければならなかったという。もとはといえば、義家は摂籙《せつろく》の家の公達《きんだち》に仕える侍として、諸国司に座を得た家系の出。持ち合わせていた財を武者らに分け与えたのである。

——されど、いまは受領の殿ばらの世……。

噂《うわさ》で耳にするのは、義家朝臣とその弟たちとの、土地を巡るいざこざである。義家の名声こそ高まっているものの、骨肉の争いが彼らの家を蝕《むしば》み始めている。財は肉親の情をもひさぐ。

――力とは、人間の流す血よりも、財の造るものなのじゃ。……とすれば、財とは何物なのであろう。

そう思った途端に、これまで目にしてきた無数の骸《むくろ》が――命の滅失《めっしつ》が――心に染み入るようであった。

が、それは一瞬のこと。止観《しかん》するほどの老成は正盛にはない。

己の四肢の若さ、逞《たくま》しさを、彼は無邪気に信じていた。正盛は、未来をまだ我がものとはしていない。だからこそ、なにもかもを力強く凌《しの》いでゆく神経が、感慨を瞬《また》く間に去らせてゆく。

生きる者の宿命で、正盛は求めた。持つ者だけが知る力の源泉を得たいと、彼は願った。

――財を摑《つか》んでみたい。財物や住居《すまい》を郎党《ろうどう》に分け与え、忠誠を誓わせる力が欲しい。武芸ひとつで成らぬのならば、財を造る才を。そのうえに、滅びない生命をも。

大それた夢を、さほどとも思わず散り散りに考えながら、灯火に導かれて進む。

季綱朝臣に、博多津までの往路復路、海道の護衛を申しつけられた。博多津、太宰《だざい》府《ふ》という彼方《かなた》の響きに胸が高鳴るのもさることながら、朝臣がそれほどまでに執着する渡来《とらい》の品を垣間見《かいまみ》てみたい。

筑前へ向かうとなれば、帰京までには早くともふた月はかかるであろう。となれば、下役とはいえ、自分にも都で任務があることを話したが、季綱朝臣が検非違使庁《けびいしちょう》の別当《べっとう》に筋を通してくださるという。

片や、顕季朝臣の用務もおろそかにはしたくない。

――顕季朝臣の申しつけられた牧《まき》の見聞は首尾よくこなせるであろうか。いや、こなさなければならぬ……。

わけもなく、出来るという自信が正盛にはある。

――うむ？

ちかりと灯火が瞬いたように思えて、先をゆく小舎人《こどねり》の背に目を凝らす。と、火の位置がにわかに低くなった。

どうしたことか、見直せば灯火の持ち手が小舎人から女童《めのわらわ》に変わっている。暗がりにも扇めいた形に油を塗ったような髪の艶《つや》が映え、おっとりと歩く様子は、身分の高い姫君に仕える童女のようである。

不審にも思ったが、声をかけるには明かりは遠い。しかも、気がつけば車宿《くるまやど》りのついた檜皮屋《ひわだや》の前にいる。酔った声を響かせるのは憚《はばか》られる、木立の整った風情《ふぜい》である。童は、ごくあたりまえのように屋敷の門を潜ってゆく。

ここが宿所だろうかと当惑する。辞したばかりのあるじもうけの家を、少し小振りにしたような造りで、風格がある。

薫き物の香りが変わった。浮き立つ気がゆるゆると解けていき、かわりに身内の深いところから、甘く懐《なつ》かしい切なさに似たものがこみあげてくる。唐物の香であろうか。

母屋《おもや》の寝所に連れられてゆく。灯火は几帳《きちよう》の物陰にあってほの暗い。几帳の綻《ほころ》びから、御帳台《みちようだい》の上に夜具《やぐ》がのべてあるのがほの見える。その夜具が、小さな人の形に柔らかくしなった。

目が吸い寄せられる。

――女……？

操られるように、足は前へ前へと進む。

――部屋を誤りでもしたか。

女童の姿を捜すが、とうにない。供たちをどこぞへ連れて行ったのだ。

胸が騒いだ。

乱《みだ》れ箱《ばこ》からこぼれ出る髪の裾《すそ》つきは、いかにも上臈《じようろう》のそれらしい。床に就くとき、姫君たちは長い髪を撓《たわ》めて枕元《まくらもと》の乱れ箱に納めるというが、正盛は初めて目にした。

夜具が部屋の大半を占め、それじたいがなにもかもを受け容《い》れる襞《ひだ》のように柔軟で、まとわりつかれそうである。

装束《そうぞく》にも髪にも香が薫き込まれているのか、こめかみのあたりがずっしりと重くなってき、朦朧《もうろう》とさせられた。

見れば女は寝返りをうった。袖《そで》に半分隠れているとはいえ、冴《さ》えた頰の白さと、小さく咲き出したばかりのような唇の光沢とがひと続きになって浮き出す。

——あるいは、あるじの御娘《おんむすめ》か。

女の小粒な歯列《しれつ》から、吐息ともつかぬ、どこかこらえたような、生々しい呻《うめ》きが微《かす》かに洩《も》れた。

なにもかもが、しどけない呻きひとつに溶かされる。性の快感を思い起こさせる響きの思いがけなさに、痺《しび》れた。

——えい、ままよ。

女の匂いに、あわあわと正盛は巻かれた。

交わりながら、真砂は自分が男を呑《の》みはじめたことを感じていた。男の体を、彼女はよじり巻いてゆく。

かたちとしては、男の雄勁《ゆうけい》な肉体が真砂を組み敷いている。

けれども、彼女は、自分に命の筋のような芯《しん》があることに気づいていた。真砂は自分に関わる人のこぼすものを根気よく取り込んで、命の芯を太らせてゆくことができた。

それゆえに、弱いばかりではない。

とりあえずしたいと思うことを叶《かな》えるだけの力は持っている。その証拠に、いまもこうして策を弄《ろう》し、愛《いと》しいと思った男をかき抱くことができているではないか？

山崎にも、使える家のひとつやふたつは構えていた。年配の男を雇ってあるじの君を装《よそお》わせ、山崎を通る受領の殿ばらや地方役人のあるじもうけに屋敷を供している。彼らのために入用な車や馬、旅の食べものも、商いの一種として仲介し、手配する。

その屋敷が、とりわけ心惹《ひ》かれた若武者を誘《いざな》うのに役立っていた。備前守季綱朝臣が国へ下られるために仮の宿をお探しであることを、真砂は瞬く間に知った。季綱殿に仕え、旅の手配をする者は、山崎に泊まろうとする限り、どう動こうとも真砂の司《つかさど》る長者屋敷にたぐり寄せられたのである。そうなれば、季綱朝臣の宴席に連なる武者の一夜を操ることなど、たやすい。

少しずつ、少しずつ尻《しり》をあげてゆく。僅《わず》かに埋没した。

男をじらすあいだを楽しむように、ごくりと唾《つば》を飲み、それと気づかれないほど僅かに腰を引く。凄《すご》い勢いで男は追ってき、深く体を繋《つな》いで薙《な》ぎ回したがる。

真砂は、力を持て余していた。心の動いた男に近づき、体を合わせても、焦《こ》がれるほどに惚《ほ》れたことは、これまで、ない。

自分のなかの、男の精を吸い取ってゆく気質に気づいている。

それとは相反するが、気に入った男のすることなら、真砂は何であれ、思うままにさせてみたい。

気が向いて、男に尽くし、暮らしの立つように面倒を見、贅沢《ぜいたく》をさせてみたこともある。ところが、男たちはすぐに萎《しお》れてしまうのである。

金に飽いた男たちは、生きる標《しるべ》を簡単に見失っていった。同時に、真砂の強さに男たちがたじろぎ始める。自分の生命が知らぬ間に溶けはじめ、真砂という流量の多い川に流れ込んでしまうのを、彼らは懼《おそ》れた。

到底《とうてい》、両翼のようにはなれるはずもない。自身も存分に生きたい。男にも力の限り生きてほしいと、真砂は望んだ。

——せやから、あかんかった。これまでは……。

ふいに、絶え入りそうな声を自分が洩らしたことに、驚いた。

——このお人は。

生命の量で男をはかる彼女の嗅覚《きゅうかく》を、彼は軽々と越えてゆく。真砂は、自分も逞しくあろうと懸命に楫《かじ》をとる。若武者は怯《お》じるどころか、大波を起こそうとする。しだいに、喧嘩《けんか》のような絡《から》み合いになる。

あるいは、方向を間違えているのかもしれない。

が、男が自分なのか。自分がこの若武者なのか。分《わ》かち難《がた》く似ているように思え、感覚が麻痺《まひ》してゆく。

この男なら、ほとんど現実とは思われない高みまで、連れて行ってくれるのではなかろうか。

次に男が何のわだかまりもなく、ぐんと足を力強く踏み出し、猛々《たけだけ》しく挑んできたとき、真砂はどこか一箇所で、思い切り寄せ返すことをためらった。

——何のかのと申しても、女の身では、成せぬことばかりやもの……。

混沌とする流れを男に託した途端に、真砂は痺れるような快感に喘《あえ》いだ。にわかに眼が潤《うる》み、涙が盛り上がり、頬をつ……と落ちる。

「なぜ、泣く……?」

不意打ちのように女が涙を見せたことに、正盛ははっとした。

しかし律動は止まらない。目幻《めくる》めくなかで、女の呟《つぶや》きを聞く。

「あなたさまの欲しておられるものが、知りとうて」

「己の求むるもの……？」

女の緊縛にあおられて、ともすれば、持ち物の根もとがはち切れそうになる。もう少しこらえたくて、戯《たわむ》れに紛《まぎ》らせて口にしようとしたが、思いがけず力《りき》む。

「源……義家朝臣を超える名と実《じつ》を。天下……第一の名と……実を」

宙に浮く雲をかき寄せ、無理矢理に実体に変えてもぎ取るかのように、正盛はうつつに言霊《ことだま》を吐く。

言葉が力を生んで、一大事因縁《いんねん》が動いてゆく。彼は自分の吐いた言葉によってなお昂《たか》まった。

女もまた、正盛の発した力声《りきせい》によって、懼《おそ》れを知らぬ巨大な花へと変じたようである。すると、その茎から触手のような蔓《つた》が生え、らせんのように巻いてはよじれ、締めつけて、強烈な恍惚《こうこつ》を正盛にもたらした。

おのおのが混じり合い触れ合って、ここそが輝く意識の絶頂と思うけれども、強烈な顫動《せんどう》は繰り返され、果てしない白日夢のようでもある。

「――ならば、取らせて見せますえ……」

半意識のうちに精を放った正盛は、女の呟きに引き戻される。

「源一門の……、義家朝臣を凌《しの》ごうと申されるなら、あなたさまの掌中にすべきは、まず淀《よど》川の河尻から賀茂川までの道筋と、牧《まき》」

あっと女を見直す。

「わごぜ、いったい……」

格上の身分と豊かな財に彩《いろど》られ、護《まも》られた雲の上の女君を、夢のうちに抱いたと思っていた。が、その上﨟めいた女が、とても聞き過ごせないことをいう。

「義家朝臣は東国の地固めをされたと申しても、いずれも物の流れ方さえ存ぜぬ烏合《うごう》の衆ばかり。名は高まろうとも、都の実は取れしまへんのえ」

奥羽を制して以来、義家は東国の土豪《どごう》たちの信頼を得、坂東《ばんどう》の精兵はこぞって義家に靡《なび》きはじめているとの風聞が、都まで届いている。

ところが、目前にいる女は、彼らの動きをいとも簡単に一蹴《いっしゅう》した。

「天下一となられる御方なら、実から取らはったらどないどす？　押さえはるなら――畿内《きない》、山陽、南海から太宰府。諸大国から、都めがけて財物と唐物の来る道どすえ。大宋国につながる海の津を馴致《じゅんち》し、仕切りなさる御方こそが、この世を動かしてゆかはるのやおへんか」

美しい喉《のど》が動くたびに、苛烈《かれつ》な言葉がほとばしる。太刀よりも鋭い味の切れである。

正盛は驚嘆した。

――凄いことを申すものじゃ。

あてどなく描いていた先行きの構図に、いちどきに光が当たり、もやもやと渦巻いていた思いが片づいて、幸先《さいさき》を開かれる思いがする。

「わごぜ、さようなことを、何故この己に申すのじゃ」

「殿御に、思うさまの命を生きていただきとうて」

「相手を間違《まちご》うておらぬか。己は一介の検非違使《けびいし》にすぎぬ」

「武者殿。力を得るための手だてのひとつは、女子《おんなご》ですやろ。これも何かのご縁。あてを使うておくれやす」

さらっという。並々ならぬ女である。

「どなたかの縁者であられるのか」

自信たっぷりに口にするからには、あるいは宮腹の姫君か。格上の家との縁組みによる出世なら、確かに望むところではあると、正盛は尋ねる。

「残念ながら。けど、この賀茂川から財をなす心得はありますのえ」

山崎のこの家が自分の持ち家であること、洛中《らくちゅう》にも家作《かさく》があること、市に関わって富を築いたことなど、彼の想像を遥《はる》かに超える暮らしを女は物語った。

——都の市か。

心が動いてゆく。

宋国人との私的な商いが現実になろうとしているいま、正盛の思いは膨らむ。唐物が手元を行き交うことも、煙のような夢というわけではない。

けれども、偶然に出逢《であ》った女の風変わりな申し出を、怪訝《けげん》にも思う。

「何故、己を……？」

繰り返し尋ねようとする平正盛に、真砂は本音のすべてを明かしたわけではない。強い男に運を託したい気持ちに嘘《うそ》はなかった。だが、男に生まれていたなら、おそらく上つ方々の参謀になっていたであろう女である。いまさら、女に生まれついたことのもどかしさを訴えるわけにはいかない。

もっと力を持ち、天下を動かすような何事かをなしてみたいとの野心も口にできない。

だからこそ、こういっただけである。

「あてを、生きさせておくれやす」

真砂という圧倒的な女の吸引力に、正盛が惹《ひ》きつけられ、筑前へ出立《しゅったつ》の用意が調《ととの》うまでの毎夜、こもごもを語り、合間合間に交わっていたその同じ日々。

水竜も、晩ごとに女を抱いていた。

見知らぬ女である。

水竜と四郎、それに千鳥は、喜一が口を利《き》いてくれた庵《いおり》に、引き続き泊まっていた。

――何かに取り憑《つ》かれておるのじゃろうか。

水竜は、女とのことを考えるたびに陶然とするが、異様だとも思う。

決まって深夜。水竜の寝入りばなを見計らったように、ただ物足りないくらいの儚《はかな》い香が漂う。匂《にお》いに暈《ぼか》されたとも思わずにいるうちに、目鼻に匂いが沁《し》み渡り、全身すべての皮膚が、じんわりと麻痺させられたように重くなってゆく。

瞼《まぶた》を閉じたのかそうでないのか、水竜にはわからない。ただ、気づいたときには自分の上に女がいる。

女の白い尻は、すでに裸に剝《む》かれており、水竜の両手指は、くびれているくせに弾力のある腰の肉に食い込んでいる。

腰つきから下の、急に削《そ》げたような腹を少し捻《ひね》って、女は跨《また》がって彼を握り、腰を沈めてくる。水竜は朦朧《もうろう》と女の下肢を割り、しめったなかに入る。

ほうっ……、と、女は胸の底から絞り出したような息を吐く。喜悦とも、愁《うれ》いとも思われる響きが、長く耳に残る。

――これは、夢じゃ……。

水竜は、上巳《じようみ》の祓《はらえ》でかいま見た女君の姿を、女の上に視《み》る。どうあがいても自分の力では届かぬところに、かしずかれている女君。それが、唐突に掌中に在《あ》ると、なぜか思えた。

――そんなわけがあるまい。

何かが捻《ねじ》れるか、歪《ゆが》むかしなければ、起こることではない。そう思って、全身を大きく反《そ》り返らせている女の顔を、まともに覗《のぞ》き込もうとする。

と、女は暗がりにぼうっと輝いて、たちまち金の形代《かたしろ》となり、波の彼方《かなた》に消えてゆく。

記憶が途絶える。目覚めたときには、変わりばえのしない、むさくるしい寝床にお

り、女のいた形跡などないのだから、夢幻であると考えるのが自然であるが、それで

済ませられないほどの甘い名残りと、放出したという確かな感触が残っている。

次の晩も、同じ夢を見た。

房事《ぼうじ》の夢を繰り返し見るくらいなら、遊女のひとりでも抱きに行けばと思うのだが、不思議にも、意識が確かなうちには、そんな気が起きない。

そのくせ、夜を待ちわびた。

今晩こそは眼をつぶるまいとするのだが、気づかぬうちにうつらうつらとする。やがて女の気配がする。

女は水竜に結びつきながら、そっと凭《もた》れ、縋《すが》った。

その少し稚《おさ》ないしなやかさに、少女らしさを連想して狼狽《ろうばい》する。

――まさか……？

千鳥。

思いが子どもに走った瞬間、不覚にも水竜は一気に高みまで昇りつめてしまう。

しきりに頭を振った。違う。抱いているのは、体の形も、量感も熟《う》れかたも、まるで異なる女である。そのうえ――、女は房術《ぼうじゅつ》を熟知している。

どうにか目を見開こうとする。

たとえ、千鳥であったとしても、なぜ抱いてはいけないのか、水竜には分からない。

ときに誘《いざな》われるけれども、彼は進んでそうしない。より幼いときから起居《ききょ》をともにし続けてきた年端《としは》のいかない子。その子を都合良く抱いてしまうほど、不甲斐《ふがい》ない男ではないという自負もある。

とはいっても、まともな家の子ならほどなく髪上《かみあ》げをし、女と見なされてもおかしくない年頃ではないか。

それでも自制が残る。嫌などというのでは毛頭ない。むしろ惹かれている。しかし水竜の胸の奥底を覗き込めば、もっとどうにもならないすれ違いが見えてくる。

千鳥には、人の心持ちやことの成り行きを見透かしてしまうようなところがある。

水竜は、自分のあり方や運命を、人から見せつけられることを嫌った。あらかじめ道が見えていることほど、退屈なものはない。

いや、その気持ちにはさらなる底があるのかもしれないが、担《にな》いきれずに彼は目をつぶった。千鳥に——運命に似たものに——沈潜してしまうのが怖いのである。

だから、もがいた。抜け出ようとした。

ようやっと目覚め、柔らかい重圧がほどけたようでほっとする。

日が高い。寝過ごしてしまったようであった。

庭に誰かの気配がした。忙《せわ》しない動きである。

「なんや、まだ寝とったんか」

何のことはない、せかせかと顔を覗かせたのは喜一である。

「ぼちぼち、支度しといたほうがええで。もう今日、明日やろ」

「うむ。使いが来るはずじゃ」

「備前守ご出立のための品々は、もう按配《あんばい》できたそうやで」

「なぜ、わ主に分かるのじゃ」

水竜は寝ぼけ眼である。

「あんた、市にものを出したいちゅうとったやん。品をさばいてくれはる人がおるのやわ。その同じ者《もん》が、偉いさんたちの旅の支度も扱うとるのや。備前守様の手配も引き受けはって、まあ――、ごっつう稼ぐで。で、そろそろ出発や思うて飛んできたのに、なんとまあ呑気《のんき》な。いま会わせとかんと間に合わへんやろ。早う起きなはれ」

尻を叩《たた》かれ、否応《いやおう》なしに今日という日へ引きずり出されてゆく。ようやく身支度が調うと、喜一が垣根の外に向けて顎《あご》をしゃくった。

「連れてゆけるのやろ」

千鳥が犬を相手に戯れている。無邪気なものだ、と水竜は眺めた。

が、このあどけなさも、いつまでだろうか。まもなく海を連れ歩くことができなくなる。船の楫師《かじとり》や水主《すいしゅ》は男ばかりで、水竜が気をつけていたとしても、ことが起こらないはずがない。無体に奪われた千鳥を見るのは嫌であった。

といって、常に神経を配り続けることはできない。

いっそ都で千鳥を売ろうと、水竜は考えている。

——都なら。

やがて暮らしが成り立つような働き口もあるであろう。女童《めのわらわ》にも見劣らぬといった平正盛の言葉を思い起こす。

——そこまでは望まぬとしても。

所詮《しょせん》女になりゆく身、男に頼らずに生きてゆくことはできなかろうが、都で生きてゆけば、格上の誰かに見初《みそ》められないとも限らない。どうせなら、出世の機会のあるところで生きて欲しい。

呼べば千鳥はきょとんとしている。出かける支度をせよというと、嬉《うれ》しそうに走ってきた。

水竜は目を見張る。

喜一に連れられて入った屋敷は、鳥羽水閣の一件で迷い込んでしまった顕季《あきすえ》朝臣のそれすら思わせるたたずまいであった。

もちろん、院近臣の別宅とは比較にならぬ規模ではあったが、相当な格の家である。下仕えの者だろうか、唐衣《からぎぬ》姿の女房や汗衫《かざみ》姿の童が応対に出る。

女たちを端近に見たことに、梶師《かじとり》はどぎまぎする。

簀子《すのこ》で待たされた。いやでも唐物の調度の数々が目に入る。自分の目にしてきたそれとの違いに、圧倒される。

「あ、あのお人がそうや」

喜一の声に見れば、驚いたことに襲袿《かさねうちぎ》に裳《も》姿の女君が、顔も露《あら》わにお見えである。

女君といえば、御簾《みす》と几帳《きちょう》の陰に隠れ、人に顔を見られることをとりわけ避けて、奥ゆかしく尊ばれているものとばかり思っていたが、物慣れた闊達《かったつ》な御方もおいでなのだと、仰ぎ見る。

「こちらの北の御方様か」

「何いうとんのや。殿上人やあるまいし」

喜一の気軽な口調を、水竜は訝《いぶか》る。当の女君も、取り繕って澄ました顔を急に綻《ほころ》ばせた。流した目尻が艶《えん》である。

「もうお忘れにならはりましたんか。冷《つめ》とうおすな……」

にわかに思い当たって当惑する。目許《めもと》の黒子《ほくろ》に覚えがあった。

「もしや……賀茂の」

女は頷《うなず》いた。

賀茂の真砂が、商いをする長者だと聞かされて、ようやく納得がゆく。水竜の立ち寄ってきた津や湊《みなと》にも、女長者がおらぬではない。国守の思い者から成り上がり、金貸しをしている田舎《いなか》の女君なども見てきた。しかし都では、女の格が違うようで眩《まぶ》しい。

「上手に逃げはりましたなあ……。海の楫師はんやったとは存じまへんどした。泳がはるのも道理」

おかげできりきり舞いさせられた、と水竜も思い出したが、存分に驚かされたせいか、怒りは戻ってこない。大事な商いの前でもあった。

「ほんまに失礼致しました。どうぞ悪《あ》しからず」

真砂はあっさりと頭を下げる。

「季綱朝臣に従い、備前下りの御船を率いてゆかれるのやそうどすな。どうぞご無事で」

平正盛が同じ船団で下ることを考えると、真砂は楫師の運を祈らずにはいられない。

そうとは知らず、川をゆく女楫取とは別人のような早身変わりの淑《しと》やかさに、水竜は舌を巻く。これなら商いの方も、よほど達者であろう。

「唐物を市に出すおつもりとのことどすが、お持ちになってはりますか」

「いや。季綱朝臣をお運びし、また京に上って参りまする。品はそのあと持参致したいと」

「商いは、ものを見てからのことどすけれど」

真砂が喜一を気に掛けるように見る。商いの詳細に関しては、当事者しか入れたくない。彼女の意向を知っている喜一は気を利かせ、千鳥を連れて庭に出ていった。

「むろん」水竜は、陳四郎の船から拾った丁字香《ちょうじこう》、竜脳《りゅうのう》などの片を取り出す。「かような品を」

手に取りもせず、さっと品に目を走らせただけで、真砂は即座に断ずる。

「あんじょう致しますえ。どれほどありますのん」

「皮匣《かわご》が、二」

「承知致しました。それから……、もひとつ喜一はんから伺いましたのやが、お子をどうとか」

水竜は、こくりと頷いてはみるが、いざ千鳥を手放すとなると、肉体のどこか一部をもぎ取られるような気持ちに襲われる。

「あの子なら、引き取り手もあまた」

真砂は早くも千鳥の美貌《びぼう》を見てとって、胸算用《むなざんよう》をはじめている。

「いや」とっさに、否定の言葉が出る。真砂の羽振《はぶ》りの良さを見ているうちに、水竜の気は変わっていった。

「やめはりますの。船での煮炊《にた》きにでもお使いでは、もったいのうて可哀想やが」

「これで」見本として持ってきた香と薬のかけらを、水竜は真砂に差し出す。この女長者なら、千鳥をもっと役立つように仕込んでくれるのではあるまいか。「己が戻りますまで、あの子を預かり置きくださいませぬか。足りなければ、荷のなかから代を足し申すゆえ」

「ようおますえ。利発そうやし、女童にでも使うておきますれば、品も値打ちも上がりますもの」

「それよりも、わごぜのように」

「あてのよう……とは」女は唐突に笑い出した。「水竜どのがご存じの……女楫取でもさせまひょか」

「それもよい」

「え」

「商いを覚えさせたいのじゃ」

水竜の申し出の意外さに、真砂は目をむいた。

九

海は暮れ方である。

冬の星がひとつ、またひとつとおぼめいて、濃藍《のうらん》の空を凍《こご》らせてゆく。

水竜の習熟した目は、すでにこの先の津の眩燿《げんよう》を見てとっている。

――景気が立っている。

津が賑《にぎ》わえば、海にも波紋がざわりと広がる。この刻になってなお、船影がいくつも目のあたりをかすめて過ぎる。旅の船は泊《とまり》を目指し、闇夜《やみよ》にならぬうちに津へ入ってしまおうと波を切る。篝火《かがりび》の一連が朗々と沖へ行くのは、夜の漁りに出る地元の船であろう。

また空を仰げば、志賀島《しかのしま》の黒々とした輪郭の向こうに、博多津の遠明かりがほの白く感じられた。

御船が都を出て、およそひと月が経《た》った。

難波を出帆して、備前の牛窓《うしまど》まではきっかり七日。四、五日ばかり、季綱朝臣《あそん》の御用が済むのを備前で待った。再び船が出てからは、児島《こじま》の内海、藤戸瀬戸《ふじとのせと》を通り、備中の沙美《せみ》、備後の鞆《とも》、その先は粒をばら撒《ま》いたような無数の島のあいだを抜け、水竜が通い慣れた道筋。速吸ノ門《はやすいのと》まで二十日と、潮待ち、風待ちや季綱朝臣の物忌《ものい》みで下れない日があったことを含めても、滞《とどこお》りない進み方であった。

とはいっても、ひと月といえば長丁場《ながちょうば》で、乗り合わせた互いの気質は知れてゆく。

平正盛が水竜を見る目は違っていった。

「海の道では、わ主らこそ強者《つわもの》じゃ」

正盛は、思ったままを率直に口にする。

太宰府までの海道を考えるとき、京の者は、まず水難を思い浮かべて臆《おく》し、続いて残虐非道《ざんぎゃくひどう》な海賊の幻に怯《おび》える。君達《きんだち》は海を下りたがらず、受領《ずりょう》の殿ばらに至っては、国守に任じられてさえ赴任をできるだけ先延ばしにしようとする。海の行き来に武者が雇われるようになったのも、上つ方を海賊から護《まも》るためである。

正盛もそう思っていた。いまも万一のことがあれば武芸を恃《たの》み、血をもって賊を制すつもりではあるのだが、水竜を見ている限り、どうもそればかりではないようだ。海道の要所要所に、海を熟知している海人たちが拠点を構えている。彼らが妥協しあって通じさせている経路をたどれば、さほど危《あや》ういこともなく品物も人も運ばれてゆくのであった。道が平らかであるかわりに、金や財が交わされる。

非道な賊の多くは、海人の党に属さない一匹狼《おおかみ》的な存在である。より詳しく海を心得た一党には敵《かな》わない。

目を開かれる思いがしていた。我がもののように船を走らせる水竜を、正盛は眩しく見た。

「わ主らは、やすやすと海道をゆく。我はといえば、いつ弓を取り、剣を抜くかと案じていたが、争うばかりが能とは申せぬのじゃな」

寝物語に賀茂の真砂の洩《も》らしたことを、正盛は考え合わせる。

〝物を都に届けよ思たら、神人《じんにん》を通じて致すのがよろしゅおすのえ〟

神饌《しんせん》を運ぶという特権を盾に、神人たちは自在に海上を行き来し、検非違使にも誰何《すいか》されることなく富を蓄えていると、真砂はいうのであった。

――それに加えて……。

海に出てはじめて見知ったことの数々に、正盛の考えは及ぶ。

――海人たちの織りなすよい道を、いちはやく神人は使うておる。

正盛はすでに、津津浦々での水竜の様子から、水竜が神人ではないことに気づいていた。が、どのみち水竜の水先案内なしには、安らかな海を進むことができないのだ。ならば、それでよいと、正盛は神人を騙《かた》った水竜を見逃すことに決め、はっきりとそう告げた。

正盛は、海を識《し》り始めていた。

「そのかわり……」

道中、津に泊るたびに、津泊《つどまり》の長者や有力な神人たちを訪ねたいと、正盛は希望した。水竜の馴染《なじ》んだ水を味わってみたいとの願いは、叶《かな》うことも、機会が合わないこともあった。しかし、幾たびか彼らやその下の者どもと盃を交わしあううちに、津泊で起こりつつある新しい力の動きも、うっすらと見えていった。

たとえば……、津の長者たちは、おしなべて自分の土地に神を勧請《かんじよう》したがっている。

備前の牛窓でも、呉別府《くれべっぷ》でも似たような話を耳にした。

神人たちは、余分な富を津の長者たちに貸し付けはじめているらしい。津の長者たちは、国への貢進物が足りないときに、私領を抵当に神人たちから米を借り入れる。それが度重《たびかさ》なって返せなくなると、神人は長者に〝御辺の領地に本社の神を勧請せよ〃と迫るのである。

神が勧請されれば、その土地は神社の庄となって国税に縛られることがなくなる。長者は有力な神人に変わるが、力は持ったままである。神社の側にも長者の側にも利のある話であった。

——有力な神社が荘園を増やすとは、かようなことじゃったのか。

賀茂社の神人もそうだが、とくに力を持ちはじめているのは、石清水八幡宮《いわしみずはちまんぐう》の八幡神人であるらしい。石清水八幡宮は、真砂も家を構えている山崎の川向かい、男山に鎮座なさっておられる。都へ向かう川湊と津の関係の深さを、あらためてうかがわせる一事であった。

——石清水八幡宮といえば、源氏の義家朝臣が元服した御社《おやしろ》じゃ。

平正盛は、自分の先を行くかのような源氏の武者に歯嚙《はが》みした。

真砂のことばを、またも思い起こす。

〃この先大事にしはるなら、石清水八幡宮さんどすやろ。あても懇意にさせて貰《もろ》てますにゃ〃

都に帰った暁には巻き返したいと、正盛は強く願った。

明日を思えば思うほど、梶師《かじとり》の水竜との関わりは、なくてはならないものに思える。

自分にはあり得べくもない相手の力を認め、手並みに惚《ほ》れたとき、正盛はその力を借りるために縁を深めたいと願った。

水竜にしても、都に上ったときのつてとして、武者の庇護《ひご》があることはありがたい。我の前では畏《かしこ》まるなと正盛がたびたびいうこともあって、しだいにこの武者とは隔《へだ》てのない口を利《き》くようになっている。

「この津も変わったものじゃのう」

水竜は思わず呟《つぶや》く。

船は筥崎津《はこざきのつ》に入り、一行があるじもうけの宿を借りた、その翌朝。

早朝から、嗅《か》ぎ慣れない薬か、獣の脂《あぶら》のような匂《にお》いが漂っているのを訝《いぶか》り、たどって行く。

と、粗末な庵《いおり》が建ち並ぶあたりに出た。どうやら、匂いのもとは、なかでも大ぶりの一軒であるらしい。

なかを覗《のぞ》き見ることは叶《かな》わなかった。が、たまたま魚を届けにきた売り子に聞けば、宋船に乗り組んできた商客の下仕えの者が住まっているという。あたりを秘密めかしているのは、その煮炊《にた》きの匂いである。

「奇妙な匂いじゃ」

「とうに慣れとう。この頃は」

魚売りは平気なものである。

少しのあいだ見ないうちに、博多津に連なるこの津には、しだいに高麗《こま》や契丹《きったん》、宋からの渡来人が住み着きはじめているらしい。

「鴻臚館《こうろかん》がいよいよ、あかんのじゃろうか」

「はあ。そう聞いとると」

水竜が初めて宋船を目にした幼い頃から比べると、博多あたりは様相を変え、渡来人のなかにも市中で暮らす者が出てきている。

耳にしたところによれば、太宰府《だざいふ》は鴻臚館を持ちこたえることが難しくなり、いつ廃館になってもおかしくない状態ということであった。大宋国や高麗の、公《おおやけ》の証明書を持った商客でさえもてなしきれないので、自然とこぼれた渡来客は、半ば公然とあたりに居を構えるようになり、なかには立派な屋敷を持つ者もあるようだ。

国の支払いは遅れぎみゆえに、あたりにできている摂籙《せつろく》の家や寺社の庄領に、宋人は財物を持ち込んでは売るらしい。密貿易はますます盛んになり、周辺の津にまではびこり始めている。

とくに、この筥崎津《はこざきのつ》には、あたりを唐房《とうぼう》などと呼ぶ者も出ているほど宋人が目立つ。

同時に、あたりは筥崎八幡神人の勢力下になりつつあるとの評判であった。

筥崎八幡宮は、大宮司《だいぐうじ》や祠官《しかん》の多くを太宰府の役人出身の人間が務めてきた御社である。異国との商いに詳しい者たちは、この社の成り立ちを口さがなくいう。

大陸との私的な交易に味をしめた役人たちが、朝廷に見咎《みとが》められずに商いを行うために、筑前の穂波《ほなみ》の山中からこの至便な湊《みなと》に、宮を無理強《むりじ》いに遷宮《せんぐう》させたというのである。

筥崎という地は筥崎八幡宮の門前町《もんぜんまち》である。人のいう遷宮の経緯《いきさつ》を信じるとすれば、宋人がここに住まうのを太宰府がぐずぐずに認めてきたのも領《うなず》ける。

山崎の石清水八幡宮とも無縁ではない。何のことはない。都の石清水八幡宮には、ここから宋の財物が流れてゆくのである。

「待ちかねたぞ」

水竜が戻ると、正盛が焦《じ》れたように呟く。

「己は……陳四郎との約束を果たした。お主もじゃ」

「うむ」

水竜は陳四郎を都まで連れて上り、季綱朝臣を探し当てて彼に引き合わせた。正盛は季綱朝臣に話の渡りをつけ、検非違使でありながら宋国人の旅を見逃し、そのうえに彼らの護衛を兼ねて博多まで下ってきた。

そろそろ報《むく》いを得てもよい頃だと、二人は陳四郎に切り出した。馴染《なじ》んだ土地までたどり着いたせいか、四郎の顔は晴れやかである。

水竜は、大宋国の大船一艘《そう》を望んだが、実のところ半信半疑であった。が、戯《たわむ》れのようにではあれ、水竜が口にした条件に四郎は応じたのだから、約束は全《まっと》うされるべきである。

「心得ております」四郎は請け合った。「船を買えるだけのぶんを水竜どのに。また、正盛どのからは、お手持ちの品の買い取りを」

「さようか」正盛は相好《そうごう》を崩《くず》した。「いつ価が用意できるのじゃ」

「今夕には」

「ようやくか」

「はい。ところで、例の御品は」

「案ずるな。失《うしの》うたりはせぬ」

「正盛どの、何を売るおつもりなのじゃ」

好奇心を抑えきれずに、水竜が問うた。ここまで来れば、あえて隠すこともあるまいと、平正盛は明かす。

「玉じゃ」

「おう、阿久夜玉《あくや》か……」

阿久夜玉、つまり真珠は宋商が喜ぶ交易品として知られている。

「本朝の品では阿久夜玉がことのほか尊ばれておると聞いての。買い、集めまわったものじゃ」

「なるほど。正盛どのの故郷は勢州じゃったの」

伊勢の海の貝のなかには、月白のように輝く玉を孕《はら》むものがある。その玉を宋商客が明月の珠《たま》として珍重していることを、水竜は伝え聞いていた。

海で採れるとはいっても、玉を孕む貝は、血まなこで探しても、万にひとつもないという。運良く見つけても、人に知られれば税として召し上げられてしまいかねない品であった。

正盛は、あるいは潜女《かずきめ》にでも申しつけて探させたものか、持ち主を捜して安く買いたたいたのか。淀あたりにもこっそり玉を売る小舟が出るというくらいだから、勢州に関わりの深い者なら、手に入れる術《すべ》はあるだろう。

陳四郎は、支払いの話を進めた。

「今夕には季綱朝臣に例の品々をお目にかけます。御覧《ごろう》じて頂きしだい、代価を頂戴《ちょうだい》致すことになっております。そのうち半分で、御辺の玉を残らず買い取りましょう。また、残りの半分のうち、水竜どのにはお礼を。宋より船を仕入れられるとすれば、及ばずながら私がお手伝いを致します」

水竜は、想像もつかぬ話の運びに息を呑《の》む。

「わ主が大宋国から運んで来たというその宝……、そんなに値の張るものなのか」

「それだけの価値はございましょう」

「宋の大船が買えて、いくつもの阿久夜玉が購《あがな》える……さほどの宝が大宋国にあると申すのか」

「はい。かの品が宝であることをご承知の方々にとりましては、少なくとも、砂金万両の値と」

「——万……両……？」

水竜も正盛も目をむいた。

季綱朝臣は、轍《わだち》に揺られていた。

冬の日ざかりである。簾《すだれ》を通し、照り返す道が透かされてちらちらと白い。眩《まぶ》しさに耐えられず、朝臣は目を閉じる。

心が逸《はや》ってならない。

陳四郎から聞いたことばが、耳に取りついている。

〝大宋国の神宗《しんそう》さまが、高麗王から切に望まれてもお渡ししなかった宝でございます。さらに、昨年再び、高麗の使節がこれを望んで哲宗さまのもとに参りましたが、渡されることは叶わなかったのでございます……〟

――高麗の王が礼節を尽くしても目にすることができない宝を、ついに目《ま》のあたりにしようとしている……。

我知らず口元が緩む。

大宋国が、国交を持っている高麗とのあいだですら頑《かたく》なに禁輸しているそれが、この博多の、行く先にある。

――当朝では、まだ誰も知らぬ。この季綱が初めて手にするのじゃ……。

信じ難い思いであった。吐く息が、知らぬ間にせわしくなっている。

「やはり香料じゃろう。西方の麝香《じゃこう》は得《え》もいわれぬ芳香じゃと申すし、奇珍と申せばそれじゃと聞く」

「いや、犀《さい》の角《つの》ではあるまいか。何でも、通天《つうてん》の犀というものがあり、大宋国では犀の角をこそ、阿久夜玉の代とすると申すぞ」

水竜と正盛は推測を重ねる。二人は四郎ににじり寄った。

知りたいという気持ちが、抑え難いほど強く起こってきた。

「今日こそは申せ」正盛が語気を強めて迫る。「どのみち、季綱朝臣との商いを終えてしまえば、御辺はこの博多にとどまるか、国へと帰るのじゃろう。我らは、その財物を都まで運ばねばならぬのじゃ。護《まも》りながら運ぶにしても、品の筋を知らねば扱いも分からぬわ」

「さようじゃ」水竜には、ひっかかることがあった。「己は、いつか千鳥が申したことが気になっている。〝追われておるのじゃ、陳志は……〟とあの子は申した。まさか宝と申すは盗品ではあるまいな。宝を買うた季綱朝臣を、誰かが追って参るようなことはあるまいな」

「それは……」

念を押されていい淀《よど》んだ四郎に、正盛が追いうちをかける。

「いずれにせよ、我らは見ずにはおるまい。明日から先、帰路を同じくするさなかで荷を目にする折も術も、幾らでもあろう。いまさら出し惜しみでもあるまい」

そういわれて、四郎も観念したようである。

「さらば、いまは申しましょう。かの品の由来を……」

御車が停まった。

「さ、こちらに」

そう声をかけられ、季綱は簾を上げてみる。

破れかけた築地《ついじ》の前であった。荒涼としたありさまの、苔《こけ》だらけになって落ちかけた屋根が、重ね重ねに連なる様子からすれば、なかの建物は寝殿造であるらしい。規模からしても、かなり裕福な者の持ち物であっただろうが、長いこと手入れがされておらず、普請《ふしん》は傷《いた》みきっている。

案内されて降り、開けられた門を随身《ずいじん》とともに潜《くぐ》ってゆく。

母屋《おもや》や西《にし》の対《たい》は、戸や格子《こうし》がすでに取れ果て、あばら屋のように部屋の奥までが吹きさらしに見えていた。

庭の踏み石は、放恣《ほうし》に伸びた薄《すすき》や枯れ草に紛《まぎ》れて見えない。

「かの蔵に」

誘われる方角には、中ぶりの蔵が見えた。壁の塗りはところどころ剝《は》げ、木舞《こま》いの組みまで露《あら》わである。

袴《はかま》の裾《すそ》が草露に湿るのも構わず、季綱は蔵を目指し、ついに扉までたどり着く。蔵《くら》戸《ど》は思いのほか頑丈で、いかめしい錠《じょう》がかけられ、そのうえをさらに金属で封じてあった。

「これは……何とある？」

季綱は金属の封に目を凝らす。何か文字が刻みつけてあるようであるが、彫りが細かすぎ、朝臣には読めない。

「〝この封を破り、蔵に入った者には災いがある〟と彫り置きました」陳四郎はさりという。

「何と」季綱は、思わず数歩、後じさりする。「……恐しいこと。陰陽師《おんみょうじ》を呼び、祓《はらえ》をさせねば」

「ご心配なく。盗人《ぬすっと》よけにござります。この毀《こわ》れ果てた屋敷は、ご覧の通り空《から》で、取られるものなどありませぬ。とは申せ、蔵には何かあろうと思う輩《やから》がないとも限りませぬゆえに。この封をしたうえに、この蔵に入ろうとして死んだ者が数人あるという噂《うわさ》も流しておいたのです」

いって、四郎は小さな陶製の壺《つぼ》を袴の腰あたりからそっと取り出した。

「筥崎《はこざき》におる宋人に届けさせた薬でございます」

壺の蓋《ふた》を開け、なかの液体を金属の封に注ぎかける。不思議にも、見る見るうちに金属が溶けていった。あらわれた錠に、四郎が鍵《かぎ》を差す。

重い蔵戸を小舎人《こどねり》たちに開かせる。蔵戸の内側には、さらに施錠した扉があった。ふと、季綱には、この内扉が幾重にも続くのではないかと妙な予感がした。開けても開けても閉じた扉がある。いつか、扉のとめどない無限の連《つら》なりを夢に見たという気がした。

が、そんな筈《はず》はなく、内扉はむしろあっさりと開いた。

底暗い蔵の奥まで日ざしが伸びて、積み重ねられた荷の輪郭を浮かび上がらせる。蛍《ほたる》のように白い虫があちこち飛び交うように思えて、季綱は腕で目前を払ったけれども、よく目を凝らせば、唐《から》の長櫃《ながびつ》に施された螺鈿《らでん》の光である。

長櫃は、十五あった。

吸い寄せられるように、朝臣は蔵のなかへと進んでゆく。

「大殿油《おおとのあぶら》を持って参れ」

小舎人が命じられて灯りを調達してくると、季綱は随身も小舎人も連れず、供たちをすべて外で待たせ、ただ一人で蔵のうちに籠もった。

震える手で長櫃を開く。

見れば、彼が長年待ち望んだ宝が、唐組《からくみ》の紐《ひも》できっちりと結《ゆ》わえられていた。すぐさま束を取り出し、季綱は息をつめ、性急に、しかもあらん限り敬《うやま》いながら紐を解《ほど》いてゆく。目は食い付いて離れない。宝のなかに、季綱は没入していった。

「そもそも、すべては大唐《だいとう》が滅んだことから始まったのでございます……」

陳四郎の話は、一足飛びに百数十年遡《さかのぼ》った。

「唐の末から、海の向こうは軍《いくさ》の世とあいなり、いくつもの国があちこちに立ち、世が乱れ申しました。ようやく帝の太宗さまが国をひとつにまとめられましたが、その建国まで、引き続き騒乱《そうらん》がございました。その間、あるものは焼かれ、あるいは顧《かえり》みられず捨てられ、多くの宝が失われたのでございます。平和な世が参ってはじめて、皆、散佚《さんいつ》したものを取り戻そうと致したのでした……」

四郎は、彼自身戦乱を知る年ではないはずだが、伝え聞かされてでもいるのか、いつ果てるとも知れない殺戮《さつりく》の日々を思い起こすように遠い目をする。

「建国者たちは、国を挙げてひとつの大仕事に取りかかったのです。太宗さまは詔《みことのり》を下され、失われたものをかき集める作業がはじまりました。百年ばかり前のことになりますけれども」

「かき集める？　何を」

水竜が問うた。

「戦乱でいちど失った唐代の文化と知の力を、ことごとく取り戻そうと思われたのでございます。太宗さまが国の建て直しに最も必要となさった宝物《たからもの》。それは……、書物なのでございます」

「……！」

正盛も水竜も、言葉のつぎ穂《ほ》がない。彼らの想像を、ことは遥《はる》かに超えていた。

「たとえば、かつての朝廷や他《よそ》の国がいかように政治を行い、諸事にいかに対処して参ったのか。あるいは失政はいかなる理由であったのか。法は人の罪のいずれを裁き、いずれを許してきたものか。また、兵をいかに動かし、いかような戦法を用いたか。作物を育てる勘どころは。天文を見る術は。病を防ぎ治す術は。傑人傑物の伝は。自国他国の風俗は……。あらゆる解が、書物にはございます。書の一巻が失われるということは、歳月をかけて築いてきた秘術秘伝が失われること」

四郎の話は、聞く二人の意識をしきりに小突き覚ましてゆく。

「しかし、軍《いくさ》のなかでさえ、一部には書物を持ち続けた蔵書家がおりました。太宗さまは、お役人に古い目録と国の書庫とを比べさせ、失われている書物を世間にお求めになりました。献じた者は、巻数によって位《くらい》か金子《きんす》を賜ったのです。続々と民間から献書《けんしょ》があり、失われた知が息を吹き返し始めました。お陰をもちまして、いまでは下じもに至るまで書物を買い、また読むことができているのでございますが……」

「待ってくれ。大宋国では皆、書を読むのじゃろうか……？　己のような者でもか」

まったく言葉を差し挟まなかった水竜が、唐突に声を上げる。

「読書は出世の手段にともなり、上から下までこぞって文を学びおります。田畑を作る者たちにも『農書』なる書物が出回り、四季、いかように作れば採《と》れ高《だか》が増すのかなど、知れるようです」

「何、巻物を書き写すのか。書くこともせねばならぬのじゃろう」

水竜はなおもいう。

「写しも致しますが、書物は巻子《かんす》から冊子《さっし》に変わっております。唐代の頃、文字を刷る術が考案されたうえ、工夫が重ねられまして、書物が簡便に大部数作れ、市中にも出ております」

「む、摺本《すりほん》というものか」

正盛が唸《うな》った。

貴族や僧のなかには、大宋国の摺本を珍重する者がいると、正盛も聞いてはいた。太宗帝の頃、大宋国に渡った当朝の僧が宋版一切経《いっさいきょう》という摺本の経を持ち帰り、相当の評判になったという話を耳にしたことがある。

が、その貴重さを実感したことは、むろん、ない。

「経を書きつけたものなど、なにゆえさほどに有り難がるかと思うておったが……」

兵法や戦法の秘術も書物に記されていると聞けば、しきりに誘われる。すべてを新しく見あらためる思いがした。

「失われた書物捜しは、宋の国内で行われたばかりではございませぬ。他の国に流れて参った漢代や唐代、あるいは戦時の書物を、使節を通じて求め、あるいは商いの船にお役人が乗り合わせるなどして購《あがな》いに参りました。高麗《こま》にも参りましたし、東の諸島、そして日本国《にっぽんごく》にも……」

「書物を求めてか」

「さよう。我が父も、この国に向けて船を出した一員でございました。父は役人ではございません。商いで財を成した者ですが、ことのほか書物を好んでおりました。宋国に渡っていらした御国の僧坊の方々が、我が国で亡失した書物を多数、携《たずさ》えていらしたことを伝え聞き、こちらに参ろうと決めたのでございます。けれども、ことはうまく運ばず、往生致したと申します。父は太宰府を通さずに、離れ島を住居《すまい》に商い致しておりましたゆえ、人を介して手を尽くしておりますうちに、この国屈指の蔵書家であられる季綱朝臣《すえつなあそん》に行き当たったのでございます。季綱朝臣の文庫《ふみぐら》には、古今にわたる無数の書巻が積まれているとの評判。しかも季綱朝臣は代々、漢学に通じた学者の家系でいらっしゃる。そうと知った父は、思い切って朝臣に文をお届けしたと申します。都と僻遠《へきえん》の島とを結ぶ文のやりとりは、気長に続けられたようです」

「わ主は……、その島で生まれたのじゃな」

水竜の指摘に、四郎は頷《うなず》く。

「私の父が書物に抱く夢や心根は、しだいに季綱朝臣に通じていったようでございます。やがて、宋国で亡失している漢籍を選び、季綱朝臣は百巻を超える巻子を、父のために書写させてくださいました。父は欣喜雀躍《きんきじやくやく》し、金品を尽くしてお礼を致したと申します。ではございますが、そのご厚情と大恩を忘れたことはございません。と申しますのも、朝臣は書写本を父にお渡しくださいますときに、条件として、父にあることを申しつけられたのです。宋国の書物がこの国にめったにもたらされぬことを嘆かれて、季綱朝臣は、宋の新しい摺本を、ふんだんに購おうと仰《おお》せられたのでございます……。書物に目のない父には、朝臣の胸の裡《うち》にあるお考えが、痛いほど分かっておりました」

「では、御辺が大宋国からこの博多に運び、取り置いておる荷は、その摺本……?」

「さようでございます」

「にしても、長きに過ぎよう。季綱朝臣が買おうと仰せられた書物をお届けするのに、十数年を超える月日がかかったと申すのか」

「極めて難しいご注文でございましたゆえに」

「いかなることじゃ。荷として嵩張《かさば》るとは存ずるが、宋の海商がその気になれば、書物を運ぶなど……」

容易であろう、と正盛は首をひねった。

「季綱朝臣が名を挙げて申しつけられた書物は……、格別でございました」

「格別と申すと」

「宋国外への帯出が、国法で禁じられておるのでございます。もちろん、商いも許されておりませぬ」

「何」

思わず正盛は聞き返す。大宋国が書物の他国への帯出を禁ずる意味が、すぐには呑《の》み込めない。

「なにゆえ禁ずるのじゃ」

「宋国は苦しんで戦況を脱した国でございますゆえ、周りの国々に国内の事情を報《しら》せたくありませぬ。秘匿《ひとく》しておきたいのは国の成り立ちに繋《つな》がる史書、地理の書、兵書、算の書、陰陽もしくは卜筮《ぼくぜい》の術を記した書……」

「あ」

国の運命までも左右しかねない書物の重さに、ようやく思い当たって、正盛はぞくりと背を震わせる。

「これらはすべて禁令に入っておるのでございます。実を申しますれば、一切経も禁書のうち。この国に参っておりますとすれば、隠して運ばれたのでございましょう」

「国策なのじゃな」

「さすがに季綱朝臣さまはご存じでございました。帯出禁書の入手の難しさがお耳に入っていらしたのでしょう。それでも、朝臣さまは根気よう待とうと仰せられました。今日のこのときまで……」

「——御辺、禁書を持って参ったか」

はじめて、正盛は真底、驚いた。か細い商人の四郎が、海を越えて成し遂げた事績に胸をつかれる。

――季綱朝臣も、見上げたものじゃ。大宋国の秘する書物を手に入れ、委細洩《いさいも》らさず調べ尽くすことができれば、日本国の行く末は……。

これまで、歯牙《しが》にもかけていなかった漢学者というものが、底知れぬ力を持っていることに気づかされ、彼は太い息を吐いた。

「さりながら、さすればわ主は、何ゆえそこまで致すのじゃ。国を裏切り、秘術秘策を当朝にもたらしたことになりはせぬか」

「確かに、罪でございます。けれども、私の半身はこの国の者……。また、これが二つの国を生きる者の、商いの道。父は、このことを成し遂げられるか否《いな》かで、私を後継人として見極める気なのでございます」

――や。

ふと、立ちくらむ。

胸元に悪寒《おかん》に近いものが走り、季綱は現実に引き戻された。

手元に落ちる明かりが、ひときわ暗くなった。気のせいか……と、大殿油《おおとのあぶら》を動かして調光を試みるが、灯影《ほかげ》は揺らめくものの、黒い紗《しゃ》のような幕が光を汚して、視界は少しも広がらない。

諦《あきら》めて目を瞑《つむ》る。

——衰えたものだ……。

両の手で眼球の上をぐっと押さえ、目頭《めがしら》を揉《も》んでから目を開いてみる。効果は上がらず、今度は目の前が白濁した。気づかぬうちに酷使していたせいか、疲労がずしりと目にきている。

文字の線が、雨滴《うてき》で穿《うが》たれたような滲《にじ》みぐあいにさえ見えて、生命体としては朽ちつつある自分をつくづくと痛ましく思う。若さに飽満していたときには、よぎることすらなかった思いであった。

——そろそろ、晩か。

どれほど、ときが経《た》ったのか。

目録と書籍との照らし合わせは済んでいた。几帳面《きちょうめん》な学者らしく、時間をかけて長櫃《ながびつ》十五の書籍すべてに目を通し、希望した通りのものであることを確かめた。

そのうえで、陳四郎への対価を支払うよう季綱は随身《ずいじん》に命じた。

あとは閉じ籠《こ》もったまま、念願の書籍に目を通し始めたのである。

見ても見ても飽き足らないうちに忘我のときは過ぎたが、むしろ興奮が仇《あだ》になり、読もうにも、なにひとつ頭に入っていかない。文字の見えにくさも重なって、もどかしさばかりが募ってゆく。

——明日、明るいうちに。

目をこすってみる。陽のもとならば、読書のはかどり方も大分ましであろう。

都に帰る途々《みちみち》、典籍を思うさま熟読玩味《がんみ》しつつゆく旅を考えると、それだけで心が躍る。さらに、都まで帰り着けば、七条自邸の文庫《ふみぐら》に、この大部の摺本《すりほん》が加わる。渇いていた喉《のど》がしとどに潤《うるお》い、後半生ぶんの水さえ、いちどきに湧《わ》いて出たという気がした。

あるいは、知識というものが幻のようなものであることさえ、知っていたかもしれない。けれども、宋という大国の書籍群は、冷静的確な人間にも、知の先端をゆけるという錯覚を起こさせるのに十分な材料であった。

もとから、とてもいちどきに読んでしまえる量ではない。どのみち、再び括《くく》り直し、この蔵から運び出さねばならぬ荷である。

——ともかくも、夜が明けてからのこと……。

ひと区切りつけようと腰を上げる。
途端、目前に黒い火花が砕け散り、朝臣はよろめいた。

何が起こったのか。

尋常一様のことではない。季綱は動転のあまり喘《あえ》ぎ、膝《ひざ》をついた。

「――目が……、目が」

にわかに墨《すみ》の礫《つぶて》でもくらったのか。闇《やみ》がとうとう底力《そこぢから》を結集して、眼に飛び込んできたものか。

黒っぽい油滴《ゆてき》のようなものが目の玉にまとわりついて離れない。染《し》みのようにべっとりと目のなかを彩《いろど》るものの色は、血のような赤にも感じられる。

凶々《まがまが》しさに慄《おのの》いた。

――南無《なむ》……！

これは生死の境なのかと、蒼白《そうはく》になる。目に痛みは感じない。が、我が目から血が噴き出、あたりに散乱したのかとさえ思えた。

次の瞬間から、何も見えなくなった。

必死に眼を開いてみるものの、大殿油が放っているはずの明かりさえ朧《おぼ》ろである。

「誰かある……」

喉を振り絞って季綱は喚《わめ》き、その場に倒れ伏した。

大粒の汗が、額に浮いている。

呆《ほう》けたように開けた口のなかが、すっかり乾いていた。喉はいがらっぽく掠《かす》れている。

どこまでも黒一色の荒野である。手さぐりで這《は》っていく。さりとて、頼るほどの手応《てごた》えが下方にあるわけではない。あるいは浮いているのかもしれない。それでも、立てばたちまち平衡を失うであろう。何ひとつ見えず、色の濃淡さえもない。

——これが奈落《ならく》か。

理由がつかめなかった。こんなところへ来なければならぬいわれなど、ない。

——あるいは……。

悪寒が走った。

——呪《のろ》いやも知れぬ。

蔵の鍵封《かぎふう》に刻まれていた呪符《じゆふ》が浮かぶ。陳四郎が盗人よけに施したというまじないが、誤って我が身にかかり来たのではあるまいか。

ことの不吉さに怯《おび》えながらも、口をぱくぱくと動かし、必死に祈る。

と、ひとしきり咳《せき》が出た。

胸のつかえが、痰《たん》とともに吐き出される。同時に、目にしつこく粘りついていた厚紙のようなものの数枚が、黒く揺らぎながら剝《は》がれた。

ぼんやりとではあるが、目前が明るむ。

その明るさに、いくぶんか望みを感じ、心持ちを取り直して、曖昧模糊《あいまいもこ》とした暗さのなかから脱《ぬ》け出ようとする。

目の際《きわ》に、光明が細い月のかたちに入ってきたのにすがりつく。

——観世音菩薩《かんぜおんぼさつ》、助け給《たま》え。

手を合わせ、仏の前に頭を下げた。

しだいに、明かりが瞳《ひとみ》を充たし、ぼんやりとものの形が見えてきた。

「朝臣っ」

誰かに揺り起こされている。

仮死からさめたように、季綱は頭を起こす。

見慣れた随身《ずいじん》たちの顔が、目前にあった。

「おお、息を吹き返されたぞっ」

随身が声を上げる。

——おお……、見える。

瞬《またた》いてみる。視界がやや霞《かすみ》がかっているが、あたりを見るのに障《さわ》りはない。

胸の鼓動は、まだおさまっていない。が、異様な闇の世界から解き放たれて、ひとまず胸をなで下ろした。

「ようございました」

供の者たちは口々にいうものの、あらためて見れば、どの者もひどく憔悴《しょうすい》しきった様子。水干《すいかん》や袴《はかま》が、泥をなすりつけたようにどす黒く汚れている。

「これはいかなること」

問われて、供らは互いに顔を見合わせる。

「我は、倒れ伏したのじゃな。唐突に、目の前が暗くなってしもうたのじゃ。胸がつぶるる思いを致したぞ。されど、もはや案ずるな。船旅の疲れが出おったのかもしれぬわ。もしくは老いゆく身ゆえの眼病か」

一同の心配を解いてやるためにも、気を確かに保とうと季綱は努めた。が、乱れているであろう髪を整えようと生え際《はえぎわ》にやった手が、ふと止まる。

「これは何じゃ」

頭髪のちりちりとした手触りに慄然《りつぜん》として、髪を両掌でさぐり、やがて掻《か》きむしる。もろくなった毛先が、粉々になって床へと落ちた。全身が、ざわりと総毛立つ。

「あ、御髪《おぐし》が」

随身が思わず呟《つぶや》く。

「おお。何ゆえ、かようなありさまに……？」

季綱は血の色を失い、床にこぼれ落ちた白髪の屑《くず》を、ただ茫然《ぼうぜん》と見つめた。場には重苦しさが漂い、誰もが悄然《しょうぜん》とした面持ちである。

「い、いかなること」

問いが重ねられたが、供らは何も告げずに控えている。

「申せ」

季綱がきっと随身を睨《にら》む。供たちは微動だにせず凍り付いている。

「申さぬか。……されば、平正盛を召せ」

舎人《とねり》が飛ぶように動き、武者を御前にはべらせた。

「何ごとが起きたのじゃ、我が身に……？」

「おそれながら申し上げます」正盛は唇を嚙《か》んだ。「朝臣は黒煙のなかにうち伏しておられました。件《くだん》の文庫《ふみぐら》は、書物もろとも燃え尽きたのでございます」

「な……」

衝撃のあまり、目を中空にどんよりと漂わせ、季綱は声とも音ともつかぬものを喉の底から迸《ほとばし》らせた。

すべては、痺《しび》れるような輝きのなかで起きたことである。

ことが報《しら》せられたのは、夥《おびただ》しい砂金の放つ光に、誰もが瞳を凝らしていたさなか。舷《ふなばた》に明滅する篝火《かがりび》の明かりを受けて、火の粉が積もったとも思える細かな粒が、闇をほんのりと炙《あぶ》る。

季綱朝臣の抱いた禁書への夢と等質の黄金に皆、吸い寄せられていた。水竜も正盛も、さらに四郎さえも、あまりの眩《まぶ》しさに息詰まった。

砂金のまばゆさは、それ自体がその場所で決して完結しないことに由来するのだろう。砂金の向こうに、人は自らの明日《あした》を投影する。飛翔《ひしょう》や君臨の予感が、砂金には満ちている。それらは未だどこにも存在しないものであるにも関わらず、砂金を見る者はそのことを忘れさせられる。

互いの商いを済ませるために、彼らは御船に戻っていた。この三人も、加えて季綱朝臣の随身も、いま巨額の砂金の傍を離れるわけにはいかなかった。

朝臣が摺本《すりほん》に読みふけっておられるあいだ、朽ちた屋敷の番を務めていたのは、朝臣の舎人たちに正盛の配下の侍、数名にすぎず、夜半のことで、うつらうつらしていた者もあったらしい。蔵のほうから煙が流れて来るのに気づいて慌《あわ》て、力を合わせて蔵扉を引き開けたが、開けた途端に、轟音《ごうおん》とともに炎が噴き出して来た。扉の近くに伏し倒れていた季綱朝臣をお助けするのさえ精いっぱいで、這々《ほうほう》の体《てい》で逃げ出してきたというのである。

火を消そうにも、荒れ果てた屋敷の池も井戸も枯れ果て、水を汲《く》むためのつるべや桶《おけ》さえ見あたらぬ始末であった。

荷のひとつでも運びだせなかったものかと、正盛は配下の者を厳しく糾《ただ》したが、火の回りようはひどく、あおられた炎と黒煙に巻かれて二人の僕《しもべ》が倒れたのを目のあたりにして、皆こぞって退《しりぞ》き、季綱朝臣を車にお乗せ申し上げ、僕らを担《かつ》いで御船まで戻るしか手の打ちようがなかったらしい。

報《しら》せを聞いて正盛らが駈《か》けつけたときには、あたりはすでに火の海で、大勢の見物《けんぶつ》とともに、高々と上がる火柱を遠巻きにただ眺めるだけであった。

太宰府の検非違使《けびいし》らしい人間たちが、放火ではないかと尋ね回っている。

〃燃えたのは宋の商客の隠し蔵ではあるまいか〃〃物騒な。近頃、宋人の荷を目的とした盗人が後を絶たぬわ〃誰彼がいうのを耳にして、正盛らは目立たぬようにそっと場を離れた。

備前守であられる季綱朝臣が密《ひそ》かな商いに関わったことが洩《も》れぬように、慎重に計らわなくてはならない。国司が行った密かな商いに対する科《とが》は、並の者のそれよりも重い。

「遁《に》げられたか……！」

よろよろと季綱朝臣は立ち上がり、またうち伏した。のぞきかけていた別世界を、彼は失った。ひいてはこの国の人々の習性から思想まで変貌《へんぼう》させる力を、それは持っていたのかもしれない。

――ついに得たりと、我は思うた。日月のように、想《おも》うても手の届かぬ存在を、確かにいちど手中にした……。

けれども、多岐広大な知の集成は、虚空《こくう》へと砕け散った。

落胆のあまり、朝臣はにわかに老いさらばえ、ひとまわり縮んだようである。

こうまで苦しそうな御顔を、正盛は見たことがない。

悔いたところで戻るものではないのだが、不思議にも、捉《とら》え損なったことを繰り返し思うにつれ、失った品々の輝きは増すものである。

誰も、ほとんど口をきかなかった。

が、失望に静まり返ったなかに、揺すり上げるような笑い声が響いた。

「は、は、は」

屋形の外からである。

「何奴っ」

弾《はじ》かれたように、正盛が立ち上がった。簾《すだれ》を払いのける。

と、飄々《ひょうひょう》とそこにいるのは水竜であった。

「不逞《ふてい》な奴め、何を笑う」正盛はかっと気色ばむ。「御前であるぞ。おのれ、控えよ」

「畏《おそ》れながら、朝臣にお尋ね申し上げます」

水竜はさらりと膝をつき、開き直って切り返した。

「む」

「焼けましたのは、さように大事な唐物《からもの》でございましたか」

「む……、むろん」

「されば……、また運んで参ればよかろうものを」

そのあっけらかんとしたいように、一同は虚をつかれた。

水竜の目のなかには、炎がまだ耀《かがや》いている。

ふっと浮かせた楫師《かじとり》の目は、果てしない憧憬《どうけい》に取りつかれているようでもあった。

国ひとつを動かすほどのもの、自分の信じていたものをがらがらと崩れさせるものが大宋国にあるのなら、我が身で見、知りたいと、彼は海の彼方《かなた》を思った。

なおも水竜は身を乗り出し、誰に向かっていうともなく言霊《ことだま》を吐いた。

「己が参る。己が……、なにもかもを大宋国から都へ持ち帰ろうぞ」

力のある、明るい声である。思わず勢いに誘われる。

——この男は……！

本気かというように皆、息を呑《の》む。

懲《こ》りない奴だと半ばあきれながらも、四郎と正盛は、屋形じゅうに満ちていた無力感が、どこかへ消え去っていくのを感じていた。

第二章

一

君が愛せし綾藺笠《あやいがさ》……落ちにけり……落ちにけり……賀茂河に河中《かわなか》に……それを求むと尋ぬとせしほどに

虫の羽音の合間を縫って、風の囀《さえず》りのような歌声が、母屋《おもや》から庇《ひさし》の間に洩《も》れ聞こえてくる。

明けにけり……明けにけり……さらさら清《さや》けの秋の夜は

「珍しおすなあ」

月の明るい夜であった。

院に仰《おお》せつけられても、何かと事にかこつけ、めったに謡《うた》われることのない女御《にようご》の声がやまない。

この御方へお懸けになる白河院《しらかわのいん》のご寵愛《ちようあい》は、都の語りぐさであった。

院は、意中の方にはことのほか細やかな情を寄せられるご気質。まず結ばれた中宮《ちゆうぐう》の賢子《けんし》さまがおいでの頃は、ほかの者を寝席《しんせき》に侍らせることもなく、お二方のご様子は、まさしく比翼連理《ひよくれんり》のようであられた。賢子さまが若くして崩じたときにも、賢子さまの亡骸《なきがら》に寄り添い、長いことお離しにならなかった。穢《けが》れを避けるために遺骸《いがい》を遠ざけるとの朝家の習わしを、あえて守らず、深いご情愛を示された。慣習や法に拘《こだわ》らず、意のままにふるまわれる帝の強いご気性のあらわれでもあったであろう。

その賢子さま亡《な》きあと、院は悲しみのあまり形ばかりの恋を幾つもなさったけれども、ついに五十代半ばにして、御心に叶《かな》うこの女御を見染《みそ》められたのである。以来、世にも稀《まれ》なる殊寵《しゆちよう》を賜り、すでに八年。寵姫《ちようき》としては並ぶ者のないご権勢であった。

市井《しせい》の美女を院が見いだされたという世上の噂《うわさ》を、女御は否定なさらない。

あるいは、いまを時めく院の近臣、顕季卿《あきすえきよう》の遠縁のお身内ではあるまいかと囁《ささや》く者もあった。女御が、顕季卿の財力を背景に仁和寺真乗院《にんなじしんじょういん》にて大がかりな供養《くよう》を行われ、その贅《ぜい》を極めた法会《ほうえ》の模様が巷間《こうかん》に語り伝えられたためであろう。

けれども、やはり高い位のご出身ではないという噂は根強くあり、同じ噂のために、彼女を女の出世者として仰ぎ見、我が化身《けしん》として憧《あこが》れに近い思いを抱く女子《おんなご》は多かった。

世評通りなのは、姿容《すがたかたち》のよさである。おっとりとした都のそれではない。異国の后妃が戴《いただ》く黄金の冠が似合いそうな、彫りの深い面立ちが、見た者の血を騒がせる。近寄れば、唐物《からもの》らしい玄妙な香が漂った。

幾つであられるのか、知る者はいない。院の寵を受けられるようになったばかりの頃も、頑是《がんぜ》ない童かと思う者がいたほどであるが、八年経《た》ったいまもって、ふっと稚《おさ》ないお顔をお見せになる。

――南海竜宮《りゅうぐう》にお住まいの王女、龍女《りゅうにょ》のようじゃ……。

女房の誰かがそう口にしたのが、祇園《ぎおん》社の龍女信仰と重ねられたのか。

あるいは口さがない者が、院とこの御方の邂逅《かいこう》を祇園社前でのできごとと吹聴《ふいちょう》したからなのか、御方は〝祇園女御《ぎおんにょうご》〟の名で呼ばれておられた。

実をいえば、女御の宣旨《せんじ》を蒙《こうむ》っておられないため、女御の地位はなく、殿上人《てんじょうびと》でさえないのであるが、院の寵の深さゆえに、院の重臣から君達《きんだち》にいたるまで、この御方をもてはやし、下にもおかぬありさまである。

その御方の歌を聞きとめたのは、泊まりがけで御屋敷を訪れた女の客人《まろうど》である。祇園女御が口の端《は》にのせた歌の、不思議な響きは、人の耳を捉《とら》えて離さない。頻繁に謡われるわけではないのだが、いつのまにか同じような節回しを女房たちが覚えて習いあい、また高貴な女御たちの女房に伝えるといった具合であった。新しい節回しや詞《ことば》まで、枝葉のように生じている。

「落ちにけり、綾藺笠《あやいがさ》」

口ずさみながら、女客は遠慮なく祇園女御に近寄ってゆく。

「よう謡いましたなあ……、あれから何年になりますにゃろ」

遠目にはまだ、女盛りにも見える客である。頬のあたりには微妙に柔らかい肉がついているというものの、身ごなしは軽やかで、艶《えん》な切れの長い眦《まなじり》はいまだに匂《にお》い立つ。

「賀茂は、お前さまがさんざん行き来して馴染《なじ》んだ川。あても、お前さまの喉《のど》には聞き惚《ほ》れておましたえ」

母親めいた口調である。女の脳裏には、幼い頃の女君が浮かんでいる。芦《あし》のあいだをゆく舟を、か細い少女が逞《たくま》しく操りながらあげた歌声、物売りの声。また、唐物《からもの》の衣裳《いしょう》を初めて着《つ》けさせてみたときの見事であったこと。

——花錦《はなにしき》も綾も、この子のために織られたようやった。

西方の唐草《からくさ》や葡萄文《ぶどうもん》の意匠が容貌《ようぼう》によく映り、あたりがにわかに唐めいたのは血のせいか。

そのときから、選び抜いた唐物で身の回りを飾ってやるようになった。雅《みやび》やかな暮らしのしきたりをも身につけさせた。

——せやけど……。

昔を思い返すとき、常につきあたるできごとがある。

ほろ苦い思いになる。

——桜……。

薄く色づいた桜の、ほぐれかかった蕾《つぼみ》に思いが走る。

続いて、ぱっと、白く柔らかいものが目前にあらわれる。その白さが、わなないた。

かつて我が手で、少女の着替えを手伝ったときのことである。

ふと、手が止まった。

「少し、肥えはったのと違うか」

肌に接する袿《うちぎ》をくつろげてやりながら、軽口を叩《たた》いたつもりが、子どもはびくりと全身を脈打たせた。

乳房があらわれた。

——あ。

稚《おさな》い膨らみとばかり思っていたものが、熟《う》れきった房のように撓《たわ》んで揺れた。信じ難い思いで見直す。

桜の花弁に鶯《うぐいす》の羽が淡く重なったような色が、乳のまわりに暈《ぼ》かされている。何か、甘くむっとする懐《なつ》かしさが匂った。

と、何をどう見極める暇もなく、瞬《また》く間に乳首が立ち上がり、なかから白くあたたかいものが迸《ほとばし》った。

乳であった。


「妹君は」

女客は女房たちを退《さ》がらせ、祇園女御に声をかける。

「もう寝《やす》んでおりましょう」

「残念やなあ。たまには顔を見せてくれはりまへんとさみしいわ。殿御《とのご》でも通うてきてはりますのんか」

「いえ、まだ……」

「まだ、まだて。二の君《きみ》かて、もう二十五にならはったにゃろ。世間で申せば年増《としま》どすえ。お前さまによう似て稚《おさ》な顔《がお》やが、そろそろ身の立つように案じてやりなはれ」

「そやかて、小母《おば》さまも長いことお一人で暮らしてはりましたやろ」

二人きりになると、お互いに、やや砕けた口をきき合う。

乳が出たことから問いつめてみると、子どもは赤子を小舟に隠していた。

——まあ、よくもここまで、目立たずに。

胸も腰つきも細いまま、いつ産み落としたのか。思い返せば月の穢《けが》れを聞いたことがなかったが、この年頃ならまだ始まっていなくてもおかしくないと油断していた。

少女の乳に赤子がくわえつく姿は、係累《けいるい》のない女に、永遠に連続してゆく逞《たくま》しい命を思わせた。

すぐに、男親の見当はついた。

——あ奴め。

むしゃくしゃしたが、この国にいない男に当たるわけにもいかず、くしゃくしゃの赤く眩《まぶ》しい塊《かたまり》を少女の妹とし、乳母をつけて育てた。むろん、この内情はほかの誰にも洩らしていない。

その赤子が、いまの二の君である。

不思議にも、その後、女御は身籠《みごも》られることがない。いまもなお、院は御子を心より望んでおられるが、兆《きざ》しはなかった。

子に恵まれないことから、故公実卿《きんざね》の末娘にあたる璋子《たまこ》さまを、女御は養女にお迎えである。璋子さまは、鳥羽の帝の従妹《いとこ》にあたられる、やんごとなきお血筋。

「ほんまに、過分なことやわ」

祇園女御を院にお引き合わせ申したのは、顕季卿《あきすえ》であったが、手だてを講じたのは、女君に小母さまと呼ばれたこの女——、品格も貫禄《かんろく》も増した、賀茂の真砂《まさご》であった。しがない梶師《かじとり》から預かった千鳥《ちどり》が祇園女御となり、いまや、お家柄といいお顔立ちといい、申し分のない公卿《くぎょう》の姫君を養女に持つまでになっている。

——それもこれも、顕季卿のってあってのことや……。

真砂は平正盛《たいらのまさもり》との仲を通じて、顕季卿とも唐物《からもの》の商いを行い、その暮らしぶりは以前にもまして豊かである。

　真砂は、院に常に忠実に尽くしてきた受領《ずりょう》の殿君を思い浮かべる。乳兄弟の顕季卿に対する院のご信頼は、相変わらず篤《あつ》い。

　顕季卿はこの二十数年というもの、伊予《いよ》、播磨《はりま》、美作《みまさか》と大国ばかりの受領を任じられ、同時に要職を次々と兼任なさり、目下、太宰大弐《だざいのだいに》をお務めである。人もうらやむお立場であるが、いっぽう、院とご昵懇《じっこん》の乳母子《めのとご》であるがゆえに、院の御為《おんため》に行われる造作《ぞうさく》や行事の費《つい》えは、つねに顕季卿の双肩《そうけん》にかかっていた。

　——朝臣《あそん》には、あてのような者がお入《い》り用《よう》やったのや。

　いつでも大金を捻出《ねんしゅつ》しなければならなかった顕季卿にとって、神人《じんにん》たちに強く、密貿易品さえ厭《いと》わない真砂のようなやり手の存在は、願ってもなかったのである。

　鳥羽離宮の造進はいまだに営々と続けられ、顕季卿のお子、長実《ながざね》朝臣や家保《いえやす》朝臣がやはり受領に出世なさり、御堂や御塔の造作は代を越えて続いている。

　その上に、顕季卿には、院の身辺を華麗に彩《いろど》り申し上げるという重責があった。

　院が落飾《らくしょく》され、法皇となられたのは、郁芳門院《いくほうもんいん》が早世されたときのことである。院最愛の娘御、郁芳門院が崩じた六条の院御所を、法皇は持仏堂《じぶつどう》となさったが、その修理も顕季卿が承《うけたまわ》った。

院の御所、焼失していた閑院《かんいん》の新造も顕季卿が仕切り、顕季卿の邸宅を、院が御所として用いられることもたびたびで、自邸の造作や調度にも気を抜くことは許されなかったのである。

このような造進や、顕季卿邸への御幸《ごこう》のたびに、賀茂川を極上の財物が行き交い、真砂の懐《ふところ》は潤《うるお》った。

滑《なめ》らかな品の流れが功を奏してか、顕季卿は真砂を手駒《てごま》とした数年後から修理大夫《すりのだいぶ》を命じられ、以来すでに二十年近く、同職を引き続きこなしておられる。

そうして得た財を、真砂は男に費やしていた。

——正盛さま……。

平正盛は、いまでは洛中《らくちゆう》に居を構えている。賀茂川に出る地の利を第一に選び、彼はつい昨年、鳥部山の麓《ふもと》、川の左岸である六波羅《ろくはら》に一町の土地を買った。従兄弟《いとこ》にあたる男が借り受けていた土地に、以前から目星をつけていたが、ついに話がまとまった。

その屋敷の造作にも、真砂は大枚《たいまい》をはたいた。

片や、祇園女御のお屋敷はといえば、祇園社近くの、やはり賀茂川にすぐさま通じる左岸。院に賜ったものではなく、もとよりの住まいであった。

院の寵姫となってからは一段と美麗に設《しつら》えたが、真砂は彼女の甲斐性《かいしょう》で、この家も千鳥のために手に入れていた。

「正盛さまなら、明日にはお見えにならはりますえ」

ふいに、祇園女御がいう。

何の脈絡もない。またかと真砂は女御の白い横顔を眺める。

前後の会話とはおよそ無関係に、女御は人の心を見透かしたようなことを口にする。幼いときから、何度も驚かされてきた。ときに、予兆のようなことさえも聞かされた。

「さよか」

真砂は慣れていたが、いまだに戸惑いはある。

「使いの者がそないに申して参りましたゆえ」

「おおかた、先日の法会《ほうえ》の礼物でも持ってきはるにゃろ。あても、ついでにお目にかかっていこか」

祇園女御の名で修せられる仏事といえば、その壮麗さが常に人目を驚かし、注目の的であった。

仏像は何体も新造安置《しんぞうあんち》され、経から調度、仏具までのすべてが新調される。捧物《ささげもの》は金銀、瑠璃《るり》、袈裟《けさ》に生絹《すずし》とあい調《ととの》えて、荘厳《しょうごん》を尽くし、万端遺漏なく行われた。院のご臨幸さえある法会には、公卿殿上人がこぞって参列した。

その祇園女御の法会が、この十月に、平正盛の取り仕切りのもと建てられた、六波《ろくは》羅《ら》蜜堂《みつどう》で行われたのである。一切経《いっさいきょう》の供養《くよう》であった。

法皇のご臨幸こそなかったが、公卿殿上人も顔を見せて盛大に修せられ、武者である平正盛の盛名は、このことによってひときわ高まった。

祇園女御の名声の恩恵である。その返礼に正盛は立ち寄るのであろう。

「そのほうがよろしいわ」

「え」

「小母さまがいてくださるほうが、気楽ですし……」

女御は呟《つぶや》いた。

「何や、大層《たいそう》なお話がありそうな気がしますの」

「備前守《びぜんのかみ》さまのお越しでございます」

女房の誰かが、奥に向かってそう知らせている。

——備前守さま、か……。

誰彼にそう呼ばれることのこそばゆさを、平正盛は久々に味わっていた。はじめて海を下った頃が思い出される。

――かつては、備前守季綱《すえつな》朝臣を護衛する供として、海道を下って参ったが。その頃の正盛には、受領の殿ばらの持つ力が、水面《みなも》に映る月の輝きのように、焦《こ》がれても届かないものに思えていた。

その自分が、かつての季綱朝臣と同じように備前守を任ぜられ、内海《うつみ》の要《かなめ》、備前を預かる身になっている。一介の検非違使《けびいし》から立身した武者としては、破格の出世であった。

――あれから、すでに二十五、六年。

歳月を指折り繰ってみる。

――筑前から帰京し、ほどなくすると、右馬寮《うまりょう》の権官《ごんかん》を承った……。

院の乳母子、顕季朝臣のお引き立てであった。

鳥羽水閣の一件で、顕季卿《きょう》のお目に留まったことが契機になり、運が開けていった。はじめは臨時雇いのような扱いであったが、左右の馬寮《めりょう》といえば、厩舎から近都牧《きんとのまき》はもちろん、各地に散在する御牧までも管理する役所。検非違使や衛府《えふ》のつかう馬から、朝家や国家の行事に用いられる馬までを調達し、供給を司《つかさど》る。実のある役であった。

鳥羽離宮に馬場殿が落成したのは、ちょうどその頃のこと。はじめての競馬《くらべうま》に際し、裏方として馬の調達に関わった。馬を見る目には、もとより自信があった。それぞれの牧を見回り、駿馬《しゅんめ》を選んで供した。御幸《ごこう》成った院はことのほか喜ばれ、鳥羽離宮での競馬は、いまに至るまで恒例になっている。

裏方の功で、権頭《ごんのかみ》に引き上げられた。しだいにまとめ役となり、じわじわと我が名が牧の周辺に浸透していくのが、面白いようであった。

馬を運ぶには、真砂を通して神人《じんにん》の力を頼んだ。なかでも都への道の拠点、山崎を取り仕切る石清水八幡宮《いわしみずはちまんぐう》の神人は好んで運送を引き受け、馬の世話にも慣れていった。

顕季卿と真砂との商いがうまく運ぶようになるにつれ、正盛の株はますます上がり、院と親密な顕季卿の後盾もあって、隠岐《おき》を任国に持つまでに至った。任国が離島とはいえ、とうとう受領の殿ばらの仲間入りを果たしたのである。せめて任国を持ちたいという望みが、現実になった。

公卿の君達《きんだち》からみれば、隠岐などは取るに足らない任地である。武者が国守になったといってやっかむ者も、隠岐ならばと、さほど目くじらを立てなかった。

けれども、真砂にいわせれば、隠岐さえもまた、大宋国《だいそうこく》より唐物の来たる絶好の道なのである。

大宋国の船は筑紫を目指し、太宰府を経由するのが正式な道であるが、この十数年というもの、越前《えちぜん》から若狭《わかさ》、伯耆《ほうき》に至る津浜に着く船が数年に一度はある。

つまりは、着岸しない船はもっと来ているらしいと、都で商う者たちは品の流れて来る筋からみた。その読みは外れておらず、隠岐からひそかに船を出せば、離れ小島に留まっている商船から唐物を買うことができた。

正盛は、それら任国からの利得と、真珠を陳四郎に売って得た砂金とで、少しずつ、血筋の者の多く住まう、伊勢と伊賀《いが》の所領《しょりょう》を買い取っていった。

――運が思い切り己に向いてきたのは、あのときからじゃ……。

自分のものとなった伊賀の所領が、立身の鍵《かぎ》となった。

折しも、買い集めた所領がまとまって形になり始めたとき、顕季卿は六条院の修理のさなかであった。白河院の愛子でおられた、郁芳門院の菩提《ぼだい》を弔《とむら》うための持仏堂を設け、維持するのには財物が要る。

〃御辺の所領を院に寄進してはどうか〃

顕季卿にそう勧められ、一も二もなく応じた。

所領を院に寄進するといっても、その地を統《す》べるのは自分である。そのうえ、民たちは院の御名の権威に護《まも》られる。一挙両得の運びであった。

さらに、この寄進が実現したことによって、正盛は、院に特別、目をかけて頂けるようになった。

亡《な》くなった我が子の思い出に繋《つな》がる六条院を美麗に調《ととの》え、飾るのがこの武者の所領であることを、院は微笑《ほほえ》ましく見てくださったのかもしれない。

院の覚えはめでたく、やがて若狭《わかさ》、因幡《いなば》と任じられる国の格が上がっていった。

――こ奴が生まれたのは、まだ己が隠岐守のときじゃった。

傍らに控えさせている長男を、正盛は見やる。

――さすれば、こ奴も十七かそこらになったのじゃな。

五尺六寸はあるだろうか。まだ伸びそうな勢いだが、背丈に対する胸幅はしっかりしてきた。

役は検非違使であるが、衛府《えふ》にも属し、早くも左衛門少尉《さえもんのしょうじょう》に任じられ、盗賊を捕えた功で従五位の下に叙されている。

武芸のほうも並々ならぬ手練《てだ》れであるが、受領の長子という立場にふさわしい、質の高い狩衣《かりぎぬ》をさらりと着ている。舞いや歌にも幼い頃から馴染《なじ》んだせいか、少しばかり洗練され過ぎたきらいが、正盛には気にかかる。

「まあ……忠盛《ただもり》朝臣。ご立派にならはって」

礼の善《あ》し悪しも構わずに御簾《みす》から顔を覗《のぞ》かせた真砂が、歓声をあげる。

「何じゃ。わごぜ、女御のもとにお邪魔しておったのか」

真砂が訪問していることに正盛はあきれたが、若武者の忠盛は即座に破顔して礼をする。

「母君、お久しゅうございます」

「ほんまに」

真砂の目には、しだいに光るものが溜《た》まってゆく。

「天下無双《てんかむそう》の武士が、お二人とは……ございませぬこと。せやけど、お前さまがたに限っては……、お二方とも天下無双やわ」

「母君にはまた、大げさな。天下無双の武士といえば父上、ただお一方にございます」

忠盛は慌《あわ》てて否定する。

〝天下無双の武士〟

正盛の武名が洛中に高まり、そう呼ばれるようになったのは、若狭、因幡と国守を歴任した後のことである。

かつて天下第一の武士といわれ、院のお側《そば》近くにも仕えた源義家《みなもとのよしいえ》は、七年前に死んだ。その子の義親《よしちか》は、武芸では父の義家に勝るとも劣らず、対馬守《つしまのかみ》にまで任じられていたが、名うてのならず者であった。

その義親が、任国で官物《かんもつ》を奪取し、民を何人も殺害したため謀叛人《むほんにん》とされた。義家が息子を諌《いさ》めるために家侍を対馬に送ったが、義親は家侍を取り込み、同行していった朝廷の使までを殺す始末であった。義家が死んだ翌年の末、手に負えない義親の追《つい》討使《とうし》を正盛が仰《おお》せつけられたのである。

正盛は、対馬から隠岐、出雲《いずも》へと逃げた義親を出雲で討ち、年が明けると、義親の首を都にひっ下げてきた。

〝天下無双の武士〟と呼ばれるようになったのは、それからのことである。

隠岐あたりの海津に詳しい平正盛には、源義親の行った対馬での官物奪取は、自分のしてきた財物の密の商いと、さほど変わりはないと思える。ただ、義親のとった方法は、いわば考えなしの海賊、強盗のそれであり、彼の目には幼稚としかうつらなかった。

義親の首が四条河原にさらされてからというもの、平《たいら》の氏《うじ》は源氏を越えて轟《とどろ》くようになっていった。

それればかりか、義親追討の軍功で、正盛はついに大国のひとつである但馬《たじま》の国守を任じられたのである。法外ともいえる大抜擢《だいばってき》であった。

念じていた天下一の盛名《せいめい》は、武士としての逞《たくま》しさよりも、むしろ、すべてをわきまえて事を運ぶ機転や周到さによって得られたものなのかもしれない。受領の殿ばらがそうしているように、正盛も院の御為に財物をふんだんに費やしていた。

正盛の盛名は、長子の忠盛にも及んでいる。

「忠盛朝臣、今年はよう出世しはりましたなあ……。興福寺《こうふくじ》の悪僧を退《しりぞ》けはるとは、お手柄やけど、無理しはったらあきまへんえ」

正盛に対しては、彼を奮い立て、次から次へと追い立てるようなことしかいわない真砂だが、忠盛にはことのほか甘い。

正盛とのあいだに真砂が儲《もう》けた子は、忠盛ただ一人に終わった。

真砂の出身は大蔵の史生《ししょう》の家。ゆえに、検非違使であった正盛の妻として何ほどの後ろめたさも持たぬ真砂だが、年齢のこともあり、子は一人しか産めなかった。

そのぶん、正盛にはもう一人の妻を持つことを勧めた。家門の維持のためである。

そちらにも何人か子ができたが、真砂にはやはり忠盛が愛《いと》しい。祇園女御にも我が子のように可愛《かわい》がられて育った忠盛には、院もつねづね、目をかけてくださっている。

この春にも、忠盛は殊勲《しゅくん》の功をあげていた。

が、軍《いくさ》の場に赴《おもむ》く忠盛の姿を思い浮かべると、真砂は怖気《おぞけ》をふるう。春先には、南都《なんと》北嶺《ほくれい》の大喧嘩《おおげんか》が繰り広げられ、その闘乱の鎮静《ちんせい》に、忠盛は再三、差し向けられたのである。

そもそもは、祇園の神人と清水寺別当《きよみずでらべっとう》とのあいだで起きたいざこざが、争いの大もとであっただけに、真砂にも見過ごせない動きではあった。

清水寺は興福寺の末寺であり、もとをたどれば興福寺になる。いっぽう祇園は比叡《ひえい》山《ざん》の末にあたる。枝葉の先ではじまった争いは、しだいに大もとである興福寺と比叡山とのぶつかり合いに発展していった。南都、すなわち奈良の興福寺と、平安京の北嶺にあたる比叡山とのもめごとなので、南都北嶺の大喧嘩と称するのである。

興福寺の僧や衆徒数千名が、比叡山を襲うべく、武器を携えて上洛する騒ぎにまでなったとき、朝廷はそれを禁じた。ところが、押さえが利《き》かず、正盛と忠盛とが親子揃《そろ》って遣わされた。

——思えば、あれが忠盛の初合戦《はつかっせん》のようなもの。

真砂は思い返す。なにがしか、苦い思いが混じる。

正盛が若かった頃に比べて、命の奪い合いともいえるたぐいの争いが、一段と増えた気がしている。

だからこそ、院も御自身の周りを武者で固めておられるのだし、受領の殿ばら方に詰める家侍の数も増えている。

なかでも、寺と寺との争いによる、かくの如《ごと》き騒ぎがあちこちで見られるようになっていた。

さすがに、摂籙《せつろく》の家やほかの受領の殿ばらとは違い、治安や供奉《ぐぶ》の任にある正盛と忠盛には戦いの心得と術があった。

宇治の栗前山《くりくま》まで出向いて、奈良の方面から上洛してくる興福寺の衆徒を迎え討ち、衆徒たちを奈良へと追い返した。

——忠盛殿は仰せつけられたことをみごとに全うしはったのや。せやけど……。

百人を超える衆徒、僧徒が死傷した。官の側にも死んだ者が二人、傷ついた者は数十人。

母という身になってみれば、忠盛がその一人でなかったことを、幸運と思うほかない。

――天下一の……。

その響きに引かれて、半ばがむしゃらに流れを上ってきた。しかし、その先に何があるのか、真砂には見えない先が恐しくも思える。

「忠盛、母との無駄口は後回しにせねば。女御へのご挨拶《あいさつ》が先じゃぞ」

正盛はたしなめた。

幼いときに真砂が水竜《すいろう》から預かった子であるとしても、いまとなっては千鳥は院の寵姫《ちょうき》、祇園女御《ぎおんにょうご》である。表向き、正盛は祇園女御にかしずく身であった。

「構いませぬ」

芳《かんば》しい香りとともに、真砂の後方から、女御の声が御簾《みす》越しに流れてくる。

「おお、正盛でございまする」

「忠盛朝臣もお見えどすえ」

真砂が誇らしげに告げる。

「女御さま。ご機嫌うるわしゅう」

千鳥には幼い頃からなついていた忠盛だが、かしこまって挨拶をする。

正盛も、まずは法会《ほうえ》のお礼など、形式通りの口上を述べた。

「せやかて、水くさいやないの。あてに知らせもせずに、お二人でこちらに伺うなど」

真砂は文句を付け加えることも、忘れていない。

「ぜひ、まずは女御さまのお耳に入れておきたいことがござっての。お前もご一緒とは都合がよいわ」

「いかなることでございましょう」

「ほかでもない……」

膝《ひざ》を進めかけ、正盛はあたりを見回し、まず随身《ずいじん》をはじめとした自分の供たちを退《さ》げさせる。真砂も気づき、気を利かせて女御の女房たちの人払いをした。

「忠盛、お前もどこぞへ参っておれ」

命じて、正盛は忠盛も退がらせた。御簾の端近《はぢか》まで近寄り、正盛は声をひそめて囁《ささや》く。

「陳四郎《ちんしろう》殿がたよりを寄越したのじゃ」

「また、何ですやろ」

真砂には珍しくないことと思えた。筑前の一件以来、宋国の商人、陳四郎との唐物の商いはぽつ、ぽつと続いている。

「唐物のことなどではない」

「え。ほな……」

「水竜の行方《ゆくえ》が知れたそうじゃ」

女たちは、互いの顔を見合わせた。

二

平忠盛は、半ば上の空である。

祇園女御や父母との、ややこしい話など、いまの彼にはどうでもよい。むしろ、この屋敷で、にわかにできたひとときが貴重であった。

随身も伴わずに、彼はふらりと庭に出た。

冷気のなかを漂ってくる薫香《くんこう》を、しきりに嗅《か》ぎ分けようとする。

――あの方は、おられぬのか。

胸が騒いだ。

懐《なつ》かしい香りに、鼻をくすぐられ、安心めいたものを忠盛は感じる。包まれてしまいたくなる。

女にこのような気持ちを抱くことは、かつて、なかった。

今年になって、幾たびか鎮静の任にあたり、命の危うさを目《ま》の当たりにしながらも無事に帰ったとき、はじめてその人の面影がちらついた。

面差《おもざ》しは、祇園女御によく似ておられる。けれども、目もとはさらにふくよかで、ことばつきは清涼である。

忠盛は二の君の姿を捜した。

幼い頃を、従姉《いとこ》のように過ごしていた二の君の印象が、忠盛には唐菓子のように甘く残っている。叱《しか》られたことも、諫《いさ》められたことさえも、いまはかけがえのない時の贈り物のように思える。

「忠盛さま」

ふいに、咎《とが》める声が御簾《みす》を通して降りてくる。

「は」

「なにを迷っておいでなのです。そちらにはおいでになれませぬ。璋子《たまこ》さまの御寝所《ごしんじょ》なのですよ」

「これは失礼を仕《つかまつ》りました」

詫《わ》びながらも、聞き慣れた、月のしずくのような声にときめいた。捜し求めていたのはあなたなのです、とはいえなかった。璋子さまは、法皇さまの宝物のような御方で
「存分にわきまえてくださらなければ。

ございますゆえに」

「存じおります」

祇園女御の養女であられる璋子さまは、御年十三、四になられると、忠盛は真砂から聞かされていた。

祇園女御のもとを訪れた院は、必ず璋子さまにお会いになり、あるときは自らの懐《ふところ》にお抱きになり、またあるときには添い寝をなさって育てておいでである。

璋子さまは、やがては位の高いどなたかと縁談が予想されるご身分。

そんな璋子さまと、忠盛が万が一にでも過ちを犯したなら、間違いなく院の逆鱗《げきりん》に触れる――、二の君はそういいたかったのであろう。

「わ君《ぎみ》にはお変わりなく」

忠盛は声をかける。

「忠盛さまも……、どうぞ、こちらに」

あっさりと、二の君は御簾を少し巻き上げた。

幼い頃より知悉《ちしつ》の仲であるといっても、格の高い女君には珍しいふるまいである。気取らない風があるのは、祇園女御とも似ている。

「もそっと、近うに」

誘われて御簾越しに身を寄せると、二の君も、身体が触れんばかりに頭を近づけてくる。忠盛は荒くなりがちな息を懸命に鎮《しず》めた。

「どうぞ、璋子さまに近づくのはお控えくださいませ」

そっと囁《ささや》くように重ねていわれ、忠盛は慌《あわ》てる。

「そのようなつもりは」

……なかったのじゃ、と小声で弁解する。

と、忠盛の狼狽《ろうばい》ぶりに、今度は二の君のほうがうろたえた。

「出過ぎたまねとは存じております。もし、忠盛さまが心から璋子さまをお望みなのでしたらば……無粋《ぶすい》の限りを申したことに」

「いや、めっそうもない」

二の君は、ほっと安堵《あんど》の息をついた。院や祇園女御にもまして、彼女は璋子さまの面倒を親身に見ている。

「なら、ようございました。……璋子さまには、思いをかけた御方がおありなのです」

いっそう声をひそめる。

「それならば、母君にも伺っております」忠盛は、真砂がかつて口にしたことを思い出す。「されど、さすがに、とても叶《かな》うことはなかろうかと」

璋子さまの望みの君とは、璋子さまとは従兄《いとこ》にあたられる御方——今上《きんじょう》の鳥羽帝《とばのみかど》であった。

璋子さまの御母儀が鳥羽帝の乳母でもあられただけに、幼心に従兄の姿を焼き付けられたのかも知れないが、いまの璋子さまのお立場は込み入っている。

白河院の溺愛《できあい》する養女でおありなのと同時に、身分のあいまいな寵姫《ちょうき》、祇園女御の養女でもある。

院が手ずからお育てになった御方を、帝の寵姫にと差し出されるわけにもいかない。といって、后妃としての入内《じゅだい》には異論も出かねない。

「お相手が上達部《かんだちめ》の君ならば、何のさしさわりもあるまいが」

「いっそ摂籙《せつろく》の家のどなたかを婿《むこ》にとのお考えもおありのようですけれども、ぜひ、思う御方と添わせてさし上げたいのです」

二の君はいうが、忠盛は答えずにいた。真砂からは、別のことをそれとなくいわれている。

璋子さまのあまりの愛らしさに、院自らが、しだいに親子の情を超えた思いを抱かれているらしい。祇園女御の手前もあり、養父というお立場からも、まだ思いをあからさまにはされていない。

が、この屋敷の女房たちは、ことの気配を敏感に察し、何ごともなく過ぎてほしいと、日ごとに大人びてゆく璋子さまを見守りながらも、恐々《きようきよう》としているときく。

「お守りしとう存じております。せめて、まっすぐな璋子さまのお気持ちを……」

院のお振る舞いを知ってか知らずか、二の君はどこか決然とした声を出す。

女君の声に籠《こ》もる、捨て身の母性のようなものが忠盛を陶然とさせる。

――昔……、幼い頃にも、こんな声を聞いた気がする。

しきりに、思いが募ってゆく。

二十五、六でいらっしゃるのに夫と呼べる方のない二の君の身の上を、人はいろいろと詮索《せんさく》するが、いまの忠盛の眼中に、余計なことは入っていない。

「ご心配召されるな。女御さまとて、さような事ともなれば、何かとはからってくださりましょう。それよりも、お目にかかれて嬉《うれ》しいのじゃ、己《おのれ》は……」

文も交わさずに懸想《けそう》のことを口にするなど、もってのほかであるはずだが、忠盛はそれすら忘れそうになる。

「おそれながら、忠盛さま」

背後から女房の声がかかって、にわかに現実に引き戻される。

「備前守が、すぐにとお呼びでございます」

「……生きておる」

祇園女御の声が震える。

傍に着いている真砂には、いつも夢うつつのなかを彷徨《ほうこう》しているような女御の瞳《ひとみ》に、にわかに生気が蘇《よみがえ》ったように見えた。

――不思議な子よの、千鳥は……。

瞳のなかを覗《のぞ》き込もうとして、ぞくっとする。この生き物の心が、何一つ読めないのに気づく。

思えば、真砂と出会ってからというもの、およそすべてのことを、自分の意志で運ぶわけでもなく、周囲のなすがままに千鳥は生きてきた。

見れば流されている小舟のようである。

そのくせ、ふと気づいてみると、周囲の者がみな、同じ大きな流れのなかにいる。振り返ってみれば、何かを動かしているのは、この女だったのではと思わされることがある。

——あてが、千鳥を振り回しとるように思うとったのやが。

真砂はときに戸惑う。

自分も、天下一の武者も、女御とともに流れに引き入れられた船に過ぎないのではないのか、と。

——まるで……、渦潮や。

胸のなかで呟《つぶや》いた。

ふと、奇妙な考えにとらわれる。どの世にも、こんな女は、おそらく繰り返し現れるのではないか。

どんなものでも呑《の》み込んでしまう大渦潮が海の瀬に唐突にでき、やがて消えたとしても、またどこかで現れるように。

が、いまの祇園女御は、その運命から瞬間、解き放たれた顔になっている。一人の女としての魂が、また蘇ったとでもいうようである。

「正盛さま。間違いおへんのどっしゃろな」真砂は念を押す。「水竜《すいろう》どのが無事でおられると申すのは」

「うむ」

「今頃になって、そないなこと……」

正盛が今日、しきりに来し方《こかた》ばかりを思い返すのは、陳四郎《ちんしろう》のたよりのせいであった。二十数年前のことといっても、筥崎津《はこざきのつ》での一件が、つい先刻のことのように蘇る。

水竜は、廃屋の火事のあと、都には戻らず博多津に残った。蔵書を残らず焼失した季綱朝臣《すえつなあそん》のもとに、新しい摺本《すりほん》を届けることを約し、そのまま陳四郎とともに大宋国に渡っていったのである。

正盛は水竜の紹介で、内海《うつみ》を乗り切れる腕のいい楫師《かじとり》を新しく雇い、傷心の季綱朝臣を備前まで送り、都に上ってきた。

博多で別れるときに、正盛は千鳥のその後を頼まれ、いくばくかの砂金を受け取った。そんな経緯からも、正盛と真砂は、千鳥の陰の後見をしてきたのであった。

――間遠《まどお》ではあったが、たよりは寄越した……。

水竜が大宋国への到着を報《しら》せてきたのは、以後、およそ二年が経《た》ってからのことである。陳四郎は、その後も何年かに一度は、船なり品物なりを太宰府周辺に寄せ、密の商いの筋にのせて来る。水竜からの文は、まがりなりにも正盛に届いた。

さらに二年が過ぎた頃、大宋国を発《た》ち、この国に向かうという旨《むね》の便りが水竜から届いた。

——あ奴め、いよいよ、やり遂げたか……。

遠回しのいい方ではあるが、筥崎津で失われた品が揃《そろ》ったこと、これから出帆《しゅっぱん》することなどが記されており、正盛は待ち遠しい思いで首を長くしていた。

が、大宋国を出たはずのその船は、消息知れずになった。

〝船が、海に呑まれたかもしれませぬ〟

陳四郎がそういって寄越したのは、出帆するとの水竜の報せから、およそ半年してのことである。

「かのとき……、船から、不吉な鳩《はと》のたよりがありましたのやろ。四郎どののもとに」

思い出したように、真砂がいう。

「うむ。大宋国では、手懐《てなず》けた鳩を船に乗せてゆき、何か急の報せがあれば、文を結びつけて放つのじゃ。鳩は、不思議にも飼われていたところに戻ると聞いた」

「水竜どのも、こちらに向けての船に、鳩を乗せてはったのどすなあ」

「そうじゃ。四郎どのの飼い慣らされた鳩が、水竜の船には何羽も乗っておった。その鳩が一羽、大宋国の四郎どののもとに戻りおっての。持ち帰った文には、船がにわかに暴風に見舞われた旨が記されていた……」

それきり、水竜の消息は途絶え、歳月だけが累々《るいるい》と重なり続けていった。

最も落胆されたのは、季綱朝臣である。学問の頼りを失われたまま、朝臣は急激に衰えられた。

筥崎津で視界を闇《やみ》に奪われたのは、やはり眼病の前触れであった。目の見え方が芳《かんば》しくなく、日々《ひび》一進一退のありさまであることにも苦しまれたと、正盛は聞いている。

それでも、ごく短いひとときではあるものの、いったんは何冊かの冊子《さっし》に目を通された季綱朝臣は、ご覧になった摺本の記憶を途切れ途切れに思い出しては、ご自分の学業に役立てようとされたらしい。

編纂《へんさん》のさなかであった文集《もんじゅう》のお仕事も、詩文を減らし、政務に必要なものを採り入れて、手直しのさなかにあるとおっしゃったのを聞いた記憶はあるけれども、思いのほか進まなかったようである。

学問に疎《うと》い正盛には、それ以上は確かなことがわからない。

季綱朝臣はその後、長門守《ながとのかみ》の宣旨をうけ、お引き受けになって任地へも向かわれた。長門といえば、玄海灘《なだ》に面した土地柄ゆえに、せめて海から沈没船の消息でも得たいと思われたのか、あるいは、あらためて財を積み、陳四郎から禁書を買うおつもりであったのか。

また、最晩年には、越後守《えちごのかみ》として越後にも赴かれたという。やはり宋船が漂着しがちな国に執着されていたのだろう。

いずれも、大宋国との密の商いには地の利のある国であった。

が、残念なことに、季綱朝臣は念願の禁書の摺本に再び相《あい》まみえずに亡《な》くなられ、すでに十年を超える年月が経つ。

すべてが、追憶のなかへ紛れようとしていた――、いままでは。

「あ奴、陳四郎どのの前に、ふと、現れたと申すのじゃ」

「どないなっとるにゃろ」

真砂は嘆声とも当惑ともつかぬ声を出す。いまとなって生還されても、千鳥の過ごしてきた日々の取り返しはつかないという思いがある。

あの楫師が生きているとわかっていれば、院のお側《そば》に千鳥を仕えさせることもなかったかもしれない。

無いものねだりの話であった。

けれども、祇園女御はお構いなしに、繰り返し声を弾ませる。

「生きておられたのですね……やはり、水竜さまは」

真砂は、水竜の失踪《しっそう》当時の千鳥が、頑《かたく》なに彼の死を信じようとしなかったことを思い出した。

「生きておるばかりではない」正盛は告げた。「あ奴、こちらに向かうつもりでおるそうじゃ」

三

波が、しきりに舳先《へさき》を打っている。

水竜は頭のどこかで、じっと風の音を聞いている。

曇天《どんてん》である。いまのところ温順《おとな》しく静まっている空も、にわかに怒り出さないとは限らない。

雲は低く垂れこめて、星々が示してくれているであろう方角は見えない。目を遥《はる》かに凝らしても島影ひとつなく、心細いばかりであった。夜分のことで、少しは頼りになるであろう海の色合いも定《さだ》かではない。

どのあたりだろうかと、目は懸命にあてになるものを捜すが、海原《うなばら》には何ひとつ見つからない。

ふと不安にとらわれる。

島づたい、浦づたいで船を操ることには絶対の自信を持つ水竜も、外海には閉口した。太陽と星は代わるがわるに現れ、道しるべになってくれたけれども、ひとたび闇夜ともなれば途方に暮れる。

大陸とのあいだに広がる海は難関であると昔から聞かされてきたが、自らが乗り出してみてはじめて、その波の荒さとあてどなさに、いい知れぬ恐怖を覚えた。

陳四郎とともに、はじめて宋船に乗せられて渡海したとき、綱首《こうしゅ》とよばれる船の長はおろか、乗り合わせている商人までも、揃《そろ》って荒くれに見えた。商いのためとはいえ、手がかりもなく海を渡るとは、命を投げ出すことに等しいように感じられたのである。

暗礁《あんしょう》のありかも知れないのだ。誰かが祈るのかといえば、陰陽師《おんみょうじ》さえ乗せていない。着くか着かぬかは、分《ぶ》の悪い賭《か》けのようにも思えたが、そのときの船は、西へ西へと向かい、さしたることもなく大宋国の明州に行き着いた。

どのように船を操るのかと尋ねれば、三、四月と八、九月には、宋に渡るのに向いている風が吹くという。逆に日本へと向かうには六、七月あたりが良い。暗礁は恐れないのかと問えば、ところどころで糸を垂らして深さをしらべるが、海底《うなぞこ》は遥か下で、暗礁は見あたらないという答えが返ってくる。風まかせの運航を重ねてきた宋船の操り手が、彼らの経験から話すことであった。

そうと知っても、雲や闇夜に閉じこめられた外海の怖さは拭《ぬぐ》いきれなかった。

「梶《かじ》を取るのが待ち遠しいですか」

片言で声をかけられて振り向くと、綱首の周新《しゅうしん》が立っていた。陳四郎の甥《おい》にあたる男で、若いながらも商船を持っている。

「ああ……」

水竜は生返事をした。

故国の見慣れた景観を目前にするまでは、〃渡し〃の異能も役に立たない。

それゆえ、この船の梶師《かじとり》をするわけにはいかないが、その必要もないのであった。

水竜が宋を離れていた歳月のあいだに、宋では海をゆく術がにわかに進んでいた。

不思議な針が板に取り付けられている。

「あの奇妙な針が、国に帰らせてくれるじゃろう」

なぜそうなるのか、皆目見当がつかない。天に操られているのか、まじないでもかけたのか。件《くだん》の針の先は、いつも南を指すというのであった。

「指南盤《しなんばん》のことでしょうか」

周新が件の品の名を口にする。

「何ゆえ南を示すのじゃろう。魔物のなせる技か」

「私にも確かなことは。かくなる性を持つ鉄が山で見つかるのです」

「ふとしたことで西を指したりはせぬのじゃろうな」

狐につままれたような思いで、水竜は何度も手に取ってみた。

どう廻そうとも、針が同じ方角に振れて止まる。天を仰いで星を確かめれば、なるほど南である。その現実を目にしても、水竜はいまだに半信半疑であるが、宋国の船乗りは、すっかりこの針を頼りに船を進めている。

――たいそうな物じゃ。

大宋国では、少し見ないあいだに方角を示す品までが生まれている。

いまでは、星が見えなくても不安感を持つ必要はない。何一つない海原でも迷わなくてよいのである。彼我《ひが》の差に、あらためて水竜は唸《うな》る。

――せめて宋船を、国に持ち帰りとうてならなかったが。

いま乗り合わせているのは、周新の商船であった。

――仕方があるまい。己は自分の船を失《うしの》うたのじゃ。

唐物も奪われた。水竜には、もう一度宋で船を造らせるほどの金は残っていない。

――あの晩は、もっと雲の流れが速かった……。

水竜は思い返す。

二十年あまり経《た》ったいまでも、耳には風のうなりが残っている。生きて再び国に戻ろうとしていることが、不思議でならない。

陳四郎を通じて買った宋船に、託された荷や自身で集めた唐物を積み、故国へ戻ろうと帰途を急いでいるさなかのことである。

天空を、風がどよめいていった。

大風《おおかぜ》の季節でもないのに、大粒の雨の礫《つぶて》が激しく舷《ふなばた》を打ち始め、やがて果てしない吹き降りになる。

空を稲光《いなびかり》が二つに裂いた。途端、海がどうっと割れるように鳴り響き、波が盛り上がり、風が逆巻《さかま》く。

慌《あわ》てて、両の船腹《せんぷく》に大竹の束をくくりつけ、浮かぶ力を強めようとするが、霹靂《へきれき》はこだまのように鳴り続け、波はたちまちうねり、高く低く堰《せ》かれた。

船は天高く攫《さら》われ、また横倒しになって奈落へと落とされる。

左に船の重心が傾けば、ずぶ濡《ぬ》れになった者たちのすべてが、落ちるまいと互いにもつれ合いながら右の舷に移り、また右に傾けば左に移る。ぱっくりと割けた黒い海底に呑《の》み込まれそうになる。

誰彼の金切り声が響く。空に放り出されそうになる。

閃光《せんこう》が走るたびに、人々の必死の形相《ぎょうそう》が瞬間、白光《びゃっこう》に照らし出された。怒りの声をあげながらうねる海原が、瞼《まぶた》に貼《は》りついては消える……。

それからのことを、よく覚えていない。


「空模様はいかが」

周新が空を仰ぐ。少し心配そうなのは、水竜の遭難の話を聞いているからだろう。

周が日本へ向かうのは初めてである。

「保《も》ちそうじゃ」

「嵐《あらし》が怖しい」

「己は……」

——もっと怖いのは賊じゃ。

そういおうとしたが、水竜は縁起でもないと口を噤《つぐ》んだ。

だが、周新はあっけらかんという。

「船を出して商いを致すからには、覚悟致しております。大浪《おおなみ》も、海賊も」

周新の初々《ういうい》しさと若さが、水竜には眩《まぶ》しかった。水竜は求めようとも救いのない海を見てしまっている。

どこをどう流されたのか、気づいたときには、船は灼熱《しゃくねつ》の海にいた。

風ははったりと止《や》んでいた。照りつける強い日ざしに、瞬《また》く間に舷も身体も塩の粉を吹いた。

網代帆《あじろほ》は、風に引きちぎられてすでになかった。櫂《かい》の多くも流されている。

南方に来ているということのほか、いどころのしるべはなかった。

話に伝え聞く流求《りゅうきゅう》か。もしくは安南《あんなん》のあたりか。

海に関わる者のあいだに伝わっている南方の国の名を考えてみたが、確証はない。

かつて唐の時代に、遣唐使の阿倍仲麻呂《あべのなかまろ》さまが、帰国を望んで船を出されたとき逆風に遭い、たどり着いたのが流求である。次の船出で安南に流され、そのままとうとう故国には帰ることがなかった。陸路を唐まで戻られたと聞いていた。

たとえ、どのあたりなのか知れたとしても、帆と櫂とを失っていては、僅《わず》かな人手を頼るのみであった。

ありがたいはずのお日様は、たちまち憎まれ者に変わっていき、十日あまり流されるうちに、飲み水は底をついた。渇きに耐える時間がじりじりと増えてゆく。

誰もが苛立《いらだ》っていた。

積荷のなかの摺本は、そのとき、八つ当たりの材料になった。

〝災いを招いたのは、かようなものを積んできたからだ〟

水主《すいしゅ》の一人が、食物を見つけようと手当たりしだいに荷をほどき、禁書を目にして難癖《なんくせ》をつけ、海に投じはじめた。

勢いに誰彼が巻き込まれ、書物を投げ捨てるのを、水竜はただ眺めているほかなかった。波がほとんどの書物を巻き込んでしまったあと、別の誰かが紙は焚《た》き付けに使えるといいだし、残りの摺本は篝《かがり》のなかに投じられて灰と化した。

それでも、まだ全員が生きていた——ようやく陸地が見えてくるまでは。

無人島ではないことは、遠目からでもわかった。人家もあれば、白砂の浜に見慣れぬ形の船々も見える。皆、歓声を上げた。我先にと、櫂のかわりになりそうな板きれや唐櫃《からびつ》の蓋《ふた》、貝殻までも手に取って力いっぱい漕《こ》いだが、潮に流されて寄せきれない。がっくりと肩を落としかけたとき、この島のものらしい異形の大船が見る間に近づいてきた。

皆が声を上げ、笑顔になって手を振った……。

そこまで記憶をたどると、水竜は思考を止めた。微に入り細に入り思い出すには酷《むご》すぎる。

乗り組んだ者のすべてが殺され、積んでいた夥《おびただ》しい唐物のことごとくが奪われた。ことばが違うせいか、彼だけが生け捕りにされ、幽閉されていた十数年間を。

生死《しょうじ》の大海《だいかい》……邊《ほとり》なし……佛性真如《ぶつしょうしんにょ》……岸遠し

千鳥が常々口ずさんでいた歌を、何度思い出したことか。

妙法蓮花は……船筏《ふねいかだ》……来世の衆生《しゅじょう》……渡すべし……

「三仏斉国《シュリービジャヤ》からでしたね、戻られたのは」

周新の問いに、水竜は黙って頷《うなず》く。

「南方の島々にも参ってみとうございます。珍しい品々が手に入るのでしょうね」

「……向かうのなら、水が限りなく要るぞ。水主には武者を募って参れ。太刀や弓矢を携えて」

「賊が出るのですね」

「国が生まれたり消えたりしておるのじゃ。賊の国もある」

「梁山泊《りょうざんぱく》のようなものでしょうか」

宋国のなかにも、湖のほとりを根城にした川海賊の集団ができている。渤海《ぼっかい》の湾から都の開封《かいほう》に通じる五丈河《ごじょうが》には、淀川や賀茂川を遥《はる》かに超える船々が行き交う。川の道は梁山泊という山麓《さんろく》の湖を抜けてゆくという。

与等津《よどつ》の巨椋池《おぐらのいけ》を水竜は思い浮かべるが、それよりも果てしなく広い湖の周辺に、無頼《ぶらい》の徒が巣食っている。運京の品々が狙《ねら》われるのであろう。

梁山泊の賊のなかには、諸芸に秀《ひい》でた者たちや策士、また美しい女も混じっていたために、それぞれが集い、渡りをつけあって働く盗みやゆすり、殺しやかどわかしの術が面白く伝わり、海賊の面々にまつわる話は英雄譚《たん》のように語り継がれているらしい。

「梁山泊は知らぬ。されど、空手《からて》で賊に出会えば、殺されて捨てられるか、捕らわれるかじゃ」

運よく解き放たれるまで、水竜は海賊に遭遇したのだと思っていた。海賊と思い込んでいた者たちが、その国の兵であったと知ったのは、その国を離れてからのことである。

島には幾つかの国があった。水竜の船がたまたま漂着した小国の帝は、自分たちの湊《みなと》を素通りしようとする宋の商船を兵たちに襲わせ、物品を略奪させていた。周辺の三仏斉国と呼ばれる国などが宋との商いを始め、王族たちが贅沢《ぜいたく》の限りを尽くしているのが羨《うらや》ましかったらしい。

理不尽なことであったが、それで通っていた。宋の商人たちのあいだでは知られた話であったという。

聞いた話では、三仏斉国か、離れた島の渤泥《ボルネオ》国にたどり着いていれば、宋商船の往来が頻繁にあり、打つ手はあったであろうというが、後の祭りである。

幸いなことに、この賊の国が衰えはじめたために、水竜を見張る者たちは散り散りに去っていった。

宋で造った船はすでに奪われていたが、三仏斉国までたどり着き、彼は島を訪れた宋船に乗り合わせることができたのである。

――ようやっと、ここまで戻って来た……。

風の気配は感じられない。そのぶん、漕ぎ手たちが精を出し、櫓《ろ》のきしる音が波間に響いてゆく。

出航してからの日数から推《お》して、日本国《にっぽんごく》は近いはずである。このまま行けば、どこか島のひとつに着くだろうと、楫《かじ》を預かる宋の船頭がいう。空が見えぬゆえの不安感を、水竜は振り払った。久方ぶりに再会した陳四郎の心づくしが、ひと筋の希望のように浮かぶ。

「国に戻られたのちに、船を造られてはいかがですか」

陳四郎も、もう若くはない。

何人かもった子たちに財を分け与え、異国への商旅からは退いている。皆裕福に生まれ育った子たちは、危険を伴う海を超えた商いを仕切りたがらない。さらなる船をいま水竜に与える余力はなかった。

「甥《おい》の船でお戻りください」

日本との商いで財を成したいと夢中でいう甥に、四郎は自分の若いころの面影をみている。日本へと船を出し、無事に戻れば儲《もう》かることは分かっている。

四郎は、甥の周新に、日本国で唐物《からもの》を売って来いとことづけた。

水竜にも相応の唐物を土産に持たせ、続いて、腕に覚えのある宋の船大工二人を雇って船に乗せた。

手厚いといっていい計らいに及んだわけはといえば、ひとつには、四郎がかつて海で命を救われ、都までの道で受けた世話を再び思い返したためである。

が、そればかりではない。加えて、甥の商いをうまく取り持ってやりたいという思いもあった。

「甥を都の真砂《まさご》さまに引き合わせていただきたいのです」

四郎には、自分の築いてきたかの国との商いの道を、甥に引き継ぐつもりがあった。

都に上客の人々とのつてを持つ真砂との繋《つな》がりを保ち、強めたい。

「甥の船は沖の小島に留まり、幾月かは商いの成りゆきを待つでしょう。その間に水竜どのは唐物を元手に材木を買い入れ、島で船大工たちに船を造らせては」

商いに慣れた者ならではの妙案である。

四郎はさらに、甥に託した荷物のなかに、またも禁書を含む摺本《すりほん》の類を加えようといった。

季綱朝臣がすでに亡《な》くなられたとは伝え聞いていたが、彼のなかにあるもうひとつの故郷を思う気持ちがそうさせた。

「季綱朝臣は学者の家系でいらっしゃる。季綱朝臣のご子息のどなたかであらば、摺本を買おうとおっしゃるかもしれません。蔵書と財とを受け継がれた方が購《あがな》おうとおっしゃったなら、甥が商いを致します。季綱朝臣は、再び摺本を購うおつもりであると仰《おお》せでしたゆえ」

「どなたも不要じゃと仰せられたならば、いかに致す」

「さようであったならば……甥にお任せくだされ」

――己は、内海《うつみ》に宋船を何艘《そう》も走らせてみたい。山のように品を積み込める宋の船を……。

外海の荒く立つ波を見るにつけても、布張りのような、とろりとした水光《みずびか》りの海がしきりに思い出される。通い慣れた内海だけが浮かべるやすらかな微笑《ほほえ》みが、不思議にも、自分の気力を奮《ふる》い立ててくれる気がする。

「おう」

水竜の瞳《ひとみ》が、何かを捉《とら》えて大きく開いた。

何を見ているのかと、周新は視線を水竜のそれに合わせてみるが、何の兆《きざ》しも見えはしない。水平線には、濃淡の横雲がわだかまっているだけである。

けれども、水竜の心はもう彼の習熟した目が摑《つか》まえた確かな形にとらわれ、目を離すことができないのであった。

四

馬上《ばじょう》の者たちの影が、行きつ戻りつしつつ、七条通を東にゆく。二、三町ばかり、大路小路《おおじこうじ》の辻々で足をとめ、誰彼にものを尋ねながらゆくところを見れば、検非違使《けびいし》の一行のようである。

「確かこのあたりじゃ」

平朝臣忠盛は、目当ての屋敷らしい築地塀《ついじ》の門前に乗りつけた。

従っている随身《ずいじん》や侍、供なども揃《そろ》って駒《こま》を止める。

「どなたのお屋敷か、確かめて参れ」

忠盛の命に、皆さっと散ってゆく。忠盛は塀の内にあるみごとな古松を見上げた。

正盛の言付《いいつ》けにあった通りの構えである。

——おそらく、このお屋敷じゃろう。

〝亡くなった季綱朝臣の屋敷を訪ねよ。季綱朝臣のお身内にお目にかかりたいのじゃ〟

そう父に命じられ、忠盛は宮仕えの合間を縫うようにして使いに来た。

「やはり、季綱朝臣の所領に間違いはございませぬ」供の一人が戻ってきて告げる。

「昔は仕えの者どもも多く侍《はべ》っておったようでございますけれども、いまはどなたもおられぬご様子でございます」

「ふむ……」

見れば、表門は堅く閉ざされ、塀は茫々《ぼうぼう》たる蔦葛《つたかずら》に覆《おお》われている。檜皮葺《ひわだぶき》になった門の屋根にも蒲公英《たんぽぽ》が雑然と生え、塀の軒下には、ひからびかけた犬猫の糞《ふん》や雀の死《し》骸《がい》がそのまま放置されている。気を利《き》かせて始末する者も残っていないのだろう。

「どこぞへ移られたのかもしれぬ。お血筋の方々はいずこじゃろうか」

近隣を聞き回っていた侍や随身たちが、少しずつ仔細《しさい》を持ってくる。

「季綱朝臣のご子息は、幾人かおありのようでございます」

「こちらのお屋敷は、人の気配がなくなり、もはや数年になるのだとか」

「移られた先は、存じあげておる者がございませぬ」

片端から告げられるなかに、血筋の方々が引き移られた先の手がかりはなく、忠盛はとりあえず引き返そうとした。

と、侍づきの小舎人《こどねり》の一人が、もじもじしながら何かいいにくそうにしているのが目にとまった。

「何じゃ。申してみよ」

「畏《おそ》れながら……」小舎人は躊躇《ちゅうちょ》した。皆の視線が自分に集まっている。が、主に促されて精一杯勇気を出し、声を張りあげる。「隣の屋敷の下働きの女が申しますには、このお屋敷にはもののけが出るのじゃ、と」

「何、もののけじゃと」

一同は失笑した。言わずにも良かったことを口にして、小舎人はきまりが悪くなったのだろう、慌《あわ》てて引き下がろうとした。

「いや、構わずに続けてみよ。いかなるもののけなのじゃ」忠盛は重ねて尋ねる。

「鬼火《おにび》の類で」

小舎人はようやっと、いう。

「夜半《やはん》のことか」

忠盛が答えを誘う。

「女は何度か出くわしたそうでございます。丑三《うしみ》つ時にも夜明けにも」

「夜まわりをする女なのかい」

誰かが茶化した。

「その……厠《かわや》が近いそうなのじゃ」

顔を赤くしていう小舎人の困惑ぶりに、またどっと一同がわいた。

「黙っておれ」忠盛も苦笑しつつ、供たちを制す。「鬼火はどのあたりに出るのじゃ」

「季綱朝臣のお屋敷のお庭と申しております」

「お庭のなかが見えるのか」

「女が仕えております屋敷と、季綱朝臣のお屋敷を仕切る塀には、いささかの破れがあるそうでございます。無人のはずのお屋敷で、葉擦《はず》れの音が致しましたので、そっと覗《のぞ》いて見ますと、ぽつねんと鬼火が浮いておったとか」

「確かに鬼火か。盗人がうろついておったのではなかろうか」

「女が申しますには、鬼火は地面のほど近くを流れて消えたとか。また、季綱朝臣のお屋敷の門は、長年、鍵《かぎ》で閉じられたままでございますし」

「盗人の使う明かりとしては、確かに低すぎるのう……しかし、そうでないとも限らぬぞ」

「女は気味悪がっておりました。文庫《ふみぐら》が開くような音も聞こえて参ったと」

「ほう」忠盛は聞き咎《とが》めた。「文庫とはまた、面妖《めんよう》な」

「女の話を伝え聞いた者たちは、こぞって震え上がったそうで。これは亡くなった季綱朝臣が、あたりをさ迷っていらっしゃるのだと申しておりました」

「季綱朝臣は、確かに書物には目のない御方であられたと聞くが」

忠盛の呟《つぶや》きに、供たちのなかにも蒼《あお》ざめる者が出てくる。

構わずに、忠盛は話を続けさせた。

「鬼火が現れたのはいつのことじゃ」

「頻繁に現れましたのは、一昨年のことじゃと申します」

「近くは」

「近々はござらぬとか」

忠盛は随身に命じて件《くだん》の女を召《め》し、小舎人にした問いを繰り返したが、話に大筋《おおすじ》、変わりはなかった。

季綱朝臣のお血筋の方々が移られた先も分からない。

忠盛は話の向きを変え、女に尋ねる。

「季綱朝臣のお屋敷であれば、さぞかし、名の知れた方々がお見えになったのであろうな」

下々の女たちは、上流の君たちのなさることに敏《さと》い。

けれども、女は何も知らなかった。無理もない。季綱朝臣が亡くなったのは十年より前のことである。

となれば、次の手がかりをたぐっていくほかない。

——父君のおっしゃるには、亡くなられた季綱朝臣は藤原氏であるが、高階《たかしな》一門のご親戚《しんせき》であられたとのこと。懇意になさっていたどなたかをお訪ねすれば、季綱朝臣のご子息の消息が知れるじゃろう。

鬼火のことはともかく捨て置き、忠盛は踵《きびす》を返そうとした。

が、ふと検非違使の職務を思い出して侍の一人を指し、女にいい置く。

「女、また鬼火が出たならこの者に知らせよ。盗賊やも知れぬゆえに」

道々、考える。

――高階一門のどなたに伺えばよかろうか。

受領《ずりよう》の名門といわれた高階一門だけに、ご親戚の数は多い。

――泰仲《やすなか》朝臣なら。

泰仲朝臣は、一門のなかではご高齢である。季綱朝臣が生きていらしたとすれば、同じ年配であろう。

が、忠盛からすれば格上の君で、急にお訪ねするのは気が引ける。

まず、ひとあし先に使いの者を出したところ、今日は御物忌《ものいみ》だということで面会を断られた。

ところが翌日になって、ことの次第が分かってきた。泰仲朝臣にお目通りが叶《かな》ったのである。

「おお、久々に聞く名じゃのう」

季綱朝臣の名を出すと、泰仲朝臣は相好《そうごう》を崩す。

「優秀な漢学者であった。蓄財の術にも長《た》けた男で」

「高階のご一門でいらしたと伺っております」

「遠縁の筋であるが。我が従姉妹《いとこ》が、季綱朝臣の母である」

「さようでございましたか。さりながら、七条のお住まいをお訪ねしたところ、長らくお使いでないようでしたが」

「うむ。季綱朝臣は七条の本邸のほかにも、都のあちこちに所領を得ておっての。三条北にも立派な屋敷を持ち、洛外《らくがい》にも別業《べつごう》が二、三あるようであった。もっとも、季綱朝臣は国守のお役に熱心で、晩年は引き続き都を離れておられたため、七条邸は留守にされていたのであろう」

「ご子息たちはどちらにお住まいでいらっしゃいましょう」

ようやく血筋の方々の消息がつかめそうだと、忠盛は意気込む。

「男子はいずれも秀才揃いであったが……」泰仲朝臣のお顔が曇る。「不運なことじゃ……気の毒にのう」

忠盛は意外なことを告げられた。

「まだ季綱朝臣がご存命のうちに長男が亡《な》くなった。続いて一昨年のことであった。三男、実兼《さねかね》と申すのが……早世しおった」

「何と」

「やはり学者の血筋でのう。父の後を継ぎ、文章生《もんじょうせい》となった。才知に長け、ひとたび見聞きしたことは、すべて頭に入れて忘れぬという評判であった。蔵人《くろうど》に任じられ、出世の途につきかけておったのだが、その宿直《とのい》の晩、にわかにことされた」

告げられて、忠盛は思い出した。宿直所で頓死《とんし》した蔵人の件を、別の検非違使が扱ったことがあった。不審な点はないということで落着している。同時に総毛立った。

――一昨年と申せば、七条のお屋敷に鬼火が出たと申す年……。

昨日聞き合わせた、女の話と符合する。

――鬼火が死霊《しりょう》のしわざとすれば、季綱朝臣の霊ではなく、志半ばでことされた実兼どのの。

ぶるっと、上半身を震わせる。

しかし、気を取り直して先を尋ねる。もののけに怖《お》じては武者の名に恥じよう。

「さぞ無念でございましたでしょう。では、ご兄弟のうち、次男の方は」

「うむ」泰仲朝臣はふと目を細め、逆に問い返してきた。「そもそも、御辺はなにゆえ季綱朝臣のお身内をたずねて回る」

問われても、躊躇《ちゅうちょ》することはなかった。父の正盛からは、季綱朝臣に拝借した書籍があり、お身内に返却したいがためと聞かされている。

「さようなことなれば」泰仲朝臣は頷《うなず》かれる。「次男の尹通《これみち》、あるいは亡くなった実兼の忘れ形見に渡されるとよかろう」

「実兼どのはお子を残されたのですか」

「季綱朝臣には孫にあたるが、稀代《きたい》の秀才じゃと申す」

「いまは、どちらに」

「不憫《ふびん》に思った者が引き取っての。実兼の子は藤原の籍を離れ、姓を高階に改めておる。いまでは八つか九つか、そんなところじゃろう」

「御名を伺いとう存じます」

「失念したが、まだ幼名じゃ」

「高階さまの一門に入られたのでございましょうか」

「高階経敏《つねとし》と申す養い親のもとじゃ。いまは武蔵守《むさしのかみ》である」

「では尹通どのか高階さまのご猶子《ゆうし》にお渡しするのが筋でございましょうな」

「あえて申すとすれば幼い子のほうじゃな。尹通も、格別に目をかけていると聞く。尹通は子だくさんゆえ、実兼の子の面倒までは見きれなかった。が、儒者の血を受け継ぐ者はあの子じゃろうと」

「――子どもか」

報告を伝え聞いた正盛は、考える顔になる。

「幾つになると申した」

「八つか九つと伺いました」

忠盛は、泰仲朝臣から聞き取ってきた通りを告げる。

「それはいかにも……」

幼すぎる、と口に出しかけて、正盛は続きを呑《の》み込む。

――季綱朝臣のお血筋で、秀才の聞こえが高いといっても、所詮《しょせん》は子ども。身の振り方さえおぼつかぬじゃろう。宝のような書物の扱いは、子どもには荷が重すぎる。第一、代価を宋人に払う資力があるまい。やはり次男の藤原尹通どのに、ことの次第を申し上げるのが筋じゃろうか。……とはいえ、尹通どのは子だくさんとのこと。甥《おい》御《ご》の一人さえ養子に迎えられぬ体《てい》の暮らしぶりからすれば、摺本《すりほん》を購《あがな》う余裕があるとは思えぬ……。

「いかが致しましょう。季綱朝臣の孫君に書物をお届け致しましょうか。泰仲朝臣から、養い親にあたる高階経敏どのにあて、紹介の文をいただいてございますゆえに」

膨大な数の摺本を宋商が運んで来るとは知らず、忠盛は屈託がない。父母《ぶも》が富を築いてきた術に関心を抱いたことがないのである。父が受領の殿ばらであれば、しぜん、暮らしぶりにはゆとりがある。上つ方々から、成り上がり者といわれていることは承知しているものの、暮らしは贅沢《ぜいたく》であった。

「まあ、待て」正盛は告げる。「その件は、しばし考える。それはさておき、近日中に山崎に参ろう」

「山崎に、でございますか」

「川下に母君の別荘があろう。院に調進致すための荷が任国から届くゆえ、見改める。お前もともに参れ」

「は」

父に命じられて、忠盛はかしこまる。

「お前も存じておろう。今年は院のお申し付けで阿弥陀堂《あみだどう》をお造りせねばならぬ」

——こ奴にも、そろそろ海の道を覚えさせなければなるまい。

かの鳥羽離宮とならび、白河法皇が目下、熱心に造られているのは、祇園《ぎおん》にもほど近い法勝寺《ほっしょうじ》あたりである。〝法勝寺を国王の氏寺《うじでら》に〟との思《おぼ》し召《め》しから始められたことだけに、その御規模はいうまでもなく、洛外閑寂《かんじゃく》の地であった東山連峰の麓《ふもと》が際限なく荘厳《しょうごん》されつつあった。御堂《みどう》、伽藍《がらん》が軒を重ね、それぞれに諸尊が安置されてゆくさまは、まさしく浄土《じょうど》への入口を思わせる。

誰が呼びはじめたか、京白河《きょうしらかわ》といわれる栄耀《えいよう》の地に、このたび新たに設けられる阿弥陀堂の造営を、正盛が仰《おお》せつかった。むろん名誉ではあるが、財がなければできないことでもあった。

「お主にも、会わせておきとう思う者たちが参るゆえに……」

五

――不思議なことじゃ。海内《かいだい》より、光が溢《あふ》れこぼれて参る……。

内海《うつみ》は、綴《つづ》れ織りのように緻《ち》密《みつ》で、雅《みや》びな道であった。延《の》べ銀を海内に浅く敷き連ねたかのように、光がたゆたう。

外の海のように、始終牙《しじゅうきば》を剝《む》いたりはしない。波飛沫《なみしぶき》のあげる轟《とどろ》きもない。通い慣れた島影や浦津のかたちを確かめながら、水竜は安堵《あんど》を覚える。

――これが海じゃ。これが、己の。

この海を去って以来、自分をずっと悩ましていた胸の騒がしさが、いつのまにか、かき消えている。

「都までは、いよいよですか」

周新は待ち遠しくてならないようである。

「さよう。天候が良ければ、難波津《なにわのつ》まではあと八、九日。そこから先は川を上り、都まで二日ほど」

「これから八日も、かような海が」続くのですか、と周は嘆声を洩《も》らした。「私には覚えられそうにない」

無理もない。門司からこちら、無数の島のあいだを、すでに十日やそこらは抜けてきている。

「静けさは、あたかも湖のようじゃ。とは申せ、何日も続く迷路じゃ。島はいずれもよう似て、どの瀬をどう抜ければよいのか」

「静かに見えるが、湖とは違う。水のなかは起伏だらけじゃ」

水竜は長竿《ながさお》を周に渡し、水中の暗礁《あんしょう》をさぐらせる。

すぐにかつんと手応《てごた》えがあったらしく、周は身震いする。

「岩場ばかりで、船底をたちまち破られそうじゃ」

「かわりに、鯛《たい》がごっそり、おるわ。鯛は岩場に居着くからの」

「始末の悪い女のようですね」周は明るく笑う。「おっとりと、どこまでも美しいが、その実、こちらを引き裂く牙を隠している。じわりと恐しい」

「うまいことを申す」

――その、女の横たわったが如《ごと》き姿の内海に、都は護《まも》られている。

太宰府《だざいふ》は、他《ひと》の国から都を護るひとつの砦《とりで》であったが、同時に内海は、神仏が造られた都の大外濠《おおそとぼり》である。

〝渡し〟の力を借りずにこの海を攻め上《のぼ》れる異国の者などないであろう。それを承知しているからこそ、国の守りはおもに九国《くこく》に置かれるのである。

水竜自身が、まさしく、強く優しい女の胎内に戻り来たような至福の感覚を持っており、うかうかすると、異国で過ごした日数《ひかず》さえ忘れそうになる。

が、周新の声が、彼を現実に引き戻す。

「それにしても、日本国の船は……怖しい」

周はしきりにいう。

それは、水竜自身も体感しているところであった。

「海面《うみづら》が近《ちこ》うにありすぎ、舳先《へさき》から水が入って参る気がしてなりませぬ」

周は繰り返す。

水竜の見たところ、内海をゆく和船の姿は、かつてと何ら変わっていない。

宋船に比べて、船べりが低い。また、笹《ささ》のように幅が狭く、荷を多く積み込めない。──何より、こちらの船は風の受け方がまずい。

水竜は思い起こす。

とくに外の海で感じたことであるが、宋船の尖《とが》った船底は、波をよく切り分けて進む。帆柱《ほばしら》の数も操り方も、立つ位置も違う。宋の船は風が横なぐりに吹いても、逆に吹いても順当に進む。漕《こ》ぎ手はずっと楽であった。

──宋船を内海に走らせたなら、都までの日数がかからずに済むじゃろう。唐物も山ほど積み込める。

宋船を操るおのが姿が目に見えて、彼は胸を躍らせる。

「次はどこへ着けるのです」

「うむ。備前の児島泊じゃ」

二人が乗ってきた周新の宋船は、乗り組んできた宋国人たちとともに、僻遠《へきえん》の島に泊めおいている。

そこから先は、周新を連れ、唐物の荷を乗せて和船で筑前の筥崎津《はこざきのつ》へ、さらに玄海灘《なだ》から内海へと、水竜が楫《かじ》をとって上洛《じょうらく》の途についた。

折しも、九国を仕切る太宰大弐《だざいのだいに》は、平正盛や真砂と昵懇《じっこん》の、藤原顕季卿《きょう》。その後援もあり、昔に比べても遥《はる》かに易々《やすやす》と、上洛のための船やら糧やらの調達が成った。あとは通い慣れた道である。

またも宋国人を連れての上京であるが、このたびは周新の身なりを受領《ずりよう》の子息なみに整え、普段は屋形のなかに身をひそめさせている。

備前に着けば、さらに護衛も増える手筈《てはず》と聞いている。

──正盛どのが、いまは備前守《びぜんのかみ》じゃと申すもの。

隔世の感である。

正盛の指揮下にある泊に入り、顕季朝臣《あそん》さまからの申し送り状を示すと、郎等《ろうどう》たちが水竜の到来を待ちかまえており、下にも置かぬもてなしを受けた。

備前から先は新たな船が手配されており、荷の積み替えも、瞬《また》く間に終わる。手慣れたものであった。備前守の運京船に連なる船として、この先は堂々と行ける。

児島を出るというその日。

都まで付き従ってゆくという、兵具を携えた護衛たちの数にも水竜は驚いた。正盛の威光は、くまなく轟いているようである。同行する船で運ばれてゆくものの物量にも目を見張る。

──さすがは、受領の殿ばらじゃ。

海の長者たちや神人《じんにん》たちとの折り合いも、うまくついているらしいと、水竜は様子を眺める。

ふと、気になる光景が目に入ってきた。

ともに出帆する船の一艘《そう》を見れば、腕をきつく縛られ、数珠《じゅず》つなぎになった人間たちが、追い立てられるように乗りゆくところであった。

「罪人どもか」

傍らにいた正盛の郎等に尋ねる。

「さよう。京へ連れ参る者どもじゃ」

都で裁かれるのだとすれば、よほどの大罪を犯した者たちであろう。

「謀叛《むほん》の者の一族か」

水竜が重ねてそう聞いたのは、率いられてゆく九人のなかに、子どもが三人混じっていたからである。また、強盗などにしては、屈強な者の姿がない。一見したところ、おとなしそうな者ばかりであった。

——朝廷に反旗を翻《ひるがえ》した者の家族たちなら、辻褄《つじつま》も合うが。

「海賊でござる」

「何、あの者どもがか」

郎等が簡単に答えたので、水竜は首を傾《かし》げる。彼のなかにある海賊の像とは、あまりにもかけ離れている。

「ほかの泊《とまり》にて捕らえられた賊でござる」

「それにしては……」

——血の匂《にお》いがせぬ。

面魂も覇気《はき》もない。気の利《き》いたことができるとは、およそ思えない面々であった。子どものほかも、おしなべて年若である。兵たちを睨《にら》むこともなく、ある者は俯《うつむ》き、またある者は呆《ほう》けたように連れられてゆく。疲労に挫《くじ》けているようでもある。

「奴らが、どなたかの御船を襲ったのか。火箭《ひや》を浴びせでもしたのじゃろうか」

「……いや、船は襲われておりませぬ」

郎等の答え方は、歯切れが悪い。

「しかし、賊なのじゃろう」

「それは間違いなく」

「賊どもと申せば、容赦なく物を奪い、乗り合わせた男女すべてを海にうち入れ、浮かび上がろうとする者をも、竿で突き放して殺すもの。己が知る限り、非道な奴らばかりじゃ。あの者たちはとてもさような者どもには見えぬ」

「上からの命でござる。さ、あなたさまはこちらにお乗りくだされ」

急《せ》かされて、気を惹《ひ》かれながらもあてがわれた船に乗り、それきり水竜は罪人たちのことを忘れた。

海鳥が空を切ってゆく。かと思えば、投げられた礫《つぶて》のように鋭く落ち、嘴《くちばし》に餌《えさ》を得て海上に舞い上がる。

都の方角を眩《まぶ》しく眺め、目を細めた。

——急がなければ。

この国の船も景色も変わっていない。けれど、水竜の命は歳月を経た。もう若くはない。彼の目が見る故郷は、その意味では大きく変貌《へんぼう》していたのである。時を惜しみ、夢の拠《よ》り所《どころ》へと、水竜は急いていた。


「備前守がお呼びでございます」

山崎の真砂の屋敷。

忠盛は、来客と父母との歓談の気配を、耳で感じていた。しばし別室で待てと命じられ、しびれを切らしたあげく、ようやく女房が呼びに来たのである。

「おお、忠盛。こちらへ参ってご挨拶《あいさつ》せよ」

父にいわれて礼を尽くし、面《おもて》を上げる。

「この方は……水竜どのじゃ」

浅黒い顔つきの男を引き合わせられて戸惑う。

——父君が役名をおっしゃらぬところからすれば、下役の者ではあるまい。地方の長者じゃろうか。しかし、姓を仰《おお》せられぬとは。まさか下々の者ではあるまいが……。

「これはご立派な。昔の御辺によく似た面ざしの武者じゃ」

水竜という男がいう。

「天下一の名を取るこの忠盛も、海ではお主に敵《かな》わぬじゃろう」

正盛の指摘が不快らしく、忠盛は唇を歪《ゆが》める。

「ははは。不服か。しかし、この男なしでは太宰府までも参れまい。この父とて、水竜どのに教わったのじゃ」

「いかなることをでございましょう」

「唐物《からもの》の来《きた》る道を」

「……唐物、でございますか」

思いもよらぬ話の運びに、忠盛は当惑する。さらに、正盛はもう一歩踏み込んだ。

「こちらは周新どの」

「しゅう……？」さすがに、忠盛は衝撃を受けた。目が張り裂けんばかりに見開かれる。「父君、まさか……」

二人の男と父とを、代わる代わる見比べる。

「大宋国《だいそうこく》の？」

「うむ。周どのは大宋国の商客じゃ。水竜どのは海の道案内役を務めるお方ぞ。とくに門司までの道は自在に行き来する」

二の句が継げない。ただ、都で見かける筈のない異国の人を、押し黙って見やる。

正盛は話を周に振り向けた。

「陳四郎どのはご無事かの」

「恙《つつが》なく。すでに商いからはおよそ、身を引いておりますが、備前守によろしく申し上げるよう、申しつかっております」

「御辺に代《だい》がわりとな」

「はい。何なりと私が承ります」

「上々じゃ。それに応じ、忠盛、この平《たいら》の家では、御辺に周どのとの商いを任せようぞ」

――唐物……。商い……。

会話は進んでいるものの、忠盛は返事に窮《きゅう》した。

「唐物の価値を、知らぬわけではあるまい」

「は。されど……」

次の言葉が続かなかった。かろうじて浮かんできたのは、密の商いということである。

「まあよい。今宵は酒盛りじゃ」

そんな忠盛を尻目《しりめ》に、正盛は真砂に命じ、酒肴《しゅこう》を運ばせた。

〝これも、院や帝の御為じゃ〟

父の低く通る声音《こわね》が、脳裏に繰り返しこだまする。

――かように僅《わず》かばかりの酒で、この己が潰《つぶ》れるはずがない……。

そう思いながらも、忠盛は酒の勢いに巻かれていった。

どのくらいの時が経《た》ったのか、覚えていない。

〝院の御心に叶《かな》う御所や寺院をお造りし、調度を調《ととの》え申し上げるには、諸国の貢進物だけではとても足らぬ。唐物の利で財を得、多くのものを購《あがな》わなければならぬ〟

〝院の寵臣《ちょうしん》たるもの、武芸のみならず財を成す道にも通じねばならぬ〟

〝九国《くこく》から内海。物の流れる道を掌握せねば……〟

〝物を運び申すには、船が……〟

〝真砂どのは、都の市を……〟

太宰府。筥崎津。博多津。神人……。

誰彼の話したことが、切れ切れに浮かぶ。

いちどきに押し寄せてきた夥《おびただ》しい礫《つぶて》に、忠盛は動じた。

院や帝への忠誠に、もうひとつの形があろうとは。この世の一部が裏返しになったようにさえ感じられる。

自分なりには、父よりも少しばかり早く出世し、武芸に励み、軍《いくさ》にも馳《は》せ参じ、人には負けぬ功を重ねてきたつもりであった。が、武術のみが天下に通ずる道ではなかったのだ。

悠揚迫《ゆうようせま》らず、自然に息をするように宋人との商いを続けてきた父が、にわかに一回り大きく見え、知らされずにきた悔しさがあいまって、盃を重ねる。

その忠盛の耳に、水竜と正盛の交わしたやりとりが引っかかった。

〝正盛どのは備前守に出世されたが、宋船を内海《うつみ》に浮かべることまでは叶わぬのじゃろう……〟

〃それはごり押しと申すものじゃ。朝廷のお許しがあるまい〃

「なにゆえでございます」突拍子もなく挟まれたどら声が、果たして自分のものであったかどうか。「院の御為ならば、宋船なり何なり、海の道を通してみせましょうぞ」

〃ふふ。勇ましいのう。血気盛んな奴だけに大言《たいげん》を吐くわ〃

父の声が遠く霞《かす》む。なおも、言い張った。

「己が通しましょう」

〃よくぞ仰せられた〃

誰かの声がかぶさる。父の声がぶれる。そこで記憶が途切れている。

「御車が参りました」

随身《ずいじん》に声をかけられ、ふっと、忠盛は目覚めた。

——これは現《うつつ》か。

町筋は、もはや朧《おぼろ》な夜である。先をしずしずとゆく女車を、信じられない思いで忠盛は眺める。

——この忠盛が、宋国人を上洛《じょうらく》させている。母君の御車にて……。

およそ半日あまりをかけ、山崎から上京し、朱雀大路《すざくおおじ》から羅城門《らじょうもん》を潜《くぐ》った。御車のなかには、二人の客人が乗っている。

洛内の辻々を、御車は巡った。女君たちが気まぐれに、市やら寺社やらを遊び歩くように。

客人たちのお伴を命じられて、忠盛は瀟洒《しょうしゃ》な御車について歩いた。誰かに見咎《みとが》められたなら、母君のお伴だと言えばよいのであるが、いまだに現実のようには思われない。

〝京中をご案内せよ。今宵は六波羅《ろくはら》の屋敷にお泊まりいただく〟

父に申しつけられて、都のなかでも華やかな左京や賀茂川東岸を火灯《ひとも》し頃まで回ったが、名高い寺社や御所、あるいは知人の屋敷のあたりを通るたびに、呼び止められはしないかと、冷やりとした。

ようやく日が落ち、鴻臚館《こうろかん》あたりから六波羅に向かうばかりとなって、忠盛は胸をなで下ろした。

月はまだ上《のぼ》らない。御車は、夜目も分《わ》かたぬ往来を無事にゆく。

が、そのときであった。

ふいに、行く先の小路から馬が飛び出してきた。馬上には男の影がある。

男は、急《せ》きながらもこちらを窺《うかが》っているようであったが、ついと馬の頭の向きを変え、まっしぐらに駈《か》け向かってくる。

「む」

忠盛の郎等たちは、何ごとかと守りを固める。反射的に尖《とが》り矢を構える者もあった。

が、咄嗟《とっさ》に男は呼ばわった。

「畏《おそ》れながら、朝臣《あそん》っ」

聞き慣れた声である。男は見る間に馬を乗り捨て、毬《まり》のように忠盛の前に転がり出てきた。

明かりに透かして見ると、わが家の侍であった。額の色を失っている。

「出……出ましてござる」

「何」

肝を破られたかのように、わなわなと、侍は唇を震わせた。

「鬼火でござる。し、七条三坊《さんぼう》のあのお屋敷で……」

「そう慌《あわ》てるな。季綱朝臣のお屋敷か」

「さようでございます。件《くだん》の女より、この数日、連夜鬼火が出るとの知らせがございまして向かいましたところ、確かに鬼火が」

「鬼火とな」

忠盛は意外にも驚かない。盗人の仕業ではないかと見当をつけている。

「誰か忍び込んだのではあるまいか。調べねばならぬな。しかし、わ主らはいかにも気弱な。もののけを恐れ、逃げて参ったか」

「鬼火だけではありませぬ。魂に火ごてを当てられるかのような恐ろしい音が、お庭のあなたこなたにて……」

侍は頬を引き攣《つ》らせた。

忠盛の郎等たちも、顔を見合わせる。

「ひるむな」

口では家侍たちに気合いを入れながらも、忠盛も思い返して総毛立つ。

――若くして亡《な》くなられたと申す、季綱朝臣のご子息、実兼《さねかね》どのの怨霊《おんりょう》か。

が、ことさらに心を落ち着け、構えを立て直す。

「参るぞっ。誰か火をっ」

勇ましい合図のもと、一同はばらばらと走り行く。

「御車はいかが致しましょう」

まごまごと、下仕《しもづか》えの者たちが惑《まど》うのに、後から参れといい置いて、忠盛らは七条大路から小路を南へ下る。

僅か一、二町で季綱朝臣のお屋敷。森閑と人気《ひとけ》のない築地《ついじ》の前を、手に手に松明《たいまつ》をかざした侍が、瞬《また》く間に固める。

率先して築地をまわり込み、忠盛は中門を照らし出す。

「見よ……」

門扉《もんぴ》を見れば、鍵《かぎ》が外されている。

——やはり盗人か。
五、六人に屋敷まわりを固めさせ、忠盛はぎいっと、門扉を押し開く。なかは一面、暗闇《くらやみ》である。
松明をかざす。

にわかに、一陣の風が巻き起こり、火が大きく揺らめいた。古松の梢《こずえ》が凄《すさ》まじく唸《うな》りを上げる。

かと思うと、はたりと風が止《や》み、再び暗闇が深沈《しんちん》と、物さびた屋敷にのしかかった。いっそう荒涼とした気配である。

「鬼火はどのあたりじゃ」

「隣屋敷から垣間見《かいまみ》ましたゆえに」

問われた家侍は、見当をつけて方角を示す。放恣《ほうし》に伸びた草に紛れながらも、奥へと連なりゆく敷石《しきいし》が、闇のなかへとかき消える。

よりすぐった手勢《てぜい》の者どもとともに、忠盛は庭に分け入った。

さわさわと足元が鳴る。

「――む？」

忠盛は足の運びを止める。

「叱《し》っ」

同行する者たちを制し、聞き耳を立てる。微《かす》かに、金属がこすれるような音。

「あちらじゃ」

音は、目の前に立ちはだかる蔵の向こうから聞こえて来るようである。

「……これは文庫《ふみぐら》か」

建物を示し、忠盛が小声で尋ねる。

「おそらく、さようでございましょう」

答える家侍は自信なげである。

と、そのとき、寂寞《じゃくまく》を破り、ごおんと低い響きが闇を貫いていった。

思わず、皆立ちすくむ。

――あれは何じゃ。

音が残した細かい波のような余韻が、怪異の嘲《あざけ》りのように思えて、誰かががくりと膝《ひざ》をつく。

ごおん。

あるときは高く、また低く、地鳴りのようにも思える響きが、どこかで鳴ったり消えたりする。

――なるほど、不気味じゃ。

何としたことか、件《くだん》の音に和して、恨みのこだまのようなものが、細々《ほそぼそ》と聞こえてくる。女の泣き声を思わせる嫋々《じょうじょう》たる微音と、凄絶《せいぜつ》な轟《とど》きとは、もつれ合いながら文庫を回り込み、ゆっくりと近くなってくるようである。

後ずさりする者が出た。

さすがの忠盛の足も鈍《にぶ》りかけたとき、背後から囁《ささや》かれた。

「私にお任せ下され」

振り返れば、松明を携えているのは水竜と周新である。

「御辺ら、いつの間に……」

「亡くなられた季綱朝臣のお屋敷と耳にして、手をこまねいてはおられずに」水竜が手短かにいう。「それよりも、この男が、ぜひ参らせてくれと……」

「ふふ」周新が進み出た。「私が参りましょう」

「陰陽の心得でもおありか」

自信ありげな周を、忠盛は探るように見る。

「さよう……祈りながら近づき申す。人払いを願います」

「さらば」

周の申し出に応じて、忠盛は郎等たちを退けた。半ばほっとした面持ちで、皆退《さ》がってゆく。

――と。

周新は、水竜に松明を渡し、音の発せられている源に向かって、すっと足を踏み出した。

「あ」

息をのむ間もなく、周は懐《ふところ》から扇を取り出し、舞いのような足どりで音源に近づいてゆく。

ごおん。

またもあの音が鳴り響いた。

と、周の喉《のど》から、うら哀しい、りんりんとした旋律が流れ出した。不思議なことに、それは誰の耳にも歌のように聞こえ始めたのである。

狐につままれたような思いで、周の後からついてゆく。

詞《ことば》は分からない。

が、地鳴りのようにうねる響きは、よく聞けば弦のようでもある。

――かの国の音曲か……？

不思議な音である。周の歌は、音源のほうから洩《も》れてくる弱々しい声と絡《から》まって、美しい調べとなった。

音がひときわ、近くなった。

そう思ったとき、人影が文庫の向こうから回り来た。

水竜が松明をかざした。

照らし出されたのは、まだふっくらと、稚《おさ》なさの残る頬である。見たことのない楽器を抱えた子どもが、物珍しげに瞳《ひとみ》を輝かせていた。

子どもの目は、じっと周に注がれている。

〝どこから来たの〟

〝宋国の明州。御辺は我が国のことばを話すのか〟

〃はじめて話すのじゃ。大学の音博士に習うた。そなたは宋商か〃
〃さよう。御辺が持っているのは珍しい琵琶《びわ》だな〃
〃御祖父さまがくださった唐物じゃ。阮咸《げんかん》と申すらしい〃
〃歌がうまいな。李白の詩だろう〃
〃そなたの名は〃
〃周新だ〃
唐突に、周と子どもが流れるように会話を交わしはじめ、忠盛と水竜は呆気《あっけ》にとられた。
ついに子どもは忠盛のほうに目を向けてき、静かに尋ねた。
「あなたがたは盗人《ぬすびと》か」
「何を申す」
「人の屋敷に入り込むのは狼藉者《ろうぜきもの》じゃ」
「何じゃと」
気色ばむ忠盛を尻目《しりめ》に、子どもは堂々としたものである。
「我は、山の井の三位永頼卿《さんみながよりきよう》六代の末葉《ばちよう》、越後守季綱が孫。鳥羽帝の御宇《ぎよう》、進士蔵人《しんじくろうど》実兼が子なり。いまは、ゆえ有って武蔵守経敏が猶子《ゆうし》なるぞ。姓は高階……」

「されば、我は平将門《まさかど》が九代の末葉、備前守正盛が子、左衛門少尉平朝臣《さえもんのしょうじょうたいらのあそん》忠盛じゃ」

思わず忠盛も負けじと張り合う。

「おお」少しばかり子どもの目の色が変わる。「されば天下無双の武者か。その忠盛どのが何用《なによう》じゃ」

「亡くなった季綱朝臣の屋敷のもののけ騒ぎを、あらために参ったのじゃ。人の寝静まった夜更《よふ》け、文庫あたりにしばしば鬼火が出ると」

「……鬼火？」

「二年前に数度。そしてここ数日、隣家の者どもが見ておののいた」

「……とすれば、それは」思い当たるというように、子どもは賢《さか》しらに頷《うなず》く。「我が手にしておった灯明を、どなたかが見間違えたのであろう」

「妙な音色も洩れ聞こえると」

「あれは、ためしに阮咸と申す楽器を奏《かな》でておったのじゃ。風韻《ふういん》を楽しんでおったのに、妙なとは無礼千万《ぶれいせんばん》な」

「わ主……、庭に忍び込んで遊んでおったのか」

「忍び込んでなどおらぬわ。父君亡きあと、ここは我が屋敷も同然。祖父より伝わる門扉の鍵を戴《いただ》いておる」

口舌鋭く反論し、子どもは額に青筋を立てる。

「二年前と申せば、わ主は六つか七つ。年端《としは》もゆかぬ子が何を」

「むろん、学問じゃ」

さらりといわれ、忠盛はのけぞった。

「我が家の父祖《ふそ》、いずれも世ごとに文章の才なきはあらず。私も専《もっぱ》らこの道に通じねばなりますまい」子どもは、どこまでも真面目《まじめ》である。「忠盛どのから御覧《ごらん》ずれば、むろん年少の身。なれど近頃は、我が年配にて任官なさる方々も、なかにはおありと聞きおり申すゆえ、もしやのときに分が足らぬようなことでもあれば我が身の恥。失笑されぬようにと日々、精励《せいれい》あい努めておる」

確かに、院の寵臣《ちょうしん》の子らのなかには、弱年より官位を賜り、瞬く間に出世してゆく者が現れ始めている。十歳前後の子弟が任官を賜わるのは異例であるが、白河院が万事取り決められたことである。

ただ、厚遇にあずかり、年若くして補任《ぶにん》される者は、院近習《きんじゅ》の受領《ずりょう》の子弟ばかり。それも親の後見あってのことであるがゆえに、受領の一門に権勢が集中してゆく様子を、いにしえより名門の君達《きんだち》が嫉視《しっし》し〝すこぶる違乱《いらん》。道理を壊すことただ天道を仰ぐばかりか〟と嘆息するありさまであった。

「それよりも」小さな頭が周新のほうに振り向けられる。「周どのは、もしや商荷《しょうか》のなかに大宋の書籍をお持ちではあるまいか。あらば買おう」

大人たちは、さすがに顔を見合わせた。

「無ければあらためて頼みたい。……漢籍が欲しゅうてならぬのじゃ」

まだ稚《おさな》さの残る声の語尾が、かすかに震えた。

ごおん。

周らの返事を待ちきれず、こらえ切れぬ心の高まりを紛らわすかのように、子どもは弦をかき鳴らした。

音が、切に響いてゆく。

続けざまに放たれる阮咸の音は、あてどなく放たれる巨大な礫《つぶて》のようである。忠盛は、胸のなかを激しく打ち叩《たた》かれた気がして、子どもの面ざしを見直す。

ともすれば、生意気とも老成とも思える、考え深げな目の奥に、やり場のない心細さのようなものが見え、ふと胸を衝《つ》かれる。

――こ奴、何がそんなに哀《かな》しいのじゃ……？

夜更けに、まるで生き霊のように文庫の書物にかじりつき、ときおり耐え切れぬといわんばかりの弦音を響かせる。

子どもの境遇を思い起こした。

——もとをたどれば藤原四家の一とはいえ、一支流に過ぎぬ家柄。祖父の季綱朝臣が出世の頂点、父も蔵人で死したとなれば、任官面での返り咲きは難しかろう。まして、儒学の家を継ぐつもりであったものが、高階家へ養子に出されたのでは、その道もおぼつかぬじゃろう……。

学問の道というものが唯一《ゆいいつ》の頼り。その道が失われようとしているいま、この子はひとり、虚空《こくう》に棄てられたような焦燥のなかにあるのではあるまいか。

——この感覚は、何なのだ？

忠盛は、妙に心が疼《うず》くのを感じていた。

——こ奴は、すでに自分の寄《よ》る辺《べ》を見つけておる。

眼前にいる子の、この憑《つ》かれたような様子を見るにつけ、忠盛には同情よりもむしろ羨望《せんぼう》が湧《わ》いてくる。

彼が行っていることは異様である。けれども、子どもには気骨と闘志とがある。何かふつふつと滾《たぎ》るものが鬼気《きき》となり、周囲の目を惹《ひ》きつけたことが、もののけ騒ぎまでを引き起こした。

――己には、こうまでして成し遂げたいことがあっただろうか。

子どもの目には切なる願いがある。自分と引き比べてみたとき、忠盛は、ただ漫然と日々を過ごしている自身に愕然《がくぜん》とした。

――思えば、武者として名を得てからというもの……、己は。

それ以上の望みが立ち消えて、何をすべきかが見えずにいる。

血の色が、目前に蘇《よみがえ》る。宙をおどった矢が、相手の額を射破り、血が間歇泉《かんけつせん》のように、鼓動の間合いで四方八方に噴き出したこと。軽く払った薙刀《なぎなた》が、人のうなじに横ざまに食い込み、骨を断ち切る鈍い音。生温かい血と冷たい汗。獣のような必死の息づかい、矢たけび、打物《うちもの》の放つ火花、頬を掠《かす》めてゆく鉾《ほこ》。天上を一瞥《いちべつ》すれば、むごい日輪《にちりん》……。

栗前《くりくま》山のいざこざで、人の命をいくつも断った。

武士たる者、殺業《さつごう》なしには叶《かな》わずという。さらにいえば、争いを前提に上洛してくる暴徒を防げとの、朝廷よりの至上の命であった。

――あの場を、我は生き抜いたのじゃ。自在に体が動いたのは、鍛錬の賜《たまもの》じゃ……。

が、……。

一方で、忠盛は武者に収まり切れぬ自分を感じていた。

生まれながらにして、唐物に囲まれて過ごしてきた。院に可愛《かわい》がっていただき、君達さながらの贅沢《ぜいたく》な暮らしに慣れている。

——海、か……。

脈絡もなく、精緻《せいち》な細工ものや、女君たちを美しく着飾らせる唐錦《からにしき》、唐綾《からあや》、君達から朝家の方々までを喜ばせる香の数々が浮かぶ。

——大宋国の品々で、出世が叶うのならば。さよう……父君のように。

武者の正盛ではなく、都へ富を持ち込む者としての父が、己の脳裏を過《よ》ぎったことに、忠盛ははっとする。

〝いかがなのじゃ、周どの〟

〝うむ。実を申せば、私は季綱朝臣のお身内を捜しておった〟

〝では、まさか……そなたは陳四郎どののお知り合いか〟

〝甥《おい》にあたる者だ〟

〝おお……。では、もしや……〟

いつのまにか、再び子どもと宋商が話しはじめているのを、茫然《ぼうぜん》と眺めた。子どもが大きく見え、なにかたまらない衝動が突き上げてきそうになる。

「何を申しておるのじゃ」

たまりかねて、忠盛は尋ねた。

「もはや、件《くだん》の書物の商談に入りかけておるようじゃ」

水竜が、二人に代わって当朝のことばに直してのける。

「何っ」忠盛は慌《あわ》てる。「ばかげた話だ……。この己とて、できることなら、こ奴に摺本《すりほん》を持たせてやりたいわ。が、とてつもない代価が入用になるのだぞ。かような年《とし》端《は》のゆかぬ者では、到底」

……支度できるはずがあるまい。そういおうとしたが、水竜の声がかぶさってきた。

「この子は、亡くなった父上から、書物が届いた暁には受け取れと申し伝えられている。季綱朝臣あてに大宋国より摺本が届くやも知れぬ旨《むね》、聞かされて育ったそうじゃ」

「それにしても、ただ届くわけではないのだぞ」

「購《あがな》うつもりじゃと」

「二、三冊ではないと存じておるのか」

「明らかに」

「それにしても……、なにゆえ宋のことばをこれほど流暢《りゅうちょう》に話すのじゃ」

ふいに、子どもが忠盛に向き直り、問いに答えた。

「我は、朝廷が、再び遣唐使のごとき使者をかの国に遣わす時節が到来するやもしれぬと考えておる。そのときに備え、憂《うれ》いのなきように音を学んでおるところじゃ。むろん、まだまだ拙《つたな》く、自由にはならぬのじゃが」

「わ主……、名は」

子どもに呼びかけようにも、下の名を聞き損ねていたことに気づいて、忠盛が名乗れと促す。

「む……」子どもは複雑な顔になる。「幼名がござるが、通憲《みちのり》と呼んでくださらぬか。いずれそう名乗るつもりゆえ」

「何じゃと」忠盛は、ませたいい分にあきれかえる。「妙な奴じゃ……。まあ、よいわ。通憲よ。御辺、周どのより書物を購うと申すが、代金はいかがするつもりなのじゃ。安くはないのじゃぞ」

「むろん、支度致すつもりじゃ」

「簡単に申すが、御辺にさようなことができるのか」

「父の遺言じゃ。己はこの七条三坊の屋敷を受け継いでおる。この屋敷を売ることで、相応の代価ができようぞ」

「話のさなかに御《ご》免《めん》」周と何やら話していた水竜が、二人の話に割り込んだ。「周新は、家が売れるまで都に留まってはおられぬと申しておる。代価は書籍と引き替えにと」

通憲は顔を曇らせた。さすがに青ざめて口をへの字に結び、考え込んだが、しばらくすると口を開いた。

「平朝臣忠盛どのに用立てていただこう」

「……な」

忠盛は、二の句が継げない。

「むろん、家が売れさえすれば、即刻お返し申し上げる。七条のこの屋敷を形《かた》に、用立ててくだされ」

「なにゆえ、この忠盛なのじゃ」

「忠盛どのは、宋国人を上洛《じょうらく》させておる。私は、縁あってのこととお見受け申した」

涼しげに通憲《みちのり》がいってのける。短いことばで子どもに核心をつかれ、忠盛は内心、ぐっと詰まった。が、重ねて問う。

「約束が反故《ほご》になった場合には？」

子どもは面《おもて》をきっと上げ、決然と見返してくる。

「この命と引き代えても」

「本気か」

忠盛は、子どもの目の底を覗《のぞ》き込む。

「二言はない」

通憲は、小さな白い歯を見せた。

「さように申したか」

ことの次第を耳にした正盛は、話の途方もなさに当初は訝《いぶか》り、あるいは興じる様子であったが、やがてしみじみという。

「業《ごう》、じゃな」

「は」

「季綱朝臣の……、いや、学者のなかに積もり積もった念が、申し子のごとき子を生じさせたのであろう。さような者は、化身《けしん》にも思われるありようをする。存外、傑物《けつぶつ》に成るやもしれぬな。で、お主、いかように答えたのじゃ」

「用立てて進ぜると」

「うむ。じゃが、お主に財と申せるほどのものはあるまい」

「されど、平の家で、周どのとの商いを任された身にございます」

忠盛の的を射た返答に、正盛は膝《ひざ》を打って笑み崩れた。

「その通り。よくぞ申した」

「かくして、渡来の書籍は高階通憲どのにお渡し申すことに」

「承知した……。季綱朝臣も、浄土で喜んでおられることじゃろう。ところで、その子の養い親は……、武蔵守経敏《つねとし》どのと申したかな」

「仰《おお》せの通りと存じます」

「実はな、忠盛よ。本年、わしは新たに新御願寺《しんごがんじ》の造進を申しつけられておるのじゃが、端近《はぢか》にござる泉殿の損傷が著しいのじゃ。その修繕の引き受け手を、修理大夫《すりのだいぶ》の顕季卿《きょう》が探しておられた。武蔵守経敏どのなどは、うってつけではあるまいか」

「御意《ぎょい》……」

忠盛は答えながらも、あらためて父の手腕に驚嘆する。

──早くも、父君は通憲の養い親のため、財へと通ずる道をつけようと気を回しているのじゃ……。

受領という力が動き、人を絡《から》め取ってゆくさまを、忠盛ははじめて目《ま》のあたりにするのであった。

六

睡《ねむ》りが、浅かった。

水竜の夢には、何度となく都が立ちあらわれる。夢のなかの都は白光《びゃっこう》を放ち、闇夜《やみよ》のなかでも明るいままだった。

その明るさを芯《しん》にして、何本もの水路が放射状にきらめく。河や堀川が都を賑《にぎ》わせ、船が這《は》い上ってき、また下ってゆく。大河に架かる太鼓橋《たいこばし》には、無数の人や車が果てしもなく行き交い、両岸には料亭や酒楼、蔵や豪壮な邸宅……。

水竜は、水辺に貸し船の大屋敷を持っている。荷を運びたいという上客が、店の前には列をなし、門前に車をつける客たちは、なぜか、いずれも君達や受領の殿ばらの姿をしていた。さらに目を凝らせば、宋で目にした士大夫《したいふ》や読書人《どくしょじん》のようでもある。

ここがどの国の都であるのか、水竜には判然としない。

気がつけば、櫓漕《ろこ》ぎの音がする。

小舟の櫓を握っているのは自分である。下るほどに、支流からの流れを続々と引き受けて、川は力強く膨らんでゆく。潮の匂《にお》いがしてき、幾羽もの海鳥が空を切ってゆく。正面が、眩《まぶ》しく広く開けた。

行く手にあるのは、津である。彼の屋敷はそこにも燦然《さんぜん》とあり、見上げるばかりの宋船が、浜に聳《そび》え並んでいる。

かと思えば、その宋船で、船主の彼は唐物を運んでいるのである。船は青空に放たれた光矢のように迅く、どんな船も追いつけない。

舷《ふなばた》に、一体の坐像があり、ちょうど少女のような背丈であった。

その像に手を合わせれば、都での商いが上々に運ぶ。そう信じ、水竜は仏像を常に傍らに置いている。

よく見れば、像は十一面観音坐像であった。

——おそらく、これは龍女《りゅうにょ》……。

南海龍王の王女、龍女の面ざしを、水竜は観音像に重ねている。水辺の巫女《みこ》のようでもある。

……と。

龍女の像が、ふいに倒れかかってきた。慌《あわ》てて受けようとする。

ふわ、と甘い香りが漂った。

堅くつめたい筈《はず》の塑像《そぞう》が、柔らかな人肌に変じる。水竜の脳裏には、自分とこの龍女とを乗せた船が数限りなく浮かぶ。内海の四方八方に、同じ船がいる。暁、真昼、黄昏《たそがれ》、闇夜。象牙《ぞうげ》の椅子《いす》を乗せて。白孔雀《しろくじやく》を乗せて。紫檀《したん》、黒檀《こくたん》を乗せて……。漣《さざなみ》を切り分ける舳《へ》先《さき》の、ささらという波音がして、はっと水竜は目を開ける。

──あ。

ささら。ささら。

闇のなかに目を凝らす。

誰かが、几帳《きちよう》のかげに座している。

──誰じゃ。

ささら。ささら。

音は続いている。よく聞けば、畳の上で紙をかき混ぜているような音である。香が燻《くゆ》っている。

──女？

水竜は起きあがり、簾《すだれ》を上げてみる。

月光が照らし出したのは、艶《つや》めいた平絹の襲袿《かさねうちぎ》であった。

目が慣れてくる。小袿《こうちき》姿の女君が、しどけなく座してうつむき、手元の玩具を弄《もてあそ》んでおられるようである。

黒髪がうなじから肩にかけて流れ落ちる、その形に見覚えがあった。

水竜の頭を走ったのは、まさかということであった。

もう、逢《あ》う機会などあるまい。そう思っていた。大勢の女房や女童《めのわらわ》にかしずかれ、幾重もの垣根のなかに守られているはずの女君。

「お帰りなさいませ」

女君は顔を上げる。上気した頬が月明かりに輝く。

「わごぜなのか」

「お目にかかりとう存じました」

はっきり見開いた黒目がちの瞳《ひとみ》に、光が強い。

水竜は、女君の手元に目を落とす。

「それは?」

撒《ま》き散らされている木の葉のように見えるもののうちのひとつを、女君は拾い、そっと取り上げる。

掌に乗ったのは笹舟《ささぶね》であった。幾艘《そう》もの笹舟が、あたりに散っている。

——これも、夢じゃろうか。

水竜は茫然《ぼうぜん》とする。

目の前の女人は、やはり観音なのか。それとも龍女か。

しげしげと、女の肌の白さを眺める。

かつて、初めて難波《なにわ》の浜でかいま見た女君の、白く沈んだ横顔を思い起こす。あのときの女君よりも高貴な、手の届きそうにないところにある、それは顔であった。

――やはり、祇園女御《ぎおんにょうご》か。

もう逢うことなど、あるはずもないと思っている子は、いまや院の寵姫《ちょうき》である。眩しさに、水竜は気圧《けお》された。

あえて、真砂に千鳥を預けたときのことを思い返す。

――あのとき……、己はあの子に、商いを覚えさせたかったのじゃ。

都に家を構えさせ、市とのやりとりをする者が身近に欲しかった。帰国した暁には、千鳥を介しての商いを念頭に置いていた。

しかし、千鳥は案に相違して、いまでは院の恩寵を蒙《こうむ》る身。身近に置いて商いを見させるどころか、祇園の屋敷を出ることさえ難しい女御である。

「わ主は……、いや、わごぜは」呼びようにも戸惑いが出る。「立派になった……」

いい差したところへ、女御が倒れ込んできた。懐《ふところ》に頬を押しつけられる。長く豊かな髪が香った。

思わず抱き寄せたが、あまりの柔らかさに、水竜には、この女人《によにん》が千鳥だということの確信が持てなかった。

いつか嗅《か》いだ香の記憶が蘇《よみがえ》ってくる。

——この女人は、やはり、あのときの。

夢幻のように交わった女との、山崎の夜が、昨晩のことのように過《よ》ぎった。

不思議にもあのときにも、格上の女君が掌中にあるような思いにとらわれた。

——何かが捻《ねじ》れるか、歪《ゆが》むかしなければ、起こることではない……。不思議な夜じゃった……。

腕のなかで、女が体を震わせた。

知った子だということが確かとは思われぬだけに、にわかに肉欲が強まった。引き寄せるように抱いた。

匂いがひときわ強まる。少し残っていた躊躇《ちゆうちよ》が、瞬《また》く間に消えていく。唇が重なり、女が喘《あえ》いだ。

ふと、目が醒《さ》めた。

「お願いがございます」

女が、傍らに控えていた。

水竜は我が目を疑った。

あきらかに、千鳥である。いつのまにか、身支度を新たにしていた。紬《つむぎ》の襖《あお》とよばれるものを着、髪も結んでまとめ、下々の女のように身なりをやつしている。

ふいに、昔から知り尽くしている子どもが立ち現れたようで、こんどは懐《なつ》かしさの情がこみ上げてきた。短かめの衣の裾《すそ》からのぞく素足も、舷《ふなばた》から水に泳ぎ入るときの、千鳥の身ごなしを思い起こさせる。

「……千鳥」

「せめて……一度。そう思い、こんな身なりで屋敷を……抜けて」

「さようなことが」

できたのか、と女御の暮らしに思いを馳《は》せる。が、水竜にはむろん想像もつかないことである。

「真砂さまもご承知のこと。私は昔の千鳥、賀茂を小舟で漕ぎ下って参りました。……水竜さま。お願いがございます」

千鳥は居ずまいを正した。

「どうぞ……、小舟で昔のように、わらわを海までお連れ下さりませぬか。わごぜの漕ぐ船に、この千鳥を乗せて」

「何をばかな」水竜は叱《しか》る。「ようやく、人が望んでも得られぬ暮らしを得たというのに。何ひとつとして、叶《かな》わぬことなどなかろうものを」

「いまの望みは、この千鳥にも、ついぞ叶わなかったこと」千鳥は目を伏せた。「女の命は、終わったと思いおりました……。水竜さまが海に出……、戻らぬと知らされたとき。悔やみました。なぜ、都をお出になるときに、無理にお止め申し上げなかったのかと。あるいは、足手まといを承知で連れて行っていただかなかったのかと」声が上ずる。「せやけど……、心の奥底では、わごぜが戻って来られると、そんな夢を見ておりました。その暁にはと、いろいろ思い描いたこともあったのでございます」

水竜にも、同じような思いがあった。

南洋の島に捕われていたとき、あったかもしれない、およそあらゆる暮らしを思った。

いちばん惜しまれるのは、何度も思い描いたけれども、実際には二人のあいだになかった過去である。

「帝が憎いと申すのではございませぬ。都の屋敷より逃げるとは申しませぬ。ただ、わらわには見えてしまうのでございます。海の上を行き過ぎてゆく夜空が。船の篝《かがり》に爆《は》ぜる炎が。お願いでございます。せめて一晩、海を目の当たりに致したいのでございます……」

櫓韻《ろいん》が、川下へと流れてゆく。

かつての一刻一刻が、流れのままに思い出される。

——この方は、あの頃のまま……。

千鳥は、櫓を操る水竜を仰ぎ見た。

——またもわらわを置いてゆく。

「宋船は、この和船とは、いかように違うのやろか。わらわも幼い頃には目にしたことがあるように存じますけど」

「うむ。宋の船は、和船とは船底のつくりが違《く》う」

和船の場合は、川の舟も海船も、丸木を刳り抜いて船底を造る。小舟なら一木《いちぼく》造りもあるが、大船になると三材、四材の木を印籠《いんろう》つなぎにして用いる。しかし、丸木船の場合、何材かを継げば長さは稼げるが、船幅が、用いた木の径以上には太くならない。船の材料には楠《くすのき》が使われるが、楠の大木でも幅一丈がやっとである。

そのため、船腹に棚板を足し、容量を増やすとしても、積める荷の量には限りがある。大船でも二、三百石が限度であった。

いっぽう、宋の船は、一本の角材を軸に、端反《はぞ》りの盃に似た形の隔壁《かくへき》を何枚か垂直に組み、その外に平たい長板を張ってゆくという造りである。

水竜は、身ぶり手振りを交えて話してゆく。

「船大工に聞いたところでは、大宋国には、我が国のような大木が少のうてな。それで外板張りの船を造ったそうじゃが、そのお陰で船の幅は果てしのうなった。千石、千五百石の荷が積めると申す」

「まあ……。巨《おお》きいものやねえ」思わず、昔に近い話し方が混じる。「せやけど、板の継ぎ目がさように多くては、水が洩《も》れて来はせぬのでしょうか。怖いようやけど」

「船底には、妙な薬を塗るのじゃ。それを塗るとな、不思議にも水がはじける」水竜は、夢中で話した。「その秘密の薬もなあ、宋より買うて参った。そら、宋船の船底は白いじゃろう。あれのもとじゃ」

宋船の白に対して、和船の船底は黒い。腐り方を遅くするために、墨を塗ってあるせいである。

「かの薬はなあ。易々《やすやす》と剝《は》がれるのじゃ。塗り替えることも易く、修理がたやすい」

船のこととなると、水竜は目を輝かせる。

千鳥は妬《ねた》ましく見た。

——水竜殿の望みを洗い流すことは、この私にもできぬこと……。

「じゃけん、宋船は底が深うてのう。内海を走らせるのは、己でも怖いようじゃと思うとる」

内海には岩礁《がんしょう》が多い。また、目標物が見えるような岸沿いの道には、浅い海が続く。水竜の知る限り、喫水《きっすい》の浅い和船だからこそ通れる道が多かった。

「忠盛どのには木材の手配をお頼みしてある。正盛どのが、かの若武者にあとを任せたいと申されて」

「ほな、彼方《かなた》の島へと戻られる日は近いのやね……」

千鳥は、なぜか遠い目をした。

「うむ。早々に発《た》とうと思っておる」

「遅らせるわけには……、ゆかぬのでしょうか」

「あと少しじゃ……。木材が調えば、三月《みつき》も経《た》つと己の宋船が組み上がる。帆柱は二本。網代《あじろ》の帆を上げて、海に出る」

「とは申せ、内海には入れぬのでございましょう。宋船が通るとなれば、どの浦、どの津も大騒ぎになりましょう」

「さよう……。表立って宋船を通すことは、さすがの正盛どのにも無理じゃろうて。朝廷が、宋との商いを許さぬ限りは」

空が、白《しら》みかけていく。

下りゆく船は速い。

促されてさまざまなことを話したのは、ほとんど水竜のほうである。千鳥の父の母国でもある大宋国で見てきたことのすべて。帰途の遭難で流された日々のすべて。

東の空が、うっすらと赤みを帯びはじめる頃、藍壺《あいつぼ》のような海へと、二人を乗せた船は放たれた。

「わごぜの宋の船が、内海を走る日が来たなら」千鳥が囁《ささや》く。「そのときには……、今度こそ連れて行ってくださいませ……。わらわを、ともに……」

返事のかわりに、水竜は呟《つぶや》く。

「わごぜはおった。ずっと同じ船に。己の近くに……」

あっという間に、千鳥の瞼《まぶた》が膨らんだ。頬に涙が伝わってゆく。

「わごぜを……かつて過ごした時のなかに連れ戻しとうございました」

「代わってくれぬか」水竜が、千鳥に櫓を渡す。「少し疲れた……漕いでおくれ」子どもに頼むような、昔のままの口調であった。

舷《ふなばた》に立ち、千鳥は泣いた。

泣きながら、櫓を握る。これでいいのだ。こういう日が、やはり来たのだ。海がいとおしかった。幻夢のようにとらわれていた二人の海が。力をこめて、千鳥は漕いだ。櫓が撓《しな》る。

「千鳥の漕ぐ櫓の音、己は……、好いとる」

ぽつりと、水竜がいった。

千鳥は嗚咽《おえつ》をこらえる。

「なぜかな……眠とうなった」

「どうぞ、お楽に」

千鳥は少しずつ涙を抑え、妙《たえ》なる喉《のど》を鳴らした。櫓韻《ろいん》ともつれ合うように、哀調を帯びた音色が流れる。

般若経《はんにやきよう》をば船として……法華経八巻《ほけきようやまき》を……帆に上げて……軸をば檣《ほばしら》に……

水竜は肘枕《ひじまくら》をし、心地よさそうに横たわっている。

「水竜さま、平安の都には、わごぜのお子が……」

少しはにかみ、歌の続きのような調子で声を高く上げながら、千鳥は男の傍《かたわ》らに膝《ひざ》をついた。

もう、起こしても構うまい。

耳元にかがみ、そっと続きを囁こうとして、彼女はぎゅっと唇を結んだ。

――まさか。

肘枕が外れ、水竜の頭ががくりと滑り落ちた。

男は、静かにことされていた。

「水竜さまっ」

――あるはずがない。あるはずがない。

千鳥は、両手をぶるぶると震わせた。唇を噛《か》みしめる。なのに、いかに言い聞かせようとも、全身の力が抜けてゆく。

「なにゆえ。なにゆえ……いまなのじゃ」

いちどきに、堰《せき》が切れた。なりふり構わず声を上げ、幼い子がするように、魂の抜けた男の胸にむしゃぶりつく。

「戻ってたもれ。お願いじゃあっ。起きよ。なあ、起きよ。一緒に。一緒に……」

生きて。

生きて。

そのひと言が、もう男の耳には届かない。涙は、滂沱《ぼうだ》と流れた。

「ああ、本当に……、かようなときが」

千鳥は、呆《ほう》けたように空を仰いだ。

どれほどの時間が過ぎたのか。

船は、蒼海《そうかい》を流されてゆく。

櫓をうち捨てたまま、千鳥は骸《むくろ》をかき抱いている。

——やはり……。

自分のなかに潜む異能を、彼女は呪《のろ》った。なぜか、この折を逃せば、二度と逢《あ》えない気がしていた。

——せめて、一晩。

それでも構わないと意を決し、飛ぶように男のもとに来た。

——ここにおる……千鳥は、ここにおるやないの。わごぜの傍に……、本当に。

〝千鳥はおった。ずっと同じ船に。己の近くに……〟

水竜の声が、こだまのように波間から返ってくる。

夜は明け切った。

沖を埋めてゆく無数の船々のなかに、笹舟のような二人の小舟は紛れた。

七

赤ん坊が、得意満面に口を開けている。

小さな口のなかは、赤貝のような甘みを思わせる色の舌でいっぱいになっている。歯《は》が生えていないので、まだ何も嚙めない。吸う、舐《な》めることすら覚束《おぼつか》ないのだが、懸命に試みる姿が、よりいっそうあどけない。

どこもかしこも、洗われたてのように新しい命である。

祇園女御は、うっとりと赤子を眺める。

――よう似てはる……。

二の君が、このたび男児を授かった。

「器量のよい甥御《おいご》であらせられますなあ」

女房の誰彼に世辞をいわれるたびに、女御はこそばゆい思いをする。表向き妹と見せてはいるが、二の君はわが娘。このたび生まれた男児は、女御にとっては孫にあたる。

その孫に、女御は水竜の面影を重ねる。自然と、合掌の形に手が動いた。

「ほんま嬉《うれ》しゅおすわあ。わざわざ寄ってくれはって」

相好《そうごう》を崩しながら入ってきたのは、真砂である。すぐに女房たちを退《さ》がらせ、女御の耳元で囁いた。

「もう、四年になるのやね」

女御は顎《あご》の先を僅《わず》かに引いた。時はゆるゆると、しかし確実に過ぎてゆく。

——四年前。

「かのときは……突然のことで皆、驚きましたのえ」水竜の急死を知ったときを、真砂は思い起こしたようである。「大宋国から帰られたばかりで、さぞ仏さまも無念やろうと。けど……、その後のことを思えば、あれでよかったのやないかとも思うのや」

二人のあいだで、これまでに何度も繰り返し話されたことである。

宋船づくりの志半ばにして亡《な》くなった水竜の思いを継ぎ、正盛と忠盛は木材を僻遠《へきえん》の島に送る手筈《てはず》をつけようとしていたが、その試みは頓挫《とんざ》せざるを得なかった。

水竜が亡くなったためではない。

周新が島に戻ってみると、大宋国から新たに別の商船が来着していたという。周の船の者たちと新たな船の一団とは、同じ国のよしみもあり、互いに行き来した。ところが、件《くだん》の船は最悪のものをも運んできていた……、豌豆瘡《えんどうそう》であった。

疫病により、件の船に乗り組んで来た者の多くが倒れた。繁く行き来していた周新の船の者にも飛び火し、六割がたが死んだ。あいにく、宋から連れてきていた船大工たちは二人とも豌豆瘡に罹《かか》り、命を失った。造船の目論見《もくろみ》は、露と消えたのである。

周新自身も、島に着いてしばらくすると熱を出し、死線をさまよったという。

「あのまま水竜どのが島に戻っておられたら……、辛《つら》い死に目に逢《お》うたかも知れぬ。

それを思えば……」

同じ別れでも、慕い、慕われる者に見取られて眠るように逝《い》った水竜の幸せを、真砂は口にする。

――死。

祇園女御には、予感があった。続いて二の君が身籠《みご》もり、新しい命が生ずるであろうことも。

――生……。

水竜を失った挫《ざ》折《せつ》感に打ちのめされても、女御はともに逝《ゆ》くことを選ばなかった。

何か、この世にし残したことがあるような気がしたのだが、それも思い過ごしなのかもしれなかった。

赤子が泣き出した。ところどころしゃくり上げるために、笑いさざめきのように聞こえる。

——無垢のようなこの声のなかにも、含まれておるのじゃ。海の"渡し"の血も、この身に流れる大宋国の血も、少しずつ。孫の頬を自分の頬にあてがい、女御は愛おしそうに二、三度揺する。命の息吹きが、もし目に見えるものならば、この子のそれは、眩しく広がっているように感じ、かえって恐い。

「お頼み申しますよ……」

女御は赤子を抱えたまま、再び手を合わせた。思わず、願いが口をついて出る。

「何をまた。おかしなことをしなさるお人や」真砂は苦笑するばかりである。「こんな小っさい子ォに頼みはったかて、何もできしまへんえ」

「ええのどす。気休めみたいなものやさかい」

「それもそうや。そないなもんかもしれへんわ。子ォやったら、こちらも力むとこやけど、孫なんぞと申すものは……」

真砂にとっても、この子は初孫《ういまご》――のちの平清盛《たいらのきよもり》――である。

忠盛が念願の二の君を賜ったのは、彼女が身籠《みご》もってからであった。産まれた月から数えても、それは明らかである。

「小母さまには、申し訳のう思うとります。本来なら祇園の屋敷で育てますところを、こちらで見ていただいてしもうて」

「よしとくれやす、水くさい。賑《にぎ》やかで楽しゅおす」

女君は実家で子を産み、手もとで育てることが多かったが、祇園女御の屋敷には院がしばしばおいでになる。二の君の婿《むこ》となった忠盛が、祇園女御の屋敷にしばしば出入りすることはさすがに憚《はばか》られ、二の君は真砂のもとに寄せられた。

「二の君は……どないどす」

祇園女御は小声で尋ねる。

「ふだんは気丈に振る舞ってはりますえ。せやけど……」

真砂はいい淀《よど》み、顔を曇らせる。

やはりそうか、と女御は唇を噛む。

女二人が計《はか》らって、急き立《せ》てるように二の君を祇園の屋敷から出したのには、もう一つ、人には明かせない理由がある。

それは、鳥羽帝《とばのみかど》に入内《じゆだい》なさり、この正月に中宮となられた璋子《たまこ》さまにも関わりの深いことであった。

「あの子は、やはり璋子さまの身をお守りしたのやわ。私の気配りが足らんかったばかりに、そないなことに」

祇園女御は苦しげに息を詰まらせ、肩を落とした。

女御が養女とされた璋子さまは、長年、鳥羽帝を慕っておられた。その璋子さまに、同じ屋敷に住まう祇園女御の手前、無体なことはなさらなかったが、あるときには、こともあろうに養父でいらっしゃる白河法皇が思いをかけられた。

璋子さまを摂籙《せつろく》の家の藤原忠通《ただみち》に嫁がせようとなさった。口さがない者にいわせれば、祇園から璋子さまを切り離し、こっそり鍾愛《しょうあい》なさるべく思い立たれたのだという。

関白の忠実《ただざね》さまがこの縁談を断られたため、このときは何ごともなしに終わったが、風聞を伝え聞いた祇園女御は、思い切って法皇にかけ合い、璋子さまの鳥羽帝への入内を強く薦《すす》めたのである。

法皇もさすがに否とはおっしゃらず、入内がすんなりと決まった。

ことが起こったのは、その後である。

璋子さま入内の日取りも決まり、準備も着々と進んでいたさなか、祇園女御が方違《かたたが》えで留守にしたときを見澄ましたように、祇園の屋敷に法皇の御幸《ごこう》があった。

鳥羽帝に捧《ささ》げるはずの璋子さまの花を、ひと足早く摘んでしまおうと、情を抑えきれずに法皇が璋子さまの御寝所に忍んでゆかれたのである。

「たった一度……」

祇園女御は、悔しげに呟《つぶや》いた。

女御にとって、そこから先は想像のなかのことである。

――おそらく、二の君は璋子さまの香をくゆらせ、璋子さまの装《よそお》いで、法皇をお迎えしたのではあるまいか。

二の君は、人一倍璋子さまを可愛《かわい》がっていた。

――あの子なら……、致しかねない。璋子さまの切なるお気持ちを大切にするために、身代わりに……。

「法皇さまは、お気づきにならなかったのやろか」

「さあ……」

璋子さまは、何もおっしゃらなかったけれども、別れ際《ぎわ》には二の君の手をとって涙を流し、晴れやかに入内の日を迎えられた。

唯一《ゆいいつ》の救いといえば、その頃にはすでに、忠盛が二の君のもとに繁《しげ》く通っていたことである。

女御は、赤子の面ざしをあらためてつらつらと眺める。

――この子の男親は。むろん忠盛朝臣。けれども、日数を考えれば、あるいは法皇日数を考えれば、あるいは法皇の……？　いや、やはり違う。

考えは、そこに落ちる。祇園女御の直感からすれば、赤子はやはり平忠盛の実子であった。

「それ以上は申さぬことどす」真砂がたしなめる。「何があったにせよ、無かったにせよ、男はんは、知らぬほうがええこともありますよって。この子は……、そら、よう見とうみ。紛《まご》う方なく、武者の面《つら》つき。正盛さまにも忠盛にも、よう似とりますえ。何と申しても平家の血筋や」

女御は何度も頷《うなず》く。

漠然とではあるが、妙な幻想を、女御はこの子の上に視《み》ていた。未曾有《みぞう》のことが、この子の身には重なって起こるのではないか。

ふと、都が見えた。

活気に満ちた都城《とじよう》である。空気じたいが光り、色づき、家々はみな眩《まばゆ》く、人々の顔は喜悦と憩《いこ》いに満ちている。市には人々の欲しがる品々が絶え間なく、過不足なく流れる。市街を水路を、あらゆる職の人々がゆく。それらの人々が心に思い浮かべることのおよそすべてが、この子の身に現れるであろう。それはまた、水竜が、千鳥が、真砂が、正盛が生き、心に描いてきたことの集成でもあるのであろう。

——新しい命について人の夢見ることは、いつの世も、さほど変わりがないのであろうが……。

女御の目は孫を素通りし、何か遠いものに注がれる。

彼は一つの命であるが、同時に一切である。

幻視と願いとの境は、あいまいであった。双方の境を確かに分けてゆくものがあるとすれば、明日という時代の波である。

彼女は、両の掌を、またも合わせた。

平正盛と忠盛が、顕季卿《あきすえきょう》から特別のお呼び立てを受けたのは、その翌年のこと。

顕季卿の御家運は、隆盛の一途であった。若い盛りの頃から〝いまを時めく〟受領《ずりょう》の殿ばらでいらした顕季卿は、相も変わらず院の最寵臣《ちょうしん》として、押しも押されもせぬ権勢の人である。

御年六十五歳、すでに正三位に叙され、受領からでは破格のご出世、また一昨年まで太宰大弐《だざいのだいに》を任じられたあと、いまもなお修理大夫《すりのだいぶ》をお務めである。

大宋国の品々にも通じられた方だけに、一段と上質の直衣《のうし》に、唐織《からおり》らしく華やいだ指貫《さしぬき》が、まだ若やかに引き締まった体軀《たいく》にお似合いであった。

「これはこれは、名立《なだ》たる忠盛よ。立派になったのう」

「己《おのれ》など、物の数には入りませぬ」

忠盛は敬譲する。

「そうは申しても。つい先日、賀茂社での舞人《まいびと》を見事に務めたではないか」

十一月の賀茂臨時祭で忠盛が新たな舞人の一人に選ばれ、数曲の調べを貴《あて》やかに舞いおおせたことは、希代《きたい》のこととして、目下、都の話題をさらっている。何人もの君達《きんだち》の頭を越えての舞人への抜擢《ばってき》といい、舞いのさなか道々に投じた、意表をつく花振《はなぶ》る舞いといい、忠盛は、いまや人々の夢に成り変わろうとしているかのようであった。

長男にあたる赤子が生まれてからというもの、法皇からの忠盛の覚えは、ますますめでたくなるばかりである。今年になって、馬寮《めりよう》の権頭《ごんのかみ》を命じられ、続いてとうとう伯耆守《ほうきのかみ》への任が決まった。いよいよ、受領として一国を預かる身となっている。

――わが子が祇園女御の甥《おい》にあたるゆえ、法皇さまも格別にはからってくださるのじゃろう。

忠盛は、自分の立身の早さを、白河院が寵姫《ちょうき》に注がれる温情の及ぼすところと解している。

「こ奴のぶざまな動きときたら、おちおち見ていられませぬ」正盛が慌《あわ》てたように口を挟む。「家保《いえやす》朝臣こそ、めざましく拝見致しました」

忠盛とともに舞った君達のなかに、顕季卿の次男にあたられる家保朝臣がおいでであった。

「ほう……彼奴《かやつ》もおったかな。すっかり霞《かす》んで、目にも止まらなんだ。あいつなぞ、もう古狸《ふるだぬき》じゃて」

顕季卿は、愉快そうであった。

正盛はかしこまる。

鳥羽水閣での一件以来、正盛と真砂とを何くれとなく引き立て続けてくださった顕季卿には、平家の者は足を向けて寝られない。

とりわけ、造営という事業に携わる身となるのには、顕季卿の導きがあった。宋国との密のやりとりにも、後ろ盾となってくださった。

忠盛は、幼い頃からよく存じ上げた御方であるものの、あらためてそう聞かされて、この場へ出向いて来た。

「ところで、私どもへのお申しつけとは、どのような」

正盛は居ずまいを正す。

「ほかでもない……」顕季卿は仰《おお》せ出《いだ》された。「肥前《ひぜん》の藤津《ふじつ》のことじゃ」

「……肥前、でございますか」

「うむ。少々面倒が起こった。お主なら存じておるじゃろう。肥前という地の持つ宝の響きを」

「は」

父の正盛が即座に応じるのを、忠盛は興味深く見る。都の君達は、おしなべて九国《くこく》になど関心を持っていないが、正盛は目の色を変える。

深く知る者でも、太宰府がある筑前の博多津を要地とわきまえておれば良い方であった。忠盛自身も、筥崎津《はこざきのつ》などのありようを、周新や水竜が上洛《じょうらく》したとき知ったくらいで、そのほかの国々には疎《うと》い。

それだけに、肥前を語る目前の会話は、彼の関心を惹《ひ》いた。

「昨今では、肥前に宋船がしきりに立ち寄るようになっておる。むろん、太宰府の取り仕切りのもとにはない船じゃ」

顕季卿は、一昨年まで九国を取り仕切る太宰大弐のお立場でいらしただけに、肥前の様子もつぶさにご存じのようである。

とはいえ、ほかの大弐ではこうはゆくまい。事情に通じていらっしゃるのは、都へと繋《つな》がる海の道につてをお持ちの顕季卿ならではであった。

「さように聞き及んでおります」

正盛の受けも切れがよい。水竜や周新がかつて造船を目論んだのも、肥前沖の島だと聞いていた。

「亡《な》くなりました梶師《かじとり》、水竜の申しておりましたところによりますと、大宋国と我が国とを結ぶもっとも短い海の道は、肥前への一路《いちろ》であるそうでございます。玄海灘《なだ》は波が高うございますゆえに、肥前の内海《うつみ》めいた湾津にてとどまり過ごす宋船もままあると聞き及んでおります」

「その通りじゃ。その湾の津のいくつかを、仁和寺《にんなじ》がすでに所領にしておる」

「仁和寺が……。さようでございましたか」

正盛は、顕季卿の政治力に、いまさらながらに驚いた様子である。

白河法皇の乳母子《めのとご》であられる顕季卿は、生来、法皇さまの御為に財を為《な》し、貢進を続けてきた御方であった。その忠誠を、またもや見せつけられた思いである。

仁和寺のありようは、数多《あまた》ある寺社とは異なっている。光孝帝《こうこうのみかど》、宇多帝《うだのみかど》と二代にわたる創建からこの方、仁和寺の門跡《もんぜき》はすべて、皇子《こうし》皇孫《こうそん》が継いでおられる。

「御室《おむろ》仁和寺が……、肥前に所領をお持ちなのですか」

忠盛も、思わず呟いた。

〝御室〟とは、仁和寺の別称である。仏門に入られた朝家の方々が多くお住まいの御寺ゆえに、住坊《じゆうぼう》を御室と申し上げる。それだけ高貴な御寺であった。

御室仁和寺の所領といえば、それはすなわち、朝家《ちようか》の所領と等しく見なされる。院の御領と同様に、朝家の財をなすための庄なのである。

――上つ方々のなさることは、生き馬の目を抜くようじゃ。

忠盛は半ばあきれ、半ば感嘆する。

――いち早く、宋船が着岸する肥前に目を向けて荘を作り、朝家の方々のために唐物を真っ先に攫《さら》い、お届けする。そんな仕組みが、すでにできておったとは……。

それればかりではなく、同じ大宋国の船から、顕季卿にも唐物がふんだんに流れているのであろう。

――さらに、武者として成り上がったとのみ見られがちな父君も、また、同じ手法で富を築いてきた……。白河法皇や朝家にこれだけの品々をたどり着かせる力量の男たちを、忠盛はほかに知らない。

「それが藤津庄《しょう》じゃ」顕季朝臣が、仁和寺の庄領《しょうりょう》の名を告げる。「御室では寛助僧正《かんじょそうじょう》が藤津庄を取り仕切っておられるのじゃが、肝心の当地のほうで、庄司を任されておった男が叛《そむ》いての」

「宋船とのやりとりを任された男でございますか」

「うむ……、妙な話だが、平清澄《きよずみ》と申すらしい。平はお主らと同姓じゃが、まさか縁の者ではあるまい」

「むろん、みどもらには無縁の者でございますが」

「その清澄なる者が、仁和寺の目を盗み、肥前にて唐物を流しておったのじゃ。とても見過ごすわけにはゆくまいて」

「肥前にて、ことが発覚致したのでございますか」

「密告があっての。それゆえ、寛助僧正は清澄に上洛を命じ、代わりに僧の範誉を遣《つかわ》したのじゃが、子の直澄《なおずみ》がこれを恨み、範誉一行をかどわかして島に放ち、郎等《ろうどう》たち数人の首を斬《き》りおった」

「では、その者たちの捜索を？」

「さよう。かの者たちは海路で姿を消した。内海をうろついておるやもしれぬゆえ、御辺に主軸となって探し出し、討伐して欲しいのじゃ」

「承《うけたまわ》りました」

正盛の応答は早かった。

「おそらく、近々朝廷を通して追捕《ついぶ》が命じられるじゃろう。ただ、前もって内情をわきまえておくように。仁和寺に対する謀叛《むほん》は、国への謀叛に通じる」

顕季卿は、肥前の細かな現況をほかの者には知らせたくないようである。

——追捕官符《かんぷ》が下されるとなれば、追討される者は国家に対する重犯じゃ。

検非違使《けびいし》庁の長かった忠盛は、追捕官符の威力を知っている。

国司が朝廷から追捕官符を給《たま》われば、彼は国内の武勇の輩《やから》を集めることができる。また、国司でなくとも、ある者が追捕使、追討使となれば、国々をまたいで軍勢を募ることができる。

いいかえれば、官符を持たずに軍勢を徴発した場合、私合戦《わたくしのかっせん》と見なされるのである。良い結果に終わっても、勲功《くんこう》はない。諸国兵士の徴発は、悪くすれば謀叛とまで取られかねない。

追捕を仰せつけられた者は、国きっての強い力を持つ軍《いくさ》の指揮官となる。

──父君は、源義親《よしちか》討伐のときに、追捕官符を給わっておいでである……。

当時十二歳かそこらであった忠盛には、そのときの実感はない。しかし、官符の効力は想像がつく。

追捕官符の名のもとには、夥《おびただ》しい軍兵《ぐんぴょう》がこぞって集まり来、瞬《また》く間に持ち場、持ち場にへばりつくのである。

官符のもとに徴発され、軍へ参じることを認められた者には、兵具を帯びることが認められる。弓箭《きゅうせん》を帯す、刀を佩《は》く、乗馬を許される──、武者の勇姿は、男たちの心を奮い立てる。

兵には手当てにあたる扶持《ふち》があった。そのうえに、功を上げれば田地や官位などの賞が下される。目に見える褒美《ほうび》をめぐる争いは熾烈《しれつ》である。

諸国には、かつての重犯鎮圧などにおいて勲功を上げた兵の家門も界隈《かいわい》に根つき、ひとつの勢力となりつつあった。

「たかが抜け荷をした程度の小者に、国をあげての追捕官符とは、ずいぶんと大仰《おおぎょう》ではございませぬか」

帰る道々、顕季卿の前ではいえなかった本音を、忠盛は父に洩《も》らした。

「確かに、大げさじゃ。が、法皇さまや朝家の方々へ財物の流れる道を、顕季卿は是非とも守りたいのじゃろう。さもなくば、またもや摂籙内覧《せつろくないらん》の臣に富を持ってゆかれてしまうゆえに」

白河院が政《まつりごと》をご覧になる前までは、財物は摂政、関白の一門へと流れていた。その流れを朝家に導いたのが、院と受領の殿ばらたちである。それに加えて、正盛は、財物の流れを支える力であった。

「それに、悪いことばかりではなかろう」正盛は、忠盛に向き直る。「我が一門の名も、このたびの追討によって、さらに高まること疑いなしじゃ」

平直澄の首は、思いのほか早く上がってきた。

正盛は都より手兵を選りすぐり、御船を仕立てて内海《うつみ》を下ったが、さほどの手数は不要であったほどである。

陸を早馬が、海を早船が、飛ぶように先をゆき、内海の津津浦々に照会《しょうかい》の報を入れていた。

笹のように細長い船は、荷は積めなくとも走りが迅《はや》い。

京上官物《きょうじょうかんもつ》に関わる梶師《かじとり》、各津の長者、諸大社寺の神人《じんにん》らなど、財物の流れる浦から浦へ、肥前の犯人追討の触れが驚くほど早く運ばれた。

付き従う兵たちが、津ごとに、しだい膨《ふく》れあがってゆく。

忠盛には、不気味に思えるほどの数の小舟が、正盛の御船をなかに、続々とたかってくる。

天下無双の武者にあやかり、国の名のもとで武功を上げたいと馳《は》せ参じる者で、海路をゆく船々はびっしりと、さながら鯔《ぼら》の一群のようである。

正盛の御船が備前の津に到着する頃には、彼の郎等たちのもとに、すでに何組かの者たちが捕えられ、送られてきていた。早船の飛ばされた先々の津々で、怪しい者たちが召し捕られ、連行されたのであろう。

早速に実検《じっけん》が行われたが、さすがに、そのなかに平直澄たちの姿はなかった。

しかし、さらに数日を備前で過ごすあいだに、また捕われた一団が召進《しょうじん》された。

そのなかに、拿捕《だほ》された平直澄一党がつくねんといた。

内海に通じた者たちがいったん網を張れば、よその海から来た者がその目をかいくぐるのは難しい。

平直澄の奪った船は、沼田《ぬた》のあたりで座礁《ざしょう》したらしい。郎等を率いたといっても、仁和寺の出先で商いに従じていた男、武芸を恃《たの》むわけでもなく、地元の兵に手もなく捕われたという。

　長年、正盛が海道に作り上げてきたつてが、ものをいい始めている。

「さて」実検を終え、二人きりになると、正盛は忠盛に問うた。「御辺ならどう裁く……、あの謀叛の者どもを」

「首を貰《もら》いましょう」

　顕季卿の面ざしを浮かべ、忠盛は答える。肥前が唐物の宝庫であることを、顕季卿はほかの君達に知られたくない筈《はず》である。

「それだけか」

「は？」

　忠盛は、正盛に挑発されて戸惑った。

「芸がないのう」

　正盛は苦笑いを浮かべた。

「何がです」

「覚えておけ。我にも御辺にも、この者たちをいかようにもできるのじゃ」

「……いかようにも……？」

「たとえば、引っ捕えられた郎等たちのなかにおった、年若の楫師」

「はい」

忠盛の印象にも残っていた。頬がすべらかな、利発そうな子で、まだ十四、五というところか。上半身、とくに腕の筋肉が、身動きするたびに成人なみに盛り上がる。

「奴は生かす」

きっぱりと、正盛はいい切った。

「何ゆえ」

「捕えた者の申すところによれば、もっぱら彼奴が船を操っておったそうな。相当の腕の持ち主じゃ」

「けれど、彼奴は賊らの船を座礁させたのでございましょう」

「肥前の海……」

正盛は、遠くの景色に思いを馳《は》せる目になる。

「顕季卿が仰《おお》せられるには、宋船が着き、宝の来る津があるとか。その海を、己らはまだ知らぬのじゃ」

忠盛は、はっとする。

──父君は、実情に基づいて考えを進めておられるのじゃ……。

「水竜《すいろう》が申しておった。肥前の湾のなかは、内海に等しい難所であると。浅瀬が多く、船底の深い宋船が通れる道は、ほんの僅《わず》かであるそうな。されば」

水先案内の者が必要になる。正盛は、そう教えているのである。

「彼奴の命を長らえさせることによって、我らが得るのは、富に通ずる肥前の道。どうじゃ、忠盛」

「御意」

まったく、忠盛の頭にはなかったことであった。

「あ奴の力はいずれ、御辺の役に立つ……肥前の海で」

ふと、このとき、忠盛の脳裏をもう一つのことが過《よ》ぎった。

——父君は、これまでにも同様な手法を取って来られたのではあるまいか。

何年か前——、確か水竜どのたちの上洛《じょうらく》と同じ船団で、備前から海賊が召進《しょうじん》されてきたことがあった。あのとき検非違使庁に連行されてきた者たちのなかには、子どもが何人もおり、とても海賊らしからぬと、庁内でも噂《うわさ》になりかけたほどであった。

——かのときも、実の主犯はほかにおり、身代わりの者を立てられたのだろうか。

父君は、利と引き替えの取引をなさったのじゃろう。

思い切って問うことはできなかった。が、そうに違いないと思った。

とはいえ、身代わりの者が科せられた無辜《むこ》の罪を憂《うれ》い、その者たちの周囲の憤懣《ふんまん》を思う気持ちは、このときの忠盛にはない。むしろ、父の手腕に気を取られている。

思いに被《かぶ》せるように、正盛の諭《さと》す声が響いた。

「将たる者ならば心得よ。生かすも殺すも戦術のうち……と」

平直澄の首を、正盛は平家の郎等に斬らせた。

上洛の道は、大悪人を追捕したかの如《ごと》き凱旋《がいせん》の様相《ようそう》を呈《てい》した。

備前守平正盛をなかに、追討の勇士となるべく集まった西海の兵たちが、我も我もと就《つ》き従ってきたためである。その勢いが、そのまま正盛の威勢と受け取られた。

師走《しわす》の都は、押し寄せる武者たちの熱気にわいた。

主犯の首は、六条の河原で、正盛の郎等より、検非違使に引き渡された。河原端《ばた》は、天下無双の武者や〝極悪人〟の顔見たさに集まった見物客で、鈴なりの人出であった。

後日、恩賞が施されたが、なかでも目を惹《ひ》いたのは、平正盛が院より賜った追捕《ついぶ》の賞であった。

年明けの除目《じもく》で、備前守正盛は正四位下に任じられた。胸を張って朝臣といえる位《い》階《かい》である。

これもまた、武者の家門では類例の見あたらぬ昇進で、君達の驚きと人々の羨望《せんぼう》の的となったのであった。

第三章

一

青ずんだ苔地《こけち》が、古梅の幹を這《は》い上がっている。

黒ぐろと侘《わ》びそそり立つ枝先に、紅い蕾《つぼみ》がひとつふたつと破れ、枯淡《こたん》の趣を持つ梢《こずえ》に、思いがけず若い血が噴き出したかのようである。

いにしえの都であった南都が、この日ばかりは賑《にぎ》わい、常ならば鷹揚《おうよう》に鹿が草を食《は》み、閑寂《かんじゃく》とある春日《かすが》社の境内が、人いきれに満ちている。

春日祭には、恒例により、わざわざ半日を超える旅程をかけ、平安京から一流の社交人士が詣でてくる。殿上人《てんじょうびと》の君達《きんだち》や受領《ずりょう》の殿ばらの御車から、地下諸大夫《じげのしょだいぶ》、衛府《えふ》の武官たち、随身《ずいじん》、郎等《ろうどう》、白丁《はくちょう》、諸役の男女にいたるまで、騎馬の者あり、徒歩の者あり、三百人を超える人々が列をなすのである。

　祭は晴れやかであった。

　毎年奉納される馬のこしらえも、常になく見事である。

「おお」

　にわかに、場がざわめいた。

　凛《りん》とした鈴の響きが耳を奪う。それと重なるように、ゆっくりとした歩調の馬蹄《ばてい》の音がかつ、こつと伝わって来る。

　奉納される名馬のお披露目であった。

　馬寮《めりよう》の舎人《とねり》と近衛《こんえ》の兵とが、馬を挟むように左右の差《さ》し縄《なわ》を曳《ひ》き、馬場に現れる。

　平安の都から連れてきた神馬《しんめ》と御馬は、まず神にお目に掛けるが、参内者にもお披露目があり、飾り立てられた馬が、続々と曳かれてくる。

　鞍褥《くらしき》に飛雲を織りだした唐鞍《からぐら》が閃《ひらめ》く。泥障《あおり》もきらびやかな鳳凰《ほうおう》柄の唐錦、泥障から垂らした緒先には金鈴が眩《まば》ゆく、面懸《おもがい》から胸懸《むながい》にかけては、宝冠や胸飾りの瓔珞《ようらく》を思わせる金銀の餝《かざり》。

　春日の神は馬を好まれる。馬は贅沢《ぜいたく》な品ゆえに、最上級の乗物が神に奉《たてまつ》られる。神事のための神馬は特別に牧《まき》で育てられ、そのほか院の厩《うまや》からも御馬が選り出されて奉納される。

紅梅を背景に闊歩《かつぽ》する餝馬《かざりうま》の装《よそお》いに、あちこちから賛嘆の声が洩《も》れた。参詣している者たちの姿もまた、下々から見ればこのうえなく眩《まぶ》しく映るはずである。都では名だたる者ばかりが、南都の一堂にひしめいている。長い伝統を持つ春日祭のなかでも、きわめて盛会であった。

それもそのはずで、この日は、ある意味で特別の祭りでもあった。若君のお披露目である。

——くだらぬ騒ぎじゃ。

男がひとり、苦々しく吐き捨てた。

馬場を取り巻く者たちの顔は、華やぎに輝いている。そのなかに混じりながら、彼だけは、不快そうに顔を背けた。

男の名は高階通憲《たかしなのみちのり》。年少の頃より学問に通じ、祖父季綱より相続した数多の書籍を——とくに大宋国の書物を——読み継いで育った。

——この者どもは、みな烏滸《おこ》じゃ。自分があ奴の供にすぎぬことを、気づかぬのじゃろうか。

春日祭の、いまのありようが、通憲には腹立たしい。

——いまの春日祭は、氏長者《うじのちょうじゃ》の繁栄を祈るばかりじゃ。朝廷の柱は朝家《ちょうか》であらせられる。されども、昨今は摂籙《せつろく》の家ばかりが幅を利《き》かせておる……。

通憲は、人々が春日神へ詣《もう》でる神事を否定しているのではない。いにしえの成り立ちはどうあれ、いまの春日祭は、摂籙の家の祖先祀《まつ》りである。そのことが気に入らない。

摂籙の家の総代は、ふたつの役割を果たす。関白および摂政職の相続と、藤原一族——藤氏《とうし》——の統率者である氏長者の相続と。伝統的に、そのふたつの地位を、藤原四家のうちの北家が兼ねてきた。春日祭を取り仕切るのは摂籙の家で、藤原家の御幣が神殿に納められる。いわば摂籙の家が主軸となる催しであり、その催しに、国きっての者たちが首を揃《そろ》えて列をなすさまが、この男には、そのまま摂籙の家の権勢に繋《つな》がるように思えてならない。

——白河院《しらかわのいん》の崩御よりこの方……。

彼は唇を噛《か》む。

——摂籙の家の力が目に立ちすぎておる。

生前、白河法皇は当時の関白忠実《ただざね》殿に、内覧停止《ないらんちょうじ》の宣旨《せんじ》を下された。内覧は、帝に奏上される、あるいは帝より下される文書にくまなく目を通すことのできる、関白ならではの特権であった。内覧停止によってその特権を奪われた以上、忠実殿は関白を罷免《ひめん》されたに等しい。以来、前関白殿は本拠の宇治に籠居《ろうきょ》を余儀なくされていたのである。

前関白失脚のあと、子息の忠通《ただみち》が、しばらくして内覧の宣旨を受け、関白殿と相成ったが、一門の者が内覧停止を命じられたことは前代未聞であり、家の力は減退したかに見えた。

が、四年前の白河院崩御がその風を変えた。前関白殿が鳥羽院《とばのいん》によって朝廷に再び迎えられ、内覧を命ぜられたのである。

もともと疎通《そつう》があまりよろしくなかった前関白殿といまの関白殿の仲がこじれた。親子二人のいずれもが内覧の特権を持ち、反目し合うようになったのである。

――そのうえに。

通憲の視線が、一人の若君に向けられる。

このたびの春日祭で、皆の注目を一身に集めているのは、御年十四歳の若君であった。

式典執行の主役ともいえる上卿《しょうけい》を任じられた若君は、獅子《しし》のように際立《きわだ》っている。

若いとはいえ、その面持ちに愛らしさや稚気はない。どこか冷ややかなくせに、挑発的に気を張り詰めており、なにげなく目を合わせた者までも挑まれる気になる。研ぎ澄ました刃のようで、見ている方は落ち着かない。

この若君が、前関白殿溺愛《できあい》の、藤原頼長《よりなが》である。いまの関白殿にとっては二十ばかり離れた異母弟にあたる。

忠実さまが朝廷に戻られると、頼長の異例の昇進が始まった。十四歳にしてすでに従二位に叙せられ、中納言中将の任官を賜《たまわ》っている。その立身が、現関白殿には面白くない。いさかいは、忠通、頼長兄弟の争いに発展しかねない様相を見せている。

それだけの存在感が、若君の頼長殿にはある。

——我らは、こ奴の僕《しもべ》ではない。己《おのれ》がお仕えしておるのは、朝家《ちょうか》の方々じゃ。

よそながら頼長を眺める男は、摂籙《せつろく》の家の復権に内心苦り切っている。

通憲には、国を治める者は君主のみであるという持論があった。

しかし、表向きその思いを口に出すわけにはいかない。

通憲はようやく院の北面《ほくめん》に祗候《しこう》することが叶《かな》ったばかりの散位《さんみ》にすぎない。散位とは、位がありながら本官ではない者のことである。中納言中将とは比べものにならぬほどの低位であった。齢二十八にして院北面の散位では、とても早い出世とはいえない。

学問に気を取られすぎた自分の来《こ》し方《かた》を、出世の面から見たとき、通憲は悔いる。学問は、いますぐ朝廷のお役に立てる力をつけてくれたけれども、その力を振るう機会が、目下の男にはない。

位というものが、政《まつりごと》には大きくものをいうのだと認識したのは、ようやく最近のことであった。

そうなってはじめて、この男は世を動かす力というものに、とりわけ目を向けるようになっている。

その目をもって中納言中将頼長を見たとき、胸が焼けつくような思いを感じる。通憲が頼長をうとましく感じる目のうちには、いうにいわれぬ嫉視《しっし》のようなものも混じっていた。

〝中納言中将は『孝経』を学ばれた〟

〝近頃は、『史記』に熱中しておいでの模様じゃ〟

〝都じゅうの書籍を渉猟《しょうりょう》なさるおつもりか〟

そんな話を耳にするたびに、男の耳はぴくりと動く。

頼長は、学問に目がないことでも知られている。

幼い頃から学者について書籍を学び始め、去年には公《おおやけ》にも摂籙の家の後継として

〝読書始《どくしょはじめ》〟が行われ、正式に講師が何人も加えられた。それこそ万巻を食い尽くす勢いで、和漢の各書を読み込んでいるときく。

昔の自分の姿を見るようでもある。違うのは家格で、この頼長は摂籙の家の後継者と目されており、力が約束されている。

何か割り切れない思いであった。

——我に、政の権限があれば。

彼は歯噛みする。いまのこの男の地位は、国の中枢《ちゅうすう》にはほど遠い。

「通憲《みちのり》よ」

背後からおだやかに声をかけられた。

振り向けば、互いによく知りあった、三十代半ばの男である。

身ごしらえも顔の相も、集まった者たちのなか、群を抜いて品がいい。世間の波の荒さも、この人物にだけは無縁のようである。

高階通憲は、声をかけてきた殿上人を羨《うらや》ましく見た。

備前守忠盛朝臣《びぜんのかみただもりあそん》であった。

「御辺に、知恵を借りとうてな」

平忠盛が率直に話を切りだしたのは、都へ戻ってからのことである。

春日祭では、周囲に人の目がありすぎて、込み入った話ができない。

忠盛と通憲があらためて膝《ひざ》を交えたのは、六波羅《ろくはら》の忠盛の屋敷であった。正盛が亡《な》くなって以来、この屋敷を忠盛が使っている。

備前守の御役も、ごく自然に任じられ、忠盛が引き継いでいる。忠盛は確実に地歩を築き、相変わらず羽振りがよかった。

「知恵を拝借したいのは通憲のほうじゃ」

通憲は苦笑に紛らせて本音を洩らした。片や殿上人、片や散位《さんみ》であり、年齢も十は違う忠盛と通憲であるが、二人きりになれば互いに飾らない口をきく。

忠盛は通憲の幼い頃からの知己《ちき》である。通憲は八つか九つの頃に宋からの書籍を購《あがな》った。購入の代価を忠盛が立て替えて以来、隔《へだ》てのないつき合いが続いている。

祖父より相続した七条の屋敷が売れ、通憲が立て替え分をきれいに払いきったのは、まだ十かそこらの頃であった。

「我も忠盛朝臣のごとく、院の御信頼を得とうなったわ。いかように泳げば、御辺のように出世頭となれるのじゃ」

通憲の問いは、殿上人や受領の誰もが知りたがっていることでもあった。

白河法皇の崩御により、政が、鳥羽院のものとなった。今上《きんじょう》は崇徳帝《すとくのみかど》であるが、院は政を帝にはお任せにならず、自ら御覧じておいでである。

権勢の変わり目の波に、多くの者があおりを受けていた。

関白も、白河法皇に重用されたばかりに、鳥羽院の覚えがめでたくない。かわりに、摂籙の家では復権された忠実《ただざね》大殿と、中納言中将頼長《よりなが》とが取り立てられている。

なかで、忠盛の出世は相変わらずめざましい。

「御辺は、申してみれば白河法皇の最寵臣《ちょうしん》でもあったはず。法皇を棺《ひつぎ》に入れ奉《たてまつ》るときにも、御輿に乗せ奉るときにも御前に伺候《しこう》した。いずれも御葬送の大役じゃ。さほどに法皇に近くお仕えし、可愛《かわい》がられておったにも関わらず、鳥羽院にも引き立てられておる。何ぞ寵を受ける秘訣《ひけつ》でもござるのか」

忠盛が鳥羽院から遠ざけられない理由が、通憲には不思議である。

「鳥羽院は、晩年の白河法皇に含むところがおありのようであったからのう。璋子《たまこ》さまのことがござるゆえに」

通憲は、朝廷では禁句のようになっていることにさえ言及した。

「うむ……」

忠盛も、複雑な顔になる。

念願通り鳥羽帝に入内《じゆだい》、中宮となられた璋子さまであったが、その後も白河院の璋子さまへの執着は止《や》むことがなかった。養女に思いをかけられるとは、これも芳《かんば》しからぬことであったが、ついには璋子さまを強《し》いて院御所に参内《さんだい》させ、同殿《どうでん》がなったその際に、とうとう思いを叶《かな》えられたというのである。

さらに悪いことに、璋子さまはその後身籠《みご》もられ、問題の折の御子こそがいまの帝、崇徳帝であるとの噂《うわさ》が根強い。

璋子さまご懐妊の日を繰り合わせてみれば、鳥羽帝は御物忌《おんものいみ》のさなか。そんなときに璋子さまと結ばれるはずがなかったであろうと、口さがない者たちは陰でささやく。

璋子さま御懐妊から御産に至るまで、安産をもっとも熱心に祈願なさり、仏事を盛大になさったのは白河法皇であった。鳥羽帝を退位させ、幼主として崇徳帝を立てられたのも法皇である。白河法皇は、生前に璋子さまを女院《にょういん》にまでお引き立てになった。

そんなことが重なり、とうとう璋子さまのお気持ちが法皇に傾いたと見始める者も出た。璋子さまは、いまでは待賢門院《たいけんもんいん》とおっしゃる。

鳥羽院は初めのうち、噂を笑っておられたが、法皇の崩御により束縛が解かれると、お気持ちが待賢門院から離れ始めたようであった。

待賢門院とは別の女君に、鳥羽院が心を向けておられるせいかもしれない。

前の関白忠実殿が、御娘《おんむすめ》の泰子《たいし》さまを後宮に入れるべく、懸命に働きかけている。泰子さまは中納言中将頼長の姉君で、もはや三十九歳、鳥羽院よりも八歳年長で、政略の色は限りなく濃い。

「年上の御妻《おんめ》も悪くはないが、前関白殿のごり押しにも、困ったものじゃ」

忠盛は、さらりと流す。

通憲は、忠盛が最初の愛妻をすでに喪《うしな》っていることを思い出した。

――確か、あの方は忠盛朝臣よりも年長であった。

祇園女御《ぎおんにょうご》の妹君にして忠盛の妻である二の君はこの世を去っている。

――清盛どのが二、三歳の頃であったか。

いまは十六になり、先の春日祭にも左兵衛佐《さひょうえのすけ》として同道した忠盛の長子、清盛は、生まれて二年ばかりで母を喪った。

――清盛どのは、御母儀を亡《な》くされたあと、祇園女御の猶子《ゆうし》となられたと申すが。

その祇園女御も、法皇崩御のあと落飾されたという。

通憲は、忠盛の一族にちらと思いを馳《は》せたものの、すぐに思いを摂籙《せつろく》の家の趨勢《すうせい》のほうに向け変えた。

前関白殿の押し進める泰子さまの入内は、通憲にとって重大な意味を持っている。

通憲はずっと、鳥羽帝に入内した璋子さまにお仕えしてきたのである。

もとはといえば、亡くなった平正盛が率先してはからったことであった。

通憲は、故季綱朝臣《すえつなあそん》が夢にまで見た大宋国《だいそうこく》の禁書を含む膨大な数の書籍を、宋商の周新《しゅうしん》より入手した。その書籍の整理と読破こそ、通憲が真っ先に取りかかるべき作業であった。育つにつれて宮仕えもしなければならないが、要務につけば、何かと割かれる時間が惜しい。

祖父がそうであったように、学者となることもできたかもしれないが、学ぶための典籍として扱われているどの書物よりも新しいものは、通憲の手元にあるのである。

そこで、正盛は璋子さまに通憲を仕官させることを考えた。

璋子さま付きになれば、ある程度自由がきく。その見込みはあたり、通憲はありったけの時を費やし、読書に没頭することができた。

璋子さまが待賢門院となり、通憲は待賢門院判官代となったが、散位《さんみ》であり続けた。

そのうちに、通憲に運がもたらされた。通憲の妻が待賢門院御腹の雅仁《まさひと》親王の乳母《めのと》となったのである。

雅仁親王は、崇徳帝の弟君にあたる。

――もしも、白河法皇の世が続いていれば……。

通憲は歯噛みする。

雅仁親王が帝の位に上られる日が到来したかもしれない。そうなれば、帝の乳母の夫――傅《めのと》――である自分も、執政の好機に恵まれる。

いや、いまだにその可能性はなきにしもあらずであった。

ところが、風向きは変わりつつある。

「鳥羽院の世は、法皇さまのときと同じように、長期にわたり続くのやもしれぬのう」

通憲は呟《つぶや》く。

「朝家が強くあられるのなら、めでたいことではないか」

忠盛はたしなめるが、通憲はなおもいい募る。

「そうは申しても、政には学問が要る。大宋国よりの書籍にあるが如《ごと》き律令や諸法の形が、この国の姿を整える。都のあり方も、朝廷の形も、徴税も、商いの流れも……、何もかも学ぶところが多大じゃ。誰が朝家《ちようか》の政を支え奉《たてまつ》るのじゃ」

「ふむ。そのために学者や摂政、関白があるのであろうが」

「国の大学さえ、あって無きが如きご時世じゃ。大宋国なれば、学問は下々にまで行き渡っておると申すに」

通憲は、読み解いてきた書籍のなかの大宋国の姿に、衝撃を受けていた。

大宋国では、大学が全国各地にあり、庶民にいたるまで文字と学科の習熟に熱心であるという。広く学問の試験が行われ、合格すれば貴族でなくとも官吏《かんり》の道が開かれる。

それとひき比べて、わが国の制度の拙《つたな》さが、知識の浅さが際立《きわだ》つ。

通憲には大宋国の諸制度が進んでいるように見える。

二国の差を知った者にとって、それは痛恨の極みであった。

「忠実殿にも忠通殿にも、政の能はない」彼は痛烈である。「摂籙《せつろく》の家は、おのが庄《しょう》領《りょう》を増やすことばかりに懸命じゃ。受領のほうが、朝家に財物を貢献しておるだけましじゃ」

「ならば通憲殿、お主が朝家をお支え申し上げればよろしかろう」

「それゆえ、何としても出世をしとうなったのじゃ」

鳥羽院の政《まつりごと》がこのまま長くなれば、中納言中将頼長が関白に成り上がり、政務をとる日が来るであろう。

通憲にとって、摂籙内覧の家は朝家の富や威光を妨げるものにしか見えない。

「忠盛朝臣、そなたばかりは相変わらず院の寵臣じゃ。昇進を続け、ついには殿上人じゃ。やはり武名のゆえじゃろうか」

昨年、忠盛は内昇殿を許された。すなわち、殿上人となったのである。

武門出身の者にとって、これは快挙である。

新参の忠盛を成り上がり者と見、陰で悪態をつく君達《きんだち》もあったというが、忠盛は歯《し》牙《が》にもかけていない。

いまの忠盛には勢いがある。内昇殿は、得長寿院《とくちょうじゅいん》造進の功であった。鳥羽院の御為に千体の仏像を造らせ、三十三間の殿堂に安置した。

それればかりではない。その前年には、白河法皇の三条殿を鳥羽離宮へ移築造営し、成菩提院《じょうぼだいいん》とした。

父の正盛に倣《なら》い、忠盛は受領の雄として水運と富とを活《い》かし、朝家の御為にと、造進造営を重ねた。結果として、朝家に財物を運ぶ役を担《にな》ったことになる。

「河海の道ゆえじゃ……」

忠盛は、遠い目をして呟く。

富の来し方を思うとき、忠盛は淀《よど》川や西海を思い浮かべる。富だけではない。武運もまた、西からやってきた。

父の死後も、忠盛は海賊追捕《ついぶ》の宣旨《せんじ》を受け、追捕官符の力も実感した。

忠盛が運に恵まれたのは、ひとえに富の流れに——海の道に——通じたことによる。

「そなたが院に財物を進ぜ奉りおることは、私も存じておるが、同じ受領でも落魄《らくはく》してゆく者がおると申すのに」

通憲《みちのり》は、なおも納得していない。

「長実卿《ながざねきょう》と家成《いえなり》朝臣のおかげじゃ」

忠盛は洩《も》らした。

長実卿は故顕季《あきすえ》卿の長子、同じく家成朝臣は、顕季卿の孫にあたる。

顕季卿は白河法皇よりも前に亡くなられたが、その一族は権門として顕在《けんざい》である。

長実卿の数ある屋敷は、しばしば鳥羽院の御所のように使われる。さらに、家成朝臣は目下、鳥羽院最寵の臣である。いずれも受領としては大国を歴任し、殿上人に成《じょう》功《ごう》を遂げている。長実卿は権中納言にして太宰権帥《だざいのごんのそつ》、家成朝臣は通憲と同年輩であるが、若くしてすでに一流国、播磨《はりま》の国守である。

彼らもまた、故顕季卿同様、朝家に財物を流れ込ませることにかけては辣腕《らつわん》であった。

とくに家成朝臣は、鳥羽院から厚い信頼を賜っている。

白河法皇崩御に際し、鳥羽院は鳥羽や京白河の御所倉《ごしょぐら》に封緘《ふうかん》をさせたが、白河法皇が集めた唐物や財物を離散させぬよう、鳥羽院に耳打ちしたのは、家成朝臣であったとも噂される。

「家成朝臣は機転がきく方でのう。顕季卿譲りじゃろう。御辺のお気に召さぬ忠実殿にも、ひと泡吹かせたゆえに」

「いかなることじゃ」

通憲は身を乗り出す。

「家成朝臣は、まず院に宇治への御幸《ごこう》をお勧めしたそうな」

「ほう。宇治へ」

宇治は摂籙《せつろく》の家の拠点ともいえる地であった。

「昨年のことじゃ。前関白殿は院をお迎えできることに喜色満面《きしよくまんめん》であったそうじゃ。ところが、宇治に入るやいなや、院が平等院の経蔵《きようぞう》を御覧じると仰《おお》せられた」

「何。摂籙の家の宝蔵をか」

「さよう。代々の関白が余人《よじん》を入れぬように固く閉じてきた扉のなかを、院が御覧じると仰せ出された。忠実大殿も、鳥羽院の命とあっては、渋々ながら経蔵を開かざるを得ぬ……。代々、蒐集《しゆうしゆう》に努めて参った秘宝を明らかにせねばならぬのじゃから、さぞ口惜しかったことじゃろう。その際に、家成朝臣は院の御供を仕《つかまつ》った」

「それでは、家成朝臣が院に……」

平等院視察を進言したのかと、通憲は舌を巻いた。

「そればかりか、院とともに家成朝臣は経蔵をつぶさに見て回った」

「まさか」

「通憲よ。それが寵臣ぞ。誰彼が申しておろう。天下のこと、挙げて一向家成に帰す……と」

忠盛がずばりと言いきる。

「摂籙の家の至宝を御覧じたときから、院は財物への御関心を高められた。現に、院は鳥羽水閣に平等院を遥《はる》かに超える御堂の造立をお考えじゃ。家成朝臣が立案を仕っておる。造進は伊予守《いよのかみ》あたりに命ぜられそうじゃが」

「経蔵も造らせようとお考えなのか」

「むろん。宝蔵と申すべきであろうが」

——なんと、巧妙な。

家成朝臣の練り上げた図式に、通憲は唸《うな》った。

摂籙の家の財物をお目にかけることで、院の財物への関心を掻《か》きたて、同時に関白とのあいだに競争心を生じさせる。さらにいえば、海の道をつかい、院に宋からの唐物をお届けするのは、播磨守家成朝臣や、備前守忠盛朝臣……。造進もしかりである。院が富むことには、異論がない。

その意味で、通憲は受領ばらの存在を認めている。

——されど、残念ながら。

利の道には通じていても、彼らには国を背負うために必要な学問がない。

——この国にないものは。〝国家の大計〟にほかならぬ。

通憲は憂《うれ》う。

何といってもまず、臣にすぎない関白、摂政の一門に私財としての富が積まれることだけは許し難い。

続いて受領はと見れば、これも懐《ふところ》には、運上物を掠《かす》めた富を溜《た》め込んでいる。忠盛のように、朝家に尽くす分をわきまえた者ならともかくも、諸国の国衙《こくが》では下の役人までもがこの味を覚えはじめ、折あらば庄領を得、貢進物を抜け商いしようと手ぐすねを引いている。

寺社の庄でも、それは同じことであった。神人《じんにん》や悪僧がはびこり、庄領をめぐる争いの数も、年を追って増している。

摂籙の家と寺門、国衙の役人と御社、受領と地方の長者……、互いに庄をめぐる訴えもあとを絶たない。悪くすれば力と力のぶつかり合いになる。権門のそれぞれが兵《つわもの》を雇い、抱え込み始めているのはそのためである。

――我ならば……。

采配《さいはい》を振るう折さえあれば、庄のいざこざを取り仕切ることができると、通憲は自負している。

朝家を除くいかなる権門にも富が偏《かたよ》らなくすること、これが通憲にとっては、国を治めるということでもあった。

そのための政《まつりごと》の案が、はっきりとある。

一例をあげれば、唐や宋では、権限の集中を避けるため、諸道に通じた、選び抜かれた学士が、ことごとに諮問《しもん》をする役所があるという。そんなことどもも、即座に政に活かせそうに思えている。

だからこそ、通憲は執政の座にたどり着けないことが歯痒《はがゆ》い。

いっぽうで通憲は、これまで自分になかった柔軟さや機知を、正盛や顕季卿ら受領から学んでもいた。書巻のなかには記されていない、折り合いや方便のつけ方を身につけている。

とはいえ、受領に欠けているものは、やはり先々を読み、国の容《かたち》を象《かたど》ってゆくための学問であった。

——忠盛朝臣にせよ、長子の清盛どのにせよ。

学ばずにいても豊かすぎるほどの身持ちである。加えて、学ぶこととしては武道なり、舞楽や朝廷の所作なりと、日々求められるものが先に立ち、才《ざえ》ある者を出すほどのゆとりにはまだ遠い一門であった。

「またもや、学者ならではの小難しい考えにふけっておるのじゃろう。武者や受領は狡猾《こうかつ》じゃが、学がない——、御辺の論も変わりばえせぬ」

忠盛は苦笑する。

「まあよい。その御辺に策を借りたいのじゃ」

「何の方策じゃ」

「いまの話にも、まんざら関わりのないことではない。またも唐物が到来することになっておる」

「——では、周新どのか」通憲の双眸《そうぼう》に、新たな輝きがともる。「宋書も運ばれてくるのじゃろうな」

「お主、まさしく本の虫じゃな」

半ばあきれ、どれだけの文字がこの頭に詰め込まれているのかと、忠盛の目が通憲の寄せられた眉間《みけん》に注がれる。幼い頃からませていた物いいが、いまも少し高飛車《たかびしゃ》に残っている。膨大な知識を活かせないもどかしさが、この男をやや斜《しゃ》に構えさせているのかもしれない。が、目はいまも一途な情熱を帯びている。

——やはり、父より聞かされた季綱朝臣の御血筋。

存外傑物になるやも知れぬといった、父の正盛の通憲評を思い出す。

「周どの……、しばらくぶりにお目にかかりたいものじゃ」

「また琵琶《びわ》をやたらとかき鳴らして、もてなすか」

忠盛はからかう。

「ふふ」さすがに、通憲は照れくさそうに笑う。「それもよかろう。あのときよりは上達致しておる」

琵琶の名手として、通憲の名は高かった。長年のうちに、購《あがな》った渡来の楽器も蒐集品といってよいほど増えているらしい。

「それも、無事に周どのの船が着いてこそのことじゃな……」

「便りがあったのか」

「うむ。唐物を満載にして、自ら商船を率いて参ると」

「懐《なつ》かしい。幾歳になられたのじゃろう」

「四十六、七か」

「海路の無事を祈ろう」

「それだけでは済まぬのじゃ」

「どういうことじゃ」

「周どのの船は、このたび肥前あたりを目指して来ると申す」

「さようか。肥前の津に来着する船は昨今、増えておるようであるな」

「海が静かであるゆえに」

肥前には、かつて正盛がその罪を見逃した、腕のいい梶師《かじとり》もおり、つねづね忠盛の便宜をはかってくれている。

が、このところ、これまで宋船が来着していた島のあたりに悪辣《あくらつ》な海賊が根付き、その島には着けられない。また、周新には疫病の思い出があり、島には寄りたくないというのである。

「最もよいのは肥前の湾内の津に着けさせることと、梶師は申すのじゃが……、あのあたりには摂籙の家の津もあり、商船をどこに着けさせようかと頭を悩ませておるのじゃ。こちらに靡《なび》きそうな長者や神人《じんにん》に心当たりがない」

「それならば、簡単」

通憲は即座に答える。

「何」

「もっとも安全な道を、堂々とゆけばよいではないか」

「筑前の筥崎津《はこざきのつ》か。あちらもよいが、肥前のほうが玄海灘《なだ》を通らずに済む。波は内海《うつみ》のように静かであるそうじゃ」

「肥前の湾内に、どこよりも咎《とが》められずに宋船が入れる津があるじゃろう」

「……？」

「蒲田津《かまたのつ》じゃ」

「おお」忠盛ははたと膝を打った。「それは……、いかにも名案」

通憲のいわんとすることは、すぐさま忠盛に通じた。

蒲田津は、院の御領《ごりよう》、神埼《かんざき》の庄《しよう》に通じる寄港地である。

〝院御領〟

これほど有効な交易の隠れ蓑《みの》は、ほかにない。忠盛は顔を綻《ほころ》ばせた。

「肥前の神埼には、広く院の御領がござるのじゃろう」

通憲の指摘に、忠盛も喜色を浮かべる。院領は、院の財物を織り成す畑である。院領に船を乗り着けさせてしまえば、積荷の丸ごとが院のものとなる。そのおこぼれに、忠盛が与《あずか》る。

「よう考えが回るのう。院御領を目指して参った船ならば、さすがに誰も手を出せぬ」

——なにゆえ、かくなる案に考えが至らなかったのか。

通憲の冴《さ》えに忠盛は唸る。同時に、思い起こす。

「肥前には神埼と申す院御領があると、亡《の》うなった顕季朝臣がおっしゃっておられた……。太宰大弐《だざいのだいに》でいらしたゆえに、顕季さまは九国《くこく》の事情に通じておいでじゃった。かつて院別当として神埼庄に下文《くだしぶみ》をされ、当地で起きた騒動を鎮《しず》められたと耳にした」

「では、長実《ながざね》さまに話を通しておけばよろしかろう」

藤原長実卿は、顕季卿の長子にて、いまは太宰権帥《だざいのごんのそつ》の任にある。忠盛にもなじみの深い方ゆえに、お元気であれば相談に上がることができたであろう。

——されど。

いまお話を申し上げるには、難しい障害がある。

長実卿は体を壊され、ここ四年ほどのあいだ、公事に出られたのは、杖《つえ》をついての一度きりである。

忠盛は顔を曇らせる。

「この場のみの話じゃが……、長実卿は長患《ながわずら》いで、お気持ちも不安定でいらっしゃるそうじゃ。ご面倒をおかけできるようなご様子ではない」

忠盛はそれ以上のことを口にしなかったが、病の心細さからか、筋の通らないことを口になさることも増えたときく。いまの長実卿に、秘中のことを打ち明ける気にはなれなかった。

「さしもの受領の殿も、衰えたか」通憲のものいいには、控えめにするということがない。「気鬱《きうつ》の殿では、頼りにならぬのう。周どのの船はいつ着くのじゃ」

「おそらく……夏の頃」

「されば、まだ時間はある。家成《いえなり》朝臣を説いてはいかがじゃ。いずれにせよ、院の御為なのじゃから、宋より唐物が参るということのみを、寵臣の家成朝臣より、こっそり院に申し上げていただけばよい」

「さようにはからうか」

いまの鳥羽院は、離宮に造立の決まっている宝蔵に納める品々のことで頭を悩ませておられるはず。

家成朝臣や忠盛から唐物が存分に貢進されるとなれば、その手だてを深く詮索《せんさく》なさるはずもない。通憲の献策は実を結びそうであった。

二

日ざしが、体表にじわりとにじんでゆく。

波光は薄らいで、空には靄《もや》がかかっているが、肌は否応《いやおう》なく、いつのまにか焙《あぶ》られてゆく。

入り江につきものの靄の出る日にも、通憲《みちのり》は慣れ始めている。靄に紛れて陽光は見えない。九月ともなれば、時折り涼風もあるが、その実、光の力は強い。油断をすればたちまち肌が赤黒く灼《や》ける。

潮風が、ほてった肌をざらっとなぶる。

簾越《すだれご》しに眺める海には、なんの作略《さりやく》もない。予定もなく結果もなく、選ぶこともなく、たゆたうばかりである。はたはたと慌《あわ》てたように往来するのは人ばかりではあるまいか。

その心地よさに、ふと、あれだけ執着していた都に、二度と戻らなくてもいいという気さえ、通憲にはするのであった。

小舟にて、通憲は肥前の津を連れられてゆく。

「不思議なものじゃ……」

潮が引いてゆく様子に、彼は気を取られる。

つい先ほどまで海中と思い込んでいた湾内が、たちまち泥がちの浅瀬に変わってゆく。水が引いて、瀬が現れる。見る見るうちに、左も右も、海面だったものが干潟《ひがた》になる。

干潮ともなれば、沿岸が海側に何里もせり出してくる。そう見えるほど干満《かんまん》による地形の差は激しかった。海路として残っているのは、川筋のようにうねる、ひと筋の深みだけである。

大船ならば三、四艘通るのがやっとであろうか。

「これでは、乗り上げる船も多かろう」

この細い海道を知らない者は、潮が引いてしまえば干潟に足をとられてしまう。もっとも、心得てそれをする漁《いさ》りの船は多いようである。干潟に取り残された魚や貝を、泥だらけになった海女《あま》が拾っていた。満潮ともなれば、また船を出して帰途につくのであろう。

「いたるところ、澪《みお》ばかり。到底見分けがつかぬ」

地形に高低の落差が急な川の河口から海にかけては、流れによって深く掘削された道ができている。そんな川には、うまくすれば、喫水《きっすい》の深い船さえも入れるのであった。

その筋道の目印として、澪標《みおつくし》と呼ばれる目印の木を、串《くし》の如《ごと》く海中に立てる。水脈の串——標《くし》——を、みおつくしと呼んだのであろうか。あるいは〝津の串〟に雅語をつけたのか。

難波津《なにわのつ》にも澪標があり、通憲も見知っている。が、肥前の干潟の面積は難波のそれをはるかに超えていた。とめどない泥の海に、画然と掘ったが如き道筋がついている。いずれにせよ、蒲田津《かまたのつ》は〝みおつくし〟の目標がなくては進めない、筑後川の河口にあった。

「この湾に流れとう川は多かばってん……」

梶師《かじとり》は、あまり余計なことをいわない。この男は、小者《おさなきもの》の頃平正盛に縄目を解かれ、故郷に帰されたことを恩に着ている。

二十代後半といった風貌《ふうぼう》である。いまでは、この肥前から五島にかけての海で、並ぶ者のない梶師ということであった。

忠盛の言によれば、正盛は男を放つにあたり、名をつけてやったという。

〝海六太夫重実《うみろくだゆうしげざね》〟――略して海重実。呉《く》れてやったのは通り名であったが、周囲のものは、楫取をただ「うみ」と呼んでいる。

「この湾には川筋が多か」

海はそういった。通憲は、彼が言い残した部分を追ってゆく。

そのぶん、澪標の数も半端ではない。道を少し齧《かじ》った者が水先案内に立っただけでは、目指す津には着けない。別の川に入ってしまうくらいはまだましな方で、ついには干潮の速度に追いつけず、船が立ち往生してしまう。

澪標のある地方《じかた》まで入っても、そんな結果になるのだから、沖ではさらに難しい。

船底を削られぬよう、細心の注意がいる。

海を読めなければ、道もつかめない。

――まして、喫水の深い宋の船となれば、水先案内なしには、津に辿《たど》りつくことも及ばぬであろう。

はるばる肥前にまでやってきてはじめて、通憲は海の道のけわしさを実感している。

――大陸より見れば、我が国の都は、天然の要塞《ようさい》のようなものやも知れぬ。

肥前の内海《うつみ》と、門司より先の内海はよく似ている。なよやかに見えて、したたかな海である。波はとろりとして、月光《がっこう》は滲《にじ》むようである。そのくせ牙《きば》を秘めている。船をたやすく金縛りにする。あるいは引き裂く。

――いにしえ、飛鳥《あすか》や奈良を都と定めた先人たちは、海が敵を阻《はば》むことを知っていたのじゃろうか。

大陸からの船の迎え口にあたる玄海灘もまた、無間《むげん》のような玄《くら》さの荒い海である。そこを越え、ようやく静かな海原に出たと思えば、その先にも魔のような海が続く。他《ひと》の国より攻め寄せて来た者の機先は挫《くじ》かれる。内海の奥の、さらに川を遡《さかのぼ》った内陸に都を築いた祖先の知恵に、通憲はちらりと思いを馳《は》せ、続いて現実に引き戻される。

蒲田津が見えてきていた。

河口といっても、淀川の迎え口と同様、船は数多い小島や洲《す》の脇《わき》を抜けてゆく。大中島、道海島の奥の江が、穏やかな蒲田津である。周囲には浮島、出来島、迎島、大島などの島が点々とあった。もっとも、干潮のいまはあらゆるところが地続きとなり、陸地の丘のように見える島も少なくない。

湾内に、ひときわ目立つ宋船が三艘、汀《みぎわ》に舳《へ》先《さき》を着け双《なら》べられている。周新の船団であった。

――危うい道のりであった。

ことの経緯を思い返すたびに、通憲はひやりとする。

宋の船は目立つ。楫師の海に案内され、船団は無事蒲田津に来着したものの、着いたとたんに、まず一悶着《ひともんちゃく》あったらしい。

湾内に大宋国の商船が堂々と乗りつけたものだから、太宰府の府官が、公式の手続きを踏み、品物を出すようにといってきたのである。が、周は応じない。

そこへ、都から使者が遣わされ、文がもたらされた。

府官が開いてみると、公文書であった。院宣の下文《くだしぶみ》である。

〝周新の船は神埼御庄の為に来たのであり、太宰府官の査問を経ずに通すべし〟

とあったために、府官はとりあえず引き下がった。

ところが、後日になって、腑《ふ》に落ちないと思ったらしい。その下文の責任者の印が、備前守忠盛朝臣のものであったことが気に掛かり、府官は太宰権帥、長実卿《ながざねきょう》のもとにこの件を上げたのである。

長実卿は、寝耳に水のことと驚かれたようである。太宰権帥としては面目がないと取り乱し、親しい者には、神埼御庄の件を鳥羽院に上奏《じょうそう》すべきかどうかの相談までなさったという。

が、水際《みずぎわ》のところで上奏はくい止められた。

長実卿の御甥《おい》でもある家成《いえなり》朝臣がことを聞きつけ、自分も関わっている旨《むね》を打ち明け、理を分けて話し、長実卿をなだめおおせたのである。

ただ、沈黙の条件として、長実卿はあることを望まれた。

——家成朝臣と忠盛朝臣は、その条件を諾《うべな》った……。

嫌々呑《の》んだのではない。むしろ乗り気であった。

たやすくゆくはずはないと、通憲は傍目《はため》から見ている。

そのうちに、長実卿の病はにわかに重くなり、八月下旬にはとうとう亡《な》くなられた。

けれども、二人は長実卿との約束を反古《ほご》にしようとはしていない。

——今頃、都ではことがそろそろ運んでいるはず。

通憲にはあまり望ましくないことであったが、口には出せずにいる。

それよりも、もっと忌々《いまいま》しいことが起こっていた。中納言中将殿、頼長の姉君、泰子さまがとうとう院に入内なさったのである。

摂籙《せつろく》の家の力が、いよいよ強まるという思いが、通憲をせきたてる。

が、自らの昇進は思うようにはいかない。

〝悶着は落ち着いた。気晴らしに、神埼にとどまっておられる周新どのと会うて参ってはいかがじゃろう〟

忠盛にそう勧められ、それもよかろうと思い立った。

内海、博多津……。養父の高階経敏《つねとし》が長門守を任じられていた頃に、そこまでは出向いてみたことがある。

が、以南の津津浦々をめぐり、肥前に入ったのはこれがはじめてである。

「噂《うわさ》で耳にしている以上に、宋船の来着は多いのじゃのう」

通憲は梶師の海重実に問いを投げかける。

気をつけてみれば、どこの津にも、宋船とのやりとりをする者がいるのが目についた。神人《じんにん》、供御人《ぐごにん》、寺の僧、摂籙の家の庄に関わる者……。運京船の仲介者、津の長者。

「このごろにわかに、取り次ぐもんが増え申しとると」

相変わらず、海の答えはぶっきら棒である。

「地元で商いの手配をする者がおるのか」

「さように仰《おお》せられっと、このおいも……」海は大きな体をこごめる。

「確かにな」

通憲は苦笑した。海は忠盛と周新とを結ぶ手だてのひとつである。

——九国《くこく》は、まさしく唐物の宝庫……。この財宝は、朝家と国のためにこそ役立てねばならぬもの。

胸中では、密《ひそ》かに裏へと潜《もぐ》ってゆく財物を憂《うれ》えている。

潮は満ち始めていた。梶師は手慣れたもので、川から細い水路へとそれてゆく。満潮ともなれば、低い土地が水面下に沈んで環濠《かんごう》のようになり、屋敷や田畑が、にわか出来《でき》の浮島になるのが面白い。

そんな浮島のひとつに、海は船を寄せる。

男が佇《たたず》んでいる。

周新であった。目立たぬようにとの配慮からか、当朝の服を身に着けている。

「おお。通憲殿か。大きゅうなって」

のっけから、会話は宋のことばである。

周の運んできた荷をあらためることも、通憲のこのたびの役割であった。

〝楊州《ようしゅう》の金《こがね》、荊州《けいしゅう》の珠《たま》、呉郡《ごぎん》の綾《あや》、蜀江《しょくこう》の錦《にしき》……〟

よく庶民の口の端にものぼるそんな高級品のほかに、厳選したものを周は運んできていた。

仏舎利《ぶっしゃり》、顕教《けんぎょう》、密教の仏の尊像、仏具、聖典。書の真跡屏風《しんせきびょうぶ》、花氈《かせん》、香炉……。唐代からあるその種のものとは別に、開封《かいほう》の芸術院、翰林《かんりん》図画院出身の宮廷画家、李成《りせい》や黄筌《こうせん》などの山水画、没骨《もっこつ》画、市街や農村の絵、盆栽、陶磁器、楽器、化粧道具など高雅な階層向けの調度品、寺院の壁画や何やらの版木らしいもの。さらに目を惹《ひ》くのは、技巧を凝らされた武具や馬具の数々であった。

周新の説明を、通憲は逐一書き取ってゆく。宋の文物に通じたいというのは、もとよりの願いであった。文献を通じて名のみ知っているものを、実際に目前にしてゆく。彼我《ひが》の思想の差、物に現れる工夫や智慧《ちえ》の光に、目の眩《くら》む思いがする。

書物の荷を解いたときは、また格別であった。

「この頃は、書籍を運んでくる商人が多くなったようじゃ」

周のことばに、通憲の耳がぴくりと動く。

商人が摺本《すりほん》や巻子《かんす》を宋から運んでくるということは、国内に買い手がいるということである。

「宋の書籍が売られてゆく……とおっしゃるのか。なにゆえさように思われる」

「日本国《にっぽんごく》で喜ばれるということが知れて参ったのじゃろう。寺社では新しい仏教の経典を求むるであろうし、加えて、摂籙《せつろく》と申すのか……、都の有力者の家で欲《ほっ》しておるとの噂である」

かっと、頭に血がのぼる。摂籙の家で書籍を持とうと思う者が現れているとすれば、求心力となっているのは頼長であろう。妬心《としん》に火がついた。

「しかれども、禁書は渡って来ぬのじゃろう」

「さばかりは申せぬ」

周新は、きっぱりという。

「ご承知じゃろうが、国の北部は軍続《いくさ》きでの。開封は陥落し、都は南に遷《うつ》りたてのほやほやじゃ。いま帝は臨安《りんあん》においでである。北方に兵を送り、金と斉の軍勢を防ぐのに必死じゃ。軍の混乱に乗じて、どんなものでもやすやすと持ちだせるというのが、正直なところじゃ」

「あれだけの大国がのう……」

通憲は複雑な思いである。

周新が運び来た品物のなかに、宮殿の調度品や、国の宝といえるものまでが散見されるのは、そのせいであろう。通常ならば手に入る筈《はず》のない品々までがもたらされるのはよいが、大宋国に集積されている知識を駆使しても、国というものを守りきることはできないものであろうかと、暗澹《あんたん》とした心持ちになる。

大宋国が北方の金と軍《いくさ》を交えて敗れ、金の傀儡《かいらい》政権である斉が開封を奪《と》った。宋の国は南方に遁《のが》れ、巻き返しをはかっているが、金と斉とは北方からさらに下ろうと試みている。

周は、かいつまんで国の現状を述べた。

「とはいえ、国の南方はいまだに平穏じゃ。水路が相次いで開かれ、物はしきりに行き来しておる……。金や斉も、やたらと入っては参れぬのじゃて」

周の言葉は、まだ書物には書かれていない生の歴史であった。

「摂籙の家へ流れる書物……、どうにか止められぬものか」

宋の知識が摂籙の家にもたらされることが、朝家から政《まつりごと》を奪う術に繋《つな》がるように、彼には思えてならない。

が、周新は意外なことを口にした。

「そうは申しても、われわれ宋商と摂籙の家とは、実を申せば昔からのつきあいがあると申す。これは古老より聞いたことじゃが……」

「長いつきあいじゃと。我が父祖のほうが長かろう。わしの祖父は、五十年は前から大宋国と……」

通憲がいい募ろうとするのを、周は遮《さえぎ》った。

「一例を挙げれば、真宗帝の頃にこの国を訪れた商人は、時の左大臣殿にたびたび書物や書を進呈しておったと申す」

――宋の真宗帝の頃と申せば……我が国では、長徳《ちょうとく》から治安《じあん》の頃。時の左大臣殿は……かの御堂関白《みどうかんぱく》、道長殿ではないか。

通憲は、周のことばから、優に百年以上前の関白殿、藤原道長に行き当たって愕然《がくぜん》とする。

周はさらに続ける。

「仁宗の帝の世となると、周良史《しゅうりょうし》と申す者が始終往来し、関白殿に宋の書籍を買うてもろうたそうじゃ」

――その頃の関白殿は……おそらく頼通《よりみち》殿。

摂籙の家が栄華のさなかにあった、二代の大殿《おとど》の頃である。

勢威並ぶところのなかった方々が、宋の書籍を入手しているのは、よく考えれば当然のことであったが、通憲は意表をつかれた。

書物からの知識に重きを置いている通憲の目には、宋からの書籍の蓄積が、摂籙の家の権勢に繋がっていたかのように映ったのである。

――やはり、頼長のもとには、書物を参らせたくない。

通憲の思いは、歴史の彼方《かなた》に眠る大殿たちから、さし迫った対象へと戻ってゆく。

——院が政を司《つかさど》っておられた頃ならばともかく、いまの様子では、それこそ御堂関白の頃のように朝家の権勢がそがれ、藤原北家の天下となってしまう。

「まあ、さようなこともあるのさ。商人と申すものは、支払いがあれば相手を選ばぬものゆえ、書物も都へと流れ、摂籙の家にたどり着くやもしれぬ。そんなことよりも……これをご覧《らん》じろ」

周新は唐櫃《からびつ》から、得意げに摺本を取り出した。目が吸い寄せられる。

「まさか」

「念願のものじゃろう」

周は満足げに微笑《ほほえ》んだ。

「ようやっとのことで入手がかなった。軍《いくさ》さまさまじゃ」

無造作に手渡される。奪い取るように手に取った。

「忝《かたじけ》ない。これを購《あがな》う日が来ようとは、思いもかけずにおった」

周には前々から頼んでいたものの、手に入ることはまずないと聞かされていた。

禁書の類を、祖父の季綱も購っていたが、蔵書のなかにはなく、喉《のど》から手が出るほど欲しかったものである。

宋では出版に関わる法規が厳しく、治安や天文、辺境の地理、昨今の政や法に関わる書物を民間で所蔵することは禁じられている。見つかれば書物も版木も没収、破棄されてしまう。むろん、律、令や格式、法典の書などは民間で版を彫ることもできない。それらの書物はすべて官版で、持つことも難しい……。

そう聞かされていた。

「出るときには出るものよ」

周新はさらりといい、通憲はまじろぎもせずに見つめている。

ようやっと、禁書の名が口をついて出る。誰も聞く者はないはずだが、思わず声をひそめる。

「宋朝の『会要《かいよう》』……！」

「よく掘り出したものじゃろう」

周が誇らしげなのも頷《うなず》ける。

会要とは、大陸の王朝ごとに起こった政にまつわる諸々の制度や、法の運用を、後代の者が部門ごとに分けて記述した、王朝史の参考書である。

正史のように時系列で事柄が羅列《られつ》されるのではない。帝や妃の系譜、礼、楽などの儀式、官や選挙のありよう、刑法、経済、兵、地域といった軸に沿い、できごとと要点、意見などがまとめられている。

会要形式の編纂《へんさん》は唐代に始まったといわれ、唐の九朝をまとめた会要、続会要、それら両書をあらたに編纂した『唐会要』、五代十国時代の『五代会要』などが編纂されている。王朝の変容を大づかみにするには、至極便利な書物であった。

ただし、一編の巻数は膨大で、百巻、二百巻はあたりまえである。

かつての王朝の会要は、禁輸の書といっても宋国内での印刷は解禁されているらしい。通憲が幼い頃、周と楫師《かじとり》の水竜《すいろう》が運んできた書籍のなかには『唐会要』が含まれていた。

唐がいかなる国であったか、いまの通憲は大要を摑《つか》んでいる。『唐会要』あっての理解であった。

通憲は、亡《な》くなった祖父の話を実父から聞かされていた。

〝御辺の御祖父さまは、筥崎津《はこざきのつ》で、一晩だけ禁書を目にしたことがあるそうじゃ。かの国の大要が記された摺本であったと聞く。惜しくも焼失したが、御祖父さまは、常にその大部の摺本に焦《こ》がれておられた〟

祖父が見た書籍は、『唐会要』ではなかったか。

時折り、そう思ったものである。

その『唐会要』が手元にあると知ったときには嬉《うれ》しかった。が、見た者はさらにその先を求める。

〝宋代の『会要』をこの目で見たい〟

思いは募った。

宋に入ってからも、『会要』は何度か編纂されているようだと、折々の便りのなかで、周は『会要』に触れていた。通憲は購いたい旨《むね》を伝えたが、宋代になってから編纂されたものの入手は無理だと断られていた。昨今の政情が読めてしまうものだけに、国外への流出はほとんどなかったのである。

いま、近々の『会要』が手に取れるところにある。

――この書を手にしているのは、日本国では、我、ただ一人のみ……。

「なあ、今度こそ用心致せ」

「何を申す」

夢心地で、通憲は問い返す。

「熱中はほどほどに、な」

周新は釘《くぎ》をさす。

「我を忘れて深更まで読みふけることだけはせぬことじゃ。眠りこけてまた燭台《しょくだい》を倒されては敵《かな》わぬからの……」

陳四郎から往時をさんざん聞かされているのであろう。冗談まじりにいいながらも、周はようやく肩の荷をおろしたという様子であった。

――さすがに、この『会要』ばかりは、摂籙の家の取り巻きがどうあがいても、入手できないであろう。

溜飲《りゅういん》が下がる思いである。

――やはり、帝の右腕になり、政《まつりごと》を支え奉《たてまつ》るのは……この通憲。

大宋国の秘籍が舞い込んで来たことを天啓のように思い、早々に、通憲は都に戻りたくなっていた。

それから、ひと月ほどして。都では忠盛が、貴《あて》やかな屋敷の門を潜《くぐ》るところであった。

目に入る景物のすべてに、贅《ぜい》を尽くした感がある。

二条北、万利小路《までのこうじ》東。

――さすがに、栄光を一身に集めた方のお屋敷じゃ。

それもそのはずで、白河法皇も生前、この屋敷をしばしば御所にあてられた。

私宅に法皇の御幸《ごこう》が度重なるほど、法皇の恩寵《おんちょう》を賜《たまわ》っていたのは、八月に薨去《こうきょ》された長実卿である。

顕季卿、長実卿と二代にわたり、寵臣として白河法皇の思し召《おぼめ》しは深かった。

長実卿は、法皇の御臨終に侍《はべ》り、御遺骨を安置し奉る役も担《にな》われた。

諸大夫《しょだいぶ》と、成り上がった者への軽蔑《けいべつ》も込めて呼ばれる受領《ずりょう》の殿ばらのなかでは、正三位まで破格の成功を遂げ、出世の筆頭を走っておられた方であった。

——このお屋敷には、鳥羽院の御幸もあったはず。

諸大国の国守を歴任なさり、太宰権帥《だざいのごんのそつ》も務められた方の住居《すまい》だけあって、調度にも建物にも文句のつけようがない。

が、四十九日の忌《き》は明けているとはいえ、家族にとってはいまだに年忌のさなかである。やはり屋敷の空気は重い。

よく見れば、敷石はこまかな雑草に埋もれ始めている。庭木は刈り込まれずに稜《りょう》角《かく》をなくし、夏のあいだに絡《から》みついた蔦《つた》の先が、見失った手がかりを捜すかのように、中空に放恣《ほうし》に伸びていた。

——主の不在とは、あたりをかくも侘《わび》しく見せるものか。

仕える者たちは、それとなく手を抜き始めている。病葉《わくらば》や朽《く》ち葉《ば》は落とされず、葉くずがあちこちに吹き溜《だ》まり、庭は寂《さ》びる兆《きざ》しを見せていた。

女房に案内され、忠盛は母屋《おもや》へと進んでゆく。人の亡くなった家は、立ち寄るだけで忌が移るというが、気に掛けていない。通された簀子《すのこ》には、すでに家成朝臣が待っている。

訪問の口実は弔問であるが、家成朝臣の同行がなかったら断られていたかもしれない。長実卿の甥御《おいご》にあたる家成朝臣の存在は大きかった。

さもなければ、長実卿最愛の娘御、得子《なりこ》さまが自ら応対してくださることもなかったであろう。家成朝臣は得子さまの従兄《いとこ》でもある。

神妙な面持ちで、二人は待った。

「ようおいでくださいました」

遣戸《やりど》の向こうから、得子さまのお声が響く。

「どうぞ、お気を落とされずに」

挨拶《あいさつ》をかわし、家成朝臣が積極的に得子さまの気を引き立てようとする。

とはいっても、心頼りの父君を喪《うしな》ったばかりの方は、吐息がちである。

「父君は、今年になって魂をとり落としたようでおいででした……。法師に占わせましたところ、今年限りで幸運が尽きると申しますもので、そんなことがあるものかと存じおりましたものの、病が日ごとに重くなり、お顔の相も……まるで異形《いぎょう》のように、毎朝凄《すさ》まじく変わられて……。お体も冷ややかになり、床につかれて」

落胆はお声に出ているものの、取り乱し、涙を流されるといったふうではない。さえざえと、的確にものをおっしゃる。

続いて、現実に即した繰《く》り言《ごと》がとつとつと語られる。

「父君に比べ、兄君たちには不遇の影がさしておるように思われます。いずれも鳥羽院の御心には適《かな》わぬ方々。成功《じょうごう》の道は閉ざされたように存じおります。ご存じの通り、兄の一人は病がちでございますゆえ」

——得子さまのおっしゃることも、あながち大げさではない。

忠盛は思い起こす。

——長実卿の栄華を引き継ぐはずであった顕盛《あきもり》朝臣は、法皇さまにこそ可愛《かわい》がられたものの、鳥羽院の覚えはさほどめでたからず。顕季卿、長実卿と代々引き継がれてきた修理大夫《すりのだいぶ》も、顕盛朝臣は三代目として任じられたが、職務怠慢の理由で院より解《げ》官《かん》の憂《う》き目にあった……。体調が芳《かんば》しくないとの噂《うわさ》も耳にする。

ほかのご子息も、長実卿薨去のあとは、むしろ院には疎《うと》んじられている様子で、家運の先行きが思いやられるこの頃であった。

「時が経《た》ちますにつれて、哀しみが少しは紛れて参りますのならと、日数を数えるばかりでございます。身寄りを喪うと申しますのは、心細いものでございますね……。私ばかりは寿命が尽きず、年ばかりを重ねますのが哀しゅうございます」

得子《なりこ》さまは、芳紀十七歳。本来ならば縁づくに申し分のないお年頃であった。

「ご心配召されるな。かようなことではあなたまで体を壊される。さあ、己にお任せになって」

家成朝臣がおろおろと慰める。一族を思いやる気持ちのある男であった。

長実卿と二人が交わした約束とは、その得子さまに関わることである。

あとから思えば、長実卿は、手元で慈《いつく》しんだ得子さまをお出しになる折を見いだせずにいたようである。

得子さまの母君は、およそ五年前に亡くなっている。時をほぼ同じくして、長実卿ご自身も病みつかれたけれども、長実卿の御娘が婿《むこ》を取るとなれば、選《よ》り取《ど》りみどりであったはず。

が、長実卿にはひとかたならぬ望みがあった。そのために、得子さまのご様子やご縹緻《きりょう》などが外に洩《も》れぬよう、人一倍気を遣っておいでであった。

その胸の裡《うち》を、二人は亡くなった長実卿から打ち明けられている。

〝ただただ、かの娘は院の御許《みもと》に参らせとう存ずる。生まれてこの方、我は娘に望みをかけて参った。妻が存命の頃は、中宮さまにも見劣りせぬ躾《しつけ》をと、心を配らせたものじゃ……。されど、それも妻が先立ち、たしなみが半端になってしもうたのではと、恨めしく思われる〟

自分の命運がそう長くないことを、長実卿は察知しておられたようである。

〝返す返すも口惜しいは、ここで男親までも喪えば、晴れがましい夢も叶《かな》わぬと思えること……〟

皇后、中宮、女御に立ち交じり、帝のもとへ上がることは、気骨《きぼね》が折れるばかりではなく、何かと後ろ盾の要《い》ることである。相応な資産があれば済むものではない。しきりに行われる供養《くよう》、仏事や参籠《さんろう》、また遊宴には恥ずかしくないだけの支度をし、法師や僧、楽人から仕えの人々に至るまで、遺漏《いろう》なく禄《ろく》や被物《かずけもの》をふるまわなければならない。

常に滞《とどこお》りなく物を手配し、采配できる者が要る。

それが高じれば否応《いやおう》なしに、特権を持つ勢力《せいりき》争いというようなものにも巻き込まれずにはいられない。

両親を喪い、頼みの兄君たちの身上も先細り。独り身に等しい得子さまには、至難のことであった。

しかも、目下鳥羽院は、皇后を立てられたばかりである。皇后に上がられたのは前関白、忠実大殿の肝煎《きもい》りで入内が決まった泰子《たいし》さま。そこに新たに新参で上がる者が出るとなれば、摂籙の家から剣突《けんつく》をくうことは目に見えている。

病身の長実卿が悩み、ためらったのも無理はない。

それならばと、神埼庄の件を不問に付していただくかわりに、家成朝臣は外戚《がいせき》として得子《なりこ》さまの後ろ盾となることを承知し、忠盛も物心の両面で、蔭《かげ》ながら得子さまをお立てすることを請け合った。

そうと決まれば、話は早い。家成朝臣は鳥羽院の最寵臣ゆえに、得子さまを院のお目に掛けるのはたやすい。

——長実卿の喪が明けたならば。

すぐにも事を運びたい二人であった。

ただ、知り得ておかねばならぬのは、得子さまの面立ちとお人柄である。長実卿が長いこと目立たぬように秘蔵されてきた方だけに、家成朝臣さえも、幼い頃の面影をかすかに覚えているのみであるという。

彼女の兄君たちに尋ねようにも、得子さまとは異腹の方がほとんどで、どなたも住《すま》居《い》を一つにしていない。

忠盛は一計を案じた。得子さま付きの女房に通い、彼女を手懐《てなず》けたのである。

「得子さまの御容貌《ようぼう》は、女どもさえも、うっとりと見惚《みと》れるほど美しゅうございます」

女房は誇りに思うらしくいう。

「お顔色は華やかに、黒髪はたいそう長く、手に余るほどなのを束ね、繕《つくろ》わずにくつろいでおいでのとき……、すぐさま殿御のお目にかけとうなるほどに」

けれども、瑕瑾《かきん》がないわけではないらしい。女房ははじめ言葉を濁していたが、古くから仕えている女房にいわせると、得子さまは御祖父様によく似たご気性であるという。

——得子さまの御祖父様と申せば、顕季卿じゃ。

忠盛は、受領の殿ばらのなかでも極め付きの切れ者であった顕季卿を思い起こす。

——物の動きや道を心得た御方で、この己も一からお世話になった。かの顕季卿譲りのご気性とは、男子なれば、あってほしいものじゃが。

得子さまには、物ごとを成す手腕がおありである。女房の多くが、得子をそう見ているようであった。

「長実の殿さまご息女のうち、ご家門の面目を、最も大切にお考えになっていらっしゃるのも得子さまにございます。お屋敷のこととて……」

「屋敷とな。万利小路《まりのこうじ》東亭のことか」

「さようでございます」

聞けば、三人の異腹の兄君をさし置き、得子さまが二条の万利小路東の屋敷を相続したのにも、いわくがあるらしい。得子さまは、常日頃から〝兄君のどなたも、万利小路の家屋敷を持ちこたえることはできなかろう〟と洩らしていたという。

女房の噂では、わりにしっかりと意見をお話しになる得子さまが、長実卿にお願いし、屋敷を遺贈されたというのである。

「ほう……」

〝女君の手腕〟と聞けば、大概の男なら肝を潰《つぶ》すところであるが、忠盛の母もその点では引けをとらない〝賀茂の真砂《まさご》〟であった。没落しかけ前途を失いかけたところも似ている。

――悪くはなかろう。されど、受領の妻ならばともかく、冴《さ》えを見せすぎるのは、中宮や女御《にょうご》としてはいかがなものであろうか。

さらに、女房は気になることを告げた。

得子さまは、太宰権帥も務められた長実卿の娘御だけに、贅沢《ぜいたく》な品には目がなく、調度や衣裳《いしょう》も限りなくお持ちである。

唐衣《からぎぬ》はおろか、金銀錦繡《きんしゅう》にいたるまで、極上のものがふんだんにある。その、多くの品のなかから、時と場所に合うものを選ぶ取り合わせが、得子さまは不得手でいらっしゃる。下仕《しもづか》えの女までも美服を着せられ、奢侈《しゃし》が人の目に余ってしまうというのである。

——さような点は、まさしく顕季卿譲り。

忠盛は苦笑した。

顕季卿も、生前、賀茂臨時祭の供奉《ぐぶ》に供や家人《けにん》三十人ばかりを引き連れ、その華麗さが公卿《くぎょう》の方々の眉《まゆ》をひそめさせたことがある。長実卿もまた、仏事に際して、布施や捧物《ささげもの》の華美を指摘されたことがあった。なにしろ、薨去《こうきょ》の一年前には、法華《ほっけ》八講《はっこう》の結願《けちがん》につき、僧十人に新しい車を賜ったと伝えられるほどであった。

——御一門らしい。されど、女君に求められるは、秘すれば花のゆかしさ、かりそめには受け答えもせぬなよやかさ。儚《はかな》げな言葉つき……。

女房の話を思い合わせると、遣戸《やりど》の向こうから聞こえてくる、はきはきとしたお声には、やはり少しく興をそがれる気が、忠盛にはしないでもない。

「我が伯父《はくぶ》、長実卿は、わごぜを院にさし上げる望みを必ず遂げさせるようにと仰《おお》せられた。せっかくのご縁、我が身が計《はか》らい、ご遺言に適うように致すつもりじゃ」

家成朝臣が得子さまに告げる。家成朝臣にとっても、身内から院に入内する女君が出るとすれば、このうえない慶事である。

「忝《かたじけ》ない仰せごと、もったいのうございます。草深い庭の奥に伏せる身でおりますゆえ、面目のう存じます。晴れがましい望みなど持っておりませぬ」

「心寂しいことを仰しゃるな。……それよりも……」

忠盛と打ち合わせた通り、家成朝臣は得子さまに申し出た。

「喪が明けるまでのあいだ、仁和寺《にんなじ》にこもっておられる尼君に、こちらに通《かよ》うていただくよう願《ねご》うておいた。伯父の菩提《ぼだい》を弔うとともに、汝のよき話し相手ともなってくださるはずじゃ」

「尼君……でございますか」

「うむ。かつて、我らの御祖父さまも、よくご存じでいらした御方での」

「まあ、顕季御祖父さまの……？　では、もしや……」

得子さまのお声が弾む。

「さよう。顕季御祖父さまは、生前、仁和寺の内に威徳寺《いとくじ》をお建てになった。尼君は威徳寺の住坊《じゆうぼう》をお使いである」

威徳寺は、白河法皇の御長寿をお祈りするために故顕季卿が造進した堂宇《どうう》である。顕季卿ゆかりの、威徳寺で勤行《ごんぎよう》に励んでおられるのは、ひっそりと落飾された祇園《ぎおん》女御《にようご》であった。

「祇園女御さまが」

憧憬《どうけい》の響きが、得子さまの呟《つぶや》きに混じる。白河院の崩御から四年。祇園女御は、いまも巷《ちまた》の記憶に新しい、伝説の寵姫《ちようき》である。

——あの御方なら、得子さまに不足のところを、それとなく補って下さるであろう。

忠盛らには、そんな思惑《おもわく》がある。

自らもかつて寵姫の立場にあり、いまの待賢門院を幼いときから養育なさった御方である。得子さまは、尼君のお姿を間近にご覧になることで、入内にふさわしい女君の風情《ふぜい》や言葉つきを会得《えとく》なさるのではないか。

思い返せば、不思議な巡り合わせであった。遥《はる》か昔、祇園女御を白河院にお引き合わせしたのは顕季卿である。その御孫にあたる得子《なりこ》さまが、このたび、やはり顕季卿の孫君であられる家成朝臣によって、鳥羽院に奉《たてまつ》られる……。

そうして朝家の婚姻を彩《いろど》る者の一人に、いまや自分も連なろうとしている。平家の来た道に、忠盛はちらりと思いを馳《は》せた。

その帰り際《ぎわ》。

轍《わだち》の音の遠のいてゆくなか、忠盛と家成朝臣は、小柴垣《こしばがき》の物陰に忍んでいる。車と騎馬の供たちを、わざとことごとしく帰し、二人は深く霞《かす》んだ夕闇《ゆうやみ》に紛れた。庭の露がしげくなり、虫の音がかまびすしい。

ややあって、西の対《たい》のほうから、女のものらしい咳払《せきばら》いがひとつ、あった。馴《な》染《じ》みの女房にだけは、潜んでいることを打ち明けてある。

咳払いを合図のように、簾《すだれ》が少し巻き上げられた。

読経《どきよう》の声が洩れ聞こえてくる。長実卿の供養でもあろうか。男二人は簾の奥に目を凝らす。

三人ばかりの女房や女童《めのわらわ》にかしずかれ、唐物の脇息《きようそく》に半ばもたれて、経巻を前に軽やかな声を響かせているのが、長実卿の忘れ形見、得子さまであろう。

扇を広げたような髪は、しどけに流れ、思いのほか、あどけない。言葉つきから思い描いたよりもおっとりと、眉のあたりもほのかに優美である。

派手好みであるという衣裳《いしょう》も、いまは喪服ゆえに、しっとりと薄墨の衣にくるまれて、慎ましやかである。

「院もあれなら……」

ご満足であろう、と、家成朝臣が耳元で囁《ささや》く。得子さまは、あたりを払うような美姫であった。

——その点に、文句はないが。

忠盛は、美しい容《かたち》のなかに、むしろ顕季卿の面影を見た。

なぜか、父の正盛が、顕季卿としきりに語らい、出世の道を歩んでいった姿がふと浮かぶ。

その頃の正盛と自分とが、なぜか重なり合う気が、彼にはするのであった。

三

〝内大臣《ないだいじん》は、目下、書《ふみ》どもの蒐集《しゅうしゅう》にご執心じゃ〟

〝さもありなん。立派な文庫《ふみぐら》をお持ちじゃからのう……〟

学才を持つ者たちのあいだでは、繰り返し同じ話題が蒸し返される。

そのたびに、男は耳を塞《ふさ》いでしまいたくなる。

——大炊御門《おおいみかど》高倉第《だい》。

内大臣となった頼長の屋敷内には一昨年、書庫が建てられた。火焔《かえん》から書籍を守るために、周囲は幾重にも囲まれている。書庫に入って目録を作らされた内大臣の近習《きんじゅ》らによれば、書庫の周囲にはひたすら堀がめぐらされ、さらに竹の深藪《ふかやぶ》に蔽《おお》われている。表は分厚い築垣に閉ざされ、一歩踏み込めば、隔絶した閑《かん》寂《じゃく》の境地であったという。

和漢、経史。星よりはるかな数の、憧《あこが》れ、焦《こ》がれる思いの名著が綿密に分けられ、どの文庫にも劣らない工夫で並べられている。

内大臣は書籍の目利《めき》きである。集める志が深く、財力があり、家門に伝わってきた書巻の数々もある。三拍子も四拍子も揃《そろ》っては、誰もかなう者はない……。

巷間《こうかん》を伝わってくる話の数々に、男は鼻白んだ。

二十六歳にして、屈指の書庫を私有した内大臣頼長《よりなが》を、誰もが稀代《きたい》の才人とみている。内大臣は、書物を見るためにはいかなる機会も逓《の》がさず、見た書物はまめに記録しているらしい。

内大臣が読んだ書目や数が伝わってくると、男は耳をそばだてる。いまのところ、とりたてて目新しいものが含まれていないことが、彼の矜持《きょうじ》を支えていた。書目の新しさでは、この男の秘蔵する書籍のほうが上である。

とはいえ、気になっていることはあった。書庫の落成を祝い、前関白忠実殿から内大臣へ、摂籙《せつろく》の家相伝の秘籍が数々、贈られたというのである。

——もしや。

男の胸を、暗いものが貫く。

摂籙の家に伝わるもののなかには、かの道長《みちなが》殿や頼通《よりみち》殿の日記も含まれていると思われる。

——御堂関白《みどうかんぱく》道長殿も頼通殿も、宋商人を通じて、かの国の名籍を密《ひそ》かに購《あがの》うておられた……。

彼らの日記を目にすることで、内大臣は、宋から書籍を買いつける手段に思い至るのではないだろうか。

九国《くこく》の庄を通じ、かつての関白たちは半ば堂々と密の商いを行っていた。

——同じ手段を、頼長内大臣は遠からず思いつく。

男は、いてもたってもいられない気持ちになる。爆《は》ぜ火の熱さを、我れ知らずはねのけるように、数珠《じゅず》を握りしめる。彼は僧形《そうぎょう》になっていた。

もと高階通憲《たかしなのみちのり》。

出家し、いまは信西《しんぜい》と名乗っている。

「信西としたか」名を聞きつけた忠盛朝臣《ただもりあそん》には、からかわれた。「お主らしい名よのう。西より参るものを信じておるわけじゃ。九国を通じ、流れてくる大宋国の唐物や書物の道を」

「ずいぶんな申されようじゃ」

「はは。許されよ」

「問わぬのか」

「何を」

「なにゆえ僧形になったかを」

通憲の急な出家の理由を、皆が推《お》しはかっていた。

「聞いたところで還俗《げんぞく》するわけでもなかろうものを」忠盛は、からりとしている。

「お主、わけを聞いて貰《もら》いとうて出家したのか」

信西は、答えに詰まる。むろん、それればかりではないが、宮仕えに行き詰まりを感じていたのは確かである。

ここ十年ほどのあいだに、彼は日向守《ひゅうがのかみ》を任じられた。願い通り、九国の一角である。

ある年には、院の最寵臣、家成《いえなり》朝臣が播磨守《はりまのかみ》、平忠盛が美作守《みまさかのかみ》、忠盛の長息である平清盛が肥後守、通憲が日向守と、海の道にまつわる経路を任じられ、受領《ずりよう》として居並んだこともあった。

彼らは財物に富み、それぞれに朝家に宝を導く傍ら、自身もますます豊かになっている。

家成朝臣が後盾となって入内の運びとなった得子《なりこ》さまは、すぐさま院の寵姫《ちようき》となり、やがて皇子がご誕生、皇后の座につかれた。

得子さまは、いまでは美福門院《びふくもんいん》とおっしゃる。家成朝臣や忠盛は、美福門院家司《けいし》となり、日下院の寵愛を一身に集めておられる女君に必要不可欠な、美々しい品々の調達につとめた。

いっぽう、通憲はおもに待賢門院《たいけんもんいん》に財物を貢《みつ》いだ。若い頃から待賢門院こと璋子《たまこ》さまにお仕えしてきた身である。

待賢門院は、崇徳帝《すとくのみかど》の御母儀でもあらせられたが、この崇徳帝には、実は白河法皇のご落胤《らくいん》ではないかとの噂《うわさ》がついてまわった。鳥羽院の胸の裡《うち》には、そのことに関してなにがしかの遺恨がおありだったのであろう。あたかも意趣返しのように、得子さまに皇子が生まれると、崇徳帝はその君に位を譲ることを余儀なくされた。今上の近衛帝《こんえのみかど》が擁立されたのである。

崇徳帝が退かれると、待賢門院の宮中でのお力は急速に衰え、その翌年には落飾なさり、法名を真如法とされ、尼君として仁和寺に籠《こも》られた。

それに伴い、待賢門院判官代であった通憲も、拠《よ》り所を失ったのである。

待賢門院は、御出家のとき、御年四十二歳。いまだに雅《みやび》やかなご容色でいらっしゃり、御髪《おぐし》をそぐことが忍びなく思われるほどであったという。

――待賢門院御出家は、僅《わず》か五年前のこと。

信西は思い返す。

その頃から、宮仕えに倦《う》んでいった。

待賢門院の力の衰えは、彼の妻が乳母《めのと》になっている親王《みこ》、雅仁《まさひと》さま即位の気運が薄くなったことを意味する。雅仁親王《しんのう》は崇徳上皇の弟君である。

あわよくば、帝の傅《めのと》となり、政《まつりごと》に携わることを目論んでいた通憲にとって、近衛帝の即位は大きな痛手であった。

――財物を、朝家の方々にお届けするのみでは、受領の成していることと変わらぬ。それだけでは、国は立ちゆくまい……。

待賢門院御出家のあと、少納言《しょうなごん》に任じられたが、望みの地位にはほど遠い。待賢門院さまのあとを追うように、自分もいっそ出家をと、つねづね思っていた。

「璋子《たまこ》さまもお気の毒じゃったのう」

平忠盛にずばりといわれて、信西は眉根《まゆね》を寄せる。

——忠盛殿は、いつも人を見ておる。

「さような顔が、御辺の思惑《おもわく》を告げてしまうのじゃ」忠盛は指摘する。「御辺が剃髪《ていはつ》に及んだのは、待賢門院が疱瘡《ほうそう》を病まれてからのこと。あれほど端麗でいらした方が、病みつかれて……」

忠盛はさすがにいい淀《よど》んだ。

天人のように輝かしかった女君がやつれ、無残に栄光が剝《は》がされてゆく。つい先ほどまで水を弾《はじ》いていた蓮の葉が、水を絶やされてたちまち萎《しぼ》み、枯れゆくさまを見るようであった。

確かに、待賢門院の境遇に無常を感じたのが、僧形となった契機の一《いち》である。

「南無《なむ》……」

信西は両掌を合わせる。

一昨年、とうとう、待賢門院崩御が知らされた。御年四十五歳。

——そのうえに、頼長殿の文庫《ふみぐら》の話じゃ。

信西に当時、出家を決意させた因の別のひとつは、内大臣頼長に書庫造立の計画があると知ったことである。

着々と執政に向けて歩んでいるように見える御曹司《おんぞうし》に引き比べたとき、己の姿が不甲斐《ふがい》なく、失望のあまり髪を落とした。

「入道の形を得たと申しても、御辺、悶々《もんもん》としておるのじゃろう」

忠盛は信西の瞳《ひとみ》を覗《のぞ》き込む。

忠盛は彼なりに、知己の望みの手助けをしてやりたいと考えている。信西こと通憲に、和漢の学識が蓄積していることは知っている。ただ、執政という職務は、武者と公卿のはざまのような彼にとって、与《あず》かり知らぬ畑であった。

信西には、そこが歯がゆい。

忠盛には、人に取り入る才がある。忠盛朝臣は播磨守《はりまのかみ》にまで引き上げられていた。

播磨守といえば、この国ではもっとも重要視されている大国の国守である。受領として、殿ばらが持ちたい国の第一が播磨であった。その潤沢なお国ぶりから

〝播磨の米は砥草《とくさ》のように人を磨く〟とさえいわれ、むろん、実入りも飛び抜けていい。亡《な》くなった顕季卿、藤原長実卿も播磨守を経てこられ、同じく顕季卿御孫の家成

卿も、つい先頃まで播磨守を任じられていた。

都へ通ずる摂河泉《せっかせん》の玄関ともいえる播磨を、いまは平忠盛が預かっている。

――忠盛朝臣にとっても、崇徳帝が退かれたことは落胆の種のはずじゃが。

信西は、忠盛の妻の一人が崇徳上皇の乳母であることを思い出す。いつのまにか、忠盛は傅《めのと》の立場にもついていた。

そのいっぽうで、待賢門院が亡くなり、権勢の地図が塗り変えられたいま、名実ともに、院の最愛の寵姫となった美福門院《びふくもんいん》――得子《なりこ》さま――にも、忠盛は如才なく仕え、気に入られている。

――さような力が、いずこに隠されておるのじゃろうか。

平忠盛は五十代に入っている。太り肉《じし》ではなく、武門の統率者らしく引き締まった体軀《たいく》をどこか優雅に操るのは、幼い頃から贅沢に育てられただけに、立居振舞が公家の君のそれにきわめて近いせいだろう。

白河、鳥羽の二代にわたり、寵臣であり続けている者は、いまとなっては数えるほどしかない。彼は常に第一線を歩いているように、信西には見える。

「いかにすれば、日なたにおり続けられるのじゃ」

信西は、何か法則のようなものを見いだしたかった。

「さあ……」忠盛は首を傾《かし》げる。

「海の要《かなめ》におられたからか。備前、播磨と大国の国守として」

「さよう。されど、さばかりは申せぬやもしれぬ」

「……？」

「己が海の道を使うて財物を購うのは、やはり院の御為……。お主の望みは、学才で院の右腕となることじゃろう。されど、己の望みは、武勇の者として院の御身を離れ奉《たてまつ》らずお護《まも》りし、受領と致しては院の綺羅《きら》をお飾りすること……」

——あ。

飾り気のない言葉が、かえって胸を衝《つ》く。

——〝誠《まこと》〟。

二代の院に、陰日向《かげひなた》なく仕えてきた者の誇りが、信西をたじろがせた。

——その忠盛朝臣が、かくなる私を頼りに思うてくれておる……。

相談事があると、忠盛に呼び出されたことが、にわかに身にしみた。

「何か……、案ずることでもおありなのか」

半身を忠盛のほうにのめらせる。

「ほかでもない……。清盛が安藝《あき》より文を寄越しての……」

いつになく、忠盛は吐息を洩《も》らした。

――清盛朝臣が。

忠盛の長子、清盛も、すでに二十九。

平家の総領を継ぐ者として、忠盛は清盛を引き立てているが、清盛は、さほどに頭角を顕《あらわ》しているというわけではない。

忠盛の海賊追捕《ついぶ》の功で従四位下となり、受領として肥後守に任じられたことがあるものの、清盛にぱっと目を惹《ひ》く功績はなく、院よりの寵も、いわば忠盛に擁《よう》されてのものである。武者としての名も、盛名というほどではない。年齢からしても過不足のないありようではあるが、信西には惜しく思える。

清盛には、時折り、人を絡《から》め取ってゆく綾《あや》――機縁――のようなものを感じさせられる。

清盛は、忠盛に比べて気儘《きまま》であった。人が手をかけても、撓《たわ》められないところがある。穏やかな忠盛にも、それはないもので、放縦《ほうしょう》な馬のようであった。

ときには従順であるが、手綱《たづな》を締めすぎれば、いなないて人を振り落としてしまうだろう。ところが、信西はそれを面白いとも思っている。理《ことわり》のみを主軸にものごとを考える信西にしては、不思議な動かされようであった。

それはさておき。

清盛は、このたび安藝守《あきのかみ》を任じられた。自ら国を望んでのことであるという。

「安藝は小さい。どうせなら大国を望めと申したが、あ奴は聞かず、安藝に下りおった……。それでいて、かような文を」

忠盛の渋い表情に、信西は身を乗り出した。

生死《しょうじ》の大海《だいかい》……邊《ほとり》なし……佛性真如《ぶっしょうしんにょ》……岸遠し
波のまにまに、歌声が浮きつ沈みつしてゆく。

烏帽子《えぼし》に狩衣《かりぎぬ》の唄《うた》い手は舞っている。ひと調べ。もうひと調べ。

扇が海鳥の翼のように、ゆるやかに空を切る。

あるところで、唄はつぶらな岩に堰《せ》かれ、また出会い、永久《とわ》の海へと融《と》け混じってゆく。

伴の者たちは、魂を抜かれたようにじっと見入っている。

舷《ふなばた》を踏みしめる足どりは軽やかで、おそらく物心つくよりも古くから、身体のどこかにこの玄妙な拍子を刻まれたかのように、彼は舞い翔《か》けた。

とん、と留め拍子が踏まれたとき、天高くかざされた扇の要《かなめ》は緋《ひ》に染まっていた。

……と、一閃《いっせん》、扇は弧を描きながら海面に落ちてゆく。

その夜の宴は、賑《にぎ》やかであった。

篝火《かがりび》は煌々《こうこう》と焚《た》かれ、御船はさざめきに満ちている。

上座を占めているのは、先刻の舞人——安藝守清盛朝臣《あきのかみきよもりあそん》である。

口々に、舞いの賛辞が呈される。

父の忠盛が賀茂社で舞ったごとく、石清水八幡《いわしみずはちまん》の臨時祭の舞人を、十二歳にして務め果《おお》せた平《たいらの》清盛である。舞いは身についている。ただ、今夕の舞いは即興で、それだけに、褒《ほ》め言葉がひとしお酔いを進ませる。

任国へ下る御船である。清盛は安藝守を任じられている。

清盛の隣に客人《まろうど》らしく侍《はべ》っているのは、墨染《すみぞ》め衣の阿闍梨《あじゃり》である。

「不思議な曲でございますなあ……」清盛の舞いぶりを、しきりに褒めたあと、阿闍梨は懐《なつ》かしげな顔になる。「亡《な》くなった義母君《ははぎみ》も、よう唄《うと》うておられました」

「さようであろう……。己の幼い頃にも、しきりに聞いた」

清盛は、再び軽く舞いの形に手振りをつけてみる。それを合図にしたように、誰かが笛を奏《かな》ではじめた。曲はしだいに、今様《いまよう》のそれになってゆく。

平清盛と、この阿闍梨の二者は、ある意味、義兄弟であった。

血縁というわけではない。二人の面差しは、まるで似ていない。

清盛は、この年三十。都ぶりの貴《あて》やかさは忠盛譲りであるが、龍のような爪《つめ》がどこかに潜んで、矯《た》めるのが難しいようである。いっぽう、阿闍梨は四十がらみの、穏やかな僧である。

二人に結ばれた縁《えにし》は、祇園女御《ぎおんにょうご》のゆかりであった。

清盛は、僅《わず》か三歳の頃に母を喪《うしな》っている。身内である二の君の遺児を憐《あわ》れみ、祇園女御は清盛を猶子《ゆうし》としてくださった。

三歳の頃から、祇園女御が落飾《らくしょく》なさる十二歳まで、清盛は祇園女御のお膝元《ひざもと》で育てられた。

――かく申す己ほど、祇園女御さまの昔語りを耳にしながら大きゅうなった者はおるまい。

祇園女御は、宋国人を父君とするということ。女御の唄には、幼い頃に聞かされた宋の調べが混じっていること。女御と内海《うつみ》の楫師《かじとり》との、秘められた日々……。

なかでも、この国の、肥前《ひぜん》の島で造られる筈《はず》であったという、大宋国《だいそうこく》の船の話に聞き惚《ほ》れた。

船……。——船底の白い船。たくさんの唐物《からもの》を積み、祇園女御の遥《はる》かな故郷からやってくる
長々とうねる海の向こうには、壮麗な星空が展《ひら》けている。

女御の想《おも》いびとが、その下で十一面観音をかき抱いている姿が、清盛の脳裏には焼き付いていた。彼の海は、幻ゆえに白日夢のように瞬《またた》いている。

その祇園女御も、いまは亡い。

晩年は落飾なさり、仁和寺《にんなじ》にこもられた。けれども、清盛が十五、六歳の頃、まだ得子《なりこ》さまとおっしゃった美福門院《びふくもんいん》のお屋敷にお忍びでおいでになり、その頃数度、女御のお呼び立てにより、御簾《みす》を隔ててお目に掛かったのが最後である。

「やすらかな最期《さいご》でいらっしゃいました……」

息を引き取られた祇園女御を、仁和寺の威徳寺《いとくじ》で手厚く葬《ほうむ》った僧の一人が、いま同席している阿闍梨、禅寛《ぜんかん》であった。

祇園女御は、尼君となりし後、禅寛をも猶子とされた。

崩じた待賢門院《たいけんもんいん》、平清盛、仁和寺の禅寛は、みな祇園女御の猶子である。

禅寛は、亡くなった祇園女御より、威徳寺の住坊《じゅうぼう》を譲られている。

女御の消息を、清盛は阿闍梨を通じて聞いていた。

「私は、仁和寺の御室《おむろ》、覚法法親王《かくほうほうしんのう》の弟子でございます。修法《すほう》のために仁和寺に参り、威徳寺まわりのお世話を承《うけたまわ》ったのでございますが、尼君さまは、私の生まれを聞きつけられたのでございます……」

禅寛は尼君に呼ばれた。

〝禅寛さまのお生まれは、安藝でいらっしゃるのやろうか〟

〝なにゆえご存じなのです〟

〝禅寛さまは、安藝阿闍梨《あきのあじゃり》とも呼ばれておられるそうやさかい〟

〝お耳に入りましたか〟

〝故郷は安藝のどちらですのやろ〟

〝いずことも申し上げにくうございます。安藝とも伊予《いよ》とも。名もない痩《や》せた小島ですゆえ〟

禅寛の生まれは、群島のひとつであった。

〝禅寛さまがお育ちの小島とは、いかなる島でございます。様子をうかがわせて下さいませ〟

尼君に懇願されて、禅寛は島の様子を思い浮かべる。

〝周防《すおう》のほうから海道を上って参りますと、大畠《おおはた》と申す瀬戸がございます……。その先に、折り重なります島影のなか、もっとも近うございますのは、瓢箪《ひさご》のように腰のくびれた小島……〟

語り始めると止まらなくなる。

〝その先は。その先は〟

懸崖《けんがい》に大木の根が絡《から》み合い、島じたいが巨木のような繁《しげ》みの島。数知れぬ逆鉾《さかほこ》が競うように天を突く淵《ふち》。また別の島には、さざ波や風の唸《うな》りさえも、小鼓《こつづみ》の乱《みだ》れ拍子《びょうし》に変える奥深い洞……。

禅寛がふと気づいてみると、尼君は泣き濡《ぬ》れておいでのようであった。

〝さように、とりどりの島がございますが、かの島には、とりたてて申すほどの何ごともございませぬ。湧《わ》き水もなし、耕地も無《の》うて……、ただひとつ、ございますのは小舟。島の者どもは海に浮き、道を往来し、生涯を船上にて過ごせと説かれるのでございます〟

〝……もしや、禅寛さまは……〟

――渡し。

尼君の呟《つぶや》きに、驚いたのは禅寛のほうである。

鍛えられたおのが目と、代々伝えられた海の記憶のみを頼りに海を識《し》り、漁《いさ》りの船や運京船をはるばる導く。

禅寛が生まれた島の者たちのなりわいを、尼君はご存じであった。

〝この尼には……いかにしても供養《くよう》せねばならぬ御方があるのです〟

尼君の通ってきた海の道を、禅寛は打ち明けられた。

少女と〝渡し〟の梶師《かじとり》とを乗せて、島々のあいだをたゆたう舟を。

同じ島に生を受けた〝渡し〟の一人がたどった海の時間に、禅寛は打ちひしがれた。

海の果てしなさを、〝渡し〟は知らぬまに脳裏に刻み込む。海がたまたま描く模様には限りがないが、その一々に、彼らは気を抜かず相対《あいたい》してゆく。

たとえば、数えることもできぬほどの昔、遥かな国からとある島へ流れ着いた女。都から外《と》つ国へと発《た》つ兵《つわもの》ら。過去というものが、〝渡し〟の耳端を絶え間なく通り過ぎてゆく。尼君と梶師との見てきたものを、禅寛が知るはずはなかったが、彼には漠然と、それが測り知れないほど遠い、口伝《くでん》のなかの記憶と重なるように思われる。

〝渡し〟にはそれゆえ、強い感応の力が備わっているのかもしれなかった。

禅寛は海の生起《せいき》の果てしなさを解きたくて仏門に入ったが、いま見たいのは海上に開く波の華である。

血の繋《つな》がらぬ弟、平清盛がそこにいた。

同船しての旅路のなかで、禅寛は、清盛の土地勘のよさに気づいている。島々や浦、浜を見分ける目がよい。

浦や津の名をいち早く口にする覚えのよさにも目をみはる。都とかっての任地である肥後《ひご》とを結ぶ海路を往来した経験が何度かあるとはいえ、海の上では西も東も覚束《おぼつか》ぬ都人《みやこびと》のなかでは、図抜けている。

——何よりも。

特有の嗅覚《きゆうかく》で、彼は尼君と清盛とのよく似た部分を感じ取っている。それは自身とも共鳴するものであった。

——竜宮《りゆうぐう》の匂《にお》い。

あえて喩《たと》えれば、そうなるであろうか。

翌朝。平清盛は人払いをし、禅寛を屋形に招いた。

「禅寛さま。件《くだん》の島はそろそろか」

「さよう。もはや見えて参りましょう」

「どれ」

清盛は簾《すだれ》を巻き上げる。海表からの照り返しが光の波紋となって、屋形のなかをゆるやかに満たす。

「義母さまの御願じゃ。早う叶《かな》えてさし上げたい……」

尼君は、禅寛と清盛に悲願を伝えていた。

〃水竜《すいろう》殿が、幼い頃から崇敬しておられた霊山《りょうぜん》に、供養のための寺を建てたい〃

安藝の伊《い》都《つ》岐《く》嶋《しま》という島に、霊山がある。尼君はそうおっしゃった。

「いかなるお山なのじゃ」

平清盛は、安藝国にはまだうとい。それもそのはずで、山陽道のなかでは、そう目立たぬ国である。

華やかな播磨《はりま》、備前《びぜん》、あるいは南海道の伊予などには肩を並べようもない、地味なお国柄であった。受領《ずりょう》の雄とされた、かの顕季卿《あきすえきょう》、あるいはそのご一門、長実《ながざね》卿、家《いえ》成《なり》卿といった方々なら、歯牙《しが》にもかけることのなかった国であろう。

かのお三方《さんかた》は安藝を預かったことがない。そればかりか、目から鼻へ抜けるように海の道に明るい平忠盛も、安藝守を任じられたことはない。

その安藝の受領となることを、清盛は以前よりあえて所望《しょもう》していた。上つ方々が何かと取りはからって下さったこともあり、思い通りの国の任官がかなった。

清盛は、父君の、半ばあきれたような顔を思い起こす。

〝何ゆえ、かの国を。ほかにも大国を望めようものを〟

――されど。

清盛には安藝が特別の国のように思えている。彼は、船にとらわれていた。

――安藝は、入唐《にっとう》のための船《つくのぶね》を造りし船の国。

遣唐使の盛んであった頃、朝廷は安藝国の国衙《こくが》に命じて遣唐使の乗る大船――船《つくのぶね》――を造らせたという。

船を造るのに最適の材を産出する船木郷《ふなきのさと》が、安藝には三郷、置かれている。安藝郡、高田郡、沼田《ぬた》郡……。

――推古の昔より、船のための好材は安藝の山中にあると申す。

心中密《ひそ》かに、彼は大宋国並みの大船を手がけてみたいと思っている。

――安藝にてならば、致せようぞ。

加えて、祇園女御の御願《ごがん》の寺院建立《こんりゅう》の件があった。

御願といっても、表沙汰《おもてざた》にはできないことである。

白河法皇の寵姫《ちょうき》であった尼君は、生前、正式なお妃にはなっていらっしゃらない。

尼君の御為の寺院としては、落飾の後お住まいになった威徳寺が精一杯であった。まして、その方の想《おも》い人を弔《とむら》う寺のことなどは、けっして洩《も》らせぬことである。尼君は、死してなお、白河法皇の菩提《ぼだい》を第一に弔うべき身であった。あらん限りの壮麗を、尼君のために尽くしたい。

だとしても、清盛は間に合わせのもので済ませたくない。あらん限りの壮麗を、尼君のために尽くしたい。

亡くなった尼君の面差しを思い起こすとき、清盛は何か目の前に乗り越えなくてはならぬものがあるような気になる。それを越えゆけば、あとはやすやすと、近づけそうな気がする。血が騒ぐのである。

「かの島にございます」禅寛がさし示す。

「おお」

清盛は屋形から身を乗り出す。

――峻嶺《しゅんれい》じゃ。

まず目に入るのは、尾根である。島と呼ぶだけではこと足りない。山陽道を貫く山脈のひと連なりが、ふとした拍子にもがれ、海中に投げ入れられたかのようであった。山巓《さんてん》は雲を凌《しの》いでいる。船が進むごとに、霊峰は天際を遮《さえぎ》り、行く手に立ち塞《ふさ》がるかのよう。

「まさしく絶勝……」

峰は海よりにわかにそそり立ち、懸崖が人の入山を拒むかに見える。

「御覧のように、内地とは近いところで一里と離れておらぬ島でございますが、山は峻険で、好んで入るものはおりませぬ。されど、霊山《りょうぜん》に入った者があることは、古くより我ら〝渡し〟の言い伝えにございます」

「ほう、いかなることじゃ」

「かの山は、海を仕切る王者たちの、のろし場であったと」

「のろし場……？」

「霊山の頂きは、あたりでもひときわ高うございます。頂きより、内海《うつみ》の島々と海の道を眺むれば、遥か彼方《かなた》まで、ひと目で見渡せますのじゃ」

古来、他《ひと》の国々とのいさかいが起こるたびに、西方より都へと船で攻め上る異国の敵を警戒し、来襲をいち早く知らせるために、海人《あまびと》たちはところどころに見張りを置いた。

ことがあれば狼煙《のろし》を上げる。狼煙が、見張り場の各々へ伝わってゆく。

霊山は、海人たちのあいだで交わされる合図の拠点のひとつであったことが〝渡し〟には伝えられていると、禅寛はいう。

「さようなことも、いまは忘れられておるのでございましょう。あたりの者たちはいまだに、時折り霊山の山頂に燃える松明《たいまつ》が見えるのじゃとか、にわかに拍子木《ひょうしぎ》が搏《う》ち鳴らされるなどと申して畏《おそ》れます。いにしえの幻でございます」

「それにしても、深山幽谷。禅寛さまの身が案じられてならぬ」

禅寛は、霊山に入ろうとしている。

そもそも、御室《おむろ》仁和寺の阿闍梨である禅寛が、安藝守となった清盛に同道し、はるばる都からやってきたのには、それなりの理由がある。

仁和寺は、親王であった方など元をたどれば帝の系譜に連なる方々が出家ののち、落ち着く先である。

仁和寺で仏門に入られた朝家《ちょうか》の方々は、しきりに高野山に参籠《さんろう》をなさる。仁和寺は、もともと、寺の創設者である宇多帝《うだのみかど》が、真言宗《しんごんしゅう》の祖である弘法大師《こうぼうだいし》空海《くうかい》に追贈されたもので、宗派としては真言宗御室派となり、高野山との結びつきが強い。また同時に、高野山内に子院や庵《いおり》を続々と寄進なさったのである。たとえば、白河院《しらかわのいん》は生前、高野山の大塔を再建なさり、鳥羽院《とばのいん》は東西の塔の手入れや建立を手がけられた。

禅寛の師にあたる覚法法親王も、高野山に勝蓮華院《しょうれんげいん》を造進なさった。禅寛阿闍梨は、その頃より用務を承り、よく高野山へと出向いた者の一人である。

白河院は生前、安藝の能美島《のうみ》、能美庄に院領を置き、年貢《ねんぐ》を高野山に寄進なさった。その頃〝渡し〟の一人が年貢米の運京船に携わったのを契機に、禅寛は都に上った。縁あって仁和寺の僧となったが、それからも安藝と高野山とを結ぶ要《かなめ》のようになっている。

鳥羽院の世になってからは、衣田島《えた》、波多見島《はたみ》、矢野浦、呉浦《くれ》の一帯を領とする安《あ》摩《ま》庄の年貢も高野山に振り向けられた。安摩庄は、いにしえより海人《あま》の郷とされた安満郷の系譜をひく地であり、それゆえ重視されてしかるべき地である。

禅寛は、院が海路の要衝を抑えることの重要性に気づいている一人であった。

いっぽう、安藝守を任じられた平清盛は、まずは安藝の土地柄を把握してゆかねばならない。

まる一年ほどは、安藝に下るごと、庄の調べに費やした。このたびは地元に縁の深い安藝阿闍梨を介し、海人たちや津泊《つどまり》を仕切る長者とのつき合いを深めるつもりであった。地元を知り尽くした禅寛とともに下ってきた目的の第一である。

さらに、禅寛には真言宗の僧として、この安藝への旅で、ぜひとも確かめたいことがある。

〝渡し〟の一人である水竜が生前崇《あが》め、祇園女御が御願寺を建てたいと願う霊峰には、もうひとつの言い伝えがあった。

この霊峰を、あたりの人々は〝弥山《みせん》〟と呼ぶ。

弥山は、須弥山《しゅみせん》をもととして付けられた名ではないかと見る向きがある。仏教で須弥山といえば、三十三天や四天王がお住まいで、諸天界に通じる山。半分は水中にあることが、この霊山にもよく似ている。

この御山を弥山と名付けられたのは、真言宗を開かれた弘法大師その方だというのである。

禅寛が耳にした言い伝えによれば、唐より帰朝し、都に戻るまでの道中、大師さまはこの御山にひとかたならぬ力を感じ、峻険《しゅんけん》をものともせず、山に入られたそうである。

——まこと、さようなことであるとするならば。

弥山は真言宗の秘密道場にふさわしい山となる。

霊峰に入山することで、禅寛はその真偽を見極めるつもりでいる。

「まことに入られるのか」

清盛は、予想を遥《はる》かに超えた険しい山を目前に、禅寛の身を案じる。

「は。全山をくまなく歩き尽くすつもりでおります」

禅寛は、数名の供とともにまず弥山の山野をめぐって調べ、下山したあとは清盛とともに安藝の要所を回ることになっている。

あたりの人々にとって、伊都岐嶋《いつくしま》は神聖な場所。しばらく精進潔斎したうえで、禅寛はことに臨むつもりである。修験《しゅげん》には慣れた身であった。険しい山場も苦にはならない。

「幾日かかる」

「半月……いや、ひと月もあれば調べもつきましょう」

「食糧はお持ちか。あるいは水はじゅうぶんおありか」

清盛は彼らしく、都人ふうの心配をする。

「弥山には、山から落ちる真水の川がございます。また、御覧のように、島は内地と近うございます。対岸とのあいだは浅瀬。供の舟を出せば、入手の手だてがつきますゆえ」

「くれぐれも、ご無事で」

「忝《かたじけ》のうございます」

「下山のときが待ち遠しいのう」

「お名残《なごり》惜しゅうございますが、しばらくのこと」

「そうじゃ」清盛は悪戯《いたずら》っぽい顔で思いつきをいう。「禅寛さまが、もはや下山してもよいと思われたときには、山腹《さんぷく》に松明《たいまつ》を灯《とも》してくだされ。いにしえの海の首領の狼煙《のろし》の如《ごと》く……」

「おお」

それは名案と、禅寛は笑った。

四

清盛の御船は、太田川《おおたがわ》を下っている。

瞬《また》く間に、時日は過ぎてゆく。

安藝内陸の山の奥深くまで足を延ばし、造船のための用材を見ての帰途である。

大河の回りが自《おの》ずと要地になるのは、どの国に赴《おもむ》いても同じことであった。川筋には力のある者が住まう。川の幅が広がり、海辺が近くなるにつれて、力のある者は陣地取りに勢力を競う。川湊《かわみなと》や津は取り合いのようになる。

「ううむ……」

清盛は我知らず吐息を洩《も》らす。

父君たちが地ならしを終えている備前や播磨《はりま》などとは違い、新しく任じられた国だけに、ひと筋縄《すじなわ》ではいかない。その地その地で在地に深く入り込み、津泊や湊の有力者たちをうまく取り込んできた父君の手腕が、いまさらのように優れたものに思える。

都から抱えてきた宿題が、にわかに重く感じられる。

「清盛朝臣」

随身《ずいじん》に、屋形《やかた》の外から声をかけられた。

「何ごとじゃ」

「早舟が参りました。備後国より参上した者がございます」

——備後国とな。

清盛には覚えがない。

「どなたじゃ」

「祇園社より遣わされて参ったと」

「さようか」思い当たり、清盛はしぶしぶと伝える。「よい。お通しせよ」

屋形に入ってきたのは、備後国の祇園社領を仕切る神人《じんにん》の長《おさ》であった。

「畏《おそ》れながら」

神人は這《は》いつくばる。

「は。文をお持ち致しました」

「申せ」

懐《ふところ》から、都より到来の文を神人は取り出す。

清盛はその場で広げ、ざっと目を通した。思った通りの内容である。

――見ずとも、重々承知のことじゃ。

祇園社の神人たちのなかでも、河海の道を心得た者たちとは、淀《よど》川の川舟を介して、祖父の代から関わっている。祇園女御《ぎおんにょうご》が祇園社に御堂を奉《たてまつ》った縁もある。互いに知らぬ仲ではない。

その祇園社から、安藝国についての望みを聞かされている。

目下、諸大寺や神社は神領、寺領を増やすのに懸命である。領地が増えれば、それだけ貢進のために上京することが増え、私的な中抜きによる商機も増える。

祇園社のなかにも、ご多分に洩れず、利得をもたらす領地の獲得に余念のない者がいる。

〝安藝に我が御社のご神領を〟

清盛が安藝守を任じられるやいなや、そう持ちかけてきたのである。

——とりあえず、諾《うべの》うては参ったものの。

簡単には運ばぬ次第であった。

安藝には、東から沼田川《ぬたがわ》、黒瀬川、太田川と、大河が三筋、内海に流れ込んでいる。それぞれが、よい水路となり、河口の津は格好の領地である。

——沼田川あたりの仕切りは。

その確かな目で安藝を見歩いてきた清盛の脳裏には、それぞれの地域を取りまとめている勢力の分布図ができつつある。

都に近い、沼田川東の海岸部、沼田郡には、沼田《ぬた》氏という有力な長者がのしている。沼田川の西は、賀茂郡というがごとく、賀茂社の庄で占められている。

——では、黒瀬川はと申せば。

この川にも、抜け目なく有力者が絡《から》んでいた。河口にある安南郡の呉保《くれほ》は、石清水《いわしみず》八幡宮《はちまんぐう》の所領である。

——残るのは、この太田川であるが。

太田川は、いわば目抜きの通りで、国衙《こくが》領と院領が入り組むなかに、地元の有力者たちの領地が細かく入っている。河口のあたりには、やはり石清水八幡宮も食い込んでいた。

——いかように致すべきか。

確かに、祇園社の所領は、いまのところ安藝にはない。

それを見越して、祇園社からは安藝に拠点が欲しいといってきている。

隣国の備後には、祇園社所領の小童保《ひちほ》がある。そこの神人を使いに寄越し、文で催促をしてきたのであった。

——祇園社の社領を、当地にねじ込むと申しても、さて、いかにすべきか。

しかも、祇園社は太田川の河口近くを所領にと望んでいた。

河口は有力者たちが手放したがらぬ土地である。祇園末社を勧請《かんじょう》すれば、そのおこぼれに与《あず》かれると地元の者を説くのが早道であるが、おいそれと応じてくれる者がいそうではない。

「文は拝見致した」

清盛は使者に向き直る。

「目下、案配のさなか……と、伝えて下され。されど、河口はいささか難しゅうござろうかと存ずる」

甘い見通しを伝えてぬか喜びでは気の毒と、厳しい先行きを伝言し、随身に使者の歓待を命じて帰した。

――難しいものじゃ。

とはいえ、ことをそのままには捨て置けない。

清盛は都へと文を送った。父の忠盛に相談事を書き送ったのである。

「かようなことを安藝から申して参った」

平忠盛は、信西《しんぜい》入道に清盛からの文を差し出した。

「祇園社の者が、所領を安藝に欲しがっておるのか」

信西は、忌々《いまいま》しげに舌打ちする。

「近頃の神人は、のさばり過ぎておる。忠盛殿は甘い。もっと思い知らさねば、奴らは幾らでもつけ上がるぞ」

神や仏の威をかさに振る舞う神人や悪僧の無理な要求や悪行が、うなぎ上りに増えている。

「そんなに安藝に所領が欲しければ、あの島を祇園社にやったらどうじゃ」

信西は面白半分で意見をする。

「あの島とは」

「蒲刈島《かまがり》じゃ」

蒲刈島とは、ひと昔前、平忠盛が再び山陽、南海の海賊追捕《ついぶ》を命じられた折に平定した島である。

安藝の蒲刈島は、日高庄にあり、興福寺《こうふくじ》の所領である。日高庄を仕切っていた日高《ひだか》禅師《ぜんし》こと悪僧の源智《げんち》が海賊の首領であった。

日高禅師を忠盛は捕え、島は興福寺に戻された。

「戯《たわむ》れにも、さようなことを致せば大争乱の種になる」

寺社所領同士の争いは、互いに譲らぬだけに血で血を洗う騒ぎになった。

「もっと穏便な運びようはあるまいか」

忠盛は、あくまでも慎重である。

「まったく」信西は天を仰ぐ。「何のために天下無双の御辺がおり、手下の兵《つわもの》どもがおるのじゃ」

「さような者がむやみに出陣を致さぬ為《ため》に、信西入道の如き智者がおるのではないか」

「ふん。うまいことを申す」

「いかように致すべきか」

「考えるまでもない。やはり遠回しに事を進めてゆくほかなかろう」

「うむ……」

やはり、そこは練達の受領《ずりよう》と知恵袋である。清盛が置かれた立場と同様の状況を乗り切るために、彼らは妙手を編み出していた。

有力者なり長者なりを説き、とある領地を院に寄進させて院領とする。もちろん、有力者には院領を預かるという名目を与え、管理は任せる。さらに、その院領から生ずる米や産物のなかから、寺社に寄進との名目で取り分を作る。

院領が増えることは、院の支配を強めることに繋《つな》がる。地元の有力者にも箔《はく》が付く。寺社にも顔が立つ。三者が丸く収まる、うまい方法であった。

得子《なりこ》さまが美福門院と成られてからは、美福門院領が続々と増えている。平忠盛は、美福門院の家司《けいし》として、所領の采配《さいはい》に携わる身であった。

「時間はかかるが、まずは安藝に院の御領を増やすことじゃ。清盛朝臣にはそう伝えられてはいかが」

「では、美福門院か崇徳院《すとくいん》の御領に」

美福門院は、言わずと知れた鳥羽院の寵姫。鳥羽院に美福門院をお引き合わせしたのは、忠盛らであったし、また、忠盛は崇徳院の傅《めのと》である。このお二人の御領を増やすことは、忠盛にしてみれば忠節の形であると同時に、自らを利することにも通じる。

方針は立ったとしても、ことは即座には進まない。話をまとめ、手続きを行わなければならない。それだけに月日はかかるが、確実に先が見える便法であった。

「調べはついたのか」

「は」

「で、その所領の領主は」

「そのことでございますが……」

「早う申せ」

清盛は、国府の部下をせかした。

都とは何度か文のやりとりを交わしたものの、清盛のほうは、安藝で手こずっている。

目当てをつけた土地の領主との交渉が、思うように進んでいない。

太田川の西岸に、やや広い田畝《でんぽ》を含む、まとまった庄がある。河口にもそう遠くない。これならばと調べ始めたところ、国衙の領でも院領でもない。聞き進めたところによれば、領主は太田川以西に勢力を持つ者で、いにしえよりあたりを司《つかさど》ってきた国造《くにのみやつこ》の家系であるという。

「このあたりの者なのじゃな」

「御意《ぎょい》」

「領主の名は」

「佐伯《さえき》と申します」

名を聞いて文を遣わしたが、返り文はなしのつぶてである。ならばと人を遣《や》れば、門前払いを食わされるか、留守と聞かされ、空手で帰ってくる。

清盛は業《ごう》を煮《に》やす。

とはいえ、相手は賊ではない。むやみに捕え、力で屈服させるわけにはいかない。

「佐伯……。国守よりの文を捨て置くとは、無礼な輩《やから》じゃ」

そんなある夕べ。

安藝の屋敷に戻ってみれば、机上に一巻の文。

〝上〟から始まる達筆の文である。太く力強い文字が躍る。

〝伊都岐嶋《いつくしま》大明神の神仕《しんし》にて船管弦《ふなかんげん》を神仕《かみつか》い申します。毎歳《まいとし》長浜ほとりにて執行《とりおこのう》に、酉《とり》の刻より管弦献じ、御儀式有《ごぎしきあり》……〟

――伊都岐嶋大明神？　伊都岐嶋と申せば、禅寛《ぜんかん》さまが入られた弥山《みせん》の島であるが。

どうやら地元の式祭のようであるが、麗々しく祭りをするような御社があるのだろうか。

郎等《ろうどう》を召し、屋敷に務める地元の者に尋ねさせるが、はかばかしい答えは返ってこない。

首を傾《かし》げているうちに、迎えの者が来た。国衙の在庁官人のなかでは交渉力のある、田所《たどころ》という男である。

「お目に掛けたい祭祀《さいし》祈禱《きとう》がございます。ぜひともお出ましを。桟敷《さじき》も用意致しておりますゆえ」

「なにゆえ前もって申さぬのじゃ」

「目を驚かせて頂こうとの趣旨でございます。さ、さ」

取るものも取りあえず、郎等らにも身支度を調《ととの》えさせて一団をつくり、田所に先導されてゆく。

浜が近づくにつれて、人の群れが目立ち始めたのは氏子たちであろうか。

「清盛朝臣《あそん》。こちらへ」

松原を抜けると、浜が開けている。対岸の伊都岐嶋は神々《こうごう》しく暮色に溶けてゆく。島の向こうはまだほの明るい。

支度されている船に導かれてゆく。御船はしずしずと出た。

と、別仕立ての三艘《そう》の船が、悠揚と水鏡《みずかがみ》のような浦へと棹《さお》さしてゆく。

三艘とも、灯籠《とうろう》を吊《つ》り、おぼめく光に包まれている。舷《ふなばた》に棟木《むなぎ》を建てて小屋《こや》掛《が》けし、幔幕《まんまく》を廻《めぐ》らせたなかに、楽人の姿が明滅する。吹き流しがはためいた。

掛け声が、寂寞《じゃくまく》を破る。

調べが放たれて海上を遊弋《ゆうよく》し、弥山の方角へと翔《かけ》り上がってゆく。

——鄙《ひな》には稀《まれ》な。

管弦の船に、清盛は見とれる。

よく見れば漕《こ》ぎ手の水主《すいしゅ》さえ烏帽子《えぼし》に表袴《うえのはかま》を着け、威儀を正している。

公卿《くぎょう》の君の習いのようになっている造られた池泉《ちせん》での詩歌管弦の遊びと比べ、霞《かすみ》に煙る島影の下、渡海しながらの奉納は力強い。

「いかがでございますか」

屋形《やかた》の外から、声をかけられる。

「堪能《たんのう》した」

「それはようございました」

「田所か」

「……いや」

「む？」

清盛は舳に控える人影に目を凝らす。篝火《かがりび》は消されており、舳は暗い。管弦の船を見物するためである。

思い起こせば、田所とは声が異なる。

「何奴じゃ」

暗がりのなかで、巨体が蠢《うごめ》いた。よく見えないが、顔が大きい男のようだ。高い鼻《び》梁《りょう》の影だけが目に入る。

清盛は太刀の柄《つか》に手をかけて立ち上がり、構えながら影のほうへとにじり寄る。

と、そのとき。

浜辺の衆が、いちどきにどよめいた。

「松明《たいまつ》じゃーッ。出たぞォー。弥山《みせん》の松明じゃーッ」

誰かの大声が響く。

「おお」

大きな男が唸《うな》った。

「清盛朝臣っ」

郎等たちが駆け込んでくる。しかし男は動じない。郎等のほうも男を気にも掛けていない。

「松明でございます。松明が」

「しかと承知じゃ。それよりも、かくなる者は何奴」

清盛は男のほうへ一歩踏み出す。

薄雲が流れたのか、月明かりがにわかに射《さ》し込む。

男の顔が照らし出された。むら雲の影が映りゆく。大きく開けた口から、牙《きば》が四本
突き出ている。舞楽《ぶがく》、納蘇利《なそり》の面《おもて》を着けた大男であった。

そこへ、皆をかきわけるように、田所が膝行《しっこう》の形で進み出てくる。

「申し遅れました。かの者は……」

「控えおれ、田所」

清盛は、きっとなって田所を差し止める。場に緊張が走った。

が、清盛は楽しんでいるような口調になる。

「このお人が、かの佐伯景弘《かげひろ》どのか」

図星を指され、今度は田所のほうが息を呑《の》む。

「のう、佐伯どの」

清盛は屋形の外に控えている巨漢に向き直る。

「は」

男は納蘇利の面を脱ぎ、畏《かしこ》まる。顔の節々が赤く盛り上がった、仁王《におう》のような面《つら》つきである。長い眉毛《まゆげ》が半ば逆立った下に、黒目がちの小さな丸い目が明るい。太い首は、肩の肉に埋まりそうである。年頃は三十前後か。

清盛は、興味深げに眺め入る。国守から召されても、一向に姿を見せなかった地元の長者である。

「ようやっと姿を現わしたか。しびれを切らしたぞ」

「内舎人《うどねりさ》佐伯《えきのくらもと》鞍職の裔《はっこ》、佐伯景弘。遅れ馳《は》せましてござる」

「畏《おそ》れながら、清盛朝臣」田所が戸惑いながら尋ねる。「正体にお気づきでいらっしゃったので」

「うむ。この派手な趣向に、わ主《ぬし》も一枚嚙《か》んでおるのじゃろう。聞けば田所、わ主の家は佐伯の分家と申すではないか。しかも、安藝国衙《こくが》のお役のなかで、田所家は代々田地の政務を司って参った家。庄領絡《がら》みの事柄に強いわ主が、本家の主《あるじ》、佐伯景弘を国庁に引っ張って参れぬわけがあるまい……。何がござるのか、お手並み拝見と思うておったのじゃ」

「恐れ入りました」

いつのまにか地元の事情に通じている国守のしたたかさに、田所は唸る。

清盛は破顔した。

「さりながら、佐伯どのは放胆よのう。安藝国屈指の豪族とは申せ、かような席をしつらえて見せるとは」

「出過ぎた真似《まね》を致しました。汗顔《かんがん》の至《いた》りでございます」

佐伯景弘は声音もはきはきと、屈託がない。

――面白い輩《やから》じゃ。

面談の舞台づくりやはったりの利《き》かせ方も、清盛の気に入った。

「御辺、舞楽も致すのか」

納蘇利《なそり》の面を顎《あご》で差す。

「佐伯の家は大神宮に仕えるしきたりでございます。祭祀《さいし》を司ります身にございますゆえ、奉納のため多少の心得は」

「大神宮とな……。御辺らが寄越した文にもござったが、伊都岐嶋大明神と記すがそれか」

「さようでございます」

「都では聞かぬ明神さまじゃ」

清盛は訝《いぶか》るように眉根を寄せる。

「神殿はいずこに」

暗闇《くらやみ》を透かし、清盛は弥山の聳《そび》える島の端《は》裾《ずそ》あたりを眺める。御船は、しだいに島へと近づいている。

浜を騒がした山腹の松明《たいまつ》は、もはや消えていた。

そういえば、佐伯景弘にも田所にも、弥山の松明騒ぎを気に掛けている様子はない。

それに気づいて清盛がいう。

「先刻の、弥山の松明は、霊山《りょうぜん》の明神が顕《あらわ》した験《しるし》かのう」

「いかにも」佐伯はあっさりと頷《うなず》く。「管弦の奉納に応じて下さったのやも知れませぬ。地元の者どもは、霊験《れいげん》を目《ま》の当たりにし、いよいよ畏み申してございます」

「なるほど。……さりとも、肝心の社殿はいずこなのじゃ」

「そのことでございますが」

佐伯の曰《いわ》くありげな様子に、清盛は余人を下がらせる。

「さ、申してみよ」

「実を申しますれば、己はかの禅寛阿《あ》闍梨《じゃり》とは昔馴《な》染《じ》みにございます」

佐伯の打ち明けたところによれば、代々安《あ》藝《き》の海津を仕切ってきた長者の末裔《まつえい》、佐伯と、もと〝渡し〟の禅寛阿闍梨とはつき合いが深いという。

弥山を擁する伊都岐嶋、及びその対岸にあたる内地いったいは佐伯家、及びその後見する者たちの所領である。

禅寛阿闍梨が、地元の兵の邪魔立《じゃまだ》てもなく弥山に入山できたのは、佐伯に断りを入れた上でのことであった。

「ほう。さようであったか。では、かの松明のことは」

「聞かされて、存じておりました」

「やはり」

「禅寛阿闍梨が下山された暁《あかつき》には、朝臣さまのもとに参上致すつもりでございました。されど、阿闍梨ご一行の、山中のお調べが思いのほか長引き、その間、田所のほうからはしきりに……」

「矢の如《ごと》き催促か。とは申せ、とりあえず参れば済むものを」

「面目《めんぼく》もございませぬ」

「さすれば、件《くだん》の所領の話は耳に致しておるのじゃろう」

清盛は、太田川河口の所領の件を持ち出した。祇園社の社領にと、清盛が見込んだ一帯である。

「むろん、仰《おお》せに応じ、いかようにもはからいましょう。されど、みどものほうにも望みがございます。禅寛阿闍梨を通じ、安藝守さまの御許に上がろうと存じておりました」

　佐伯は図太く交換条件をいう。臆《おく》することなく、間を詰めてゆく。しかもよく撓《しな》る長剣のような勢いがある。交渉ごとに肝《きも》が据《す》わった男のようである。

「いかなることじゃ」

「ほかでもない、伊都岐嶋社のことでござる」

　佐伯景弘は切りだした。

「伊都岐嶋に鎮座なさいます大明神は、神道奥秘《しんとうおうひ》の仔《し》細《さい》ある神にて、夜の守《まもり》、日の護《まも》り。されども昨今、社殿がさびれ朽ち果てて、見る影もないありさまにございます。いまは我が陋屋《ろうおく》の一隅を仮の社殿にあてておりますが、本来鎮座すべき嶋に僅《わず》かに残るは、かの鳥居《とりい》ばかり」

　佐伯はそこで屋形の外に目をやり、島の端裾にあたる岩場を指し示した。

　清盛が誘われて見れば、闇の向こうに、わずかにそれらしき影が見えるのみである。

「かくなることでは、大明神の品位が疑われかねませぬ。ぜひとも官費にて宮社の再建、造営を願いとう存じます」

「されど、伊都岐嶋社は〝二十二社《にじゆうにしや》〟には含まれておるまい」

「されど『延喜神名式』によれば伊都岐嶋大明神は〝大〟の格。されば大社にございます」

「とは申せ、大の祭神は日本国に五百近い数じゃ」

神々のあいだに優劣はないとしても、朝廷には重んじている神社がある。『延喜神名式』によれば、官社、つまり官幣によって祭られる神は全国に三千百三十二座、そのうち〝大〟の格にあたる神が四百九十二座と数多い。大小の差はすなわち、祭祀《さいし》のときに中央や国衙より下される幣《ぬさ》――神社にとっては実入り――の差であった。

また、これら神社のなかに、この頃格別に朝廷より尊崇されている〝二十二社〟があり、官費が存分に下される。

伊勢、石清水《いわしみず》、賀茂、松尾、平野、稲荷、春日の上七社。

大原野、大神《おおみわ》、石上《いそのかみ》、大和《おおやまと》、広瀬、竜田、住吉の中七社。

日吉、梅宮、吉田、広田、祇園、北野、丹生《にう》、貴布禰《きぶね》の下八社。

計二十二社である。

伊都岐嶋社はさほど重んじられていない。全国にいくつもある神社のひとつに過ぎず、本来であれば大げさな造営の対象にはあたらない。清盛のいい分は、当を得ている。

が、佐伯は引き下がらない。

「さりとも、官社は安藝には三社のみしかござりませぬ。みどもら地元の者にとりましては、かの神こそ恩賀の神。石清水や賀茂、祇園に勝るとも劣らぬ名神……」

佐伯景弘は、石清水、賀茂、祇園の名をあえて強めていう。

――なにがしか、含みがありそうじゃ。

清盛ははたと気づき、たちまち大笑し、促した。

「佐伯の。腹を割れ」

「は？」

「とぼけるな。御辺の家はなるほど、かの社の守り役。伊都岐嶋社の社殿が荒れておるのも確かじゃ。されど、真の狙《ねら》いは社殿を建て直し、祭神を盛り立てるのみにはあらず……。どうじゃ。違うておるか」

「さすがは清盛朝臣」

佐伯は得たりとばかりに目を煌《きら》めかせる。

「清盛朝臣。佐伯は代々、この安藝にて、津をゆく船々を仕切って参った海人《あまびと》の家にございます。もとはと申せば、禅寛さまとのご縁から院領にお渡し致しました能美《のうみ》庄や安摩《あま》庄も、もとは我ら海人の縄張り。その安藝の津津浦々が、続々と石清水や賀茂、或《ある》いは祇園の神領となりゆき、神人《じんにん》ばかりが大きい顔をして海や川を通ります。地元の我らは、それはもう肩身の狭い思いを致しておるのでございます」

ひとたび口をきってしまうと、佐伯は忌憚《きたん》のないところを告げた。

代々受け継いできた所領が、なし崩《くず》しに他社の神領となってゆき、土地や海からの上がりが思いのままに召し上げられてゆくことが、古くからの長者、佐伯には面白くないのである。

「そこで思いつき申した」

「ほう。何を」

佐伯は巨軀《きよく》を乗り出し、清盛の耳元で声をひそめる。

「幸いにも、我が家系は伊都岐嶋社の祭礼を司る神主の家。後見しておりまする所領も、当地にかなりございます。それらを思い切って、ことごとく伊都岐嶋社の神領に献じ奉《たてまつ》りたく存じます」

「何じゃと」

清盛は、さすがに目を剝《む》いた。佐伯景弘《かげひろ》はしらっと続ける。

「神領となれば、我らの身内も神人でござる」

「さすれば……さようなことになるのかも知れぬが」

「社領からの上がりも、伊都岐嶋神への貢進になりますのう。地元のものが地元に戻る都合となるのじゃ。さらに遠方への船出も、神人となれば許される。分社をどこぞに置いたならば、九国《くこく》などへも」

「うむ」

思わず、清盛は唸《うな》った。

――佐伯と申す男、なかなかの遣《や》り手じゃ。

「さようなことになれば、荒れ果てた社殿というわけにも参りますまい。御殿並みの雅《みや》びやかな社殿や調度が要る。祭礼も、並み一通りでなく、きわめて貴《あて》やかに執《と》り行う……都人が憧《あこが》れるほどのあらたかな神がおわしますこの島に」

佐伯景弘は、大風《おおぶ》呂《ろ》敷《しき》とも正夢ともつかぬ構図を、大胆に描いて見せた。

太田川以西の領地が伊都岐嶋社領になれば、佐伯自身は大神社の別当にも勝る利を得るのである。神社の名を借りた新たな海運の一大勢力となりたい、と佐伯は口にしているのだ。

「清盛朝臣は安藝守と中務大輔《なかつかさのたいふ》を兼ねておいでと伺い申した。宮中の行事や調度には、とりわけ詳しゅうていらっしゃる。むろん、伊都岐嶋社の後ろ盾はぜひとも清盛朝臣にお願いしとう存じます。都での名声はすなわち、清盛朝臣のお力にて、いわば拵《こしら》えていただきたいと……」

佐伯は清盛に、神領の後ろ盾になってほしいと懇願した。伊都岐嶋神領よりの上納が約されたようなものである。

納まりのつけ方のうまさに、清盛は佐伯の手練手管を見る。

「御辺……、いずこからさような腹案《ふくあん》が生ずるのじゃ」

佐伯はけろりといってのける。

「知れたこと。かくなることこそ、伊都岐嶋大明神がみどもに告げられた、海のお宝の夢でござる」

「これはこれは。相当な狸《たぬき》よの」

「されば、我らが神に、ひとつ奉納致しましょうぞ」

佐伯は納蘇利《なそり》の面を再び着け、大きな足をのっそりと踏み出して舞い始めた。

禅寛が下山してくると、話はにわかに現《うつつ》の色を帯びはじめた。

弥山《みせん》の山中は、まさしく修験《しゅげん》にふさわしい場。とくに山頂あたりは奇峰怪石《きほうかいせき》連なり、海龍の守護するが如き絶境《ぜっきょう》であったという。

禅寛が見つけたのは、奥まった岩窟《いわや》である。人が優に入れるその窟《いわや》には、いつ誰が焚《た》いたのかは知れぬが、護摩《ごま》修法《すほう》の跡があった。

〝もしや弘法大師さまが〟

と禅寛はいう。その真偽はどうあれ、密教の修験者がいにしえ、入山したことは確かなようである。

弘法大師が弥山の開山に携わったとの言い伝えは、佐伯の周辺にもある。

尼君の――亡くなった祇園女御《ぎおんにょうご》の――御願の寺を建立《こんりゅう》するには、最適の地であった。

伊都岐嶋に社殿と寺院とが併存すれば神仏混淆《しんぶつこんこう》とはなるが、領主の佐伯景弘はといえば、異存はないと請け合った。

「されど、表立って尼君の御願の寺とは申せませぬ」

禅寛は、寺を表向き高野山か仁和寺の末寺、すなわち大師さまゆかりの真言宗の寺としてはどうかと案を出し、清盛はそれを受け入れた。

「かの観音像を、御願寺の御本尊としたいものじゃ」

祇園女御は、御髪《おぐし》を下ろされてからも、水竜《すいろう》とともに西海を漂い続けた十一面観音坐像を、大切に持ち続けていらした。

観音像は、祇園女御や、清盛自身の母君の分身のようでもあり、南海竜宮の龍女《りゅうにょ》のようでもある。

「これは偶然。当社の本地仏のなかには、大日如来《だいにちにょらい》と十一面観音がございます。やはりご縁が結ばれておるのじゃ」

佐伯が声を上げる。

清盛は上機嫌である。いままで滞っていたことの次第がとんとんと運び、片づいてゆく。

伊都岐嶋の長浜に麗々と建ち並ぶ伊都岐嶋社殿の回廊や寺院の殿堂が、はや蜃気楼《しんきろう》のように見える気さえするのであった。

五

鼓笛《こてき》の拍子が、都の大路《おおじ》小路《こうじ》を幻影に巻き込んでゆく。

町なかから河原にいたるまで、幔幕《まんまく》をめぐらした桟敷《さじき》でびっしりと埋まり、路地には急ごしらえの市や酒盛りの一団が陣取って、くだを巻いたり追い払われたり。諸国からも遊芸人が入り込み、ささらや鉦《かね》の鳴り物が寸秒たりとも途切れない。

何もかもが異風になる。辻々で、唐散楽《からさんがく》や呉楽《くれがく》ふうの仮面をつけた誰彼が舞い、見物は押し合いへしあいしつつ、囃《はや》しに胸を高鳴らす。

祇園御霊会《ごりょうえ》、さらに引き続いて臨時祭ともなれば、誰もが酔いどれのような足どりになる。

田楽の興行師なのか、あるいは公卿《くぎょう》の君の酔狂なのか、唐物らしい装束の舞伎団もどきに人だかりができている。かと思えば、他方ではにわかに曲芸がはじまって、雑踏がわっとわく。七日間にわたって洛中《らくちゅう》を渡御された御輿《みこし》送りの余韻のなか、院や殿《てん》上人《じょうびと》から祇園社に奉納される田楽者や走馬《はしりうま》の行き交うさまをひと目見ようと、左京がひしめく日でもあった。

平清盛の気もそぞろである。

恒例の臨時祭に合わせて、安藝から都へと戻ってきた。今年は田楽の奉納を決めている。

祇園社の天神、牛頭《ごず》天王は南海龍王の王女、婆梨《はり》采女《さいにょ》を妻にしたという。祇園女御《ぎおんにょうご》との浅からぬ縁を、清盛は祇園社に見、念願の宋船建造や、安藝での諸事達成などを祈るために田楽の一団を調達して発《た》たせた。

どこからか、またざわめきが風に乗ってくる。

座敷のなかには、香が立ちこめている。

軽い笑い声が上がった。どの顔も上機嫌である。

祇園社の社殿の一隅、参拝の上客のために客座が設けられている奥の一間、輪の中心になっているのは清盛である。

「さすがに清盛朝臣《あそん》。何よりの安藝土産でございますなあ」

顔を出した別当の顔も綻《ほころ》んでいる。それもそのはずで、清盛は利得を伴う吉報を持ってきていた。

「一方ならぬ苦労を致したぞ。別当分の社領としてはいかがじゃ」

安藝の太田川河口に、祇園社の末社を建てられるほどの敷地を確保してきた。佐伯景弘の力を借りたのである。

「宿願の安藝領。格別の奉納に、婆梨《はり》采女《さいにょ》さまも喜んでおいででしょう。さっそく建立の支度にかかりましょう」

「太田川の上流にも場所が多少ござってのう。引き続き話を進めておるさなかじゃ。ことによればそちらも便利に使うて貰《もら》えるかもしれぬわ」

「願ってもないことでございます」

別当はほくほく顔である。酒肴《しゅこう》も進み、どっと座がわいた。そのときのことである。

津波のように、衆声の動揺《どよ》めきがごおっと鳴り響いた。

境内の方であろうか。

同時に、けたたましい喚《おめ》き声、空を劈《つんざ》く悲鳴、鬨《とき》の声めいた危急《ききゆう》の叫び。

「何ごとじゃ」

談笑の面々は顔を見合わせた。

祭囃子《まつりばやし》も止んでいる。どこからか床板を踏みならす音、揉《も》み合いをする気配、悲鳴物音はおさまるどころか、大声と金切り声とが重なって、しだいに近づいてくる気配は一段と高いものになってゆく。

一同も腰を浮かす。

「い、一大事でございますッ」

様子を見に出した随身《ずいじん》が、瞬《また》く間に血相を変えて駆け戻ってきた。

「どうした」

「で、田楽が……」

随身はがっくりと頭を垂れ、喉《のど》を詰まらせる。

「何じゃ」

「まさか、かのようなことが起こるとは」

「まことに騒々しいが」

「南中門のあたりで……刃傷沙汰《にんじょうざた》が起きた模様でございます。田楽の一隊が襲われて」

「何っ」

誰もが総毛立った。前代未聞のことである。清盛は気色ばんだ。

「けしからぬ。祇園社を……、この祭礼をいかなるものと心得る。下手人は成敗じゃっ。誰ぞある」

即座に隣室に控えている郎等《ろうどう》たちや家侍をいまにも呼ばおうとするのを、随身は必死に押しとどめる。

「清盛朝臣っ。お持ち下さいっ」

「む?」

「に……、刃傷に及んでおりますのは、我が……我が一門の家人《けにん》にございます」

「たわけたことを申すなっ」

清盛は随身を叱《しか》りとばしたが、見聞きしてきた事実を這《は》い蹲《つくば》って繰り返され、しだいにうろたえる。

「田楽奉納の列を護《まも》りおりました配下の者どもが、神殿に兵仗《ひょうじょう》を携えて入るとは何ごとかと、社家のどなたかに鳥居の前で咎《とが》めだてされたのだとか。にわかに起こりました揉め事に勇《いさ》み足《あし》をした家人が、弓箭《きゅうせん》を放ちおったらしく……」

「ええい、いかなること、いかなること」

清盛のわなわなと震える唇に、期せずして一同の視線が吸い寄せられた。

誰もが呆然《ぼうぜん》とするなかに、別当らが物見《ものみ》に遣《つか》わした内輪《うちわ》の神官らも、慌ただしく戻り来る。

「隆慶さまが矢に中《あた》りましたぞッ」

「珎徳《ちんとく》が負傷いたしました様子」

「西の回廊が血で穢《けが》れておりますッ」

続々と報告される所司の負傷や目も当てられない事態に、清盛は立ち尽くした。

「かような場で狼藉《ろうぜき》を致したのじゃッ。家人じゃろうと許し置けぬ。とにかく、すぐさま下手人をひっ捕らえて参れ」

気を取り直し、清盛は随身に命じて隣室の郎等たちをことの収拾に向かわせた。

号令を待ちかねたように、随身は飛び出してゆく。

「とてつもない粗相《そそう》をいたしました。お詫《わ》びのしようもございませぬ」

――こんなときに。

彼は天を仰いだ。

好事魔多しとはこのことか。このことが知れれば、位の剥奪《はくだつ》はおろか、流罪《るざい》さえ覚悟せねばならないほどの不祥事であった。

手をつき、滅多に下げたことのない頭を下げる。

――我が運も、ここまでか。

別当がそっと寄ってき、小声で告げた。

「ご一門の田楽に悪さをしかけようといたしましたのは、社家のなかでも、ものをわきまえぬ端下のものでございましょう。かようないざこざでこじれる我らの仲ではございませぬ。神人《じんにん》たちが騒ぐと収拾がつきにくうなるやも知れませぬ。大事をとって密《ひそ》かにお帰りくださいませ。あとの始末は私どもにお任せ下され」

半ば慰められるようにして、しずしずとこのとき社を抜け出すことが出来たのは、やはり龍女のご加護か、あるいは安藝の祇園社所領が効を奏したのか。

いずれにせよ、この祭礼の日は、それで納まったかに見えたのである。

が、さらなる悪夢が待っていた。

「何たることをしでかしたのじゃ」

闘乱のことを知らされた忠盛は、一門の郎等たちが捕らえてきた七人の家人をただちに院庁に差し出し、同時に院や権力者への取りなしに走る始末であった。祇園社だけで納まれば、それで済んだのかもしれない。ところが、どう伝わったのか、祇園社を末社としている比叡山《ひえいざん》延暦寺に、ことが知れたのである。

「そなたとわしと。両名の名が、訴状にあるのじゃぞ」

忠盛も困惑の態である。

〝平忠盛、清盛両朝臣の父子《おやこ》を流刑に処すべし〟

延暦寺の所司が院に、そう記された訴状を出したという。

しかも、比叡山の衆徒と同調する日吉社、祇園社の一部の神人たちが神輿《しんよ》をかつぎ出し、上洛の動きを見せ始めた。神の威光を着、強訴《ごうそ》を押し通す構えである。殺気立った神輿かつぎの大集団は、上洛してしまえば訴えが聞き入れられるまで騒ぎ回る。この手で無理難題を押し通そうとする寺社や神人の動きは、暴挙としてもはや世間からは眉《まゆ》をひそめられているが、いまだに事あるごとに繰り返し起こる。騒ぎは止めどなくなっていた。

実際に、白河院の生前には、院の最寵臣《ちょうしん》であった高階《たかしな》一門の為家《ためいえ》朝臣が、強訴によって流罪にあった例もあり、清盛は、背筋も凍る思いである。

「院の温情にて、検非違使《けびいし》らが神輿上洛を阻《はば》むよう遣わされたのじゃ。衆徒らは洛内に怒号《どごう》が聞こえるほどの騒ぎじゃったと申す。裁断を早うする旨《むね》、民部卿《みんぶきょう》どのが説いてくださり、神輿は山へ帰ったものの、裁断は公卿詮議《くぎょうせんぎ》を経るようじゃ」

「面目もございませぬ。父祖の名にまで泥を塗るとは、この清盛、平家末代の恥……。この首を掻《か》き切りましても足りませぬ」

「そう早まるな。増上慢《ぞうじょうまん》の家人を躾《しつ》けられずにおったのは、やはり御辺の過《あやま》ち。されど、かようなことは、さまざまな目で見なければならぬ」

「……？」

「寺社の力が、ますます強くなってきおった。お前の時代には、寺社を無理無体に、軍兵《ぐんぴょう》のみで抑えねばならぬようになるのじゃろうか」

「何をおっしゃいます。父君ほどの天下無双の御方が」

忠盛は若い頃、やはり寺社どうしの争いを収めるための任務につき、衆徒を奈良に追い返した。血で血を洗うがごとき派手な初陣《ういじん》であったと、清盛は人からよく聞かされる。

「さように見る者も多かろうが、この忠盛にござるのは、むしろ商いの機微を見抜く才。その才は、御辺にもあると、父は踏んでおる。このたびの安藝の一件も、御辺は祇園社の意を汲《く》んで見事に片づけた。それでも、思わぬごたごたが起こる。生き抜くのは、なまじのことではあるまい」忠盛は、深い吐息をつくのであった。「されど、父は血を見るのを好まぬのじゃ」

清盛は思いがけず、父の心底にあるものを吐露《とろ》されて戸惑う。

「潮時かもしれぬのう」

忠盛は、何ひとつ足らぬもののない毎日を思った。二代にわたり、院に尽くし、寵臣としてあり続けてきた。子息はみな頼もしく育ち、家屋敷は六波羅《ろくはら》いったいに建ち並び、妻や娘ら女君たちは唐物《からもの》づくし、女童《めのわらわ》や女房たちにかしずかれての暮らしぶりである。

栄華というものに、忠盛は飽き足りた気がしている。引き際《ぎわ》というものが、しきりに思われた。力を振りかざせば、さらなる一歩を上がることもできようが、何か禍《わざわい》を見そうな予感がしてならない。

「心細いことを仰《おお》せられますな」

そこまでの機微は、若い清盛にはわからない。

——父君は、夢を壊されたことのない御方なのじゃ。ようやっと、安藝で軌道にのりかけ、前途が開けるかに思えてきたところである。

彼の耳には、忠盛の言葉がしだいに弱音のようにも聞こえてきた。

「……清盛は、終わらせとうございませぬ」

清盛は頭を上げていう。

「うむ」忠盛は、あえていい合おうとはしない。和合の性分なのである。「さらば……、御辺も沙汰《さた》を待て」


「公卿の詮議じゃが」

忠盛は、ひっそりと屋敷を訪れた信西《しんぜい》に洩《も》らす。

「おお。いかが相なり申した」

常ならば知られる筈《はず》のない公卿詮議の模様を、忠盛は家成《いえなり》卿を通じて聞いている。公卿詮議には、摂政《せっしょう》や左大臣をはじめ、参議以上の位にある、ごく限られた方々のみがお集まりである。

家成卿は詮議に加わっており、運びを忠盛に伝えていったのである。

「多くの方が、忠盛を擁護してくださったようじゃ」

「されば、ようござった」信西も胸をなで下ろす。「それもしかるべきこと。忠盛殿は祇園《ぎおん》社には出向かず、成り行きも何も存ぜぬうちに起こりしことゆえに」

「さばかりは申せぬようじゃ」

忠盛は苦笑する。

「……と申すと？」

「無罪放免とはゆかぬと、強硬におっしゃる方がおられたと」

「どなたじゃ」

「内大臣殿」

「あ奴か。あの大たわけめ」信西は聞いた途端に吐き捨てる。

「頼長《よりなが》さまは、故事を重んじられるからのう。何でも、『春秋左氏伝《しゅんじゅうさしでん》』なる書物に、その場におらずとも下手人を遠方から操って、誰ぞを殺させた例があるのだと。ゆえに忠盛も罪がないとは申し難《がた》いとの仰せじゃ」

「頭でっかちめ。あ奴は理屈ばかりで、用いようを知らぬのじゃ。かような牽強付会《けんきょうふかい》は通らぬこと」

「御辺がさように申すとは」忠盛はくすりと喉《のど》をふるわせる。

「何が可笑《おか》しい……」

信西も、ふくれ面《つら》をしかけたが、やはり噴き出した。

「で、いかようになる」

「内大臣につく方はなかったそうじゃ」

「さようであろう。あ奴の評判は芳《かんば》しくない」

もとより信西は内大臣頼長を毛嫌いしているが、彼の言う通り、内大臣の融通のきかなさは、周囲に受け入れられ難かった。

「検非違使を祇園社に遣わして、被害を調べさせるとのことじゃ」

「清盛殿のほうはいかが」

「下手人が捕らえられているのだから問題はないと見て下さる方も多かったが、無罪とはいかぬ。むろん刃傷沙汰《にんじようざた》の場にはおらなかったが。されど、いまだ裁断には至らぬようじゃ」忠盛は顔を曇らせる。


裁定は長引いた。


検非違使の調べによれば、祇園社の社殿に舞った矢は、十隻《じつせき》を超えている。宝殿や御読経所など、社殿の四箇所に矢疵《やきず》が見つかり、回廊の妻戸《つまど》や畳、鐘楼《しようろう》の扉、舞装束など汚損したと思われる調度が取り払われていたという。

矢は社家の者によって既に抜き置かれていた。血が飛んだであろうと思われる扉の類は跡形もなく失《う》せ消え、畳の一部は切り取られていた。

――検注の前に、別当らが証拠になりそうなものの始末をしておいてくれたものと見える。

清盛は、聞いて掌を合わせる。できる限り大事にならぬよう、調度の類は焼き捨てでもしてくれたのであろう。

それに反して、比叡山のほうは過熱している。かけつけた山徒《さんと》が群れをなし、清盛の裁断になかなか決着がつかないことに業を煮やし、再び上洛を訴える騒ぎである。

「すわ合戦かと、噂《うわさ》が噂に輪をかけて、京じゅうがわき返っておりますぞ」

謹慎している清盛のもとに、郎等や知己から状況が流れてくる。

「鳥羽法皇さまは、叡山の西坂下に武芸の輩《やから》を詰めさせるおつもりとのことでございます」

院は山徒の上洛を防ぐため、下山の道筋を防ぐよう、名だたる武士の面々に命じて下さったのである。

「白河御所にて御自ら武士を御覧《ごらん》ずるとの仰せにより、騎馬がひしめき、士卒《しそつ》満ち、兵戈《へいか》が林の如《ごと》くにございます」

「隠岐守《おきのかみ》平繁賢《しげかた》どの、前右馬助《うまのすけ》平貞賢《さだかた》どの。河内守源季範《すえのり》どの、左衛門尉《さえもんのじょう》源為義《みなもとのためよし》どの、同じく源光保《みつやす》どの、源近康どの、源季頼どの……、鎧《よろい》に甲冑《かっちゅう》、一門の家風を凝らした出《い》で立ちで、いずれも出陣の拵《こしら》え」

武門の兵《つわもの》らは、粛々と御前を渡り歩き、御所から河原を経、比叡山の西坂下まで威風堂々行軍し、両川端《かわばた》は、噂を聞きつけてきた人の山であるという。

法皇は、兵たちの士気を鼓舞なさるかのように、連日新たな面々を御覧じ、行軍を続けさせた。

時折り、山のほうからとも、見物の人だかりからともしれぬ鬨《とき》の声が上がり、河原を揺るがすような幾重ものどよめきが伝わる。

槍鉾《やりほこ》がきらめきながら宙を舞い、凄《すさ》まじい気の者たちが、軍《いくさ》さながらに御所近辺を闊歩《かっぽ》する。

一触即発、息詰まるような日々であった。

清盛の驚きは深かった。

——天下無双の名を取った祖父正盛が源義親《よしちか》を討ち、凱旋《がいせん》していらしたときも、都じゅうの男女が大路小路に充《み》ち満ち、熱狂のさまであったと聞くものの。

武門の者たちが勢揃《せいぞろ》いし、思い思いの武器を携えるさまは圧巻で、そのときを遥《はる》かに超える威勢であるかと思われる。

法皇さまお引き立てに与《あず》かり、堂々とゆく弓馬《きゅうば》の連なりを、憧《あこが》れをもって振り仰ぐ者の目は熱い。

——火種はと申せば、わが家人《けにん》の為《な》したこと。高じて、かような大ごとになりゆくとは……。

清盛は、あらためて唸《うな》る。

軽率なことを起こしたとの反省もないではない。が、それ以上に清盛を呆然《ぼうぜん》とさせたのは、自分の名が一敗地《いっぱいち》にまみれるどころか、とどまるところを知らぬほど上がっていったことである。

〝法皇さまは、忠盛、清盛両朝臣のお味方ぞ〟

〝清盛朝臣は、ご一門の長子。天下無双を引き継ぐ御方を護《まも》るため、武勇《ぶよう》の輩がことごとく馳《は》せ参じたのじゃ〟

〝やれ、兵の方々よ、山法師《やまぼうし》を絡《から》め進ぜてくだされ……〟

巷《ちまた》は、これだけの大人数が忠盛や清盛のために駆り出された勢力《せいりき》であると見てとっている。法皇の後ろ盾を得た武者ほど強い者はほかにない。

生まれながらに豊かな暮らしのなかにおり、貴族ぶりのほうがしっくりとくる清盛が、このときにわかに、正盛や忠盛に並ぶ武者としての名を、思いがけず洛中に鳴り響かせたのである。

さすがに士気を挫《くじ》かれたのか、山徒はなりを鎮《しず》めた。院の名のもとに兵が連なっては、とても勝ち目はない。

見計らったように、裁定が下される。

「贖銅《しょくどう》——三十斤じゃと」

清盛の不行《ふゆ》き届《とど》きは、罰金で済んだ。

忠盛は、思いのほか軽い処罰に破顔した。忠盛を処分してほしいとの訴えは退《しりぞ》けられ、逆に、神輿《しんよ》を担《かつ》ぎ出しての乱用は悪僧のなせる態《わざ》であり、山徒は官兵《かんぴょう》に制止されて当然であったと断じられたのである。

「心せよ。法皇さまが我らを、かように庇《かば》うて下さったのじゃ」

常日頃、院にお仕えしてきたことが報われたと、忠盛は晴れやかである。

清盛にも、法皇さまの恩恵とご威光が、今度ばかりはありがたく身に染《し》みた。

「無上の光栄じゃぞ。法皇さま御自《おんみずか》ら取りはかろうて下さるとは」

「忝《かたじけ》のう存じます……」

祇園社には清盛の非礼を陳謝する奉幣《ほうへい》が帝の名をもって捧《ささ》げられ、まずは一件が収まった。

忠盛は、院には欠かせない財物の運び手である。むろん祇園社社家の側では、清盛の手腕により安藝で上々に運び始めている社領の件も効いているに違いない。

「清盛朝臣は、易々《やすやす》と名を上げたのう」

しみじみと、とはいえ例の如く皮肉をまぶすのは信西である。この男には、ことの経緯を見通す目があった。

信西は、受領《ずりよう》と僧徒らとの仲は、そうそうまく運ぶ筈《はず》がないと見ている。

そもそも、諸国の僧徒のなかには、課役や税を逃れるために剃髪《ていはつ》し、法服を着けるものがある。比叡山のような大寺にさえ、おおっぴらに弓箭を携え、刀剣を帯びて恣《ほしいまま》に僧坊《そうぼう》に出入りする僧兵たちが跋扈《ばっこ》している。

「仏教徒が兵器を弄《もてあそ》ぶとは、まさしく末法の世……。なかには親分気取りで取り巻きを引き連れる、凶徒まがいの者までおるのじゃからのう」

取り巻きを数十名も従え、折さえあれば乱闘に及ぶ僧が出たために、ひいては僧《そう》正《じよう》や僧都《そうず》などの高僧まで、従者の数を限られる始末であった。

しばしば訴因となったのは、寺領をめぐる争いや不満である。寺社に在住する者たちの直接の糧《かて》であり、実入りであるだけに、地方の所領や別院のやり繰りが大きく響く。どの寺社も、要地の所領を広げることには余念がない。受領と寺社とのあいだに持ち上がるのは、決まって所領絡みの問題であった。

「興福寺の衆徒が、讃岐守《さぬきのかみ》やら和泉守《いずみのかみ》やらを訴える。筥崎宮《はこざきのみや》の僧徒が太宰府《だざいふ》の屋舎《おくしゃ》を焼く。叡山の山徒が加賀守《かがのかみ》を訴える……。みな所領をめぐる争いじゃ。訴えが聞き入れられなければ神威を振りかざす。強訴《ごうそ》とはよくも申し得たものじゃ」

「かような乱行は止《や》まぬものかの」忠盛は案じ顔である。「このままでは、いずれ都が合戦の場になろう」

「打つ手がないわけではなかろうが」信西は眉《まゆ》を寄せ、舌打ちする。「いまの執政ではの……」政《まつりごと》には、どのみち一家言《いっかげん》ある信西である。「されど、源平の兵どもに真っ向から立ち向かう僧兵はそうそう現れぬ。ご心配召されるな。それに致しても、穏便に済み、ようござった。かの内大臣め、強硬に忠盛朝臣の免罪を突っぱねておったようじゃ。清盛朝臣ともども、流罪《るざい》にすべしと」

そのことは、忠盛と清盛の耳にもあちこちから入っている。

――頼長殿に怨《うら》みはなけれども、なにゆえ頑《かたく》なに、わが父子の処遇に拘《こだわ》られるのじゃろうか。

内大臣に対する快からぬ印象を、清盛は抱くようになっている。

「御辺もしばらくは、ほとぼりを冷ますことじゃ」

忠盛はそう諭《さと》し、清盛は表向き平伏したが、胸中はざわついている。思いがけず見せつけられた武門の権勢は、日輪《にちりん》にも近い輝きを帯びていた。

むしょうに突き動かされ、彼は何ものかに憧《あこが》れた。幻《まぼろし》のようであった力が、盛名によって我が身に引き寄せられた気が、このときの清盛にはしていたのである。

――清盛朝臣は、思いがけぬ拾いものをした。しばらくの謹慎さえ乗り切れば、武者として都に名を轟《とどろ》かした者として、いずれ重用《ちょうよう》は決まったようなもの。

信西は、鳥羽離宮へと車を向かわせる道々、平忠盛の跡取りたちに思いを馳《は》せた。

――とは申せ、近々の昇進は、さすがに無理。任官はひとまず解かれるやもしれぬ。

まずは、そのぶん、下のお子たちの任官に意を砕くことが肝心……。

平忠盛には、清盛の異母弟にあたる家盛《いえもり》、頼盛《よりもり》、さらにそれぞれ母の異なる経盛《つねもり》、教盛《のりもり》、忠度《ただのり》などの子がある。

――清盛どののほどの器量はないが、残りのお子たちも、いずれ頭角を現して参ろうて。

続いて、おのが子らの身上に思いを向ける。

――あの子らを。

信西は一念をもって、子らを行政を司《つかさど》る一団に育て上げようと試みている。

子の数は十五までは数えたが、もう何人いるか数を忘れるほどの大所帯《おおじょたい》。いずれも物心つかないうちから学問を叩《たた》き込んで育てた。

――年長の四人には、政を。

長子の俊憲《としのり》は、目下、順調に蔵人式部丞《くろうどしきぶのじょう》にまで進み、上つ方々よりの信頼を勝ち取り始めている。

次男以下、貞憲《さだのり》、成憲《なりのり》、脩憲《のぶのり》には、行政か受領の殿ばらの道を歩ませたいと、信西は思い描く。

――その先は。

独特の構図を架空の朝廷に思い描き、一人悦に入る。

――この信西のほかに、日本国《にっぽんごく》のありようを知り尽くし、ようよう調《ととの》えられる者はおるまい。

宋とのゆかり。書物からの学問。受領として学んだ、財物の道、海の織りなす道……。

すべてを見通したこの男の並々ならぬところは、年下の子らを、すべて仏道に入らせたことである。

仏法《ぶっぽう》に帰依《きえ》させ、仏の名号《みょうごう》を唱えさせるためではない。

——比叡山。園城寺《おんじょうじ》。興福寺。東大寺。仁和寺……。

寺々の名を続々と思い浮かべて、彼は歯嚙《はが》みし、吐息を洩《も》らす。

寺社は、海を上洛《じょうらく》してくる財物に群がる強敵であった。

所領をめぐり、神仏の威をかさに、朝廷が任じた受領と悶着《もんちゃく》を起こす。

——奴らは、津津浦々でのしている。

地所の獲得を目的とした乱行、抜け荷による交易品の着服。はびこる悪僧。目に余るさまであった。

大寺ほど、その持つ力は強大である。地方の争いは都に持ち込まれ、厄介な大ごとになる。

——命脈《めいみゃく》を押さえるためには、やはり。

信西は何度も思い重ねる。

法で悪行を縛ることも、考えていないわけではない。信西は、大宋国《だいそうこく》が空前の訴訟社会であることを知る、当朝では唯一《ゆいいつ》の者であり、そのことを自負してもいた。

大宋国の江南いったいは、健訟と呼ばれる訴訟が盛んであると聞いている。

官と寺社、官と民、あるいは商いを行う者が同じ業《なりわい》の者を、民が民を相手取ってと、さまざまに起こる訴訟は、科挙《かきょ》という制度によって下々の者にまで文字を読む慣習がついたことによるものであるという。科挙に合格できず、あぶれた者が訴訟の相談に乗ることで生計《たつき》を立てているとも聞く。

そのことはともかく。

当朝で寺社の起こす強訴や、諸国で持ち上がる悶着《もんちゃく》の数々が、大宋国の訴訟ばやりに重なって、信西には見えている。

訴訟の波が及んでくる先を見越して、暇さえあれば本朝の判例となる文集《もんじゅう》を編んでいるのも、才気走ったこの男ならではである。『法曹類林《ほっそうるいりん》』と名付けた文集には、律《りつ》令《りょう》の応用から、問題の寺社に関しては寺務《じむ》執行にいたるまで、細かく取り上げた。巻《かん》子《す》にすれば、すでに五百巻は優に超えるであろう。

――とは申せども。

にわかには、編まれたばかりの法制が行き渡るはずもない。

――第一、寺務を司る人物にさえ、かほどのことを学び、扱うことのできる者は少なかろう。

大寺の高僧たちも、彼にあっては形無しである。

――それゆえ、せめてわが子らを。

幼いうちから僧童にした。

――幸いなことに、どの子も学問が飯より好きな者どもゆえ。

親の欲目だけではない。いずれも人には勝《まさ》り、一を聞いて十を知る才子といわれる者ばかりである。

――静憲《じょうけん》には、叡山を抑え込ませ……、その下の澄憲《ちょうけん》には……。

園城寺を。仁和寺を。東大寺を……、と、信西はすべての子らが大寺の座主《ざす》や別当《べっとう》に成り上がった姿を、うっとりと思う。

厄介な大寺を思いのままに操縦することはすなわち、もっとも朝廷の御為になることであった。寺の所領も区画だち、騒擾《そうじょう》もにわかに減り、寺務も法に則《のっと》って粛々と、円滑に進められてゆくであろう。

親蜘蛛《おやぐも》のように、智者の糸を吐いて政の世界を網羅し、子蜘蛛を続々と送り込み、操《あやつ》る。

この国のかたちを作ることこそが、信西の生きる糧《かて》である。財貨を私《わたくし》することへの関心は薄い。

――寺々は子らに任せるとして。

夢想は広がってゆく。

――清盛朝臣には、神々のご機嫌取りをお任せしたいもの……。

平清盛が安藝から携えてきた企ては、信西の目論見《もくろみ》と符合するものであった。

――伊都岐嶋《いつくしま》社を、賀茂や石清水《いわしみず》並みの、財物の運び手に仕立てるとは。

さすがの信西も舌を巻く、一足飛びの手法である。

神社、ひいては海運者である神人《じんにん》の統制にも、寺同様に手をつけなければならない。

とはいえ、石清水や筥崎の八幡宮、祇園、賀茂など、海を自在にゆく神人たちの羽振りをよく知るだけに、扱いの難しさも心得ていた。

――清盛朝臣には、神人らとのつきあいに下地がある。加えてこのたびの騒ぎで、武名は天にまで上った……。

懐柔の手管《てくだ》と、兵《つわもの》らの力と。

両刀づかいで、神社の勢力と折り合ってゆけるのではないか。

かりに掌中《しょうちゅう》の駒《こま》として、清盛を動かしてみる。

――洛中の諸社に加えて、たとえば熊野《くまの》。かの一門の出身地でもある伊勢。九国《くこく》の水運を仕切る宇佐《うさ》。

九国から伊勢一帯まで、海の道に遍《あまね》く繰り広げられている神人たちの縄張りを、信西の思いは往《ゆ》き来する。

海で特権を持つ神人と、同じく格別の運び手である院領の供御人《ぐごにん》と。

その双方を自在に管理できれば、政はうまく運ぶ。

――人のなかには、自らが思いもかけぬ形で転がりゆくものがある……。

清盛には、予想を超えた運のようなものがある。すべてを綿密に計画立ててゆく信西であるからこそ、桁外《けたはず》れのものに目がとまり易いのかもしれない。

信西は、祇園社の件をも穏便に免《まぬか》れた清盛に、力を感じていた。

――比して、我が身は。

あがいても政を執《と》れる位にのぼることのできない運の悪さを、彼は呪《のろ》った。

車が停《と》まり、我に返った。

「いずこへ」

「親王さまのお召しゆえ」

護衛の兵と、信西の随身《ずいじん》とのやりとりは形ばかりである。

信西が召されたといえば、雅仁《まさひと》親王がおいでの棟《むね》へと通ることになる。

雅仁親王は、この鳥羽離宮を、このところ遊び場のようにしていらっしゃる。

雅仁さまは、亡《な》くなった待賢門院《たいけんもんいん》の第四皇子にあたられ、新院の弟君でいらっしゃる。崇徳上皇は、位をわずか三歳の近衛帝《こんえのみかど》に譲り、皇位を退かれたあと、内裏《だいり》を直ちに出御、院として三条西洞院第に落ち着いておいでである。新院は、譲位せよとの法皇の仰《おお》せにそむくことはならなかった。

その崇徳上皇を新院と申し上げるようになったのは、父君、鳥羽院を本院と申し上げることからの習わしである。本院が法門に入られたため、鳥羽院を法皇とも申し上げる。あいも変わらず、法皇の仰せのもとに、天下は動いていた。

新院は、同母腹の雅仁親王に、同じ屋敷で暮らすようお誘いになった。にもかかわらず、そうならなかったのは、雅仁親王の遊興が過ぎるせいである。

八幡《やわた》へ参らんと思えども
賀茂川桂川いと速し
あな速しな
淀《よど》の渡りに舟泛《う》けて
迎えたまえ大菩薩《だいぼさつ》

池のほうから女の謡《うた》う声が流れてくる。

龍女《りゅうにょ》が仏に成ることは
文殊《もんじゅ》の誘《こしら》えとこそ聞け
さぞ申す
娑竭羅《しゃがら》王《おう》の宮を出《い》でて変成《へんじょう》
男子《なんし》として終《つい》には成仏道《じょうぶつどう》

文殊の海《かい》に入《い》りしには
娑竭羅王波《なみ》を息《や》め
龍女が南へ行きしかば
無垢《むく》や
世界にも月澄めり

――よう、飽きもせず。
瀟洒《しょうしゃ》な舟が、銀の水輪《みずわ》に照り映えて、世界の裂け目に浮かんでいる。
ここを訪れるたび、信西はこの離宮で過ぎゆく独特な時間のことを思った。
日出《い》づるを忘れ……、日、高くなるを知らず。

池畔《ちはん》に近づけば近づくほど、雅仁親王がより遠ざかる気がした。親王は、軸のずれた世界を身辺に築き上げることに夢中である。

池水《ちすい》の上を辷《すべ》る舟には、七、八人の男女の姿がある。

親王の御前ということもあり、きらびやかな衣裳《いしょう》をまとってはいるものの、親王を取り巻く面々のなかには、いちや千手《せんじゅ》といった遊女、九郎、二郎といった端の者、遊芸で身を立てる傀儡子《くぐつ》らが混じり、境目の知れない危《あや》うさがあった。

あらゆる世界が重なり合って、身分や格式が無効になり、つかの間の歓声だけが命を彩《いろど》る。

雅仁親王は、今様《いまよう》に取り憑《つ》かれたようになっておられた。歌の上手と聞けば、身分を問わず喚《よ》び、遊興の席に侍《はべ》らせる。夜もすがら謡《うた》わせ、自身も謡われ、ひと月、ふた月と謡い明かされる風狂である。

——この態では、洛外《らくがい》の鳥羽離宮にいらっしゃるほうが、まだよかろう。

新院の院御所で夜ごと、このご様子では、周囲も困惑するであろう。

信西は、この雅仁親王の傅《めのと》である。

実のところ、親王に今様をお教えしたのも信西であった。

雅仁親王の母君、待賢門院は、その昔、祇園女御のお膝元《ひざもと》で育たれた方。祇園女御の口ずさんだ歌には、独特の節回しがあり、待賢門院も真似《まね》て謡われることがあった。いつのまにか、よく似た曲調の歌を、巷《ちまた》でもよく聞くようになっていた。とりどりの歌詞がつき、誰が言いだしたのか、今様と呼ばれるはやり歌になった。

——忠盛朝臣は、祇園女御がその昔、内海や賀茂川を舟で行き来するうちに、美声を聞きとめた者が真似たのだと申すが。

その真偽を、信西は知るよしもなかったけれども、管弦歌舞の類には覚えのある身である。

得意の琵琶《びわ》をはじめ、笛、篳篥《ひちりき》、笙《しょう》、和琴《わごん》の秘曲、催馬楽《さいばら》、朗詠《ろうえい》、今様の一通りをお伝え申し上げた。節会《せちえ》にも宴にも、欠くべからざる素養である。そこそこ上手であれば、風情を知る者と仰ぎ見られる技能でもあった。

——それが、今様三昧《ざんまい》のはじまりじゃ。

悔やんだときにはすでに遅く、雅仁親王の明け暮れは、歌のひといろに泥《なず》んでいた。

——幼い頃に、懐《なつ》かしゅう聞いた母君の歌を思い出されたのか。

にしても、雅仁親王ののめり込みようは際限がない。殿上人のなかからは、今様の上手を寵臣《ちょうしん》として回りに侍らせ、ご機嫌とりをさせる始末である。たとえ愚臣であっても、お気に召せばお引き立てになる。

今様を趣味としていても、務めとはかっきりと線を引くのならよい。事実、信西自身にもその風《ふう》はあったし、上つ方々のなかにも風流を好む方々はいらっしゃる。

——さりとも、親王さまはすでに御年二十一。

王子もお三方おいでである。

今様にうつつを抜かすなど……と、信西は心中、何度も思ったものであった。

「おお、信西入道じゃ」

誰かが彼の姿を認めたのか、呼ばう声がして、親王が舟から扇で合図を送ってくる。

——親王には、今様のみをものにされた。

信西がお教えしたのは、今様のみではない。傅《めのと》の立場を活《い》かし、いずれは帝になられるかもしれない親王に必要と思われる、ありったけの学問をお伝えしたつもりである。

——とは申せ、和漢のいずれにも、身を入れていただけずに。

自身の子らとひき比べて、どう考えても親王の書物への関心は薄く、学問の進みようは鈍い。

歯がゆくてならなかった。

が、いまとなっては半ば諦《あきら》めている。雅仁親王は帝の座から遠くなった。帝の傅となる信西の夢も遠のいている。

舟が寄せてきた。

「信西入道、今様の上手を存ぜぬか」

親王が仰せになる。

「またもや師をお探しでございますか」

「察しが早いわ」

雅仁親王は苦笑する。

都の端々まで、男女にかかわらず今様の名手を探し出させ、お側《そば》に召しては喉《のど》を験《ため》し、上手とあれば習われるものの、すでに親王をしのぐ者は数少ない。

名手といわれる者のなかに、乙前《おとまえ》という老女がいるが、いまは行方知れずである。

「家成卿《きよう》の屋敷に、さざ浪《なみ》なる者がおるようじゃ。乙前の弟子とも聞くが、存じておるか」

「よう存じませぬ。成親《なりちか》どのに申しつけられてはいかが」

藤原朝臣成親は、信西が愚かな取り巻きとみる者の一人である。

――かの家成卿のお血筋とは思われぬ愚臣。

家成卿といえば、忠盛とも信西とも昵懇《じつこん》の方。もとをたどれば、かの藤原顕季《あきすえ》卿に行き着く受領《ずりよう》の雄、いまも鳥羽法皇の最寵臣であり、皇后得子《なりこ》さまの従兄《いとこ》にもあたる出世の筆頭格である。

朝臣成親は、その家成卿の三男であるが、家成卿とは似ても似つかぬ俗物と評判であった。狡猾《こうかつ》であり、あらぬ噂《うわさ》を立てて人を讒言《ざんげん》する。男色の噂《うわさ》も絶えない。

しかし雅仁親王はお気に召しているようで、端近《はぢか》に置いている。

──家成卿がさざ浪を侍《はべ》らせておるとしても、けっしてお出しにはなるまい。

他家に可愛《かわい》がられている芸ごとの師を、簡単に譲れというのは礼を失しており、無粋であった。

「家成卿がお断りのようでしたら、無理強《じ》いはなさいませぬように」

「む……、むろん承知じゃ。信西入道、ほかには誰ぞ存ぜぬかの」

親王は泣きべそに近い、幼君に戻ったような表情をお見せになる。

信西は、この君に心頼りにされており、懐《なつ》いてくる親王に情がある。

──君をお見捨てにはできぬ。

ふと、思い返せば、いまの雅仁親王には、今様のほかに為《な》すべきことなど見あたらないのである。

「のう、平調《へいちょう》を弾いておくれ」

琵琶の調べを申しつけられる。
——憂《う》き世離れをしてみたくもなるわのう。
現実を厭《いと》い、歌に沈潜してゆく親王さまの傷つき方が、信西には理解できる気がした。
虚《むな》しい風が吹き抜けてゆく。その風に、彼はかろうじて音曲を乗せてゆく。
ひととき信西も、はざまをゆく舟に揺られたのである。

（下巻へつづく）

地図・系図

旧国名地図
隠岐
出雲
伯耆
因幡
但馬
丹後
越前
見
美作
若狭
備後
備中
丹波
美濃
藝
備前
播磨
平安京
児島
近江
大輪田泊
摂津
山城
讃岐
難波津
伊賀
河内
淡路
和泉
予
阿波
大和
伊勢
土佐
志摩
紀伊

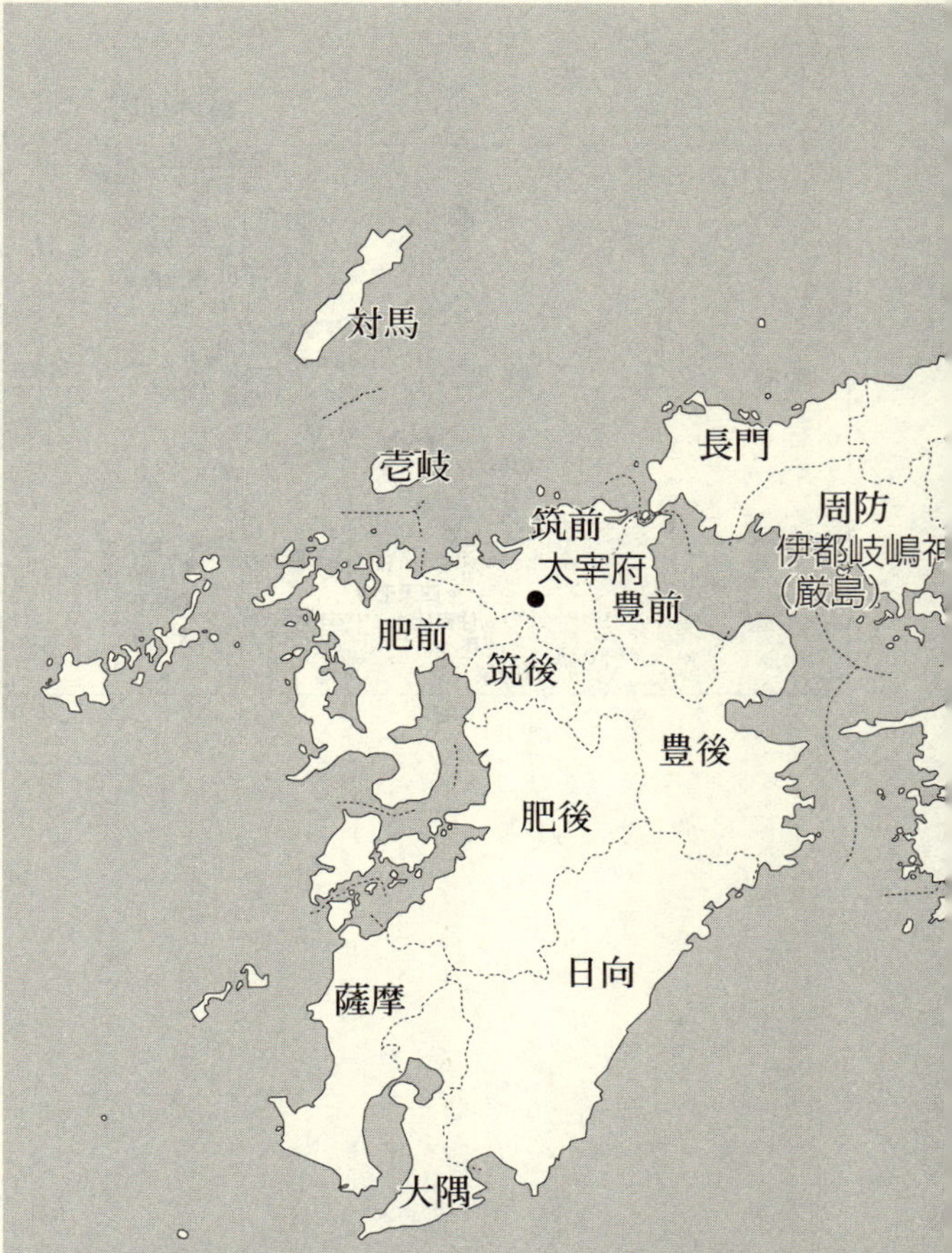
対馬
壱岐
長門
周防
伊都岐嶋社
(厳島)
筑前
太宰府
豊前
肥前
筑後
豊後
肥後
日向
薩摩
大隅

畿内地図

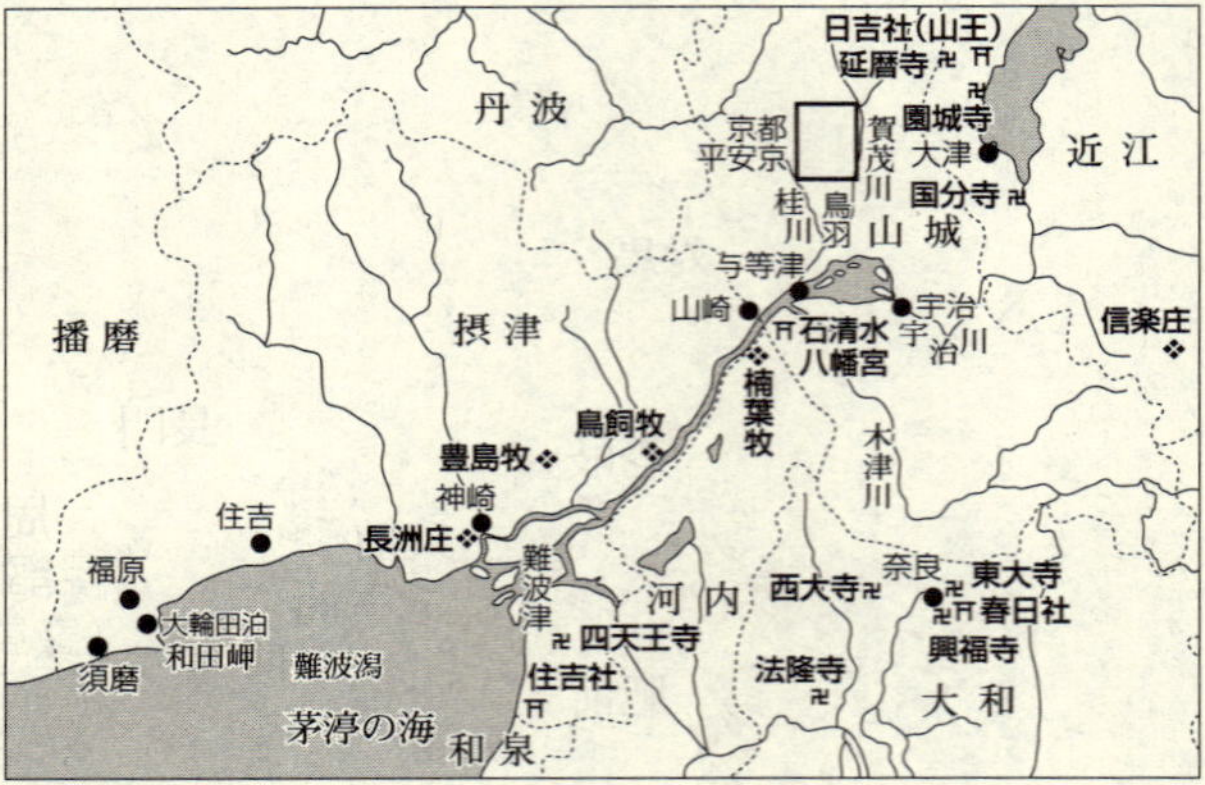
日吉社(山王)
延暦寺
園城寺
大津
近江
国分寺
丹波
京都
平安京
賀茂川
桂川
鳥羽
山城
与等津
山崎
石清水八幡宮
宇治
宇治川
信楽庄
播磨
摂津
楠葉牧
鳥飼牧
豊島牧
木津川
神崎
住吉
長州庄
福原
大輪田泊
和田岬
須磨
難波津
難波潟
河内
西大寺
奈良
東大寺
春日社
興福寺
四天王寺
住吉社
法隆寺
大和
茅渟の海
和泉

九州北部地図

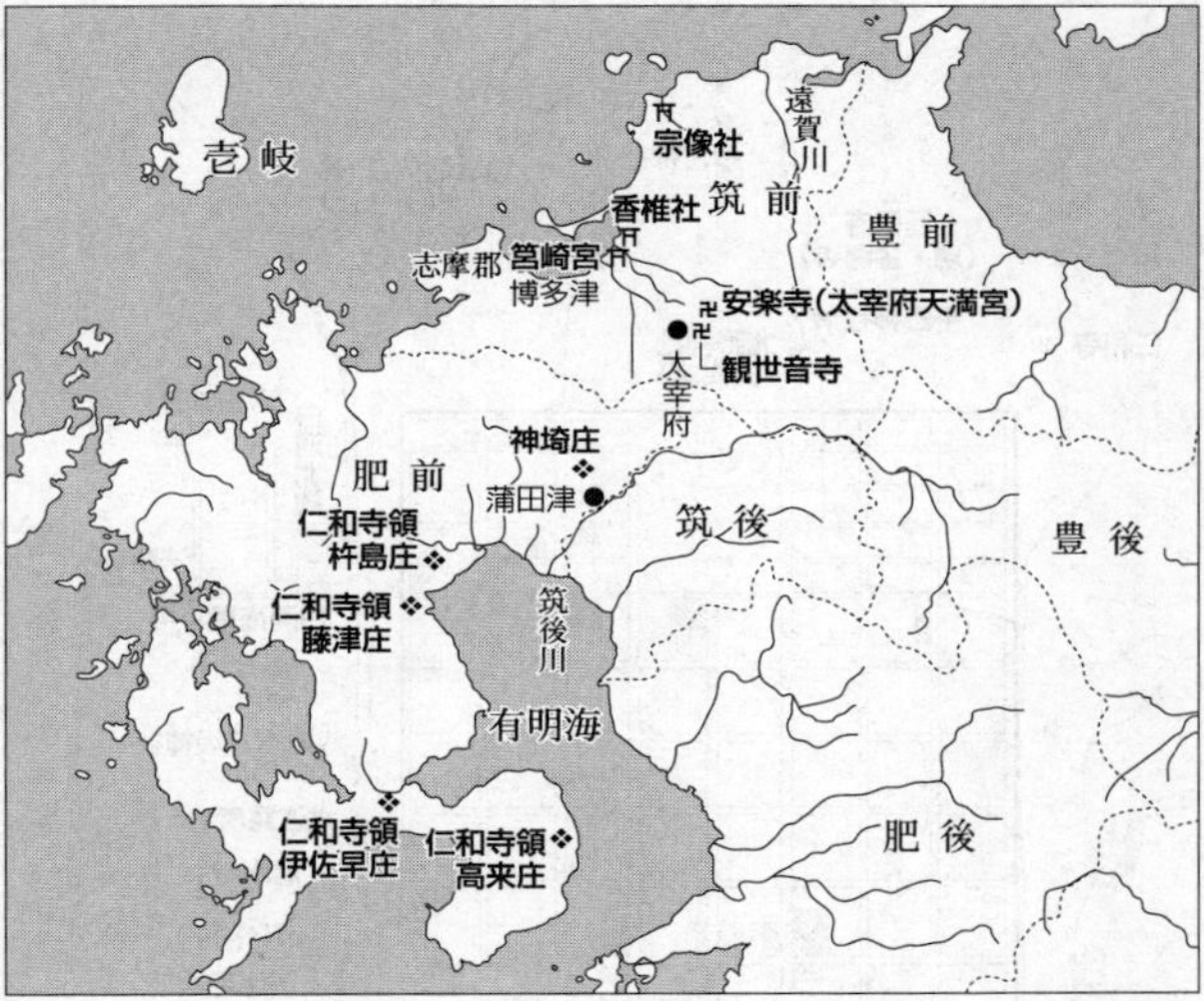
壱岐
宗像社
遠賀川
筑前
香椎社
豊前
志摩郡
筥崎宮
博多津
安楽寺（太宰府天満宮）
観世音寺
太宰府
神埼庄
肥前
蒲田津
筑後
豊後
仁和寺領
杵島庄
仁和寺領
藤津庄
筑後川
有明海
仁和寺領
伊佐早庄
仁和寺領
高来庄
肥後

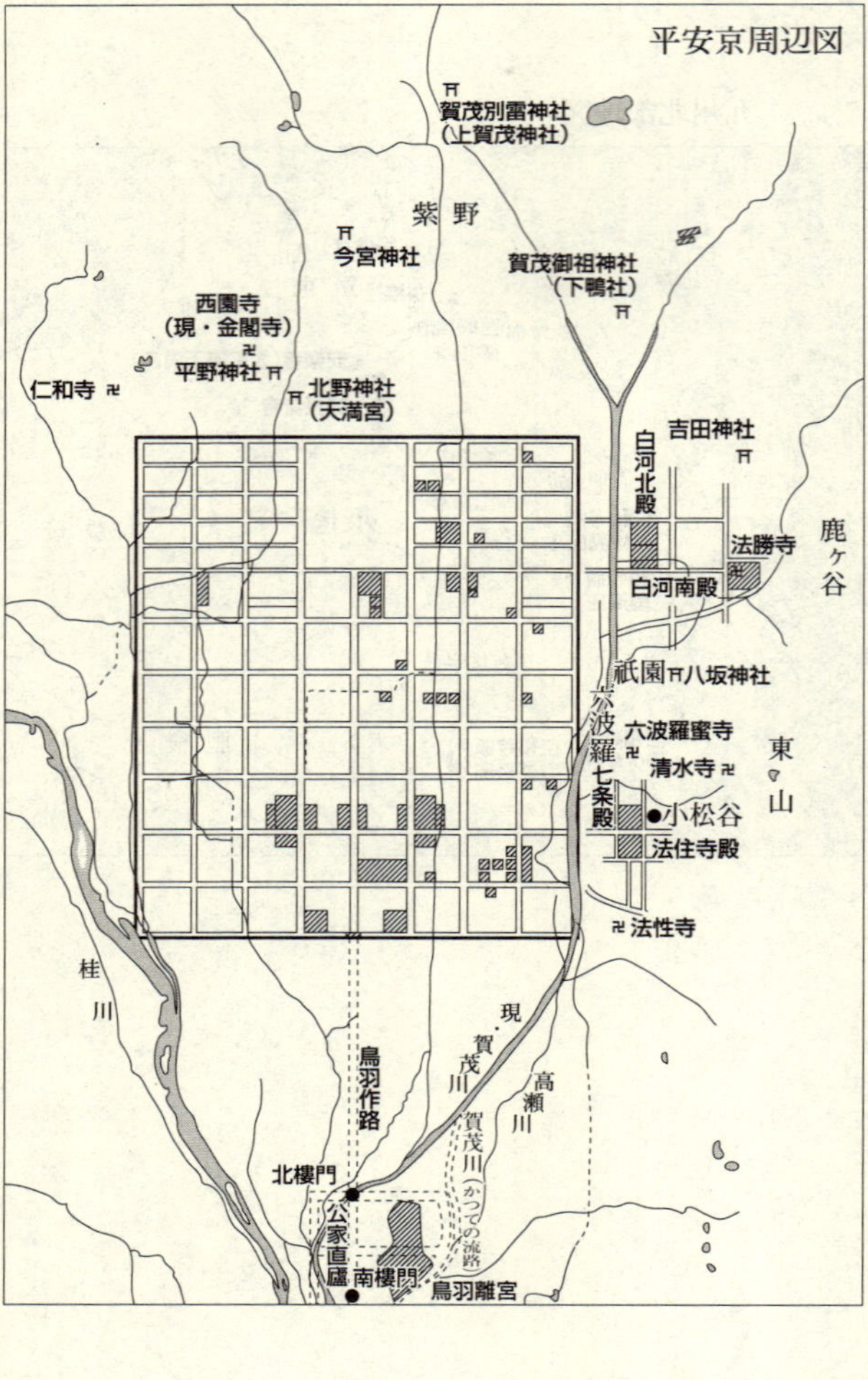
平安京周辺図
賀茂別雷神社
(上賀茂神社)
紫野
今宮神社
賀茂御祖神社
(下鴨社)
西園寺
(現・金閣寺)
平野神社
仁和寺
北野神社
(天満宮)
吉田神社
白河北殿
法勝寺
鹿ヶ谷
白河南殿
祇園
八坂神社
六波羅七条殿
六波羅蜜寺
清水寺
東山
小松谷
法住寺殿
法性寺
桂川
現賀茂川
高瀬川
鳥羽作路
賀茂川(かつての流路)
北楼門
公家直廬
南楼門
鳥羽離宮

平安京拡大図

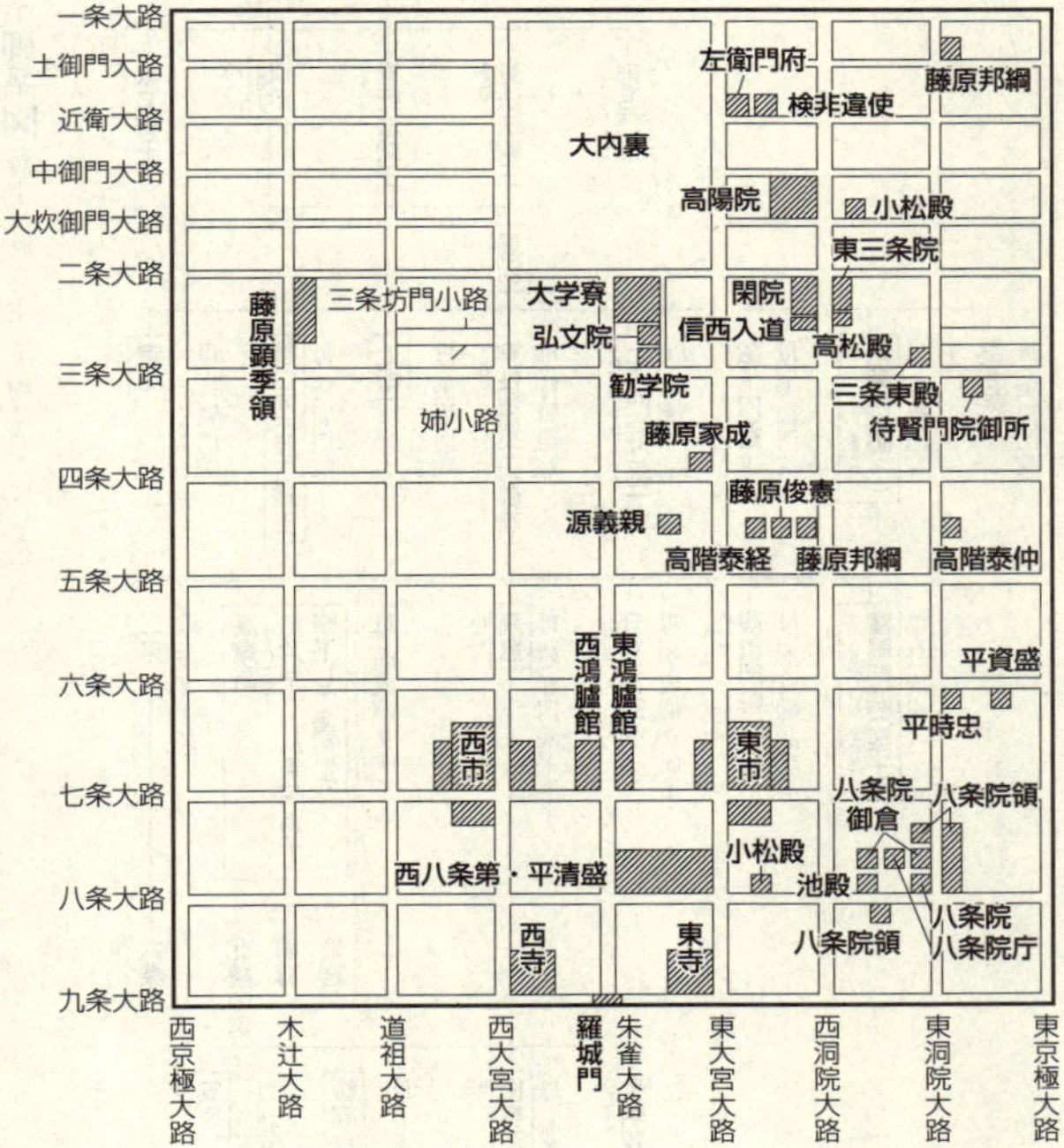
一条大路
土御門大路
近衛大路
中御門大路
大炊御門大路
二条大路
三条大路
四条大路
五条大路
六条大路
七条大路
八条大路
九条大路
左衛門府
検非違使
藤原邦綱
大内裏
高陽院
小松殿
東三条院
藤原顕季領
三条坊門小路
大学寮
閑院
弘文院
信西入道
高松殿
勧学院
三条東殿
姉小路
待賢門院御所
藤原家成
藤原俊憲
源義親
高階泰経
藤原邦綱
高階泰仲
西鴻臚館
東鴻臚館
平資盛
平時忠
西市
東市
八条院御倉
八条院領
小松殿
西八条第・平清盛
池殿
八条院
八条院領
八条院庁
西寺
東寺
西京極大路
木辻大路
道祖大路
西大宮大路
羅城門
朱雀大路
東大宮大路
西洞院大路
東洞院大路
東京極大路

皇室御系図（数字は歴代。主な人物は囲みにした）

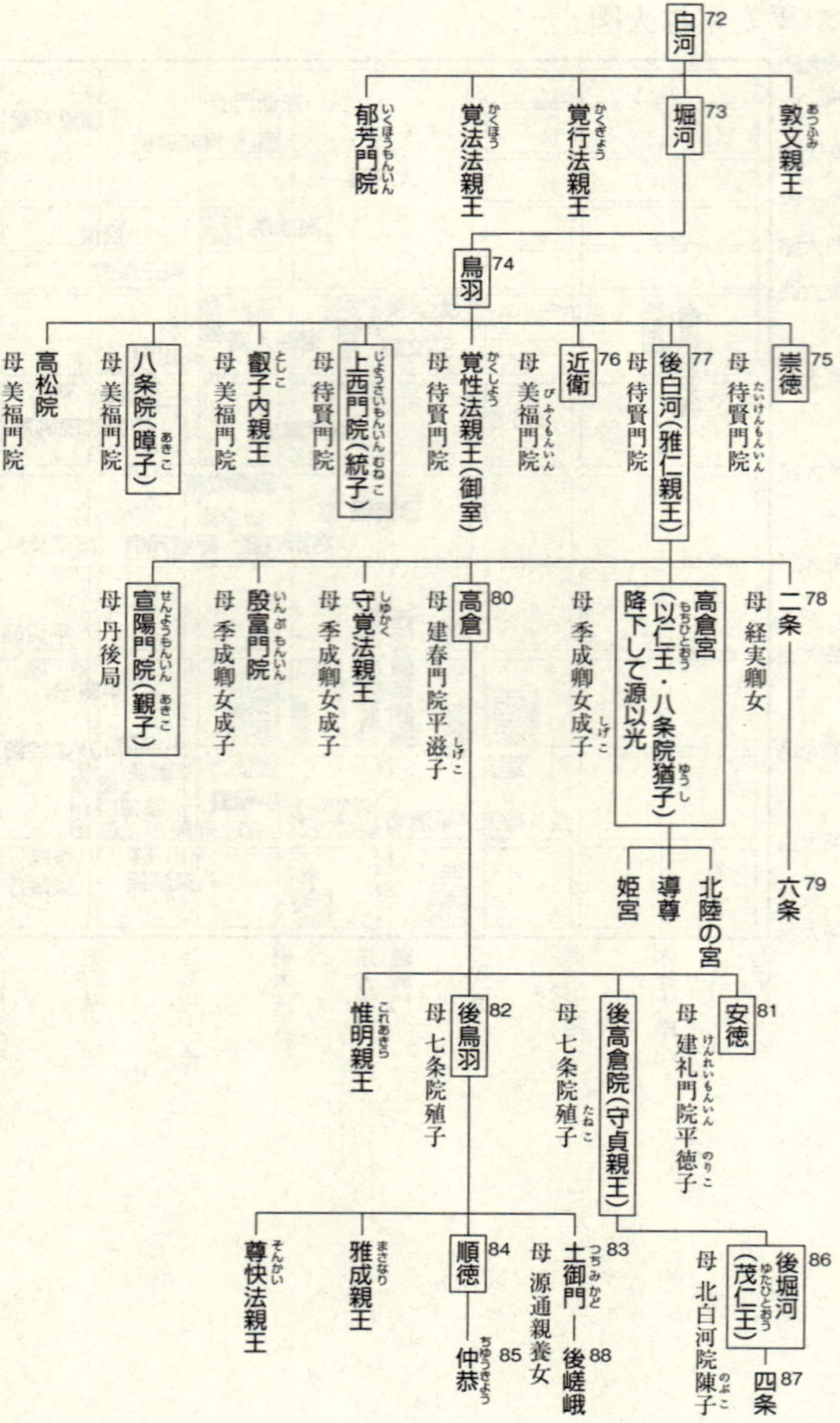

平氏とその周辺系図（主な人物は囲みにした）

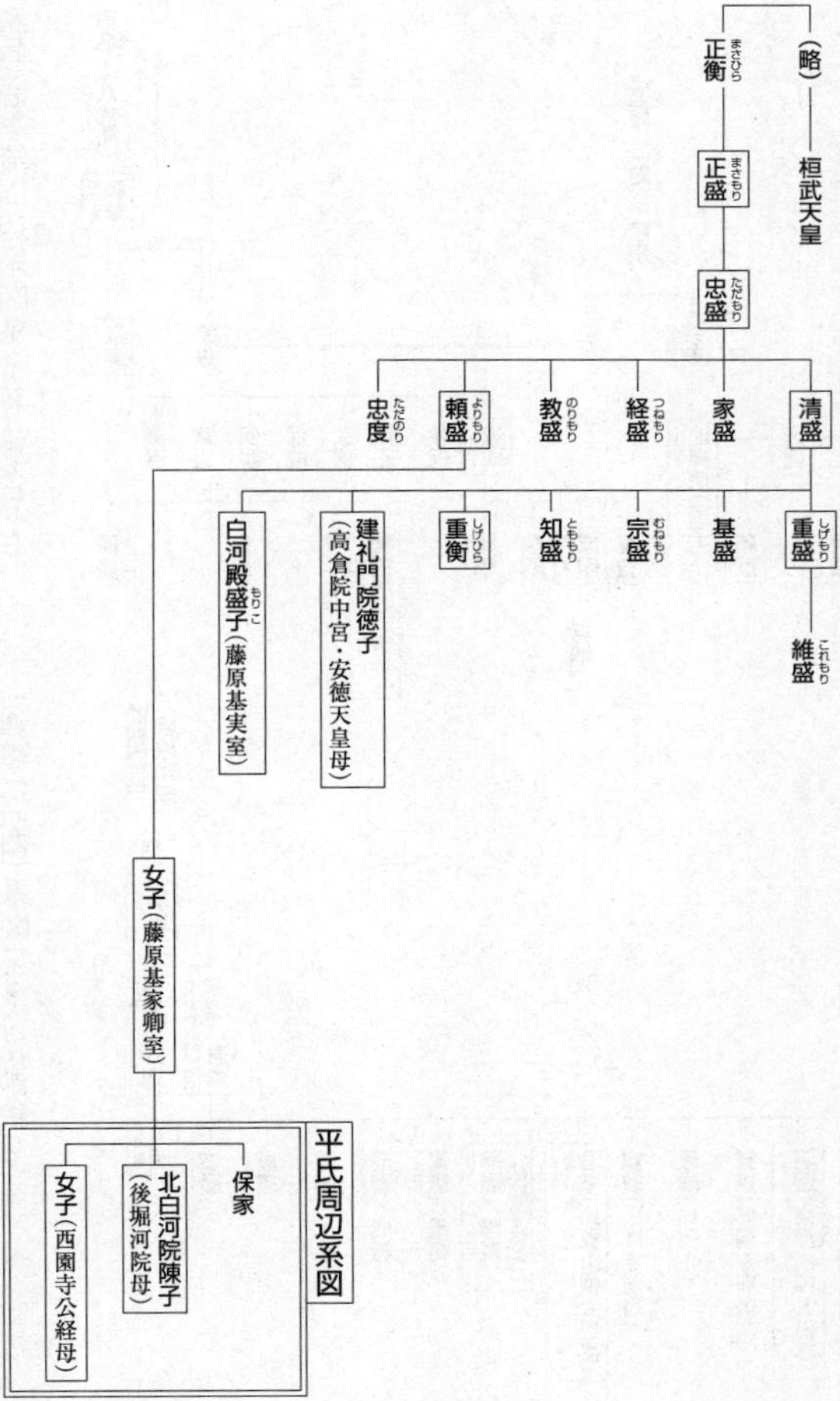

藤原顕季流周辺系図（主な人物は囲みにした）

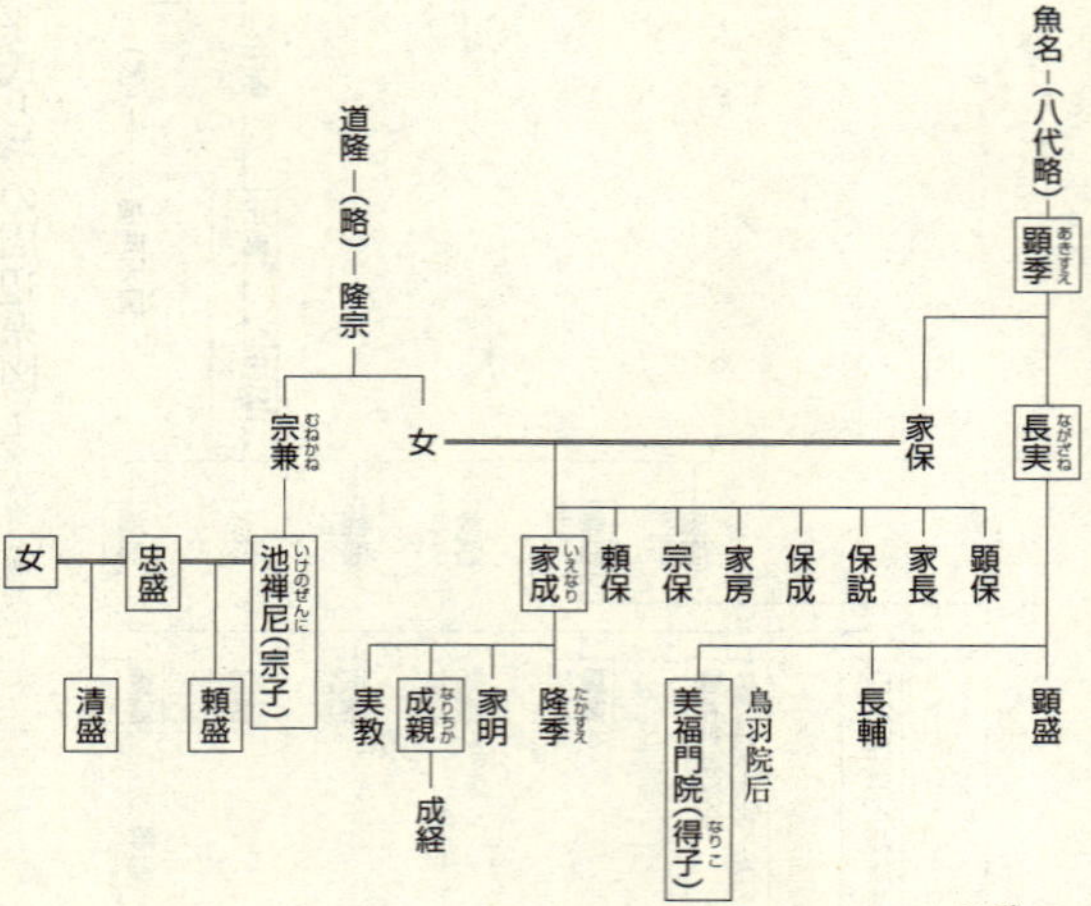

通憲《みちのり》（信西《しんぜい》）系図（主な人物は囲みにした）

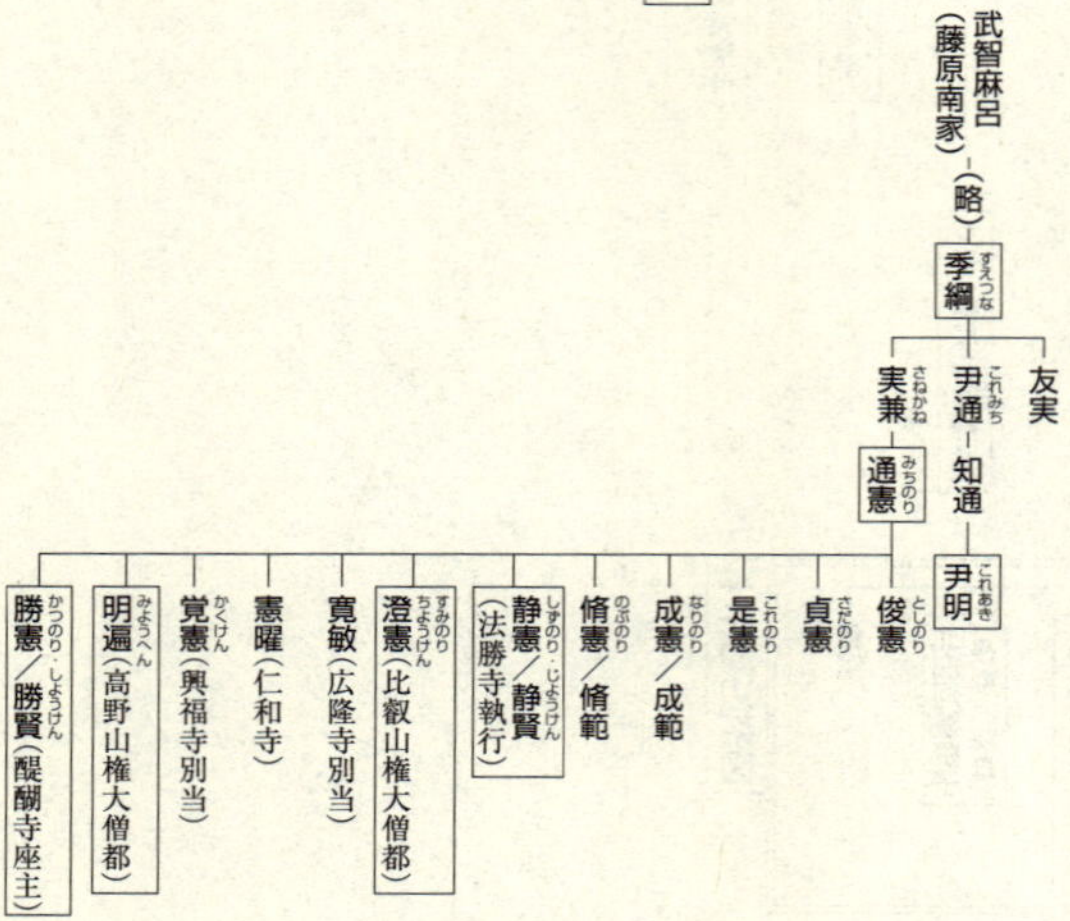

藤原氏(北家)系図(主な人物は囲みにした)

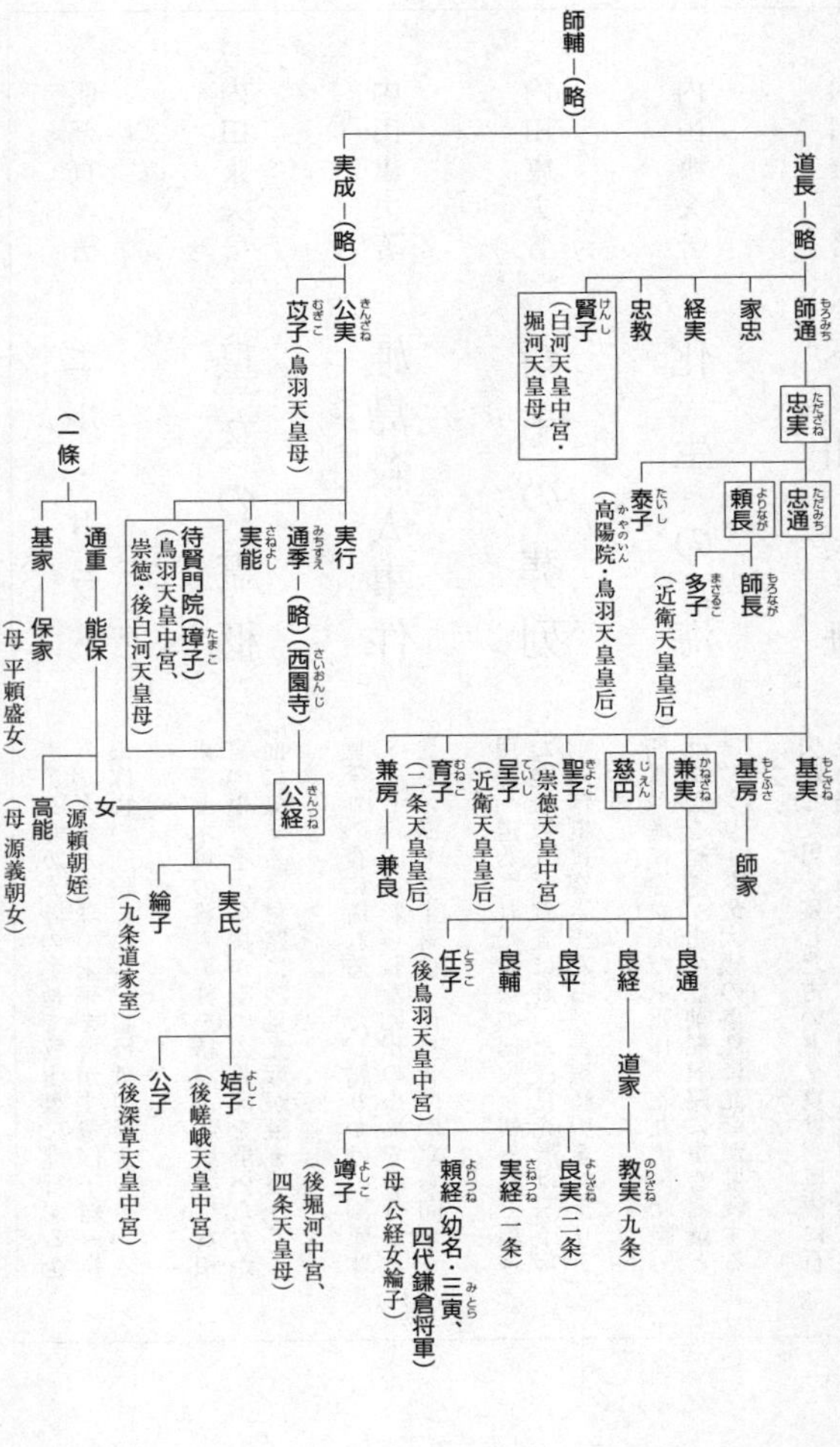

塩野七生著

ローマ人の物語 1・2

ローマは一日にして成らず

（上・下）

なぜかくも壮大な帝国をローマ人だけが築くことができたのか。一千年にわたる古代ローマ興亡の物語、ついに文庫刊行開始！

塩野七生著

ローマ人の物語 3・4・5

ハンニバル戦記

（上・中・下）

ローマとカルタゴが地中海の覇権を賭けて争ったポエニ戦役を、ハンニバルとスキピオという稀代の名将二人の対決を中心に描く。

塩野七生著

ローマ人の物語 6・7

勝者の混迷

（上・下）

ローマは地中海の覇者となるも、「内なる敵」を抱え混迷していた。秩序を再建すべく、全力を賭して改革断行に挑んだ男たちの苦闘。

塩野七生著

ローマ人の物語 8・9・10

ユリウス・カエサル

ルビコン以前

（上・中・下）

「ローマが生んだ唯一の創造的天才」は、大改革を断行し壮大なる世界帝国の礎を築く。その生い立ちから、〝ルビコンを渡る〟まで。

塩野七生著

ローマ人の物語 11・12・13

ユリウス・カエサル

ルビコン以後

（上・中・下）

ルビコンを渡ったカエサルは、わずか五年であらゆる改革を断行。帝国の礎を築き、強大な権力を手にした直後、暗殺の刃に倒れた。

塩野七生著

ローマ人の物語 14・15・16

パクス・ロマーナ

（上・中・下）

「共和政」を廃止せずに帝政を築き上げる――それは初代皇帝アウグストゥスの「戦い」であった。いよいよローマは帝政期に。

塩野七生著
ローマ人の物語 17・18・19・20
悪名高き皇帝たち
（一・二・三・四）

アウグストゥスの後に続いた四皇帝は、同時代の人々から「悪帝」と断罪される。その一人はネロ。後に暴君の代名詞となったが……。

塩野七生著
ローマ人の物語 21・22・23
危機と克服
（上・中・下）

一年に三人もの皇帝が次々と倒れ、帝国内の異民族が反乱を起こす――帝政では初の危機、だがそれがローマの底力をも明らかにする。

塩野七生著
ローマ人の物語 24・25・26
賢帝の世紀
（上・中・下）

彼らはなぜ「賢帝」たりえたのか――紀元二世紀、ローマに「黄金の世紀」と呼ばれる絶頂期をもたらした、三皇帝の実像に迫る。

塩野七生著
ローマ人の物語 27・28
すべての道はローマに通ず
（上・下）

街道、橋、水道――ローマ一千年の繁栄を支えた陰の主役、インフラにスポットをあてる。豊富なカラー図版で古代ローマが蘇る！

塩野七生著
ローマ人の物語 29・30・31
終わりの始まり
（上・中・下）

空前絶後の帝国の繁栄に翳りが生じたのは、賢帝中の賢帝として名高い哲人皇帝の時代だった――新たな「衰亡史」がここから始まる。

塩野七生著
チェーザレ・ボルジア
あるいは優雅なる冷酷
毎日出版文化賞受賞

ルネサンス期、初めてイタリア統一の野望をいだいた一人の若者――〈毒を盛る男〉としてその名を歴史に残した男の栄光と悲劇。

宮本輝著

錦繍

愛し合いながらも離婚した二人が、紅葉に染まる蔵王で十年を隔て再会した——。往復書簡が過去を埋め織りなす愛のタピストリー。

宮本輝著

月光の東

「月光の東まで追いかけて」。謎の言葉を残して消えた女を求め、男の追跡が始まった。凛冽な一人の女性の半生を描く、傑作長編小説。

宮本輝著

流転の海

第一部

理不尽で我儘で好色な男の周辺に生起する幾多の波瀾。父と子の関係を軸に戦後生活の有為転変を力強く描く、著者畢生の大作。

宮本輝著

地の星

流転の海第二部

人間の縁の不思議、父祖の地のもたらす血の騒ぎ……。事業の志半ばで、郷里・南宇和に引きこもった松坂熊吾の雌伏の三年を描く。

宮本輝著

血脈の火

流転の海第三部

老母の失踪、洞爺丸台風の一撃……大阪へ戻った松坂熊吾一家を、復興期の日本の荒波が翻弄する。壮大な人間ドラマ第三部。

宮本輝著

天の夜曲

流転の海第四部

富山に妻子を置き、大阪で事業を始める松坂熊吾。苦闘する一家のドラマを高度経済成長期の日本を背景に描く、ライフワーク第四部。

新潮文庫最新刊

林 真理子著
アッコちゃんの時代
若さと美貌で、金持ちや有名人を次々に虜にし、伝説となった女。日本が最も華やかだった時代を背景に展開する煌びやかな恋愛小説。

宮本 輝 著
草原の椅子（上・下）
虐待されて萎縮した幼児を預かった五十男二人は、人生の再構築とその子の魂の再生を期して壮大な旅に出た——。心震える傑作長編。

上橋菜穂子著
夢の守り人
路傍の石文学賞・巌谷小波文芸賞受賞
女用心棒バルサは、人鬼と化したタンダの魂を取り戻そうと命を懸ける。そして今明かされる、大呪術師トロガイの秘められた過去。

大崎善生著
ドイツイエロー、もしくはある広場の記憶
あの頃、あやふやなままに別れた彼との、木漏れ日のように温かな記憶を決して忘れない。セピア色の密やかな調べを奏でる恋愛短編集。

鈴木光司著
アイズ
平凡な日常を突如切り裂く、得体の知れない恐怖——。あなたの周りでもきっと起こっている、不気味な現象を描いたホラー短編集。

米村圭伍著
真田手毬唄
豊臣秀頼は生き延びた——知る人ぞ知る伝説も米村マジックにかかれば楽しさ100倍。「七代秀頼」をめぐる奇想天外な大法螺話!!

海《かい》国《こく》記《き》（上）

新潮文庫　は－29－4

平成二十年一月一日発行

著者　服《はっ》部《とり》真《ま》澄《すみ》

発行者　佐藤隆信

発行所　株式会社　新潮社

郵便番号　一六二－八七一一
東京都新宿区矢来町七一
電話　編集部（〇三）三二六六－五四四〇
読者係（〇三）三二六六－五一一一
http://www.shinchosha.co.jp

価格はカバーに表示してあります。

乱丁・落丁本は、ご面倒ですが小社読者係宛ご送付ください。送料小社負担にてお取替えいたします。

印刷・大日本印刷株式会社　製本・憲専堂製本株式会社

ISBN978-4-10-134134-7 C0193